神は沈黙せず（上）

山本 弘

角川文庫 14481

神は沈黙せず

上

目次

下巻　目次

目次・中扉デザイン　片岡忠彦

神は
沈黙せず

God never keeps silence

上

ロボットは死んだらシリコン・ヘヴン（電子の天国）に行くと信じているクライテン（アンドロイド）と、リスター（人間の技術者）の会話。

クライテン「これは真実ですよ。死んでも幸せなところへ行けないのなら、我々マシンが一生、人間様に仕えるのは一〇〇パーセント無駄な骨折りになってしまう」
リスター「ああ、そうだな、シリコン・ヘヴン……」
クライテン「悲しまないで、リスター様。私はきっと良いところへ行くんです」
リスター「そのシリコン・ヘヴンって同じなの、人間の天国と？」
クライテン「人間の天国（笑）？　とんでもない！　人間は天国には行きません。誰かが人間が動揺しないよう嘘をついたのです」

――――TVドラマ『宇宙船レッド・ドワーフ号』より

プロローグ

二〇一二年、神がついに人類の前にその存在を示した年、私の兄・和久良輔《わくりようすけ》は失踪《しっそう》した。「サールの悪魔」という謎めいた言葉を残して。

現在、兄は世界に大変革をもたらした〈アイボリー〉の開発者として知られている。しかし、日本にいた頃、彼の業績を正当に評価する人は少なかった。本物の兄と会ったことも話したこともない人々、ネットに流れた情報だけを盲信した人々が、彼の人格についてひどい中傷を流した。加古沢黎《かこざわれい》の理論を剽窃《ひょうせつ》したとか（実際には逆なのだが）、妄想にかられた異常者だとか決めつけられた。兄を擁護した私は、それをさらに上回る攻撃にさらされた。そうした当時の悪評を今も信じている人が少なくない。

だが結局、兄は正しかったのだ。

兄の業績は〈アイボリー〉だけではない。天文学者を悩ませていた「ウェッブの網目」の謎を最初に解き、この世界が神によって創造されたことを科学的に証明したのは兄だった。そればかりか、あの混乱に満ちた時期、人々が多くの誤った信念に振り回され、愚行に走る中、兄だけが正しく神のメッセージの秘密を見抜いたのだ。地球上に文明が誕生して数千年、世界中の神学者や哲学者や宗教家が思索し、苦悩し、議論を戦わせてきた究極の謎——神の意図と宇宙創世の真理を、兄は解き明かしたのだ。

兄がネット上で唐突に沈黙したことについても、当時、根拠のない風説が流れたものだった。中傷に耐えかねて自殺したのだとか、借金に追われて夜逃げしたのだとか、精神病院に入院させられているとか。

それらはすべて間違いだ。兄は常に正気だった。正気であったからこそ、失踪しなくてはならなかったのだ。正気であるがゆえに、真摯《しんし》であるがゆえに、探り当てた真実の重みに、口をつぐむしかなかったのだ。

それでも私たちは真実を公表する決断を下した。それが世界にさらなる混乱を巻き起こし、多くの人を絶望させることは承知していた。しかし、それが結局、人のためになると信じたのだ。今でもその決断は間違っていなかったと思っている。

あれから一七年が過ぎた。私たちの主張は少しずつではあるが、世界に受け入れられるようになってきている。それでもまだ兄の結論を決して認めようとしない人が多い。彼らは「根拠がない」「妄想にすぎない」とせせら笑う。しかし、自分たちの信念にはどんな根拠があるのか、なぜ妄想でないと言えるのか、示そうとはしない。

彼らが認めようとしない理由は分かる。兄の結論はきわめて不快だからだ。彼らが期待するものとあまりにも違いすぎるからだ。

それでも、私は兄の結論が正しいと信じる。なぜなら、既成のあらゆる宗教や神学は、重大な矛盾や欠陥を抱えているからだ。神がこの世界を創造した意図や、人間に対する奇妙な態度について、理屈の通った説明を何もしていないからだ。兄の理論だけが、今この世界で起きているあらゆる事象を、矛盾なく説明できるのだ。

かつて私が親しくしていた超常現象研究家の大和田《おおわ》省二《だしようじ》氏は、こんな言葉を残している。

「人にとって〝真理〟とは、自分が信じたいもののことにすぎない。それが本当に真理かどうかは無関係だ」

だから私は、あなたに信じろと強制するつもりはない。信じたくなければ信じなければいい。読みたくなければ今すぐこの本を伏せればいい。ただ、私は多くの証拠や体験を元に、自分が真実だと確信したことを書き記すだけだ。

なぜなら、真実を伝えることこそ、私の使命だと信じるからだ。

本書はこれまで私がネットや雑誌に断片的に発表してきた文章をまとめ、加筆修正したものである。ポケタミで記録していた会話についてはそのまま書き起こしているが、それ以外の会話や出来事については、当時の日記や記憶に頼って再現している。可能な限り虚飾を排し、私の体験したありのままを記述するつもりではあるが、一部に事実関係の誤りがあるかもしれないことをご了承いただきたい。

今回、編集者からの助言により、時代背景についての解説を大幅に書き加えた。「神の顔」の出現から二〇年が過ぎ、すでに当時のことを記憶していない世代が成人になろうとしているからだ。もの心ついた頃からずっと「顔」に見下ろされてきた若い人たちにとって、あの時代はすでに過去の歴史の一部でしかない。彼らは加古沢黎という人物がどれほど当時の日本人を熱狂させたかを知らない。ビッグ・クラッシュの混乱も、サイレント・レヴォリューションの興奮も知らない。ほんの少し前まで、UFOが異星人の乗り物だと信じられていた時代や、金というものが手で触れる紙であった時代があったなど、想像もできないだろう。そうした若い世代に当時のことを理解してもらうために、二〇代以上の方にとっては常識と思われる解説を、あえて加えることにした。

若い人たちだけではない。歴史学者アンガー・デリブリックの試算によれば、今世紀に入ってからの時代の変化のスピードは、二〇世紀前半の二〇倍にも達しており、人はほんの三〜四年で一〇〇年前の人間の一生分の変化を、一生のうちに数世紀分の変化を体験しているという。自分の人生を振り返ってみて、それは事実だと思う。だから人々の記憶はあっという間に風化する。近年の〈アセンド・トゥ・ザ・ブルームーン〉事件は記憶に新しいが、それを上回る犠牲を出した〈昴《すばる》の子ら〉事件は、すでに記憶の彼方に消えようとしている。今の日本はビッグ・クラッシュとサイバー・ウォーの荒廃から復興を遂げ、新たな高度成長期を迎えているが、あれらの悲劇をすでに過去のものとして忘れたがっている人も多い。

この際、記憶を新たにするのは良いことだと思う。悲惨な歴史を忘れ去ってしまっては、また誤って同じ道を歩むかもしれないからだ。

　最後に、本書を今や絶滅寸前の紙の本として出版した理由について説明しておきたい。これは本を手に取ったあなたに、情報量というものを実感していただきたかったからである。

　ここには私の人生のうちの二三年分が凝縮されている。記録や記憶には残っているが、テーマと関係がないので省略したエピソードも多い。すべて書き記したら、本書の数十倍の量になるだろう。それはあなたの人生も同じだ。

　よく「人の生命は地球よりも重い」などという。しかし、そんな抽象的な表現では、かえって生命の重みが分からなくなると思う。だから私はこう言いたい。

「あなたの人生は、あなたが今手にしている本の何十倍もの厚みがある」

　そう考えれば、少しは生命が愛《いと》しく感じられるのではないだろうか？

二〇三三年四月　和久優歌《ゆうか》

01 悪夢の夜

もうずいぶん前のことだが、ある記事を書く関係で、予言に関する本を古書店でまとめて買って読んだことがある。霊能者や新興宗教の教祖が自らの宣伝のために書いたもの、オカルト研究家が小銭稼ぎのために書いたもの、無名のライターが適当に他の本の内容をつぎはぎしてでっちあげたもの……著者の職業や経歴は様々だが、何十冊も斜め読みするうち、私はそれらの本に共通点があることに気づいた。ほとんどの本の著者が同じことを主張しているのだ。

「最近、天変地異が増えている」

彼らはここ数年（すなわち、その本が出版される数年前から出版直前までに）、世界各地で起きた地震・火山噴火・洪水・旱魃《かんばつ》などの災害を具体的に列挙する。そして、「地球が狂いはじめているのではないだろうか」「これは地球規模の大災害の前触れではないだろうか」などと書いて読者を脅すのだ。

あきれるのは、どの時代に書かれた本も、同じ調子で同じ主張をしていることだ。一九七〇年代に出版された本も、九〇年代に出版された本も、二一世紀になってから出版された本も、みんな同じことが書いてある――「最近、天変地異が増えている」と。

そんな考えが間違いであることは、過去のデータを調べればすぐに分かる。地震にせよ火山噴火にせよ、多い年と少ない年はあるものの、増加傾向はまったく見られない。地球温暖化などの影響で異常気象が若干増えているものの、昔に比べて激増しているわけではない。にもかかわらず、「最近、天変地異が増えている」と感じている者は少なくない。実際、私は何人かの友人に訊《たず》ねてみたのだが、みんな異口同音に「そう言えば最近、地震が多いね」と答えたのだ。

なぜみんな天災が増えていると思いこむのか？　心理学者の説明によれば、過去に起きたたくさんの災害が時とともに忘れられてゆく一方、最近起きた事件は記憶に強く焼きついているため、昔より今の方が災害が多いという錯覚が生じるのだという。

無論、六〇〇〇人以上が犠牲になった阪神・淡路大震災、二万人が犠牲になった南海大震災のような大災害は、かなり長く記憶に残る。しかし、犠牲者数が一〇〇人以下のありふれた地震や台風などの災害は、ほんの少しの間、話題になるだけで、何年もしないうちに人々の記憶から消えてしまう。逆説的だが、「最近、天変地異が増えている」と感じることは、毎年起きているたくさんの災害に対して、人々がいかに無関心であるかという証明なのだ。

一例を挙げよう。一九九三年八月、西日本を豪雨が襲った。データによれば、この大規模な気象災害による被害は、死者七六人、行方不明五人、負傷者一五四人、住宅の全半壊八二五戸、床上・床下浸水二万一九八七戸、被害総額七四六億円……。

当時、この災害は新聞やテレビで大きく報じられた。あなたが一九八〇年代以前に生まれた方なら、当然、ご覧になったはずだ。にもかかわらず、おそらくあなたの記憶には残っていないだろう。覚えておられるとしたら、不幸にもこの災害に遭遇した方か、あるいはその関係者だろう。この「平成五年八月豪雨」を記憶している人は、どんなに多く見積もっても日本人のうちのせいぜい一〇〇万人、一パーセント以下ではないだろうか。九九パーセント以上の人は、そんな些細《ささい》な事件のことは忘れてしまっているはずだ。

私はその一パーセントの一人である。というのも、「住宅の全半壊八二五戸」のうち一戸は私の家であり、「死者七六人」のうち二人は私の両親だからだ。

当時、私は六歳。九州北部の山間の新興住宅地で、父と母、それに四つ上の兄の四人で暮らしていた。家は駅からだらだら続く坂道を昇りきったところにあった。二階建てで、青い鮮やかなスレートの屋根、白い手すりのあるベランダ、それに小さな庭があった。裏には雑木林に覆われた大きな山があり、私と兄にとって恰好《かっこう》の遊び場だった。

私たちは金持ちというほどではないが、平均よりは裕福な生活をしていたと思う。父はパソコンソフトの会社に勤めており、家でもよくキーボードを叩《たた》いていた。幼い私には父の仕事のことは分からなかったが、パソコンに向かっている父の広い背中が頼もしく感じられたことを覚えている。マウスをクリックするとモニター上の図形が変化し、キーを叩くと文字や数字が現われたり消えたりするのが、魔法のように感じられたものだった。

母は暇さえあれば花の世話を楽しんでいた。一家は四人とも健康で、生活は充実しており、悩みと言えば花壇を荒らす野良猫ぐらいのものだった。真夏には、花壇の周囲に並べられた猫よけのペットボトル（後になって、まったく効果がないと分かったのだが）が、太陽の光を浴びてきらめいていたのを思い出す。

兄は幼い頃から頭が良かった。まだ幼稚園に入る前から、ひらがなカタカナの読み書きが完璧《かんぺき》にできていたそうだ。自然科学に対する深い関心は、すでに小学生の頃に芽生えていた。晴れた夜には私を誘ってベランダに立ち、学習雑誌の付録についていた星座早見表を手に、星の名前を得意そうに私に教えてくれた。プレアデス、ヒヤデス、プロキオン、ベラトリックス、ミラ、スピカ、アルビレオ……そんな不思議な響きを持つ星々の名前を、私はごく自然に記憶した。

とは言っても、兄は決してガリ勉タイプではなかった。よくテレビゲームもやっていたし、野球やサッカーも大好きだった。そんな兄の影響か、あるいは父の遺伝なのか、私も知識欲が旺盛《おうせい》で活発な子供に育っていた。

私と兄はお揃いの赤い光線銃を持っていた。テレビの戦隊もののヒーローが持っていたやつで、引き金を引くと電子音が鳴ってランプが点滅するし、変形させると剣にもなる。最初は兄だけが買ってもらったのだが、あまりに自慢されて悔しかったので、私もだだをこねて同じものを買ってもらったのだ。

母は私の将来を心配してか、しきりに人形遊びやままごとを勧めたが、私はそんな「女の子みたいな遊び」を断固として拒絶し、男の子向けのアニメを見たり、男の子に交《ま》じって走り回るのを好んだ。ガードレールの上を歩いたり、公園にある階段の手すりを滑り降りたりするのが得意だった。兄といっしょに特撮番組のビデオや怪獣図鑑を見て、怪獣の名前を暗記した。「オレは」とか「〜だぜ」という言葉を遣い、母に注意されることもしょっちゅうだった。心配性の母とは対照的に、父はしごく楽天的で、「子供は元気なんが一番たい。言葉遣いなんて放っとっても直る」と、私のおてんばを大目に見てくれた。我が家と裏山との間には、鬱蒼《うっそう》とした雑木林に囲まれた古い屋敷があった。持ち主はこのあたりの地主だったそうだが、先祖からの遺産を食い潰《つぶ》す放蕩《ほうとう》生活を続けたあげく、莫《ばく》大《だい》な借金を抱えて破産し、一家離散したという。私の生まれるずっと前の話だ。それ以来、屋敷は無人のまま何十年も雨ざらしになっており、ひどい荒れようだった。何度か台風を経験して、屋根瓦《がわら》は半分以上剥《は》がれ落ちていたし、二階の窓ガラスは割れていた。庭も雑草が伸び放題で、夏にはちょっとしたジャングルになった。当然のことながら、近所の子供たちは「幽霊屋敷」と呼び、恐れていた。

　大人たちは禁止していたものの、私と兄はよく垣根を乗り越えて屋敷の中に侵入し、こっそり遊んだものだった。空想癖の強かった私は、どちらかと言えば現実主義者だった兄をリードして、その日の冒険のシチュエーションを詳しく設定した。ある日曜日には、そこは本当に幽霊屋敷であり、私たちはお化けを退治するためにやって来たゴーストバスターズだった。次の日曜日には、同じ場所が世界征服を企《たくら》む悪の組織のアジトになり、私たちはその陰謀を阻止するために侵入したヒーローだった。また別の日には、モンスターのひそむダンジョンになり、私たちは魔王を倒しに来た冒険者だった。

私たちは（想像上の）ゾンビや幽霊やモンスターを、剣や光線銃で倒しながら、部屋から部屋へと進んでいった。とてもわくわくしたが、同時にひどく恐ろしい体験でもあった。屋敷の内部の荒廃は外から想像する以上にひどかった。いくつかの部屋では、壁にひびが入って雨水が浸入し、湿った壁紙が壁から浮き上がって、まるで火ぶくれを負った老人の皮膚のように見えた。二階の部屋は特にひどい状態で、窓が割れているため、雨の日の後など、畳を靴で踏むとじゅくじゅくと水が滲《し》み出した。一階のいくつかの部屋は雨戸が閉め切ってあり、昼でも薄暗く、懐中電灯を持っていても足を踏み入れるのに相当の勇気を必要とした。

六歳の子供としては当然のことながら、私はサンタクロースや幽霊をはじめとして、多くの超自然的存在を信じていた。床が少し軋《きし》んだり、野良猫が床下を走り回るごそごそという音を耳にしただけで、びくっとして兄にしがみついた。「そげん怖かったらついて来んかったらよか」という兄の蔑《さげす》みの言葉を、何度聞いただろう。もっとも、そういう兄の声だってひどく震えていた。妹を守りながら進むことで、勇気を奮い起こしていたに違いない。

ある土曜日の午後、例によって屋敷の奥の部屋を探検していた時、私は不意に不安に襲われた。奥の壁の黴《かび》で黒ずんだ壁紙が、どことなく人の顔のように見えることに気がついたのだ。それまで何回もその部屋に出入りしており、まったく気に留めなかったというのに、ひとたび気になると目が離せなくなってしまった。本当にただの汚れにすぎず、かろうじて目や口のように見える部分があるというだけだった。しかし私には、その顔は恨みをこめて私をにらみつけているように見えた。あちこち動いても視線は追ってくる。恐怖が急速に膨張した。ついに私は泥だらけの畳の上にへたりこみ、泣き出してしまった。たぶん二〇分ぐらいは泣き続けたと思う。兄がなだめすかして、ようやく私を立ち上がらせ、屋敷の外に連れ出した。しかし、パンツを泥だらけにして泣きながら帰宅したことで、母に問い詰められた。私たちはしかたなく、裏の「幽霊屋敷」で遊んでいたことを自白した。

帰宅した父は、母から話を聞かされた。私たちはこっぴどく叱られることを覚悟していたが、父は少し考えてから、「一日待ち。怒るんは明日んなってから決めるけん」と宣言した。私たちは不安な気持ちで布団にもぐりこみ、朝を待った。

翌日、父は私たちに「幽霊屋敷」の中を案内させ、どの部屋でどんな遊びをしたか、詳しく訊《き》き出した。いかめしい顔つきで探偵のように床を調べ、割れたガラスや錆《さ》びた釘《くぎ》のような危険なもので遊んだ形跡がないか確認した。軋む廊下や、畳が腐っている部屋では、どんどん飛び跳ねて強度を確認した。柱や壁を叩いてみたりもした。どうやら私たちの遊びに危険性はなかったと判断すると、父は私たちを見下ろし、こう言った。

「良輔、お前が危なか場所で妹を遊ばせるごた大馬鹿者やったら、思いっきりぶん殴っとう。それは悪かことたい。ばってん、お前は少なくとも危なか場所とそうでなか場所を見分けることはできたごたる。だけんお父さんは、その点は叱らんといてやる——こら、笑うんじゃなか」

ほっとして表情が緩みかけた兄の頭を、父は笑いながら小突いた。

「ここは人ん土地だ。そこに勝手に入ったんは悪かこったい。その点は反省する必要がある——反省しとうか？」

私たちはこくこくとうなずいた。父は私たちに二度とここで遊ばないことを誓わせたうえ、「一週間おやつ抜き」の罰で勘弁してくれた。

私は安堵《あんど》したが、同時に胸が痛むのを覚えた。私も兄も、自分たちがいけない遊びをしていたことは充分に承知しており、罰せられることを覚悟していた。怒鳴られ、叩かれていたら、さぞすっきりしたことだろう。しかし、父の恩情ある処置のせいで、かえって罪の意識が発散されず、胸にしこりが残ってしまった。自分は悪いことをしてしまったという想い、父や母を心配させてしまったという後悔に、その後もうじうじと苛《さいな》まれ続けた。何十年経った今も、このエピソードを鮮明に思い出せるのはそのせいだ。考えようによっては、叩かれるよりも厳しい罰だったかもしれない。

誤解しないでいただきたい。私がこのエピソードを持ち出したのは、体罰の是非とかいう問題とは無関係だ。ただ、父はどんな人物だったかを知っていただきたかったのだ。彼は常にフェアであることを心掛けていた。不正には厳しかったが、子供に必要以上に罰を与えることは決してなかった。時には理不尽に思えることや不可解なこともしたが、後になってみると、常に父が正しかったことが分かるのだ。

無論、父も母も完全無欠な人間ではなかった。子供の私たちにも彼らの欠点はいくつも見えていた。父は風呂《ふろ》上がりに裸でうろつき回り、ぼりぼり股《また》を掻《か》く癖があり、いつも母に嫌がられていた。母は神経質なうえ、少々見栄っぱりなところがあり、参観日のために服を新調したことがあった。だが、少なくとも善人であったことだけは間違いない。二人とも私と兄を愛していたし、私たちも両親が好きだった。

宗派はいちおうカトリックだったはずだが、宗教の話をした記憶はほとんどない。クリスマスを祝う一方、正月に神社に参拝に行ったり、節分に豆を撒《ま》いたり、夏祭りのお神輿《みこし》を見物に行ったりする、かなり節操のない日本的キリスト教徒だったようだ。私にとって神とは、「食事の前にお祈りを捧《ささ》げる相手」という程度の存在でしかなかった。

一度だけ、母と神について話し合ったことがある。『十戒』という映画のビデオをレンタルして見た時のことだ。長くて退屈な映画で、子供にはストーリーはほとんど理解できなかった。ただ、チャールトン・ヘストン演じるモーセが杖《つえ》を振り上げると紅海の水がまっぷたつに割れるスペクタクル・シーンは、強く印象に残った。

「あんな人、どうしてあんなことができると？」

私が素朴な疑問をぶつけると、母は平易な言葉で説明してくれた。

「モーセさんはただの人間。神様がモーセさんたちを救うために奇跡を起こしてくださったのよ」

「奇跡って？」

「神様だけが起こせる不思議なこと。人間にはできないこと。それが奇跡」

「どうして神様は奇跡が起こせると？」

「神様は何でもおできになるのよ。全知全能なの」

「ゼンチゼンノウ？」

「何でも知ってて、何でもできるってこと」

「どんなことでも？」

「そう、どんなことでも。神様はそういうお方なのよ」

その後、ユル・ブリンナー演じるエジプト王の軍勢は、モーセの後を追って紅海を渡ろうとして、洪水に飲まれて全滅する。私はまた疑問を抱いた。

「どうしてあん人たち、溺《おぼ》れたと？」

「神様が怒って罰をお与えになったのよ」

「どうして神様は怒ったと？」

「悪いことをしたからよ」

「悪いことって？」

「モーセさんたちをエジプトから出さんように意地悪したでしょ」

「ふーん？」

私は納得いかなかった。そもそも神様はゼンチゼンノウではなかったのか？どんなことでもできるのなら、エジプトの王様の心を変えて、イスラエル人たちにエジプトから去ることを許すこともできたのではないか？

その時の会話はそれっきりだった。もし、当時の私が旧約聖書を読んでいたら、幼い頭はさらに混乱していたことだろう。なぜなら『出エジプト記』第四章二一節、神がモーセに使命を与えるくだりには、はっきりこう書かれているからだ――「わたし（神）が彼（エジプト王）の心をかたくなにするので、王は民を去らせないであろう」と。

その言葉通り、ファラオ（エジプト王）はモーセの要求を受け入れようとしなかった。神はエジプトにたくさんの災いを起こした。ナイル川の水を血に変え、魚を殺し、水を飲めないようにした。蚋《ぶよ》の群れを発生させ、人や獣を襲わせた。疫病を流行《はや》らせて、エジプト人の家畜をすべて殺し、人の顔にうみの出る腫《は》れ物を作った。雹《ひょう》を降らせて作物を壊滅させた。蝗《いなご》の大群にエジプト全土を襲わせ、草木を食い尽くさせた……。

にもかかわらず、パロはモーセの要求を拒否し続ける。

「しかし、主がファラオの心をかたくなにされたので、彼は二人の言うことを聞かなかった。主がモーセに仰せになったとおりである」（第九章一二節）

「しかし、主がファラオの心をかたくなにされたので、ファラオはイスラエルの人々を去らせなかった」（第一〇章二〇節）

「しかし、主がまたファラオの心をかたくなにされたので、ファラオは彼らを去らせようとはしなかった」(第一〇章二七節)

そう、パロの心を操り、イスラエル人たちがエジプトを去るのをしつこく妨害していた張本人は、神だったのだ！　それなのに、神の意志に逆らったという理由でエジプトに災いを起こしたり、エジプト兵を溺れさせるというのは、まったく筋が通らない話ではないか。パロやエジプト人たちは神の意志に逆らってなどおらず、まさに神の意志通りに行動したのだから。

こうしたことを私が思い悩むようになるのは、何年も後のことである。六歳の時点では、そうした知識はなかったし、深く考えてもいなかった。ただ、当時の私にもすでに「神」という概念に対する疑念が芽生えていたことは確かである。

一九九三年の三月、その春最初の桜がほころびはじめた頃、裏の雑木林がいきなり新しい柵《さく》で囲われ、しゃれたマンションの完成予想図が描かれた看板が立てられた。

我が家の前の狭い道を、たくさんの工事用車両が轟音《ごうおん》を立てて通り過ぎた。雑木林はたちまち伐採され、根まで掘り起こされて、丸裸の黒っぽい土が露出した。作業員たちが「幽霊屋敷」の屋根から瓦《かわら》を蹴落《けお》とし、パワーショベルが壁を叩《たた》き壊し、トラックが瓦礫《がれき》を運び去っていった。思い出深い場所が無残に破壊されてゆくのを、私と兄は複雑な想いで見守っていた。

やがて「幽霊屋敷」があった場所は完全な更地になった。視界を遮っていた雑木林がなくなったため、我が家の台所の窓から裏山が見えるようになった。ブルドーザーが地面を均《なら》し、かーんかーんという大きな音とともに、電柱のような太いパイルが地中に打ちこまれていった。私は看板に描かれた完成予想図を見上げ、どんな人たちがここに引っ越して来るのだろうかと想像した。私と同じぐらいの年の子供はいるだろうか。友達になれるだろうか——素敵な「幽霊屋敷」で遊べなくなった代償として、それぐらいのことはあってしかるべきだと思っていた。

ところが、四月に入り、私が小学校に入学したのと時を同じくして、工事は急にストップしてしまった。作業員はやって来なくなり、騒音も途絶えた。二か月が過ぎ、三か月が過ぎ、看板に書かれた完成予定日になっても、完成予想図に描かれたマンションはその骨組さえも出現しなかった。父が耳にしたところによれば、土地の新しい所有者がフワタリとかいうものを出したのだそうだが、私には何のことか分からなかった。ただ、素晴らしい遊び場が奪われたうえ、新しい友達もできそうにないと知り、軽い憤りを覚えた。

兄は私ほど落胆していなかった。五年生に進級して、そろそろヒーローごっこなどという幼稚な遊びから卒業したがっていたのだ。「幽霊屋敷」を忘れ、もっと現実的な夢を追うようになったのである。兄が熱中したのは、当時スタートしたばかりのJリーグだった。選手の写真を雑誌から切り抜き、テレビの中継を食い入るように見た。冗談半分で「大きくなったらフリューゲルスに入ろうかな」と言ったこともある。学校でもサッカーでよく遊ぶようになり、私と遊ぶ時間も少なくなった。放課後、校庭で友達とボールを追っている兄の姿を見て、私は置いてきぼりにされたような寂しさを味わっていた。

そんな私の心中を察したわけでもないだろうが、父は素敵な提案をした。夏休みに二泊三日で東京観光に行こうというのだ。東京ディズニーランドもコースに入っていた。もちろん私は大喜びした。出発日は八月一日の日曜日と決まり、私はカレンダーに赤いサインペンで丸印をつけて、その日をわくわくしながら待った。

ところが、直前になって急に父の都合が悪くなった。会社の仕事に大きなトラブルが発生し、このままでは納期までに仕事が完成しないことが判明したのだという。父のミスではなかったのだが、責任者である父は作業の遅れを取り戻すため、休暇を返上して働かなくてはならなくなったのだ。

「すまん。許してくれ」父は私たちに頭を下げて謝った。「旅行は延期。ばってん、必ず連れていく。約束する。嘘はつかん」

父が約束を破る人間ではないと知っていたので、私も兄も納得するしかなかった。新たな出発日は三週間後、八月二二日になった。私は八月一日についていた丸印を消し、新たに丸を描き直した。

八月一日、ぱらぱらと雨が降りはじめた。テレビの天気予報は、西日本に前線が到来したことを告げていた。空は厚い雨雲に覆われ、昼でも薄暗かった。

「延期して良かったじゃないの」母がわざとらしく陽気に言った。「この分だったら、東京だって雨よ。雨ん中でジャングルクルーズとか、乗りたくないでしょ？」

私はそんな幼稚な嘘にひっかからなかった。天気予報によれば、東日本はおおむね晴れで、関東地方の降水確率は二〇パーセント以下だったからだ。しかし私は、「うん、そうだね」と答えて、騙《だま》されたふりをした。母の言葉は悪意からではなく、しょげている私を慰めるためであることを知っていたからだ。そんな母の嘘が、子供心に嬉《うれ》しかった。

この時まで、私はまだ幸せだった。

そして八月二日の夜——

私たち兄妹の部屋は二階にあった。その夜、私たちはいつものように六畳の間に布団を並べて寝た。屋根を打つ大粒の雨の音が騒々しく、なかなか眠れなかったのを覚えている。電気を消した闇の中で、兄とクイズを出し合って遊んだ。

いつ眠りに落ちたのかは覚えていない。突然、轟音とともに揺さぶり起こされた。畳が荒海を漂うボートのように揺れていた。私は布団から投げ出されて壁に叩きつけられた。壁も激しく振動していた。目を開けても周囲は真っ暗で、耳が痛くなるほどの大音響に満ちていた。貨物列車が間近を通過するようなごおーっというすさまじい騒音、樹が折れるべきべきという音、ガラスが割れる音、壁が崩れる音——様々な音が無秩序に混じり合い、世界の終わりを思わせた。

私のすぐ横で何か大きなものが倒れ、ずんと畳を震わせた。小さなものがばらばらと落ちてきて頭に当たった。私は自分がどこにいるのか分からなかった。まだ夢の中にいるのだと思った。だって、家がこんなに揺れるはずがない。家がこんなに恐ろしいはずがない……。

「お兄ちゃん！　お兄ちゃん！　お兄ちゃん！」

私は泣きながら絶叫した。闇の中のどこからか、騒音に混じって、兄の悲鳴がかすかに聞こえたように思えた。

長い時間のように感じられたが、実際にはほんの十数秒の出来事だったはずだ。やがて畳の揺れは止まった。轟音は急に小さくなってぴたりと途絶え、それまでの大音響が幻聴であったかのような静けさが訪れた。後に残ったのは雨の音だけだ。だが、夢ではなかった証拠に、どこからか吹きこんでくる雨粒が頬に当たっている。畳も少し傾いているようだ。

「お父さん……お母さん……」

呼んでみたが、返事はなかった。一片の光も射さない真の闇の中で、私はおそるおそる手を差し伸べた。

肘《ひじ》が何か堅いものにぶつかった。手探りしてみると、四角くて大きな木製の箱だと分かった。私は近所の家の葬儀で見た棺《ひつぎ》を思い出した。こんなものがなぜこんなところにあるのだろう……？

「お父さん……お母さん……お兄ちゃん……」

何が起こったのか分からず、私は暗闇の中ですすり泣いた。ここが家であるはずがない、と思った。馴染《なじ》み深い寝室とはまったく雰囲気が違っていたからだ。そうだ、ここは「幽霊屋敷」に違いない。眠っている間に、誰かに誘拐《ゆうかい》されてきたんだ……。

私は寝惚《ねぼ》けていたうえ、すっかり混乱していて、裏の「幽霊屋敷」がもう存在しないということすら忘れていた。

「優歌……」

かすかに兄の声がした。木の箱の向こう側からだ。「お兄ちゃん……？」私は箱の縁を手探りしながら、傾いた畳の上を赤ん坊のように這《は》っていった。

その時、がやがやという人の声とともに、窓の外が少し明るくなった。近所の家の人たちが懐中電灯を手に駆けつけてきたのだ。室内がぼんやりと照らし出され、私はようやく自分の置かれた状況を把握することができた。

真っ先に目に入ったのは、壁に貼られていたJリーグの選手の写真だった。兄が雑誌から切り取って貼ったものだ。ということは、やはりここは私たちの部屋に違いない。

しかし、何という変わりようだろう。天井はぱっくりと無残に裂け、切れた電線が垂れ下がっている。その向こうには黒い夜空が覗《のぞ》いており、雨が激しく吹きこんでいた。壁にも大きな亀裂《きれつ》がいくつも走っており、ジグソーパズルのようになっていて、ちょっと触っただけでも崩れ落ちそうだった。床は中央が膨張して、畳が持ち上がっていた。本棚から飛び出した本がそこらじゅうに散乱し、机の上にあったはずのスタンドが部屋の反対側まで飛ばされていた。棺のように思えた木箱は、倒れた衣装ダンスだと分かった。

その向こうに兄は倒れていた。布団をひっかいて弱々しくもがいている。タンスに下半身をはさまれ、身動きできないのだ。

「お兄ちゃん……？」

声をかけてみたが、兄は答えなかった。意識はあるのだが、痛みのために喋《しゃべ》ることもできないらしい。顔を歪《ゆが》め、ぐすぐすと泣いている。どうしていいか分からず、私はうろたえ、頭の中が真っ白になっていた。

「待っとって。下に行って、お父さんたち、呼んでくる」

私はそう言って立ち上がると、散乱するがらくたを踏み越え、出口に向かった。部屋が歪んでしまったためか、襖《ふすま》は中途半端に開いた状態で、釘《くぎ》で打ちつけられたように動かなくなっていた。私はその隙間に身体をねじこみ、どうにか廊下に這い出した。

「お父さ……」

階段を降りようとして、私は立ちすくんだ。

一階はなかった――階段の二段目から先は、膨大な量の土と瓦礫《がれき》で完全に埋もれていたからだ。

そこから先の記憶は混乱している。おそらく強烈な精神的ショックで、一時的に思考が麻痺《まひ》していたのだと思う。救助されるまでどれぐらい時間がかかったのか、どうやって救助されたのかもよく覚えていない。壁の裂け目からまばゆい懐中電灯の光が浴びせられたこと、興奮した大声が飛び交っていたこと、誰かの太い腕に抱き上げられたこと、パジャマを濡《ぬ》らす雨が気持ち悪く感じられたこと——そうした断片的な記憶しか残っていない。ただ、抱き上げられて救急車に乗せられる直前、その人の肩越しに、変わり果てた我が家の有様を目にした、そのほんの数秒の光景だけは、強く脳裏に焼きついている。

激しく雨が降りしきる中、大量の瓦礫と土砂が土手のように盛り上がって道路をふさいでおり、その上にかろうじて家の形をしたものが載っていた。青い屋根がライトに照らされていなければ、それが自分の家だとは気づかなかっただろう。裏山から流れ出した泥と土の奔流は、両親の眠っていた一階部分を直撃して貫通し、完全に破壊していた。私たちのいた二階部分だけが、土砂の上に載った格好になり、奇跡的に形を保ったまま、十数メートルも押し流されて道路まで運ばれていたのだ。土砂は両隣の家の一部もえぐり取り、向かいの家も破壊して、そこでようやく勢いを失ったようだ。

その決定的光景を目にしてもなお、幼い私の脳は、事実を理解することを拒否していた——父と母はもうこの世にいないということを。

その翌日だったか、あるいは何日か後だったかは判然としないが、落ち着きを取り戻した私は、別の病室に収容されている兄に面会することを許された。全治二か月の兄に対し、私はちょっとかすり傷を負った程度で、歩き回るのに何の支障もなかったのだ。

「やあ……」

兄はベッドに横たわり、弱々しい笑顔で私を迎えた。右足にギプスがはめられ、包帯でぐるぐる巻きにされていた。その痛々しい光景は、私の小さな胸を締めつけた。

「ひどかあ。こら当分、サッカー、できんごた」

そう言って兄は笑った。感情のこもっていない空虚な笑いだった。両親が死んだというのになぜ笑うのか、不謹慎だと思う人もいるかもしれない。しかし、私には理解できた。

私たちは素敵な家を失い、愛すべき両親を失った。幸福な家庭から一転して、不幸と悲しみのどん底に突き落とされた。まだ世間知らずの小学生でありながら、いきなりこんな苛酷《かこく》な運命を押しつけられて、いったいどんな反応を示せばいいのか？　どんなに泣き叫んでも、この悲劇を表現するには不足だ。

あまりにもショックが大きすぎて、私たちはまともに泣くことさえできなかったのだ。

「お前はいいのか……？」

私は無言でうなずいた。ぶつけた背中がまだ少しずきずきするが、こんなのは痛みのうちに入らない。心の傷に比べれば……。

「優歌ちゃんは運が良かったんだよ。あれだけの惨事でほとんど無傷だったんだからね」

私に付き添っていた若い医師がしきりに感心していた。

「まったく奇跡だね」

奇跡。

その何気ない言葉は、私の幼い胸に激しい違和感と拒否反応を呼び起こした。いったいどこが奇跡なのだろう？　何も悪いことをしていなかった父と母が死んだこと、兄が大怪我をしたこと、私たち兄妹が孤児になったこと――それがなぜ「奇跡」と呼ばれるのだろう？　こんなことがすべて神の意志だと言うのだろうか？

「ねえ、どうして……？」

私は兄のベッドに寄りかかり、ささやき声で訊《たず》ねた。

「どうして神様はこんなひどいことをすっと……？　父さんや母さんは、神様から罰を受けるようなこと、何かしたと……？」

兄は急に表情を曇らせ、私から視線をそらせた。そして病室の白い天井を見上げ、吐き捨てるようにつぶやいた。

「神様なんておらん――おらせんとよ」

02　目覚めの日を待ちながら

葬儀の後、私と兄は引き離され、別々の家に引き取られた。私は横浜にある母方の伯父《おじ》の家に、兄は大阪にある父の知り合いの家に。無論、二人いっしょが理想だったが、どちらの家も二人の子供を養えるほどの経済的余裕がなかったのだ。

まったく会えなくなったわけではない。手紙でしょっちゅう近況を報告し合えたし、よく電話もした。一年に一度か二度はどちらかが新幹線で相手の家に遊びに行った。しかし、仲が良かった兄ともういっしょに暮らせないという現実は、両親を失った悲しみに加えて、私の心をいっそう暗く曇らせた。

伯父夫婦は私に親切だった。私の心を開き、少しでも笑顔を取り戻させようと、休日にはよく遊園地やイベントに連れて行ってくれた。親を失った子供の心のケアについて、児童心理学の本を読んだり、カウンセラーに相談したりして、いろいろ勉強もしていたようだ。だが、理論と実践は違う。人の心はパソコンのプログラムのように、バグをちょっと修正すれば治るというものではない。いくら心理学の理論を勉強したところで、深い傷を負った子供の心が、ドラマのように簡単に癒《いや》されるはずがないのだ。

実際、私はそれから何年も心的後遺症に苦しめられた。伯父夫婦に心を開かず、過剰なまでに行儀正しくよそよそしい態度で接し、めったに笑顔を見せなかった。雨の音に異常におびえ、雷が鳴ると耳を押さえて部屋の隅にうずくまった。雨の降る夜はなかなか眠れず、午前二時頃まで布団の中で悶々《もんもん》としていたこともよくあった。

夢もよく見た。悪夢の中で、私はあの夜の出来事をリアルに再体験し、そのたびに泣きながら飛び起きた。

だが、悪夢は覚めればそこで終わりだ。むしろつらかったのは幸福な夢だ。父や母が実は生きていて、私を迎えに来てくれるのだ。二人とも元気な姿で、どこかに旅行に出かけていて難を逃れたとか、長く病院に入院していたのだとか説明する。もちろん家も元通りになっている。私たちはまた家族四人で幸福に暮らせるのだ……。

夢から覚めると、私はとっくに両親の葬儀を済ませていたことを思い出し（夢を見ている間はなぜか忘れているのだ）、枕に顔を埋《うず》めてすすり泣いた。こんな意地悪な夢を見せるのはいったい誰だろう？　神様だろうか？　私をこんな目に遭わせておいて、まだいじめ足りないとでも言うのだろうか？

これが人災であったなら、責任者を憎み、怒りの言葉をぶちまけることで、生命の炎を燃え上がらせることもできただろう。だが、私には憎しみをぶつけるべき相手さえいなかった。当初、マンション建設のために裏山の雑木林を伐採したのが土砂崩れの原因ではないかと思われたのだが、検証の結果、業者には落度がなかったことが判明したのだ。大雨による斜面の崩壊が生じた箇所は、建設現場よりずっと上の地点で、伐採とは直接の関係はなかったのである。あの災害は誰のせいでもなく、誰にも予期できなかったのだ。

すべては不運な偶然の積み重ねが生んだ悲劇だった。もし裏山の雑木林が伐採されなければ、土砂の流れる勢いは大幅に削《そ》がれ、私たちの家が受けた被害はずっと小さかっただろう。もしマンションが予定通り完成していたら、やはり土砂はそこで食い止められていただろう。もし父の仕事にトラブルが発生しなかったら、私たちはあの日、東京のホテルに泊まっていて、誰も死なずに済んだだろう……。

責任があるとしたら、ただ一人、すべてを見通していたはずの神だけだ。だが、怒りをぶつける対象としては、神はあまりにも遠すぎた。

不条理、という概念を、私は小学生にしてすでに理解していた。この世界はドラマやマンガとは違うのだ。ストーリーが理想的に進行することなどめったにない。善人が報われ、悪人が懲らしめられるとはかぎらないのだ。どんなに善人であっても、何の落度もなくても、突然、何の伏線も必然性もなく、殺されてしまうことがあるのだ。

こんなことが許されるのだろうか？　世界がこんなでたらめであっていいのだろうか？よく人が言うように、この世界で起きる出来事のすべてが神の書いたシナリオ通りだとしたら、神というのはよほどボンクラなシナリオライターに違いない。

私は現実から目をそむけ、マンガやアニメに没頭した。一見して荒唐無稽《こうとうむけい》に見える世界であっても、現実よりはずっと筋が通っていた。たまに善人が殺されることがあっても、それはストーリー上の必然であり、その死には必ず何か意味があった。意味のない悲劇などない。主人公や正しい人々は最後にハッピーエンドを迎え、善人を苦しめた悪人は報いを受ける――これこそ世界の正しいあり方ではないのか？

新しい学校でも、私はクラスに溶けこめず、いつも教室の隅で孤立していた。無口でぼうっとしている変な奴と思われたに違いない。睡眠不足のため、よく教室で居眠りをして、みんなの笑いものになった。たまに口を開く時には、できるかぎり正確な標準語を使うよう心掛けたが、それでもうっかり九州弁が出てしまい、また笑われた。私の口数はますます少なくなった。

休み時間には図書館から借りてきた本に読みふけり、誰とも話をしなかった。いや、誰とも話したくなかったから本に逃避していたのかもしれない。お話に没頭している間は、つらい現実に向き合わずにいられたからだ。素敵な物語がたくさんあったが、特にお気に入りは、ミヒャエル・エンデの『はてしない物語』だった。

そうしたお話の影響もあるかもしれないが、いつしか私は、ある妄想に取り憑《つ》かれるようになった。今、目にしているこの世界の方が夢で、夢の世界の方が現実ではないかという妄想だ。私は自分の家で長い悪夢を見ているだけで、いつか目が覚めるのではないだろうか。目が覚めればいつもの平凡な朝が待っているのではないだろうか。家は元のままで、隣の布団には兄が寝ている。母は階下のダイニングキッチンでトーストを焼いて待っている。父はコーヒーを飲みながら朝刊を読んでいる……。

私は心の中でその日を「目覚めの日」と呼び、ひそかに待ち望むようになった。最初は一九九四年の八月三日だと思った。その朝がちょうどあの日から一年目だったからだ。だが、八月三日の朝、私はやはり伯父夫婦の家で目を覚ました。次は八月三〇日、私の八歳の誕生日だと思った。もちろん、その日も何も変わりはしなかった。私は懲りもせず、何度も何度も「目覚めの日」を勝手に設定しては待ち望んだ。無論、そんな幼稚な妄想が現実になるはずはなく、私の期待は裏切られ続けた。

一九九五年一月一七日。テレビは朝から悲惨な光景を映し出していた。大きなビルが倒壊し、街が炎上していた。

私はすぐに大阪にいる兄に電話をかけ、安否を確認しようとした。電話はなかなかつながらず、ようやく連絡が取れたのは午後だった。彼の住んでいる地域では何時間も停電していたという。水道管が破損して水が噴き出したり、棚が倒れたりはしたが、幸い、兄にも同居している人たちにも怪我はなかった。

ひとまず安堵《あんど》したものの、テレビに映し出された惨状や、刻々と増えてゆく死傷者数を見て、私は自分の体験を重ね合わせ、心を痛めた。なぜこんなことが起きるのだろう？　神はなぜ、地震や大雨などの悲劇が起きないようにこの地球を創らなかったのだろう？　それとも、亡くなった人たちは天罰を受けるような悪いことをしたというのだろうか？

その二か月後、テレビはまた衝撃的な映像を映し出した。地下鉄から大勢の人が次々に担架で運び出される光景だ。誰かが毒ガスを撒《ま》いたのだという。今度もまた他人事《ひとごと》ではなかった。惨劇のあった路線のひとつは、伯父もよく使っており、時間帯がずれていたら巻きこまれていた可能性は充分にあったからだ。

その残忍なテロを行なったのが宗教団体だったと知り、私はますます困惑した。宗教は人を幸せにするものではなかったのか？　神を信じ、心の平安を求めたはずの人たちが、なぜ罪もない人々を虐殺しなくてはならなかったのか？

そして、全知全能であり、すべてを知っていたはずの神が、なぜこんな恐ろしい事件が起きることを許したのか？　神が彼らの暴走を阻止しなかったということは、それが神の意志だったということなのか？

私には分からないことだらけだった。

なぜ心を開いてくれないのか、と伯父がぼやいたことがある。伯父の家に来て三年目、小学四年の時だった。

伯父はかなり思い詰めた様子だった。これほど君のために親身になってやっているのに、なぜいつまで経っても我が家に馴染《なじ》んでくれないのか。つらい体験をしたことは分かるが、いつまでも過去を振り返っていてはいけない。君はもうこの家の子供なんだから……。

私も鈍感ではない。伯父夫婦の心中は痛いほど理解できた。彼らが善良で愛すべき人たちであり、私のために尽力してくれていることも知っていた。それでも彼らを愛することができなかった――いや、愛することを避けていたのだ。

私は怖かったのだ。誰かを愛して、その人がまた理由もなく奪い去られたら――そう考えると、誰も愛する気にはなれなかった。あんな体験は一度でたくさんだ。

そんなわけだから、私の表情はあの日以来、凍結していた。誰も好きにならず、誰も憎みもしなかった。プログラムされたロボットのように、決められた日常生活をこなしていたが、心の中は空虚だった。喜びや悲しみを覚えるのは、本やテレビの中の出来事に対してだけで、現実世界にはまったく無関心だった。同世代の子供たちと遊ぶこともなく、アイドルやファッションにも興味を持たず、勉強と読書にふけっていた。おかげで学校の成績だけは良かった。

自殺も考えた。天国に行けば両親に会えるかもしれない。どんな方法なら苦しまずに確実に死ねるか、子供なりに頭の中でいろいろシミュレートしてみた。毒薬はどこで手に入れればいいか分からないし、首を吊《つ》ったり川に飛びこむのは苦しそうだし、手首を切るのは痛そうだ。結局、高いビルから飛び降りるのがいいという結論に達した。

しかし、それを実行に移すことはなかった。勇気がなかったせいもあるが、その頃すでに、私は神に対する深い不信の念を抱くようになっていたのだ。

神を信じられない者が、天国を信じられるわけがない。

中学に入学する頃には、さすがに私も「目覚めの日」を待つのをやめ、少しは現実と向き合うようになっていた。心の傷も少しずつではあるが癒《い》え、口数も以前より多くなってきていた。

ひとつのきっかけは初潮を迎えたことだった。自分の身体が大人になったこと、いくら現実を拒否しても時間は着実に流れていることを、痛切に思い知らされたのだ。これほど強固な現実を突きつけられては、さすがに子供っぽい空想に逃避しているわけにはいかない。

私が変わることになったもうひとつのきっかけは、中学一年の夏、読書感想文を書くために読んだ一冊の本だった。世界各地のかわいそうな子供たちの実態を紹介した本だ。ルワンダの子供たちは民族紛争で親を奪われ、生命の危険におびえ続けている。タンザニアにはゲリラに腕や脚を切断された子供がいる。旱魃《かんばつ》に襲われたエチオピアの子供たちは、飢餓で苦しみながら、ひっそりと死んでゆく。ハイチの路上で生活している少女は、日本円にして数十円という金で身体を売って、妹や弟たちを養っている……。

どこの国でも子供たちは犠牲になっている。そんな事態を招いたのは、大人たちの醜い争いや、政治の失策、自然環境の変化などのせいで、子供には何の罪もないというのに。

彼らを救えないわけではない。湾岸戦争の際に日本が出した金の数分の一でもあれば、何百万という子供を病気や飢餓から救えるはずなのだ。だが、政治家たちはそんな目的のために金を使おうとはしない。戦争のために使う金、金融機関の救済のために使う金は、いくらでもあるというのに。

私は泣いた。そして、そのやりきれない想いを読書感想文にぶつけた。今から思い返すと顔から火が出そうなほど青臭い文章で、恥ずかしすぎてここにその一部分を引用することもできない。私は自分の体験を世界各地のかわいそうな子供たちのそれと重ね合わせ、この世がどれほど不条理に満ちているか、それに対して子供はいかに無力であるかを訴えたのだ。

勢いで書いてしまったものの、それを先生に提出するべきか、さんざん迷った。読み返し、何度も破り捨てようとしたが、別の感想文を書く気にもなれなかった。結局、提出してしまったが、すぐに後悔するはめになった。

その感想文がコンクールで優勝してしまったのだ。賞状と賞品（確か図書券だった）を渡され、先生たちからお褒めの言葉をいただいたものの、私はちっとも嬉《うれ》しくなかった。むしろ自己嫌悪でいっぱいだった。

他にも同じ本を読んで感想文を書いた生徒は大勢いたのだ。二年生や三年生には、私より文章のうまい人もいただろう。それなのになぜ私の感想文が優勝したのか？

理由は簡単、私の体験談が先生方の涙を誘ったからだ。コンクールに優勝したいという気など毛頭なかったが、結果的に、私はアンフェアな手で他人を押しのけたことになる。なんと卑劣なことをしたのだろう！　私は自分の不幸を武器に使ってしまったのだ。

だいたい、その本を選んだ動機が不純だった。悲惨な境遇にいる子供たちの話を読むことで、「私よりかわいそうな人がいる」と、自分を慰めたかったのだ。他人の不幸を見ることで安心したかったのだ――無論、そんなこと、感想文には一行も書かなかったが。

私は最低の人間だ。

その一件で私はすっかり気が滅入り、つくづく自分が嫌になってしまった。賞を取った感想文は学校誌に載り、私も一冊貰《もら》ったが、目を通す気にもならず、本棚に投げこんでしまった。そして、もう二度と自分の不幸を売り物にはすまい、他人の不幸を自分のそれと比較したりすまいと心に誓った。

しかし、悪いことばかりではなかった。その感想文を書いたおかげで、私は生涯の友とめぐり合えたのだから。

感想文が学校誌に載って何日か経った放課後、図書室で本を借りようとして、カウンターでカードを提出した。すると二年生の図書委員が、カードに書かれた私の名前を見て、「ああ」と驚いたような声を上げたのだ。

「あんたが和久優歌さんなのかあ」

とまどっている私に、彼女は人なつっこい笑みを投げかけてきた。髪を短くボーイッシュにしていた私とは対照的に、彼女はポニーテールを長く伸ばしていた。性格も正反対で、お喋《しゃべ》りで快活な少女だった。

「あんたの感想文、読んだよ。すごく良かった。泣けちゃったよ、ほんと。あたしも書いたんだけどさ、かすりもしなくて」

　私は恥ずかしいのと居心地が悪いのとで、「ありがとう」と小声で答えるのが精いっぱいだった。早く本を持って退散したかった。だが、彼女はなかなか貸し出し期限のハンコを捺《お》そうとしない。それどころか、私の顔を覗《のぞ》きこんで秘密めかした微笑みを浮かべ、いたずらっぽくささやいた。

「でもさ、ちょっとアンフェアだった……って思ってない？」

　私はぎくりとした。先生にさえそんなことを言われたことはなかった。みんな私の文章に素直に感動していた。たとえ「卑怯《ひきょう》だ」と思っていても、口に出す者はいなかった。私の心の中を見透かし、しかもそれを口にしたのは、彼女だけだった。

　すぐに知ることになるのだが、彼女――柳葉月《やなぎはづき》は、他人の心を理解する天性の素質に恵まれていたのだ。相手のちょっとした態度や言葉の端々から、隠された本音を直感的に読み取ってしまう。それはほとんど超能力と言っていいほど鋭いもので、彼女の前では誰も裸同然なのである。私には逆立ちしても真似できない才能だった。

「あ、やっぱり思ってたのか」

　私のおどおどした態度を見て、葉月は屈託なく笑った。

「あんなお涙ちょうだいの文章書いといて、ぜんぜん後悔してないような厚顔無恥な奴だったら、ブッ飛ばしてやろうかと思ったんだけどね。自分でも卑怯だと思っててんなら、それでいいや。ま、そんなに悩むことないって。あんたの文章が良かったのは事実なんだから。あんな奥の手使わなくたって、佳作ぐらいには入ってたよ」

彼女がハンコを捺すと、私は本をひっつかみ、逃げるように図書室を後にした。私は彼女が怖かった。隠していた自分の心をあっさり見透かされてしまったことが、たまらなく恐ろしかった。家までの道を歩いている間ずっと、胸の中には形のない不安がわだかまり、心臓を強く締めつけていた。

だが、自分の部屋に帰り着いた頃には、その不安はジーンという熱さに変わっていた。不思議な心地好い熱さだった。私はベッドに横になり、本を広げ、彼女が捺してくれたハンコを見て涙ぐんだ。

ついに私のことを理解してくれる人が現われたのだ。

私が図書室の常連で、葉月が図書委員ということもあって、私たちはそれから頻繁に話をするようになった。私たちは好きな本の話題でよく盛り上がった。無論、一対一のつき合いだったわけではない。外向的だった彼女には何人も友達がいた。おまけに、しょっちゅうトラブルを起こしては、噂の的になっていた。

葉月は他人の心を裸にするだけではなく、自分の本音もおおっぴらにさらけ出すのだ。誰かの言動が気に食わないとか間違っていると思えば、上級生だろうが教師だろうが、遠慮なくずばずばと指摘する。それがたいてい正論なもので、相手はいっそう頭に来る。購入希望図書のリストに文句をつけてくる学校側に頭にきて職員室にねじこんだとか、授業中に理科の教師の間違いを指摘したせいで（その教師は「地球は太陽のまわりを回っているが、太陽は宇宙の中で動いていない」と、トンデモないことを言ったのだそうだ）、授業を中断して大激論になったとか、武勇伝は数多い。

そんなわけだから、葉月をめぐっては、良い評判と悪い評判が半々だった。彼女に好感を持つ者が多い一方、蛇蝎《だかつ》のごとく嫌い、悪口を言う者も少なくなかった。しかし、彼女は周囲の評価などまったく気にせず、あっけらかんとマイペースで生きていた。

私はと言えば、彼女を羨望《せんぼう》の目で見ていた。自分と他人を隔てる壁などないかのように、どんな人間にも裸でぶつかることのできる葉月。自分が正義だと信じたことを貫き通す葉月――そんな彼女の痛快な行状に、心の中で拍手喝采《かっさい》を送る一方、自分にはあんな生き方はできそうにないと嘆息していた。

彼女に相談を持ちかけたことも何度かある。中でも困ったのは、クラスの複数の男子から二か月間に三回もデートに誘われたことだ。いかにも軽薄そうな男ばかりだったうえ、恋愛にはあまり関心がなかったので、いずれも丁重にお断わりした。しかし、教室の隅で目立たない存在のはずの私が、なぜ急に男子から注目されるようになったのか、まるで見当がつかなかった。

「世間じゃあんたみたいなのが流行《はや》りなのよ」葉月は笑いながら解説してくれた。「綾波タイプって言うの？　無口で、ちょっと病的で、何考えてるか分からないお人形さんみたいな女の子。男どもにしてみりゃ、ロボットみたいに言いなりになってくれる、都合のいい女に見えるんじゃないの？　だから生身の女とつき合うのが面倒臭いような連中が、『こいつだったらいけるかも』って、寄って来るわけよ。あたしなんか逆。お喋りだし自己主張が強いから、男なんか寄って来やしない」

「でも、また誰かに誘われたら、どうすればいいのかな？　男の子たちの理想像に合わせてあげた方がいいのかな？」

そう言うと、葉月は一転して真剣そのものの表情になり、忠告してくれた。

「他人があんたをどう思おうと、それに振り回される必要なんてないよ。他人のイメージに合わせて演技する必要なんて、ぜーんぜんない。あんたはあんたなんだから。自分に素直に、本当にやりたいようにやればいいんだよ。そうじゃない？」

自分に素直に生きろ——ありきたりだが力のこもった忠告だった。その言葉に私はどれだけ救われたか分からない。


当然のことながら、私はいじめにもちょくちょく遭っていた。無口で無抵抗だったものだから、うさ晴らしの標的としては絶好だったのだろう。入学した直後から、同じクラスの女子から「のろま」とか「陰気臭い」と罵《ののし》られた。上履きの中に砂を入れられたり教科書を隠されたりといった面白半分の嫌がらせも何度か受けていたが、肉体的な危害を加えられたことはなかった。

それが二学期の後半になって急にエスカレートした。私が男子の注目を集めているのが腹立たしかったのか。あるいは、例の感想文に含まれていた自己憐憫《れんびん》が、彼女たちのサディスティックな感情を刺激したのか。いじめと言っても、昔の少女マンガにあるような「靴に画鋲《がびょう》を入れる」などという他愛ないものではない。廊下ですれ違いざまに蹴《け》りを入れられたことがあった。階段を降りようとしていて、強く背中を突かれ、転落しそうになったこともある。

私はさすがに身の危険を感じた。教師などあてにならない。彼らは校内で露骨に行なわれているいじめを見て見ぬふりをし、何の対策も立てようとはしないのだ。どうせ教育委員会には「我が校には何の問題もなし」と報告しているのだろう。

思い余って葉月に相談すると、あっさり「あんた、バカか?」と返された。

「あたしに何を期待してるわけ?　あたしがウルトラマンだとでも思ってんの?　ピンチになったら駆けつけてきてくれるって?　冗談じゃない!　あたしだって自分の生活ってもんがあるんだから、四六時中、あんたを守ってなんかいられないよ。そんな便利なキャラだと思わないで!」

そんなつもりで言ったんじゃ……と、しどろもどろに弁明すると、葉月はさらに追い討ちをかけてきた。

「だったら、あたしにどうしろっての?　『おお、おお、いじめられてかわいそうねえ、よしよし』って慰めて欲しいの?　それで問題が解決する?」

彼女の口調は乱暴だが、言うことは常に正論だ。そう、慰めてもらったところで、何の解決にもならない。

自分でどうにかするしかないのだ。

三学期がはじまったばかりの頃、私の人生の転機がめぐってきた。クラスの中でも特に性悪な三人の女子に呼び出され、校舎の裏に連れこまれたのだ。用件はごくありきたりなもの——「金をよこせ」だった。

彼女たちは暴力で脅すだけでは飽きたらず、言葉で私の人格をさんざん傷つけた。私の感想文を槍玉《やりだま》に上げ、「あんなもんで世間の同情が引けると思ったのか？」と嘲笑《ちょうしょう》した。

「むかつくんだよ、てめえみてえな優等生は」

「被害者ぶりやがってよ」

「てめえなんか、土砂崩れで死んじまえばよかったんだ」

その言葉に私は腹が立った。無性に腹が立った。なぜ世界はこんなにも不条理なのか？なぜ私はこんな目に遭わなくてはならないのか？　家を失い、両親を失い、そのうえどうしてこれほどまでに罵倒《ばとう》されなくてはならないのか？　私は何も悪くないのに。

そう、私は悪くない。間違っているのはこいつらの方だ——この世界の方なのだ。

その瞬間、何かが切れた。長いこと凍結していた感情が一気に溶け、熱い奔流となってほとばしった。私は強烈に憎んだ。彼女たちを、この不条理に満ちた世界を、私を翻弄《ほんろう》する運命を——そして何より、それらに安易に屈服してきた自分自身を。

私は今まで何を待っていたのだろう？　何のために耐えていたのだろう？　いくら待ったって目覚めの日なんてくるはずがない。いくら耐えたって神様は助けてくれるはずがない。

もうたくさんだ、自分の不幸を隠れ蓑《みの》にするのは。もうやめた、無抵抗で運命に流されるのは。現実から顔をそむけたりはしない。堂々と立ち向かってやる。

私はリーダー格の少女に殴りかかった。ビンタなどという優しいものではない。グーで、顔面を狙って、力いっぱい殴った。反撃が来るとは予想もしていなかったらしく、私の一撃は見事にヒットした。彼女はよろめいてぶざまにひっくり返り、盛大に鼻血を流した。

「今度は目を潰《つぶ》してやるよ」

驚き、たじろいでいる他の二人に向かって、私は二本の指をVサインのように突き立て、低い声ですごんでみせた。

「残りの一生ふいにする覚悟があるなら、かかってきな」

即興で思いついたフレーズだったが、効果はあったようだ。私の思わぬ豹変《ひょうへん》におびえ、性悪どもはこそこそと退散した。こんな簡単なことだったのか、と私は拍子抜けした。あと二、三発、殴りたかったのに。

葉月は話を聞いて素直に喜んでくれた。「やればできるじゃん！」と。

その事件以後、クラスの中での私に対する評価は一変した。「和久はキレると何をするか分からない女だ」とささやかれた。いじめはぷっつりとなくなったが、男子から誘われることもなくなった。しかし、そんな些細《ささい》なことはまったく気にならなかった。他人にどう思われようとかまわない。私は私だ。

魂を縛っていた重い鎖のひとつが切れた気がした。完全にトラウマから解放されたわけではなかったが、ほんの少し、人生を歩む足取りが軽くなったように思えた。


その事件が契機となって、私は自分に自信を持つようになった。口数も多くなり、笑う回数も増えて、伯父《おじ》夫婦を安心させた。もっとも、以前ほど勉強に熱を入れなくなったので、成績はがた落ちになったが。

私は葉月に一年遅れて、同じ高校に進学した。私たちは大の親友で、休日にはよく二人で渋谷あたりをうろついたものだ。

高校二年の初夏、ちょっとした事件があった。制服姿で渋谷駅前を歩いていて、テレビ制作会社のスタッフに声をかけられたのだ。最初はちょっとした街頭インタビューだと思ったのだが、そのうち思いがけない話を切り出された。有名な番組に出てくれないか、というのである。

彼の話はこうだった。女子高生の援助交際の実態をレポートした番組を制作していて、取材を進めていたのだが、出演を予定していた女子高生が急にキャンセルしてきた。放映日まであまり時間がない。そこで急遽《きゅうきょ》、代役を使って撮影することになった。もちろん、顔はモザイクで隠すし、声も変える。本当に援助交際をする必要はなく、台本通りに喋《しゃべ》って、ちょっと演技してくれるだけでいい。ギャラははずむ……。

私たちは喜んでOKした。断わる理由は何もなかった。テレビの裏側が見られるというミーハーな好奇心もあったし、本当に身体を売ることなく、遊び半分でお金が手に入るというのだから、おいしい話ではないか。

後になって、この時の安直な決断を、ひどく後悔することになるのだが。

その次の日曜日、再び渋谷にやって来た私と葉月は、ディレクターに指示されるままに、渋谷のあちこちで素人臭い演技をした。交際相手の男性（実はスタッフの一人）と待ち合わせ、腕を組んで道玄坂のラブホテルに消えるまでを望遠カメラで撮影された（実際はホテルの入口で引き返し、中には入らなかった）。夜遅くまでスナックに入り浸り、酒を飲んでいるところを隠し撮りされた（撮影したのは夕方で、飲んでいたのはソーダだった）。ゲームセンターでは、血しぶきが派手に飛び散るシューティング・ゲームに熱中しているところを撮影された（本当は私も葉月もシューティング系は苦手だった）。

休み時間に雑談中、若いカメラマンが口を滑らせたので、出演を予定した女子高生がキャンセルしたとかいう話は嘘だったと分かった。最初からヤラセで撮る予定だったのだ。どうせそんなことだろうと思っていたので、私たちは驚かなかった。

最初は葉月をメインに撮る予定だったのだが、じきに私の方が主役になった。というのも、葉月の喋り方はテンションが高いうえ、普段から本音だけで喋っているので、台本通りの台詞《せりふ》を口にするとぎこちなくなってしまうからだ。

それに対して、自分でも意外なことだったが、私は「バカで放埒《ほうらつ》な女子高生」を演じるのがうまかった。演技の才能があったわけではないが、起伏に乏しいだらだらした喋り方に、かえってリアリティがあったのだ。おまけに、遊びで身体を売るような連中にはかねてから敵意を抱いていたので（ハイチの少女の苦しみの一〇分の一でも知るがいい！）、いかにも憎々しげに演じることができた。彼女たちの愚かさを誇張して世間に見せつけ、笑いものにしてやろうと、歪《ゆが》んだ情熱を燃やした。

放映された番組は、実に巧みな編集がされており、なるほどこれがプロの仕事というものかと、私たちは妙な感心をした。二人の女子高生の休日の行動を追跡したようになっていたが、実際はばらばらな順序で撮影したシーンをつなぎ合わせ、ナレーションとテロップでごまかしたものだった。たとえば、「午前一〇時、東急東横線で渋谷に到着」という冒頭のシーンは、午後五時に撮影されたものだ。よく見れば、パルコやハンズの袋を提げた客がぞろぞろと改札口に入ってゆくのが映っており、朝に撮影されたものではないことが分かるはずなのだが、視聴者はそんなところまで注意して見ない。

当時の番組のビデオが残っている。その中から、「A子（16歳）」つまり私と、レポーターの会話を抜粋してみよう。

――いつ頃から援助交際やってるの？

「中学の時」

――もう何人ぐらいとつき合った？

「分かんない。四〇人ぐらいかな」

――ホテルまで行くの？

「たいていはね。気に入らない男だと、金だけ取ってバックれちゃうこともあるけどお（笑）」

――ボーイフレンドはいるの？

「んー、四、五人、かな？」

――その子たちとはセックスするの？

「んー、公園とか相手の部屋とかで、ちょくちょく。でも同じ年頃の男の子ってえ、やっぱ経験不足だからあ。おじさんたちの方が上手だよね。お金もたくさん持ってるし（笑）」


台本通りとはいえ、我ながらぬけぬけとよく言ったものだと思う。この頃の私は、セックスどころか、ファーストキスもまだだったのだ！

さらに笑えたのが、スタジオでVTRを見ていた司会者やゲストたちが、「この娘、むかつくよね」「こんな連中が日本を滅ぼすんだ」「死刑にした方が社会のためだね」などと、本気で腹を立てていたことだ。有名なタレントや偉い評論家の先生までまんまと騙《だま》したことで、私たちはすっかり愉快な気分になっていた。

約束通り、ギャラは貰《もら》えた。私は貯金し、葉月は新しい服を買った。無論、家庭や学校に知られることはなかった。この一件はそれで終わったはずだった。

ところが、番組が放映されて三週間ほどして、私の携帯に見知らぬ男からの電話がしばしばかかってくるようになった。半分はいたずらで、残りの半分は交際の申しこみだった。声の調子からすると二〇代から四〇代ぐらいの男性が中心だったが、同じ高校の生徒も一人いた。みんな明らかにセックスが目的で、中には露骨に「一回いくらだ」と訊《き》いてくる者もいた。

私は困惑した。テレビには私の顔も本名も出なかったはずだ。なのにどうして私の電話番号が分かったのか？

一人が「インターネットで見た」と言い、URLを教えてくれた。当時、私はまだインターネットのアカウントを持っていなかったし、近所にネットカフェもなく、伯父のパソコンは勝手に使えなかったので、大阪にいる兄に事情を話して確認してもらうことにした。父譲りの理系の才能に恵まれた兄は、一流大学のコンピュータ関係の学科に進んでおり、インターネット歴も五年になっていた。

二〇分後、兄が緊迫した声で電話をかけてきた。

「お前、ネットの中で有名人になってるぞ」

兄はわざわざ問題のホームページをFAXしてくれた。〈エビケンのTV突撃隊〉というそのページは、テレビ番組の裏側やタレントの私生活を暴くサイトとしてけっこう有名らしく、多くの芸能・ゴシップ系のサイトとリンクしていた。どうやって調べたのか、アイドルの自宅の住所もたくさん載っていた。

その中に「あのムカツく女子高生を探せ!!」と題した特設ページがあった。エビケンというハンドルネームの作者は、私の出演した番組をビデオで入念にチェックし、モザイクに隠された私の正体を暴き出していた。

彼（性別も不明なのだが）がまず注目したのは、ゲームセンターの中で葉月が「ゆうか」と呼びかけた箇所だった。編集の際にうっかり音声をカットし忘れたのだ。さらに制服の形状と「東急東横線で渋谷に」というナレーションをヒントに、横浜市内の私立高校であることを突き止めた。同時に、画像解析技術（ピクセルの濃度変化の時間積分がどうとか、素人にはさっぱり分からなかった）を使って、顔にかかったモザイクをある程度まで消し、ぼんやりとではあるが元の顔が判別できるぐらいにまで復元することに成功した。さらに「16歳」というテロップから、二年前に同じ地区の中学を卒業したに違いないと目星をつけ、コネを使って卒業アルバムを入手、その写真と照合した。そしてついに「優歌」という名前を発見したのだ。

そのページの最後には、「これがバカ娘のお出かけ風景／知らずに育ててるおじさんたち、ご愁傷さま」というキャプションつきで、私が伯父夫婦の家から出てくる場面が掲載されていた。知らないうちにデジカメで隠し撮りされていたのだ。眼の部分だけは黒く塗り潰《つぶ》されていたが、私を知っている人間なら容易に顔を見分けられるし、眼が隠されたせいでかえって凶悪犯のような印象になっていた。

私はここまで調べ上げた作者の執念に感嘆すると同時に、恐ろしくなった。アクセス数から推測すると、日本中の何万という人間がこの情報を見ているのだ。しかも彼らは、テレビに映し出された私の姿が真実だと信じている……。

さらに悪いことに、〈エビケンのTV突撃隊〉のことは別のアングラ系掲示板でも話題になっていた。その中の誰かが私のフルネームをバラしたうえ、裏技を使い（電話会社の職員が電話番号のデータを横流ししているらしい）、私の携帯の電話番号を探り出し、書きこんでいたのだ。

私は自分をぶん殴りたくなった。なんという軽率なことをしたのだろう。「バカな女子高生」を演じたつもりだったが、本当にバカなのは私だった！

兄は私に代わってホームページの作者にメールを送り、番組の内容が事実ではないことを伝えると同時に、私に関する情報を取り下げるよう、丁重に要求した。相手の返事は驚くべきものだった。「そのような要求は不当であり、言論の自由の弾圧である。さらに脅迫まがいの行為を続けるなら、訴訟の用意がある」というのだ。

「あいつはだめだ」兄は苦渋に満ちた口調で報告した。「ネット人種によくいるタイプ――批判されるといっそう依怙地《いこじ》になって、間違いを絶対に認めないタイプだ。下手につつくと、かえって騒ぎ立てて面倒なことになるぞ」

問題が問題だけに、伯父《おじ》夫婦に相談するわけにもいかない。私は葉月と対策を話し合った。他の掲示板でも話題が盛り上がっており、同じ高校の中にもすでに情報を知っている者がいる以上、今さらホームページをどうにかしても手後れだろう。「人の噂も七五日」という諺《ことわざ》を信じて、みんなの記憶からこの件が消えるまで、じっとやり過ごすというのも手かもしれない。だが、その前に教師たちの耳に入る可能性は高いし、そうなったら退学はまぬがれない。

「こうなったら先手必勝だね」葉月は言った。「バレる前に、こっちから校長に謝っちまおう」

いかにも小細工の嫌いな葉月らしい発想だった。しかし、バレてからあれこれ弁明するより、先に告白した方が信じてもらえる可能性が高いのは確かだ。

私たちは校長室に出向き、一部始終を正直に説明した。テレビのヤラセ番組に加担したこと、そのせいでインターネット上で誤った情報を流されてしまったこと、実際に援助交際などしていないこと……。

初老のもの静かな校長は、私たちの話を最後まで黙って聞いていた。怒りもしなかったし、叱りもしなかった。話が終わると、少し考えてから、「ちょっとだけ私のお喋《しゃべ》りにつき合っていただけますか」と前置きして、私たちにこんな話をした。

一九六〇年代、アメリカにカルロス・カスタネダという男がいた。彼はヤキ族インディアンの呪術師《じゅじゅつし》ドン・ファンとメキシコの砂漠で生活をともにし、多くの神秘的な体験をして、貴重な哲学を学んだ。彼はその体験を元にした論文を書き、UCLA（カリフォルニア大学ロサンゼルス校）で人類学の博士号を授与された。カスタネダの著書『ドン・ファンの教え』（邦題『呪術師と私』）は高く評価され、多くの人に熱心に読まれて、当時のアメリカのニューエイジ運動に大きな影響を与えた。

後になって、カスタネダの著作は何から何までインチキだったことが暴露された。彼はメキシコの砂漠で生活したことなどなく、ドン・ファンなる呪術師も実在しなかった。すべては空想で書かれたものだったのだ。当然のことながら、ヤキ族の文化や慣習についての記述には間違いが何箇所もあった。カスタネダはまた、自分の経歴も詐称していた。

彼の著書に心酔していた人たちは、騙されたことを知って怒り狂っただろうか？　いや、そんな動きはまるで起こらなかった。カスタネダは博士号を取り上げられたりはしなかった。ある人類学者などは「カルロス・カスタネダ——本当でなかったとしても、それがどうだというのか？」というあからさまな題の論文を発表して、彼を擁護した。今でもカスタネダの著作は人気が高く、日本の書店でも「精神世界」の棚に並んでいて、多くの人に読まれている。

日本でも似たような事件があった。一九七〇年、イザヤ・ベンダサンなるユダヤ人が書いたというふれこみの日本人論の本が出版され、大ベストセラーになったのだ。実際には著者は日本人で、本の中に書かれたユダヤ人や聖書についての知識には多くの間違いがあった。そうした事実が暴露されたにもかかわらず、多くの読者はまったく怒らなかった。それどころか、今でもその本を評価する人はたくさんおり、本の中に書かれた間違った知識が引用されることもしばしばある。

「ユダヤ人ベンダサン」の支持者たちは口を揃えてこう言う――「本当でなかったとしても、それがどうだというのか？」


「これが現実というものです」

校長は静かな、どこか悲しく、あきらめきったような口調で言った。

「嘘は強い。ひとたび成功した嘘、多くの支持者を獲得した嘘は、真実が暴露されたぐらいで揺らぐものではない。何年、何十年でもはびこり続けるのです。それに対して、真実はなんとも弱く、はかない。大きな嘘にあっさり押し流されてしまう。真実を口にしただけで処刑された時代もあったのです。人類の歴史を見れば、むしろ嘘が勝利した例の方が圧倒的に多いと言えるかもしれません。

ですから、もし本当に子供たちに社会の中で成功するすべを身につけさせようと思うなら、学校は嘘の大切さを教えるべきなのです。嘘がいかに強いものかを、嘘をどのように使えばいいかを教えるべきなのです。嘘を武器に使う者の方が勝てるのですから――」

そこで校長は、悲しげな表情で大きくかぶりを振った。

「しかし、そんなことはしません。学校ではそんなことを教えません。私たちはあなたたちに真実を教えようとしています。真実を守ることを教えようとしています。たとえそれが不利と分かっていてもです。それはなぜなのか？　考えてみてください」

それだけ言って、校長は私たちを放免した。処分は一切なしだった。私と葉月は、校長室を後にし、無言で廊下を歩いていった。

「……なぜなんだろう?」

何分かして、葉月がぽつりと言った。

「どうして校長、『真実を教えています』じゃなく、『真実を教えようとしています』って言ったんだろう?」

卒業式の日の奇妙な光景が、今でも記憶に焼きついている。「君が代」が流れる中、他の教師たちは硬く口を閉ざして拒否の姿勢を表明し、生徒たちも事前に教師から受けた指示通りに沈黙していたというのに、校長だけが低い声で歌っていたのだ——いかにも苦しそうに、ばつが悪そうに、自分が望んだ状況ではないというように。

「誰も歌わないと文科省からお叱りを受けるんだってさ」隣の列の誰かが、面白そうにささやいていた。「だから一人でも歌わなきゃならないんだって」

「何それ?　かっこ悪〜」

くすくすという笑い声が卒業生の間を流れた。

私は笑えなかった。校長の苦渋に満ちた表情を見てしまったからだ。その心境は、教会に対して「それでも地球は回っている」と叫ぶ異端者のそれなのだろうか、それとも無理やり踏絵を踏まされるキリシタンのそれなのだろうか……?

あの時、校長は「私たちは真実を教えようとしています」という言い回しで、私たちに何かを伝えたかったのだろうか。

03「あれは何だったんでしょう?」

私は国立大学の社会学部に入学したが、二年目で中退し、職を探しはじめた。長引く不況と就職難で、「大卒」というブランドがもはや通用しなくなっており、大学を出ても良い就職口が見つかる可能性は低かった。それならいっそ早いうちに職探しをはじめた方がいいと考えたのだ。同時に伯父《おじ》の家からも独立し、安アパートに引っ越した。伯父夫婦にこれ以上、経済的負担をかけたくなかったからだ。

しかし、本当はもっと大きな動機があった。だらだらと生きるのが嫌だったのだ。何となく大学に通って、何となく就職して、何となく結婚して……そんなごくありきたりのつまらない一生を終えたら、それこそ運命に屈服したことになる。私は他人と違う生き方がしたかった。与えられた生命を完全燃焼させ、私の人生に価値があったことを証明したかった。

それが私なりの意趣返し——運命に対する復讐《ふくしゅう》だった。

兄も私と同じく、自分の進むべき道を見出《みいだ》していた。私が大学に入学した年、彼は大学を卒業し、関西学研都市内に新設された「遺伝的アルゴリズム基礎研究室」に移った。在学中からすでに研究者としての才能を見出され、スカウトされたのだ。

　不況の波は学問の世界にも容赦なく押し寄せていた。国内の多くの大学では予算が大幅にカットされ、財団も出資をしぶることが多くなり、研究者は誰も研究予算の不足に苦しんでいた。そうした中、京都市を中心とする関西の大学の理工学部だけは活気があった。京都市では一九九〇年代から、産官学共同による産業振興に力を入れており、有望なベンチャー企業に助成金や施設を提供する一方、大学の研究室と企業の間を取り持って、新技術の開発を進め、多くの成果を上げていた。有力な企業がスポンサーになって新技術開発のためのプロジェクトに出資することにより、優秀な研究者が思う存分腕を振るうことができるわけだ。

　兄は研究室で、新しいシミュレーション・ソフトの開発プロジェクトに関わっていた。京都に本社のあるゲーム会社がスポンサーだった。やがて完成したソフトは、ゲーム会社のプログラマーやグラフィッカーの手に渡って、美しいグラフィックや音響効果が加えられ、一枚のDVDとなって世に出ることになった。ゲームソフトの売り上げというのは、「ちょっとした話題作」という程度でも数億円、メガヒットともなると一〇〇億円を超えることもざらにある。その利益の一部は大学にも還元される契約になっていた。

　私がまだフリーターをしながら職探しをしていた頃、兄は東京で開かれるゲームショーを見学するために上京し、そのついでに私のアパートを訪れた。彼はプロモーション用DVDを持参していて、まもなく発売される予定のゲームの画面を見せてくれた。

『ダーウィンズ・ガーデン』——それがゲームのタイトルだった。

その幻想的な画面に、私は一目で魅了された。アンリ・ルソーあたりを連想させる熱帯風の不思議な密林の中に、色とりどりの巨大な昆虫のような生き物がうごめいていた。みんな光を美しく反射する虹《にじ》色の甲羅を持っていたが、姿は千差万別だった。カニのような胴体から竹馬のような長い脚が生えていて、ひょこひょことユーモラスに歩くもの。いくつもの体節に分かれていて、蛇のように身をくねらせて這《は》うもの。長い二本の腕を器用に使って、枝から枝へと猿のようにスイングするもの。ハンガーのような形をしていて、身体全体を勢いよく伸ばしてジャンプするもの。身体を丸めてタイヤのように転がるもの……何とも形容しづらい、地球上のどんな生物や機械にも似ていないものも多かった。

プロモーション用ビデオではただ見るだけだが、実際のゲームでは、コントローラーを使って自由に視点を移動させられるし、写真に撮ったり、生き物に餌を与えたり、最大で六匹までの生き物に鬼ごっこをさせたりして遊ぶこともできるという。

「これ、兄さんがデザインしたの？」

私の素朴な疑問に、兄は笑った。

「僕がデザインしたんじゃないよ。いや、誰もデザインなんかしていない。こいつらは、自分でこんな姿になったんだ」

最初、てっきり兄が冗談を言っているのだと思った。コンピュータがこんな美しいものをデザインできるはずがないと思ったのだ。だが、それは事実だった。モニターの中で動き回っている人工生命たち（「アーティフィシャル・ライフ」を縮めて「アーフ」と呼ばれていた）は、実際の生物と同様、環境に適応して進化し、このような姿になったのだ。兄たちはその基本プログラムを組んだだけで、どんなデザインを創りたいかというビジョンはまったくなかった。すべては気まぐれな進化の結果なのだ。

それを可能にしたのが「遺伝的アルゴリズム」という手法だった。

人工生命の歴史は、一九四〇年代、数学者フォン・ノイマンの構想した「セルオートマトン」にまで遡《さかのぼ》る。ノイマンは二二歳で博士号を取得、二三歳でベルリン大学の講師になった大天才で、アメリカに渡ってからは、原爆開発や世界最初のデジタル・コンピュータの開発に貢献するなど、多くの功績を残した人物だ。

生物はきわめて複雑なシステムだがオートマトン（自動機械）によって模倣できる、というのがノイマンの信念だった。彼が構想したのは、自分自身を複製する工場のような装置だ。まだ近代的なコンピュータ技術が誕生していなかった時代なので、彼は記憶装置として長さ何キロもある長いテープを想定した。格子状のセル（細胞）によって構成されたオートマトンは、テープの指示に従って部品を組み立て、最終的に自分とまったく同じ装置を完成させる——すなわち、「子供を産む」のだ。

無論、ノイマンはただアイデアを提示したにすぎず、彼の時代にはその構想を実現する技術はなかった。自己複製オートマトン第一号は、一九七九年、クリス・ラングトンによってアップルIIコンピュータのモニター上に創造された。

ラングトンのオートマトンは、四角いループ状で、端から尾が出ており、アルファベットの「Q」に似ている。それ自身が持っている遺伝情報に従って、ループは自分を複製する。まず尾が長く伸び、それが直角に三回曲がって、新たなループを形成する。ループが閉じると同時に尾が切断され、まったく同じループが二個になる。新たに誕生したループは、「親」と同じように、ただちに自分を複製しはじめる……。

無論、これだけでは生物の持っている繁殖という機能だけを模倣したにすぎない。ラングトンのオートマトンは無限に増殖し続けるだけで、決して進化しないのだ。

自然界の進化のメカニズムを模倣して、コンピュータ・プログラムを進化させる――この荒唐無稽《こうとうむけい》とも思えるアイデアを考えついたのは、ミシガン大学のジョン・ヘンリー・ホランドで、一九六〇年代のことだった。ホランドの語る「遺伝的アルゴリズム」の構想は多くの学生を熱狂させた。最初はミシガン大学で、やがて全米各地の大学で、コンピュータを使った実験が行なわれるようになった。

遺伝的アルゴリズムの手法は、研究者によって細部に違いはあるが、典型的なのは次のようなものである。

ステップ1：たくさんのプログラム（ここでは仮に一〇〇個としよう）に同じ課題を与え、それをどれほどうまくこなしたかによって得点をつける。実際の生物界では、この課題とは「環境への適応」である。

ステップ2：一〇〇〇個のプログラムの中から一〇〇個を選び出す。どのプログラムを選ぶかはランダムに決められるが、完全にランダムではない。最高点を取ったプログラムは選ばれる確率がきわめて高く、点数が低くなるほど確率が低くなるよう細工されている。選ばれなかったプログラムは、環境に適応できずに死んでしまったわけだ。

ステップ3：生き残った一〇〇個のプログラムから、二つずつランダムに選んでペアを作り、遺伝子を交差させる。すなわち、二つのプログラムをバラバラにして、半分ずつ組み合わせ、新たなプログラムを作るのだ。無論、これは自然界の生殖行為に相当する。この作業をプログラムの数が最初と同じ一〇〇〇個になるまで続ける。

ステップ4：新たに誕生した一〇〇〇個のプログラムの一部に「突然変異」を与える。すなわち、プログラムの中に些細《ささい》なバグをランダムに発生させる。

この四つのステップをひたすら繰り返すのである。

最初のうち、遺伝的アルゴリズムに対する抵抗は、特にプログラマーの間に根強かったという。「そんな運まかせの手法がうまくいくわけがない」と多くの者が考えたのも無理はない。プログラマーたちは仕事柄、コンマがひとつ抜けただけでも、プログラムが暴走したり停止したりすることがあるのを、身に染みて知っていたからだ。わざとバグを発生させたり、プログラムをばらばらにしてつなぎ合わせたりしたって、まともなプログラムが生まれるはずがない……。

そうした常識的な予想に反して、遺伝的アルゴリズムは大成功を収めた。UCLAのデビッド・ジェファーソンらが作った人工のアリは、モニター上に作られた迷路を通り抜けることを課題とされ、ほんの七〇世代ほどの「進化」でそれを達成した。ホランドの弟子のジョン・コーザは、この手法を使って、二次方程式や微積分、非線形の物理問題を解くプログラムを作り上げた。惑星の運動の解析に応用してみたところ、物理学の基礎を何も教えられていないにもかかわらず、コンピュータはケプラーの第三法則を再発見してしまった。

兄は一九九七年に筑波大学のグループが行なった仮想実験を再現した映像も見せてくれた。この実験のモデルに用いられたのは、「八目車輪」と名づけられた小さなロボットだ。ずんぐりした円筒形で、その名の通り、目の役割を果たす八個の赤外線センサーを持ち、底部には二個の車輪がある。モーターの回転は小さなプロセッサで制御されており、左右の車輪の回転速度を変えてカーブする。

このロボットに与えられた課題は、迷路を走破することだった。迷路はループ状で、大きさは一〇メートル×一〇メートル。最初に右に二回、九〇度曲がり、次に左に九〇度曲がる。その先には、ジグザグの通路、袋小路、狭くなった通路、十字路など、八目車輪を迷わせるための罠《わな》が随所に仕掛けられている。迷路の各所にチェックポイントが設けられており、そこを通過するごとに一〇〇点が与えられる。迷路を一周すれば一七〇〇点だ。

決められた時間内にどこまで進めるかで成績が決まる。一回の実験が終了するたびに、遺伝的アルゴリズムの手法によって、プログラムの選抜、交差、突然変異が行なわれる。

もっとも、本物のロボットを使った実験は時間がかかりすぎるので、それを走らせるのはコンピュータ上の仮想空間で行なわれた。本物の生物をシミュレートしたロボットの、そのまたシミュレートというわけだ。

実験の設定では、参加する八目車輪は全部で二〇体。最初、そのプロセッサの中には、迷路の地図はもちろん、迷路を走り抜けるための知恵は何ひとつインプットされていない。でたらめに走り回ることしかできないのだ。当然、大半の八目車輪はすぐ壁にぶつかり、ストップしてしまう。たまたま何台かが、少しだけまっすぐに走って最初のチェックポイントを通過するが、角を曲がれずにぶつかってしまう。実験者はロボットたちに何のヒントも与えない。彼らが自分で進化するのをひたすら待つのだ。

辛抱強く実験を続けるうち、八目車輪はだんだん賢くなってくる。基本的にはまっすぐに走り、センサーが壁の接近を感知したら、左側の車輪の回転数を上げて右にカーブすればよいということを学ぶのだ。最初の曲がり角でうまく右にカーブできたものは、第二、第三のチェックポイントを通過し、より高い点数を得る。彼らは生き残り、子孫を残す。

数十世代が経過すると、大半の八目車輪は最初の二つの角を曲がり、四〇〇点を獲得できるようになる。ここでいったん進化は停滞する。八目車輪たちはうまく右に曲がることはできても、次に左に曲がるということがなかなかできないのだ。

しかし、五九世代目に大きな変化が訪れる。五九世代目に出現した新型の八目車輪は、三つ目の角を左に曲がったばかりか、その先の障害をすべて易々とクリヤーし、制限時間内に迷路を二周以上して、最終的に四〇〇〇点を獲得した！

さらに進化は続いた。八目車輪たちは、制限時間内により多くの点数を稼ぐために、より速く、確実に迷路を走り抜ける能力を向上させていった。一〇〇世代が過ぎる頃には、迷路を三周して、五〇〇〇点以上を獲得するものまで現われたのだ。

八目車輪の知恵は、まったく無知で原始的な状態から、複雑な迷路を走り抜けられるまでに進化したのである——人間が何も教えていないのに。

兄たちの作ったゲームは、こうした人工生命研究の成果を応用したものだった。八目車輪は知恵を進化させただけだが、『ダーウィンズ・ガーデン』ではアーフの身体の構造が進化する。適応度の基準として定められたのは「移動速度」である。これは妥当な考えだろう。肉食動物は草食動物を追いかけて捕らえようとするし、草食動物は必死で逃げる。より速い移動方法を獲得したものは、それだけ生き残る可能性が高くなるのだから。

採点は次のような方法で行なわれる。アーフをランダムに二体選び出し、仮想上のフィールドで鬼ごっこをさせる（このシミュレーションはゲーム機内部で高速で処理され、ユーザーには見えない）。制限時間内に鬼が相手を捕まえれば一点、逃げきれば逃げた側が一点を得る。このゲームを組み合わせを変えて各アーフにつき五〇回行なう。ゲームは鬼の役を交替して二回ずつ行なわれるので、最高点は一〇〇点だ。

フィールドの条件はユーザーが最初に設定できる。平原・砂漠・沼地・ジャングル・洞《どう》窟《くつ》の五種類で、重力の大きさ、空気密度、視界などのパラメータも選べる。

最初の世代のアーフ（当然、「アダム」と呼ばれている）は、棒状の胴体の端に感覚器官を持ち、側面に六個の関節があって、そこから細い棒状の脚が伸びており、ちょうど「¥」のような形をしている。見るからに冴《さ》えない姿だが、動きもまったく不器用で、歩くというより「のたうち回る」という感じの動作しかできない。それが、選抜、遺伝子交差、突然変異を繰り返すことにより、洗練された姿に進化してゆく。

まっすぐに速く走れるものが有利とはかぎらない。ジグザグに走ったり、障害物を利用したりして、相手の追跡を振りきる知恵も必要だ。ジャングルでは木に登れるものが有利だし、湿地帯では足で歩くより這《は》ったり滑ったりする方が速い。重力が小さければ走るよりジャンプした方がいいし、空気密度が高ければ滑空も有利になる。運動に必要なエネルギー量も計算されているので、いくら速くてもエネルギー消費が大きすぎると、たちまち息切れを起こしてストップしてしまう。

与えられた条件の中で、アーフたちは最も効率の良い動きと形態を模索する。あるものは脚の形状を複雑に変化させ、見事な六足歩行を実現する。エネルギー消費を減らすために脚の数を減らして、四足歩行に移行するものもいる。あるものは胴体を長く伸ばし、体節を増やす一方、脚を退化させ、蛇のような姿になる。あるものは脚をヒレ状に変化させ、泥の中で泳ぐことを覚える……。

自然界では何億年もかかる進化が、モニター上では数時間で実現する。進化はあくまでランダムに進み、人間はそれに介在できない。フィールドのパラメータをいじって、自分の好みの形のアーフが出現しやすいように誘導することはできるが、ある条件で必ず出現するという法則はない。まったく予想もしなかった新種が出現することもよくあるのだ。ユーザーによって出現するアーフはみんな異なり、ひとつとして同じものはない――それが『ダーウィンズ・ガーデン』の魅力である。

気に入ったアーフのデータはセーブしておき、他のプレイヤーと交換することもできる。だが、気に入ったものが生き残れるとはかぎらない。どんなに環境に適応しているように見えても、より適応した新種の登場によって、あっという間に滅ぼされてしまうこともある。

ある意味では、ひどく残酷なゲームである。だが、これこそ現実の自然界で起きていることなのだ。

それにしても、私には納得のいかない点があった。アーフの進化は誰に指図されたものでもなく、ランダムに体形を変化させているだけなのに、どうしてこんなにもバランスのとれた複雑なデザインが実現するのか？ エントロピーの法則によれば、すべての現象は秩序から無秩序に向かうだけで、無秩序から秩序は決して生じないはずではないのか？

私の素朴な疑問に、兄は分かりやすく答えてくれた。

「エントロピーの法則は、閉鎖系――つまり外部とエネルギーや物質のやり取りがまったくない閉じたシステムでしか成り立たない法則なんだ。地球は太陽から常に熱エネルギーを受ける一方、余分な熱を宇宙に捨てている。植物は太陽のエネルギーで光合成をして、水と二酸化炭素からでんぷんを作る。草食動物は植物を食べ、その肉を肉食動物が食べる……つまり、地球の生態系というのは、太陽からのエネルギーで動いている開放系のシステムなんだ。だからエントロピーの法則には従わない」

「太陽からの光のエネルギーが、地球のエントロピーを減少させてるってこと？」

「そう。エネルギーというのは、言うならば負のエントロピーだ。だから地球上の生命が単純な構造から複雑な構造に進化するのは、何も不思議なことじゃない。必然なんだ」

「このゲームの場合も？」

「ああ。コンピュータの中で、アーフは鬼ごっこをしたり、遺伝子を交差させて子孫を作る。それはコンピュータが計算しているわけだけど、計算にはエネルギーが必要だ。つまりアーフは、ゲーム機のACアダプターを通して、家庭のコンセントからエネルギーを得て進化するわけだ」

遺伝的アルゴリズムというものの不思議を初めて知った私には、とても斬新《ざんしん》でエキサイティングな概念だと思えた。とりわけ、昔から多くの人が抱いてきた根源的な謎——「人類はなぜ誕生したのか」という疑問を、あっさり解決してしまっているのが素晴らしい。

太陽のエネルギーさえあれば、生命は自然に進化する。単純な形から、より複雑でエレガントな形へ、環境に適応して生き残るためにしのぎを削る。知恵というものは、脚、翼、牙《きば》などと同様、厳しい環境の中で生き延びるうえで大きな武器となる。地球上で繰り広げられている進化競争の中で、いつか高い知恵を持った生物が登場することは、進化の必然だったのだろう。地球に生命が誕生してから四〇億年。むしろ遅すぎたぐらいだ。

しかし、兄に言わせれば、こうしたことはすべて何十年も昔からコンピュータの世界で研究されてきたことで、新味などないという。もちろん秘密にされているわけでもない。一般に知られていないのは、単に一般人の関心が薄いからにすぎない。

「あれは単なるゲームじゃないんだ」

いっしょに夕食を食べながら、兄は熱く語った。

「遺伝的アルゴリズムの有効性を世間にアピールする、一種のデモンストレーションだと思ってる。目で見るのがいちばん分かりやすいからね」

「遺伝的アルゴリズムって、他にはどんなことに使えるの？」

「あらゆることさ！　今のソフトはあまりにも高度で複雑になりすぎていて、もう人間が手でプログラムを書くのは限界に達してる。遺伝的アルゴリズムを使えば、人間は何も労力を使うことなく、効率の良いプログラムがいくらでも手に入る」

「これからはコンピュータがプログラムを書く時代になるってこと？」

「もうなってるよ。うちの隣の研究室では、新型の3Dモニターを開発してるんだが、画像処理アルゴリズムが最大のネックだった。仮想上の動く三次元映像を液晶の点滅に変換するプログラムがあまりにも複雑すぎて、人間の手には負えない代物だったんだ。ところが、うちの研究室で遺伝的アルゴリズムを試してみたら、ほんの五時間ほどの進化で、優秀な高速処理ソフトが完成しちまった。連中、ぼやいてたよ。『俺たちの半年間の努力は何だったんだ』って」

兄の話によれば、コンピュータの設計にも何年も前から遺伝的アルゴリズムが応用されているという。コンピュータをより小型化し、効率を上げるためには、配線を短くし、回路を可能なかぎり圧縮しなくてはならない。しかし、回路上で電子部品をどう配置すれば効率が最も良くなるかは、人間の頭で考えるには難しすぎる問題だ。そこで効率の悪い回路の設計図をコンピュータに与え、それを遺伝的アルゴリズムで進化させる。コンピュータはひとりでに設計図を書き換え、理想的な回路を完成させるわけだ。

「でも、ちょっと怖いな。コンピュータが勝手に進化するって」

「コンピュータに自我が芽生えて、人間に反抗するようになるってか？」兄は苦笑した。「古臭いイメージだな。ひと昔前のアニメとかSF映画によくあった話だ――まあ、世間の人の一般的な反応ではあるんだが」

「ないと言い切れるの？」

「言い切れるね、残念ながら。いくら性能が向上したって言っても、今のコンピュータはまだ人間の脳の能力に遠く及ばない。人間みたいに思考できるコンピュータなんて、まだ夢だ。もしそんなものができたら、僕はむしろ嬉《うれ》しいね――父さんの言葉、覚えてるか？」

「え？」

「父さんはよく言ってたよ。『いずれ人間みたいに話せるコンピュータができる。お前たちが大人になる頃には』って」

そう言えば、父はそんなことを言っていたかもしれない――私は覚えていなかったが。

「僕はあの言葉を心に刻んでる。僕がそのコンピュータを作ってみせる。何年かかるか分からないけどね。本当の自意識を持った人工知能――それが僕の夢だ」

「夢……」

兄は明確な夢を持ち、その実現に向かって着実に前進している。それを知って、私は軽いショックとともに羨望《せんぼう》を覚えた。私には兄ほどの才能はないし、明確な夢もない。私はいったい何をやっているのだろう？　私はどっちに向かって進めばいいのだろう？

私の夢はどこにあるのだろう？

悩んだ末に、私はライターを目指すことにした。本を読むのが好きで、人より少しばかり文章がうまく、知識や記憶力にも自信があった。それらの才能を最大限に活用できる場所は、活字の世界以外にないと思ったからだ。それに、活字には人の心を動かす力がある。活字を通して、この世界の不条理に対する怒りを表現したかった。

最初に飛びこんだのは、若者向けの雑誌やムックを手掛けている小さな編集プロダクションだった。まったく経験のない二〇歳の娘が採用された理由はごく簡単なことで、そのプロダクションには女子社員が少なかったのだ。

　最初の半年ほどは、お茶汲《く》みとか、読者アンケートの整理とか、弁当の買い出しとか、退屈な雑用ばかりやらされた。これが理想と現実のギャップというものか、と嘆息する毎日だった。しかし、文章が書けることが証明されると、しだいに記事をまかされるようになっていった。

　ところが、これが思いがけず苦痛だった。時として、意に反する文章を書かなくてはならなかったからだ。

　たとえば、夏には「ゾオ〜ッ!?　血も凍る読者の怪奇体験」などという特集記事を書かされた。読者から募集した怪奇体験談を元に構成したものだが、言うまでもなく素人の文章はそのままでは使いものにならないので、大幅に手を入れ、面白くなるように脚色しなくてはならない。それればかりか、あまりいい投稿が集まらず、ページを埋めるために何本か「体験談」を創作するはめになった。先輩たちの話によれば、「読者からの体験談」を創作するのは、この業界では日常茶飯事であるという。やむなく空白を埋める文章を書きながら、高校時代のヤラセ番組事件を思い出し、憂鬱《ゆううつ》になった。

　血液型性格判断のムックを作らされた時も、強い精神的ストレスにさらされた。以前に心理学者の書いた本を読んだことがあり、血液型性格判断には統計的にまったく根拠がないことを知っていたからだ。これまで何人もの心理学者が、何千人もの日本人を対象に調査を行なってきたが、血液型と性格の間にはまったく相関はないか、あったとしてもごく小さなものだという結論が出ている。「A型は堅実で協調性がある」とか「B型はマイペースで柔軟」などというのは、単なる錯覚――心理学の素養のない素人がでっちあげ、マスコミが広めた虚構にすぎないのだ。

読者に嘘を教えていいのか、と上司に詰め寄ると、彼はあっさりと「仕事だからしかたないだろ」と答えた。

「俺たちは売れる本を作るんだ。売れる本ってのは、みんなが読みたがる本のことだ。みんなが血液型について本当のことを知りたいって言うんなら、そういう本を作ってやるさ。だがな、人間ってのは本当のことなんて知りたがらないものなんだ。嘘だと思うなら、街頭に出てアンケートを取ってみな。『あなたは血液型性格判断の本を読みたいですか、それともそれを否定する本を読みたいですか』ってな」

ずいぶん抵抗したものの、結局、彼に押し切られる形で、私は血液型と性格の関係を解説した文章――事実に反した嘘八百の文章を何十ページも書かされた。自分が書きたくもない文章を書くという行為は、想像を絶する精神的苦痛だった。私は本音を偽って生きられるほど器用な人間ではなかったのだ。ストレスのために体調を崩し、トイレで吐いたこともあった。

同僚の男子社員たちは、私の苦しみをまったく理解しようともせず、「もっと気楽になれよ」とか「そのうち慣れるって」と気軽に言うばかりだった。彼らが親切そうに近づいてくるのは、私のことを本気で気にかけているからではなく、下心からなのは見え見えだった。私が誰からの誘いにも乗らなかったので、そのうち「レズだ」という噂を立てられた。単に寝たいと思う男がいなかったというだけなのだが、彼らはどうも「女は誘われれば寝るのが当たり前」と思いこんでいるふしがあった。

先輩の女性編集者の態度はもっとひどかった。彼女は私が同じ部屋にいるのに気づかず（その時ちょうど、私は自分のノートパソコンを回線に接続するために、机の下のどこかにあるはずのモジュラージャックを探して四苦八苦していたのだ）、「あの子、おかしいわよ」と嘲笑《ちょうしょう》したのだ。彼女の論によれば、正常で健全な日本人、特に若い女性なら、血液型性格判断を信じるのは当然のことであり、信じない私は精神を病んでいるのだそうだ。

いいかげんストレスが溜《た》まっていたこともあって、さすがに腹が立った。私は机の下から立ち上がると、こう言った。

「これは科学的に証明されている事実なんですよ!?　それを認めないことの方がよほど変だと思いますけど」

彼女は少したじろいだものの、ふんと鼻で笑った。

「何をムキになってんのよ？　事実じゃないからって、どうだっていうの？　バッカじゃないの、あんた！」

彼女の私を見る目は白かった。彼女の基準によれば、こんな話題で真剣になるのは格好悪いことらしかった。真剣になっていいのは、ファッションや、メイクや、テレビのトレンディドラマの話題だけなのだ。

彼らの誰一人として、自分たちの仕事に微塵《みじん》も誇りを抱いていなかった。毎月毎月、ひとかけらの罪悪感も感じることなく、デタラメだらけの文章を無責任に書きちらしていた。存在しない「関係者の証言」の捏造《ねつぞう》、専門的知識を持たない怪しげな「専門家」へのインタビュー、実際には実施しなかった街頭アンケート、誰にも当たらない読者プレゼント、編集部がでっちあげたいいかげんな性格テスト……。

もうたくさんだ、と私は思った。こんな職場にはいられない。このまま続けたら、自分の中の大切なものがすり切れてしまう。「現実」という名の濁流に押し流され、魂までもボロボロにされてしまう。真実を追求したいという信念が失われ、あの上司や先輩たちのように、嘘をつくことにまったく良心の呵責《かしやく》を覚えない、だめな人間になってしまう……。

結局、二年で私はそのプロダクションを辞め、フリーのライターになった。もっとも、プロダクション時代の経験がまったく無価値だったとは思わない。出版界の裏側をいろいろ知ることができたし、多くの人と知り合うこともできた。

特に印象に残っている人物がいる。やはり怪奇特集で取材した、鎌倉に住むIさんという七二歳の老人だ。彼は少年時代に体験した不思議な出来事を私に話してくれた。

それは太平洋戦争の敗色濃い昭和二〇年三月のこと。当時、小田原の近くに住んでいたIさんは、ある日の早朝、海岸に海草拾いに出かけ、砂浜に奇妙な飛行物体が不時着しているのを発見した。てっぺんのハッチを開けて現われたのは、革の飛行服を着た日本人青年だった。彼は、これは日本軍が極秘に開発している兵器だと少年に説明した。まだ試験飛行中だが、完成すれば戦局は一変するという。

青年はエンジンの修理のために真水が一杯必要だと言った。Iさんは深く考えることなく、大急ぎで家に戻って井戸からバケツで水を汲んでくると、青年に渡した。やがて修理が終わると、青年はこの秘密兵器のことは誰にも喋《しゃべ》ってはいけないと念を押し、再び機械の中に乗りこんだ。プロペラが回ると、機械は空に飛び上がり、水平線に向かって消えていった。

Iさんは約束を守って誰にも話さなかったが、忘れないうちに自分が見たものを藁半紙《わらばんし》にスケッチしておいた。そして、それをずっと宝物として保管していた。

Iさんはそのスケッチを私に見せてくれた。六〇年の歳月を経て、藁半紙はすっかり変色して染みだらけになり、鉛筆の線もいくぶんかすれていたが、そこに描かれた少年時代の絵はまだ残っており、奇妙なリアリティで私の胸に迫ってきた。

円筒形の砲塔がある小型の戦車だった。砲塔からは短い砲身が突き出ており、両側のキャタピラの上から零戦のような翼が生えていて、後部にはプロペラがある。

考えるまでもなく、こんなものが空を飛べるはずがない。戦車の重量に比べて翼が小さすぎる——しかし、Iさんは確かにこの機械が空に飛び上がるのを見たと言う。

「戦後、気になって、自分でも調べてみたんですがね。こんな妙ちきりんな戦車だか飛行機だかが開発されてたなんて記録は、まったくないんですよ。子供の頃は不思議に思わなかったけど、今になってみるとねえ。ほんとに変なもんですよねえ」

喋りながら、Iさんは何度も首を傾げたり苦笑したりして、「おかしな話でしょう」とか「信じろというのは無理ですよね」などと恐縮していた。その態度が、私には誠実に感じられた。実際、Iさんは自分の体験談がいかに荒唐無稽《こうとうむけい》なものかを承知していた。だからこれまで、嘲笑されるのを恐れて誰にも話さず、ずっと胸に秘めてきたのだ。今になって話す気になったのは、人生が終わりに近づき、どうしても真相が知りたくなったからだという。

「夢だったのかな、と思ったこともありますよ。でもね、あの海岸にキャタピラの跡が残ってたのは、よおく覚えてるんですよ。後になって大人たちが見つけて、『敵が戦車で上陸してきたんじゃないか』って騒いでましたしね――それにこれですよ」

Iさんが布包みの中から出してきたのは、黒光りする金属でできた一本のボルトだった。長さは私の中指ぐらいあった。

「その飛行士の人が、修理が終わってから、『これは要らないから』って私にくれたんですよ。六〇年も経ってるし、手入れなんざしてないのに、ぜんぜん錆《さ》びないんです。それだけじゃないんですよ。よおく見てください。なんか変でしょ?」

私はそのボルトを手の中で転がし、じっくり観察した。すぐにどこが変なのか気がついた。ボルトの頭が七角形をしているうえ、溝が二本ある――二重螺旋《らせん》になっているのだ。

「ボルトには規格ってもんがあるんですよ。日本だとセンチ単位、アメリカだとインチ。

これこれの直径のボルトの溝の幅はこれこれって、きっちり決まってるんです。当たり前ですけど。規格が合わなきゃ使えませんからね。こんなボルトはどこの国の規格にもない。だいたい、頭が七角形じゃ、レンチが使えませんよね。つまりこれは、あっちゃいけないボルトなんですよ」

存在するはずのないボルト――握り締めているうち、それは生暖かくなってきた。その奇妙な感触は、私の胸に冷たい恐怖を生じさせた。UFOやロケットだというのなら、まだ理解できないでもない。しかし、空飛ぶ戦車というのは……。

Iさんはいかにも誠実そうな人物で、嘘をついている様子はまったく見られなかった。取材の謝礼はほんの雀の涙で、そんなもののためにこんな凝った嘘をつくとは考えられない。それにIさんは名前が知られることを恐れ、仮名にして顔写真も出さないでくれと要求した。彼は有名になりたくてこんな話をしたのではないのだ。

彼はただ、真実を知りたかっただけなのだ。

「ねえ、どう思います？　いったい、あれは何だったんでしょうねえ？」

私に答えられるはずがなかった。

04 ウェッブの網目

私がフリーになったのは二〇〇八年の一〇月。それまで勤めていたプロダクションをほとんど当てもなしに衝動的に飛び出したのだが、若くて経験の浅い人間はなかなか信頼してもらえず、最初のうち、ほとんど仕事はなかった。じきに貯金は底を尽き、食費や光熱費まで切り詰めた最低限の生活をするはめになった。ファッションに回す金などなく、バーゲン品のTシャツと安物のジャンパーとすり切れたジーンズという野暮ったい格好で駆け回った。もっとも、以前からおしゃれにはあまり気を遣わないたちだったので、それほど苦痛というわけでもなかった。

私にとって、一九九三年八月二日の夜の出来事以上の苦痛などありえなかった。

幸い、以前に知り合った人のコネで、ウェブマガジンの取材や記事のリライトの仕事をいくつか回してもらった。こっちからも雑誌社や出版社に売りこみに行った。少しずつではあるが仕事が評価され、金銭的にもゆとりが出てきた。無論、固定した収入のない不安定な生活ではあったが、少なくとも仕事を選ぶ自由はある。

私はいろいろな仕事にがむしゃらにチャレンジした。当時、話題になりかけていたレディスヘブンの体験取材、などという恥ずかしいこともやった。大学時代に朝鮮語を学んだのを生かし、北朝鮮崩壊以後、増加の一途をたどりつつあった密入国者の集団に接触して、インタビューした。憲法改正と核保有を唱える愛国者団体の集会にまぎれこみ、その実態を記事にしたこともあった。

金になりさえすれば、題材は何でも良かった。ただ、「事実を誇張しない」「嘘は書かない」ということだけは堅いポリシーにしていた。

密入国者問題の記事でも、編集者から「もっと彼らの危険性を誇張して書いてくれ」と言われたが、断固として拒否した。確かに当時、中国および朝鮮半島からの密入国者は年間四万人を超えると見積もられていて、大きな社会問題になっていた。二〇〇八年だけでも、こうした密入国者によると見られる刑事事件は七七八件も起きていて、ほとんど毎日、テレビを賑《にぎ》わせていた。日本人の多くが「密入国者は危険な犯罪者の集団だ」と思いこんでいたはずだ。しかし、この数字を冷静によく見れば、犯罪に手を染めた者は密入国者全体の二パーセント以下にすぎないことが分かるはずだ。実際、私が取材した密入国者の多くは、貧困に耐えかね、日本に希望を求めてやって来た真面目な人たちで、彼らを悪く書くことなどできなかった。

とりわけ、洪水で田畑を失った家族の体験談を聞いた後では、「彼らを追い返せ」などと言えるはずがなかった。

初めて加古沢黎に会ったのもこの頃だった。当時、彼は若年層を中心に、ネタレとして頭角を現わしつつあった。

マスコミにはあまり露出しないがネットの中での知名度が高い人物は、二〇世紀にも何人かいたことはいた。だが、彼らがネタレと呼ばれ、本格的に台頭して世論を動かすようになってきたのは、二一世紀に入ってからだ。

それまでインターネットを流れる情報は一種のサブカルチャー扱いされていた。マスコミ関係者はインターネットの普及を横目で見ながらも、ちょっとした便利な道具という以上の認識を持たず、自分たちの存在を脅かすものだとは思っていなかった。新聞やテレビはいつまでも情報化社会の中心だと思い上がっていたのだ。

だが、二一世紀の最初の数年間で、急速な逆転現象が起きた。ネット人口が飛躍的に増大したため、ネットの方がメインストリームになっていった。利用者が増えるにつれ、情報の需要は増大する。その需要に見合う情報が発信される一方、システムはいっそうユーザーフレンドリーになり、ますます利用者を増やす——その変化のスピードときたら、まさに「雪崩を打ったような」という表現がぴったりだった。

インターネットの性能向上がそれに拍車をかけた。ケーブルテレビや光ファイバー網の普及により、二〇〇七年までには、日本全国で一〇〇メガbpsの速度で通信できる環境が整備されていた。前世紀には夢物語だった数字である。これによって従来は困難だった大容量の動画データもリアルタイムで送れるようになり、ストリーム放送が一挙に普及した。

そうした技術革新とライフスタイルの変化の影響は、テレビの視聴率の低下、新聞や雑誌の売り上げ低下という目に見える形で現われた。テレビ局、新聞社、出版社は狼狽《ろうばい》し、対策に苦慮したが、凋落《ちょうらく》は食い止められなかった。

特に打撃を受けたのが新聞だった。一か月何十新円という購読料を払っているのに、自分にとって価値のある情報はほんの少ししか載っておらず、膨大な量のゴミを生む。情報が欲しければネットで検索すればいいということに、みんな気がついてしまったのだ。時代の波に乗り遅れないためにも、新聞社は紙に印刷された活字という媒体に見切りをつけ、ネット上でのニュース配信サービスに活動の中心を移していかざるをえなくなった。

テレビ、特に地上波の人気も急落した。大衆は衛星放送やインターネットやビデオやテレビゲームに夢中になり、地上波を視聴する時間がなくなってきたのだ。かろうじて視聴率を保っていたのはドラマとアニメぐらいのものだったが、それにも翳《かげ》りが見えてきた。

先は長くないと判断して、演出家や脚本家たちは、ビデオ業界に新たな活躍の場を求めた。粗製濫造されていた従来のテレビドラマに代わって、金と時間をかけたOVDが人気を集めつつあった。もはやタレントもスタジオも不要だった。CGの技術向上とコストダウンによって、過去の大スターでも自由に出演させられたし、どんなスペクタクル・シーンでも安い予算で制作できるようになっていた。テレビ界や映画界はまだ組合の力が強く、古い体質から脱却できなかったため、オールCGへの移行には消極的だったが、ビデオの世界にはそんな規制はない。そこで求められているのは俳優でも技術でもなく、脚本や演出や美術のセンスだった。それがテレビ界の体質に不満を抱いているスタッフを引きよせた。

優秀な人材がテレビ界から流出したことによって、番組の質はますます低下した。テレビ局は視聴者をつなぎ止めようと、以前にもまして低俗で刺激的な番組を量産し、悪あがきを展開した。きわどい言葉や怪しげな話題が飛び交うワイドショー。タレントや一般人が口汚く罵《ののし》り合い、つかみ合いの喧嘩《けんか》（もちろんヤラセの）を演じるバラエティ番組。ストーリーなどないも同然で、登場人物がありとあらゆる悪行を重ねるだけのインモラルなドラマ……それらはごく短期間、注目を集めたものの、じきに視聴者をあきれさせ、いっそうテレビ離れを加速する結果になった。

マスコミ以外の大企業もネットの影響力を無視できなくなった。ある企業の製品についての悪い評判がネットに流れたため、大きなイメージダウンが生じ、売り上げが何十パーセントも低下するという事件が何度も起きたからだ。もはや消費者はテレビのCMなど信用しない。多額の費用を注ぎこんでテレビや新聞紙上でキャンペーンを展開しても、ネットを流れる噂ひとつで台無しになってしまうのだ。企業はネット上でのイメージを重視するようになり、ホームページやバナー広告を充実させる一方、悪評対策に真剣に取り組むようになった。テレビや新聞・雑誌広告の人気は薄れた。広告収入の減少はマスメディアをさらに窮地に追いこんだ。

二〇〇八年までには、すでに情報の中心はインターネットと衛星放送とケーブルテレビに移行していた。人々はネットで情報を集め、衛星放送やケーブルテレビ、あるいはストリーム放送で映画やドラマを観賞するようになった。新聞はパソコンに親しめない年寄りだけが読むものになった。テレビに対する幻想は剝《は》がれ落ち、「まだ地上波を見ているのはバカだけ」とまで言われるようになった。

当然のことながら、テレビや新聞に代わって、ネット上での言論が大きな影響力を持つようになっていった。ホームページや掲示板上での発言や議論が話題になり、時には世論を動かす力となった。特に人気のあるネタレの発言には、多くの人が注目した。

そんな時代に現われたのが加古沢黎だった。

彼の名を高めるきっかけになったのは、現代思想関係の掲示板でのバトルだった。そこではかねてから、「天地人」というハンドルネームの人物が、「南京大虐殺は東京裁判の際に連合国がでっちあげたもの」という説を主張しており、会議室の他のメンバーを相手に、どちらかと言えばだらだらした議論を繰り広げていた。二〇〇八年九月、そこに「あくはと」という人物が参入し、「天地人」の主張に真っ向から嚙《か》みついた。議論は一気にヒートアップし、約三か月、計一〇〇〇発言を超える激しいバトルが展開されたのだ。

そのバトルは開始当初から、ネットウォッチャーたちの注目を集めていた。「天地人」の正体が、右翼的言動で知られるミステリ小説家の真田《さなだ》佑介《ゆうすけ》であることは、以前から知られていたからだ。だが、彼に無謀にも挑戦した「あくはと」とは何者だ？

私はリアルタイムでそのバトルは見ておらず、後でログに目を通したのだが、「あくはと」の発言はまさに正しい議論とはこうあるべきというお手本と思えた。ネット上でのこうしたバトルは、多くの場合、互いに感情的になり、人格を傷つける罵り合いに発展したあげく、決着がつかずにうやむやに終わることが多い。しかし、真田がしばしば理性を失い、非論理的な発言や相手を嘲笑《ちょうしょう》する発言を繰り返したのに対し、「あくはと」はあくまで理性的で、時にユーモアを交えつつも、決して相手を不必要に愚弄《ぐろう》したりはしなかった。彼（この時点ではまだ男か女かも分からなかったのだが）は、持てる知識のすべてを傾け、完璧《かんぺき》な論理で着実に相手をねじ伏せていった。はたから見ていると、その力量の差は圧倒的だった。

最初、真田は話題を呼んだアイリス・チャンの『ザ・レイプ・オブ・南京』の例を持ち出し、南京大虐殺を肯定する者の主張はどれもこれもデタラメだらけだ、と主張した。それに対し「あくはと」は冷静に切り返した。私も『ザ・レイプ・オブ・南京』がひどい本だということは知っているが、それはこの議論の本質ではない。たとえば、広島への原爆投下について間違いがたくさん書かれた本が何冊かあったからと言って、原爆投下がなかったと言えるだろうか？

真田が、「そもそも南京大虐殺を見た者など一人もいない」と発言すると、「あくはと」はここぞとばかりに大量の証言をアップしてきた。たとえば日本軍の南京入城式のあった一九三七年一二月一七日だけでも、当時の日本兵の日記の中にこれだけの証言がある。

「その夜は敵のほりょ二万人ばかり揚子江岸にて銃殺した」(歩兵第六五連隊第一中隊・伊藤喜八上等兵)

「夕方漸く帰り直ちに捕虜兵の処分に加はり出発す、二万以上の事とて終に大失態に会ひ友軍にも多数死傷者を出してしまつた」(歩兵第六五連隊第四中隊・宮本省吾少尉)

「夜捕虜残余一万余処刑ノ為兵五名差出ス」(歩兵第六五連隊第八中隊・遠藤高明少尉)

「中隊ノ半数ハ入城式ヘ半分ハ銃殺ニ行ク、今日一万五千名、午后十一時マデカヽル」(歩兵第六五連隊第九中隊・本間正勝二等兵)

「捕虜残部一万数千ヲ銃殺ニ附ス」(歩兵第六五連隊連隊砲中隊・菅野嘉雄一等兵)

「午後五時敵兵約一万三千名ヲ銃殺ノ使役ニ行ク、二日間ニテ山田部隊二万人近ク銃殺ス、各部隊ノ捕慮[虜]ハ全部銃殺スルモノヽ如ス[シ]」(山砲兵第一九連隊第三大隊・目黒福治伍長)

犠牲者の数字はおそらく目測によるため食い違っているが、これらの証言が同一の事件について述べているのは確かである。しかもこれはたった一日の出来事である。目黒福治の文にあるように、この前日の一二月一六日にも多数の捕虜虐殺があったし、その後もあったのである。

たとえば一二月一六日。

「揚子江付近に此の敗残兵三百三十五名を連れて他の兵が射殺に行った」(歩兵第七連隊第二中隊・井家又一上等兵)

「市民と認められる者は直ぐ帰して、三六名を銃殺する。皆必死に泣いて助命を乞うが致し方もない」（歩兵第七連隊第一中隊・水谷荘一等兵）

真田はまったく動じず、せせら笑った。そんな下級兵士の証言など信用できない。どうせ左翼文化人のでっちあげに違いない。たとえば第一六師団長の中島今朝吾中将の日記には、虐殺行為などまったく記されていない。それどころか、「大体捕虜ハセヌ方針ナレバ」とあって、当時の日本軍が中国兵を捕虜にせず、武装解除して解放していたことが分かる……。

「あくはと」は即座に反証を挙げた。中島今朝吾中将の日記には、真田が引用した箇所のわずか数行後に、一二月一三日に捕虜にした中国兵の処分について、次のような記述があるのだ。

「此七八千人、之ヲ片付クルニハ相当大ナル壕ヲ要シ中々見当ラズ一案トシテハ百二百ニ分割シタル後適当ノケ［カ］処ニ誘キテ処理スル予定ナリ」

この文章の意味が理解できない者はいないだろう。武装解除して解放するだけなのに、なぜ「大ナル壕」が必要なのか？　つまり先の「大体捕虜ハセヌ方針ナレバ」というのは、捕虜はすべて殺して埋めてしまう方針のことなのだ。結局、何万人も埋める「大ナル壕」が用意できなかったので、揚子江岸で殺害して死体を河に流すことにしたのだろう。

真田はこうした事実を知らなかったらしい。どうやら中島中将の日記を実際に読んだわけではなく、「なかった」派の書いた本の歪曲《わいきょく》された解説を鵜《う》呑みにしていたようだ。

彼は「あくはと」の指摘に狼狽《ろうばい》し、「なかった」派お得意の論理に逃げこんだ。すなわち、処刑されたのはすべて一般人に変装した便衣兵、つまりゲリラであり、ゲリラの処刑は国際法で認められている、と。

しかし、この反論も「あくはと」は見事な論法で粉砕した。

第一に、捕らえたゲリラは殺していいというのは俗説であり、国際法にそんな規定はどこにもない。確かに当時の日本が批准していた『陸戦ノ法規慣例ニ関スル条約』には、交戦者の資格として「遠方ヨリ認識シ得ベキ固着徽章ヲ有スルコト」「公然兵器ヲ携帯スルコト」など四条件が挙げられ、これらの条件を満たさない便衣兵は捕虜としての正当な待遇を受けられないことになるが、だからと言って「殺していい」とは書かれていない。それどころか条約の前文には、「締約国ハ其ノ採用シタル条規ニ含マレザル場合ニ於テモ人民及交戦者ガ依然文明国ノ間ニ存立スルノ慣習、人道ノ法則及公共良心ノ要求ヨリ生ズル国際法ノ原則ノ保護及支配ノ下ニ立ツコトヲ確認スルヲ以テ適当ト認ム」とあり、捕虜虐殺がこの精神に反するのは明白である。

第二に、先に挙げた日記にはどこにも、殺されたのがすべて便衣兵だとは書かれていない。中島中将の日記にも、先の引用箇所の前行に「約七八千人アリ尚続々投降シ来ル」とあり、戦意を失って投降してきた兵士の処分について述べたものであるのは間違いない。

第三に、日本軍が南京陥落後に「便衣兵狩り」を行なったのは事実だが、どうやって一般市民と便衣兵を見分けたのだろうか。いくつかの証言によれば、便衣兵とみなされた者は、手にタコがあるのを銃を持った証拠、額が陽に焼けていないのを軍帽をかぶっていた証拠とされ、連行されたという。つまり罪のない一般市民が多数処刑されたのは確実である……。

形勢不利になった真田は話題をそらそうとした。議論の流れを無視し、教科書問題、従軍慰安婦問題などを論じはじめたのだ。「あくはと」はそれには応じず、そんな話題は当面の議論とは関係がない、と一蹴《いっしゅう》した。真田は「議論から逃げるのか」と相手を非難したが、逃げているのは真田の方であるのは明らかだった。

真田は捕虜の虐殺は認めたものの、日本兵が掠奪《りゃくだつ》や暴行を繰り広げたというのはデマだ、と主張した。彼の信じるところ（例によって誰かの説の受け売りだったが）によれば、当時の南京市内で起きた殺人事件はたった三件だという。

「あくはと」はただちに、日本兵の日記、証言、日本軍の内部資料の中から、日本兵による放火・掠奪・強姦《ごうかん》・一般市民殺害の例を大量にアップしてみせた。先の中島中将の日記にも、一二月一九日の箇所に、日本兵による掠奪行為の横行がはっきり記載されている。真田がそれでも信じようとしないので、「あくはと」はさらに、当時の南京に居合わせた連合キリスト教伝道団ミニー・ヴォートリンの生々しい日記や、南京ドイツ大使館書記官ゲオルク・ローゼン、金陵大学教授マイナー・S・ベイツ、アメリカ人宣教師ジョン・G・マギー牧師らの報告もアップして、追い討ちをかけた（真田はヴォートリンの名すら知らなかった）。

真田はそれでも頑固に、そんな報告はどれも信用できない、と主張した。だいたい兵士の犯罪行為は憲兵が取り締まるはずではないか。ごく一部の兵士が凶行に走った可能性はあるが、例外中の例外であり、規律正しい天皇の軍隊が暴行や掠奪をするはずがない……。

しかし「あくはと」は、南京陥落時、前線に憲兵は一人もおらず、一二月一七日にようやく一七名が入城しただけだと指摘した。当然、兵士の規律を守る役には立たなかった。それどころか、一般兵士の間だけでなく、上級将校の中にさえ、掠奪や強姦を当たり前とする風潮があったことは、多くの証言から明らかだ。

当時、兵士たちのこうした目に余る暴走は、本国にも伝わっていた。外務省東亜局長であった石射猪太郎の一九三八年一月六日の日記にはこうある。

「上海から来信、南京に於ける我軍の暴状を詳報し来る。掠奪、強姦、目もあてられぬ惨状とある。嗚呼これが皇軍か。日本国民民心の頽廃であろう。大きな社会問題だ」

こうした記録が数多くある以上、「南京大虐殺は東京裁判で初めて出てきた」などという主張が誤りであるのは疑いがない。

議論の勝敗は明らかだった。真田はろくな歴史知識を持たず、まともな資料を調べてみようという意欲もなく、その論理は穴だらけだった。それに対し、「あくはと」の知識量と資料検索にかける情熱には際限がないように見えた。

バトルが終わりに近づくと、とうとう真田は最後の悪あがきに走った。「あくはと」を「アカ」と罵《ののし》り、「東京裁判史観に毒されている」とか「中国から金を貰《もら》っている」などと決めつけたのである。「あくはと」というハンドルネームは「赤旗」のもじりに違いないとも主張した（実際はカナアンの神話に出てくる美青年の名前である）。彼の文章はどんどん支離滅裂になり、まさに末期症状と呼ぶにふさわしかった。

それに対し、「あくはと」は最後まで冷静だった。

私は右翼でも左翼でもありません。そんな風にすべての人間を極端に二分化しないと気が済まない、古臭い○×式思考にも興味はありません。

あの戦争では日本は間違っていて連合国は正しかったとか、日本は正しくて連合国は間違っていたとか、そんな風に割り切れる人は、はっきり言って幼稚です。

中国側は30万人という犠牲者数を主張し、左翼文化人はそれを鵜呑みにしているようです。私はその数は誇大だと思っていますが、正確に何人だったかはおそらく永遠に分からないでしょうし、そもそも人数は議論の本質ではありません。

日本の悪事ばかり不当にクローズアップされているという点では、私も天地人さんに同意見です。ナチスによるホロコースト（これも正確な犠牲者数は不明です）は有名ですが、連合軍もドレスデン爆撃や東京大空襲などの大量殺戮《さつりく》を行ないました。あの戦争の期間中、連合軍の爆撃によって死亡した民間人の数は、日本では30万人、ドイツでは50万人以上とされています（この数字には、原爆の後遺症で戦後亡くなった方は含めていません）。

しかし、どの国の犠牲者が最も多いかを比較しても意味はありません。殺した数が少ないから正しいとは言えないし、犠牲者数が多ければ被害者面できるというものでもないでしょう。正義や悪は犠牲者数で計れるものではなく、相対的なものにすぎないのですから。

自分が生まれる半世紀も前の事件に関して、中国人に謝らねばならないとも思っていません。1937年に南京で起きたことは、私にとっては遠い過去の一部、人類の歴史上何度も繰り返されてきた愚行のひとつにすぎず、それ以上の意味はないのです。

天地人さん、私があなたを非難するのは、政治的信念とは何の関係もありません。あなたの歴史知識が誤っている、ただそれだけの理由です。

私が言いたいのは、「○○史観」とか「××論」を主張するのは結構だが、まず事実を正しく見つめていただきたい、ということです。虚構の上に「論」を展開したり、自分好みの「史観」に合わせて史実をねじ曲げるなどという行為は、本末転倒もいいところです。歴史とはそんな都合のいいものじゃないでしょう?

これにはついに真田も切れた。そして、「偏見に凝り固まった人間には何を言っても無駄なようですね」と、まさに自分に投げかけるにふさわしい捨て台詞《ぜりふ》を残し、掲示板から撤退したのである。ここに長かったバトルは終結した。

権威が失墜するのを見るのは楽しいものである。六〇歳の直木賞作家がこてんぱんに叩《たた》きのめされたのを見て、観戦していたネットウォッチャーたちは大いに喜び、「あくはと」に賞賛のメッセージを送った。

しかし、本当のセンセーションはその後だった。バトルをウォッチしていた一人が、「自分が生まれる半世紀も前の事件」という箇所に疑問を抱き、「あくはと」に年齢と職業を訊《たず》ねたのだ。彼が誇らしげにこう答えた時、衝撃がネットを駆け抜けた。

「私は1989年生まれ。19歳。中卒。職業は天地人さんと同じく、小説家です」

六〇歳の先輩作家をやっつけた一九歳の少年「あくはと」が、加古沢黎という名であることは、すぐに知れわたった。

職業が小説家というのも本当だった。二年前、一七歳の時に書いた処女長編『アポロニオスの魔書』は、四世紀のアレキサンドリアを舞台に、一九歳の美貌《びぼう》の女性科学者を主人公にした異色のホラー小説だった。この作品はその緻密《ちみつ》な時代考証と構成力が評価され、紅葉《もみじ》書房ファンタジー小説大賞に入選した。以来、一五世紀初頭の地中海世界を舞台にした歴史ファンタジー『ディアナ・サイクル』シリーズを年二〜三作のペースで発表し続けていた。どれも売り上げは一〇万部を超え、たった二年で根強いファンを獲得していた。

まさに「天才」と呼ぶにふさわしい人物だった。

彼は以前からホームページを開設していたのだが、この事件以後、彼の小説を読んだことのなかった人々もたくさんアクセスするようになった。小説だけが彼の才能のすべてではないのは明らかだった。彼のホームページは楽しく興味深いエピソードにあふれ、痛快で、魅力的だった。ネットワーカーの用語で言うなら「クール」なのだ。一度見に来た者は、内容が更新されればまた訪れる。そして口コミでさらに人気が高まる。二〇〇九年の三月までには、月に二〇万以上のアクセスを記録するまでになっていた。

彼はいわゆる不登校児だった。「中卒」というのは正確ではなく、中学二年の秋から学校に通わなくなり、卒業式にも出ていない。しかし、学校でいじめを受けたとか、学校の授業についていけなくなったというわけではない。その逆だ。学校の授業があまりにも低レベルすぎて面白くなく、行くだけ無駄と判断したのだ。

不登校児というと閉鎖的なイメージがあるが、加古沢の場合は漫然と家に引きこもってはいなかった。歴史に人一倍興味のあった彼は、インターネットを駆使して知識を深める一方、毎日のように書店や図書館に出かけ、歴史小説や歴史書を精力的に読み漁《あさ》ったのだ。「三年間で一〇〇〇冊は読んだ」というのも、あながち誇張ではあるまい。その知識欲と努力の成果が、優れた作品となって結実したのだ。

当時、彼はホームページでこんなことを書いている。

たとえば国語の授業で習う漢字の書き順ってやつ。あれには何の意味もない。これだけパソコンやワープロソフトが普及した今、字を手書きする機会なんてめったにないんだし、たまにあっても、「品」という字をどんな順序で書こうが、完成した字にたいした違いがあるわけじゃない。大きなお世話ってもんだ。

サ行変格活用がどうとか、形容詞と形容動詞の違いがどうとかいうのも、まったく必要のない知識だ。俺は小説を書きながら、「この助詞の未然形は」なんていちいち考えてなんかいない。そんな知識がなくても文章は書ける。

はっきり言って、小中学校を通じて、国語の授業で何か重要なことを学んだ経験は一度もない。漢字とか、正しい文法なんてもんは、本をたくさん読めば自然に覚える。文章なんてもんは、書き慣れれば自然にうまくなる。

じゃあ、なぜ学校で何十時間もかけて文法や書き順を教えるのか？　それは、教科書を作ってる年寄りたち、つまり国語学者だとか文科省の役人どもが、それを大事だと思ってるからにすぎない。連中は「子供にはこれこれのことを教えなくてはならない」という、まったく根拠のない盲信にとらわれていて、それを押しつけてくる。

文科省は児童の国語力低下を憂えてるらしいけど、俺に言わせれば、国語力を低下させている張本人は文科省だ。もっと面白い本をたくさん子供に読ませればいいだけの話なのに、それをしない。教科書に載るのは、太宰治《だざいおさむ》だの夏目漱石《そうせき》だの、カビの生えた「名作」ばかり。あげくに退屈なだけで無益な文法の授業に時間を割いて、国語嫌い、読書嫌いの子供をせっせと量産してる。

俺の好きな歴史にしてもそうだ。歴史というのは素晴らしくエキサイティングで魅力的なのに、授業ではその魅力を教えようとしない。教科書に載ってるのは、エッセンスを抜かれ、圧縮され、漂白され、からからに干からびた味気ない歴史の絞り滓《かす》だ。

理科や数学、地理だって同じだ。2次方程式の解法や、イオン化傾向の順序や、エクアドルの主要産業は何かなんて、必死になって暗記する必要はまったくない。そんなのはごく一部の専門職にしか必要ない知識で、大半の人間は一生のうち一度も使わずに終わってしまう。げんに大半の人間は学校を出たとたんに忘れてしまう。

嘘だと思うなら、君の周囲の大人に訊ねてみればいい。「東ローマ帝国が滅びたのは西暦何年ですか」って。

俺もちょくちょくフランス革命の年や大政奉還の年をド忘れするが、支障を感じたことは一度もない。小説を書く時には、資料を横に置いて書く。だから年号を暗記する必要なんてない。忘れたら調べればいいだけのことだ。大事なのは暗記力じゃなく、歴史や科学や数学を愛する心のはずだが、学校ではそれは教えない。

だから、これを読んでいる中高校生諸君に忠告する。学校なんてやめちまえ！　授業なんて役に立たない。やめれば授業料を払わなくて済むし、親も喜ぶ。

ただし、ぶらぶら遊ぶな！　それじゃ親を悲しませる。自分で勉強するんだ。

独学の方が学校の授業より3倍は効率がいい。これは俺の経験だから確かだ。独学の1年間は高校の3年間に匹敵する。高校に3年行くぐらいなら、同じ期間独学すれば、たっぷり9年分は学べる。時間を無駄にすることはない。

月何十万ものアクセスがあるホームページは、影響力も大きい。彼の発言を真に受け、学校に行かなくなった子供が何人も現われ、ちょっとした問題になったこともある。無責任な発言だと批判するマスコミや文化人に対し、彼は堂々と反論の陣を張った。勉強するなとそそのかしたのなら非難されてもしかたがないが、勉強しろと言ったのに批判されるいわれはない。自分たちが教育を荒廃させたのを棚に上げて、文句をつけてくるな、と。

知っての通り、前世紀の末から、不登校児の増加、学級崩壊といった問題が深刻化している。この前のニュースによれば、全国の小中学校の4割が学級崩壊を起こしているそうだ。

キョーイクシャとかブンカジンと称する連中は、その原因がさっぱり理解できないでいる。やれテレビやゲームの悪影響がどうの、戦後民主主義の歪《ゆが》みがどうのと、スケープゴートを探すのに熱心だ。

だが、俺自身、不登校児だった体験から言わせてもらうなら、問題はぜんぜん別のところにある。今の子供たちは賢くなったんだ。学校は何の役にも立たない退屈な場所だってことに気がついちまったんだ。

ところが頭の固い年寄りたちは、「学校」という幻想にしがみついてるもんで、本質が理解できないわけだ。

(中略)

俺の教育改革案はこうだ。学校では授業を一切やめる。子供を遊ばせ、遊びを通じて、集団生活の規律、人間関係の大切さといったものを自然に学ばせる。ビデオで歴史ドラマを見せ、歴史に興味を抱かせる。アニメのノベライズなんかを読ませて、読書も楽しいもんだってことを教える。科学マジックを見せて科学が好きになるきっかけを作るとか、数学パズルで数学の面白さに気づかせるってのもありだと思う。要するに子供を勉強好きにするのが先決だ。あとは子供が自分で興味を抱き、自分で勉強するだろう。

そう、本気で教育を改革したいなら、まず文科省をぶっ潰《つぶ》すことだ。

こういう過激な発言を連発する男だから、若者たちから支持されるのも当然だった。三〇代、四〇代の人間でさえ、彼に啓蒙《けいもう》されるところが大きかった。ニュース配信サービスでも何度も彼のことが取り上げられ、知名度は上がる一方だった。

私も評判を伝え聞き、彼に興味を抱いていたので、ウェブマガジン『TGオンライン』からインタビューの仕事を依頼された時、一も二もなく引き受けた。編集長の話によれば、加古沢にインタビュー依頼のメールを送ったところ、「どうせだったらインタビューアーは若いお姉さんがいいですね」と冗談半分の返答が返ってきたので、私に白羽の矢が立ったのだそうだ。

初めて会った加古沢は、まだ初々しかった。中肉中背、眼鏡をかけ、理知的な風貌《ふうぼう》。いわゆるオタク的な暗さはまるで感じさせなかった。冗談で言ったリクエストが本当になったもので、「言ってみるもんだなあ」と無邪気にはしゃいでいた。

彼はとにかくよく喋《しゃべ》り、よく笑った。喋りたいことが頭の中にいっぱい詰まっていて止まらない、という感じだった。私は彼の淀《よど》みないお喋りには少し閉口したものの、その純粋さには好印象を持った。二時間に及ぶインタビューのうち、誌面に載せられたのはほんの一〇分の一程度だった。小説誌なもので、小説以外の話題は大幅にカットせざるを得なかったのだ。

インタビューしたのは二〇〇九年一月九日。その前日、彼は二〇歳になっていた。

「選挙には行きませんよ」彼は笑いながら言った。「投票に行かないのは無責任だって怒る人もいますけどね。でも、今の日本、投票するに値する政治家なんていますか？　この人物なら日本を良くしてくれる、っていう確信もないのに票を入れるのは、それこそ無責任ってもんじゃないですか」

加古沢がそう言うのも無理はなかった。前世紀から続いていた政治の混迷は、この時期、ピークに達していた。毎年のように奇妙な名前の新政党が誕生しては、覚えるよりも早く消えていった。政党は連合・分裂・敵対・消滅をランダムに繰り返し、いったい政党が今いくつあるのか、誰がどの党に属しているのか、政治部の記者でさえこんがらがるほどだった。

当然のことながら、彼らは金や権力の争奪戦に全精力を注いでおり、かんじんの政治にはあきれるほど無関心だった。朝鮮半島からの難民問題もそうだが、デフレ・スパイラル、続発する大手銀行の破綻《はたん》、首都圏第三空港スキャンダル、メディア人格権問題などなど、山積する問題について、真剣に取り組もうという意欲を見せず、国民を苛立《いらだ》たせていた。

「でも、投票しなければ、ダメな政治家がまた当選するわけでしょう?」

「投票しても同じでしょ? 今、日本の投票率が五〇パーセントを割ってるのは、国民の政治に対する無関心というよりも、政治に対する絶望の顕《あら》われだと思いますね。誰に投票してもダメだ、無駄なんだって、国民が気づいちゃったんですよ」

「そうかもしれませんね」

「そうですよ」加古沢は真剣な表情で強くうなずいた。「まさに亡国の危機ってやつですが、かんじんの政治家どもに危機意識がないから、どうにもならない。政治の腐敗を投票率の低下のせいにされても困りますよね。原因と結果が逆なんだから」

「じゃあ、もし本当に有能で信頼できる政治家が現われたら……」

「もちろん、喜んで投票しますよ。俺だけじゃない、たぶん棄権している五〇パーセント以上の国民も投票するでしょう。そういう人間が現われれば、ですが」

私はふと思いついて、こんな質問をしてみた。「あなたは政治家になるつもりは?」

「俺が日本を動かすんですか?」彼は苦笑した。「うーん、どうでしょうね。俺は政治家には向いてないですよ」

「でも、小説の中ではいろんな政治的な駆け引きが出てくるじゃないですか」

「現実の政治は、小説みたいにはうまくいかないでしょう。確かに小説の中では大勢の人間を思い通りに動かせますが……うーん……だけど……」

長いインタビューの中で彼が考えこみ、口ごもるのを見たのは、その時だけだった。結局、彼は「だけど」の後に続く言葉を口にせず、話題を変えた。

ずっと後になって、この記録を聞き直し、私は戦慄《せんりつ》した――あの時、彼の頭の中で、ひとつの小さなスイッチが切り替わったのではないだろうか。それはいずれ切り替わるはずのものだったのかもしれない。しかし、それをひと押ししたのは、私の何気ないひと言だったのではないだろうか。

あの日、私は日本の歴史の重大な転換点に立っていたのではないだろうか？

同じ頃、やはり歴史の転換点となった二つの事件が起きていた。そのニュースは世界中の天文学者を震撼《しんかん》させたが、一般にはほとんど注目を集めなかった。

ひとつは「パイオニア減速問題」である。

一九七二年三月にアメリカが打ち上げた惑星探査機パイオニア一〇号は、翌年一二月、木星に一三万キロまで接近し、木星の衛星や木星表面の雲の鮮明な写真を送信してきた。任務を終えたパイオニア一〇号は木星軌道を通過、一九八七年には冥王星《めいおうせい》軌道を超え、人類の作った物体としては初めて太陽系外に飛び出した。一三か月遅れて打ち上げられたパイオニア一一号も、やはり木星と土星の観測に成功、太陽系の外へ向かった。

遠ざかりつつある二機の探査機は、後方の太陽の引力に引かれ、わずかずつ減速している。しかし、太陽の引力は距離の二乗に反比例して小さくなるため、太陽から遠ざかるにつれ、その減速率も減少する。最終的にはパイオニア一〇号は太陽の引力を振り切り、八〇〇万年後には牡牛座《おうしざ》のアルデバラン付近に到達すると予測されていた。

ところが、一九九八年八月、パイオニア一〇号と一一号の軌道を長期にわたって追跡してきたNASAジェット推進研究所のジョン・アンダースンらが、驚くべき研究成果を発表した。探査機の減速率が計算よりも大きい——二つの探査機は、一秒間に秒速〇・〇〇〇〇〇〇〇八センチ、一年間に秒速二・五センチずつ遅くなっており、このままではいずれ停止してしまうというのだ。

きわめて小さな数値のずれではあるが、天文学界や物理学界に与えた衝撃は深刻だった。探査機に作用する引力の強さが計算と一致しないということは、ニュートンの引力の法則が間違っていることになるからだ。

ただちに反論が巻き起こった。探査機内部に燃料が残っており、それが前方に洩《も》れて、逆噴射の役割を果たしているのではないか。太陽系外には予想外に濃密なガスか塵《ちり》の雲が存在し、その摩擦抵抗で探査機にブレーキがかかっているのではないか。あるいは、太陽系の近くにブラックホールか中性子星のような目に見えない重力源があって、その影響ではないか……。

だが、いずれの可能性も否定された。太陽系の近くには、探査機に影響を与えそうなガスや塵の雲も、未知の重力源も存在しないのは、観測によって明らかだ。それにパイオニア一〇号と一一号は正反対の方向に向かって飛行しているのだ。それがまったく同じトラブルに見舞われるとは信じがたい。

多くの科学者は、アンダースンらの研究に何らかのミスがあると考え、即断を避けた。科学界では、「幻の発見」というのは珍しくない。誰かが大発見をしたと発表しても、正確な観測データが蓄積すると、実はそんなものはなかったと判明することがよくあるのだ。天文学の世界では、「火星の運河」「水星の内側の惑星ヴァルカン」「月のオニール橋」などが有名である。たぶん今度もまたそれに違いない……。

しかし、それから一〇年が過ぎ、さらに多くのデータが蓄積しても、アンダースンらの研究の信憑性《しんぴょう》は増すばかりだった。パイオニアだけではなく、やはり太陽系外に向かったヴォイジャー一号と二号にも、同様の減速現象が発見されたのだ。

さらに緻密《ちみつ》な減速率の計算が行なわれた結果、パイオニア一〇号と一一号は今から約二五万年後、太陽から約六万天文単位(九兆キロ=〇・九五光年)のところで静止し、その後は太陽の重力に引かれて落下してくると分かった。この事実は重力理論に大きな変更を迫るものだった。

もうひとつは「ウェッブの網目(Webb's Meshes)問題」だった。

一九九〇年に打ち上げられ、二〇一〇年に耐用年数を迎えるハッブル宇宙望遠鏡に代わって、二〇一〇年二月、新世代宇宙望遠鏡ジェイムズ・ウェッブが打ち上げられた。それに搭載された直径六・五メートルのシリコンカーバイド製の反射鏡は、新たに開発された薄膜蒸着技術により、表面に一〇〇〇万分の七ミリの凹凸しかないという驚異的な精度を誇っていた。その軌道として、太陽と地球を結ぶ直線上にあるラグランジュ点L2が選ばれた。ここは常に地球の影にあるため、反射鏡や精密機器が太陽熱によって受ける影響を最小限にできるからだ。さらにウェッブには、ハッブルのトラブルを教訓に開発された球面収差補正装置や、高密度撮像装置が組みこまれ、ハッブルの一〇倍以上の解像力を誇り、宇宙の秘密を明らかにしてくれるものと期待されていた。

最初の目標はオリオン座のガス状星雲M42だった。

しかし、ウェッブから送られてきた画像を見て、天文学者やNASAの技術者は首をひねった。画面の明るさが一様ではなく、斑点《はんてん》というか網目というか、明るい部分の中にぼんやりと暗い島のような影が規則正しく並んでいるのだ。他の天体――イータ・カリーナ星雲、超新星1987A、蛇座の美しい惑星状星雲「宇宙の蝶《ちょう》」など――を撮影しても同じだった。

最初は機械のトラブルではないかと思われた。先輩であるハッブル宇宙望遠鏡も、打ち上げ直後に重大なトラブルがいくつも発見され、スペースシャトルによって修理されたという前歴がある。しかし、いくらチェックしてもウェッブには何の異状も発見できず、「網目」が生じる原因はまったく謎だった。

試しに火星を撮影してみて、技術者はさらに困惑した。火星はちゃんと映る――いや、木星、土星、天王星などを撮影しても同じだった。どれにも鮮明な画像が映り、「網目」は出現しない。月の表面、地球の大気なども撮影されたが、やはり異状はなかった。どうやら「網目」は太陽系外の天体を撮影する時にだけ出現するらしかった。

二〇一〇年の時点では、「パイオニア減速問題」と「ウェッブの網目問題」を結びつけて考える者はまだ誰もいなかった。もちろん、その原因や、背後に隠された驚くべき真相を正確に見抜いた者もいなかった。

私の兄以外には。

05「やれやれ、また〝眼〟か！」

フリーになって二年が経った二〇一〇年の晩秋、私はＵＦＯカルト〈昴の子ら〉の活動に興味を抱き、その内幕を調査しはじめた。その一部始終は、翌年四月、『プレアデスを目指して』という題で私の初の単行本として出版されたので、ご存知の方も多いと思う。

二〇〇〇年以降、世界各地でＵＦＯの目撃事件が頻発していた。カリフォルニア州のサンバーナディーノという街では、白昼、ダイヤモンド形の編隊を組んで飛行する九機のＵＦＯを、数千人の市民が目撃した。中国の上海郊外、イタリアのクオネ、トルコのアフィオンカラサル、マレーシアのコタキナバルからも同様のニュースが飛びこんできた。ポーランドのルビンでは、森の中に着陸したＵＦＯからロボットのような人影が降りてきたのを、二〇人以上の人間が目撃した。タンザニアのキゴーマからは、ＵＦＯから放たれた光線で子供が火傷《やけど》をしたというショッキングな事件が報じられた。

いくつかの事件では、目撃者の撮影したビデオがあり、中にはきわめて鮮明に円盤型の飛行物体が写っているものもあった。テレビやインターネットで公開されたそれらの映像は、二〇年前だったら衝撃的だったかもしれないが、ほとんどの一般大衆にとっては「ああ、またか」という感じで受け止められ、さほど話題になることはなかった。ＳＦ映画やアクション映画を見慣れ、本物と見分けがつかないリアルなCG映像に馴染《なじ》んでしまった人々の目には、どんなリアルな映像も疑わしく見えたのだ。げんに一九九七年にメキシコシティで撮影された巨大UFOの映像は、コンピュータによる合成であったことが判明している。

奇妙なパラドックスである。UFOの映像が鮮明であればあるほど、人はかえって嘘っぽく感じてしまう。リアリティを感じるのは、むしろ不鮮明な映像——ピンボケだったり、遠すぎたりして、何が写っているかよく分からない映像なのである。それらは専門家でも分析困難であり、したがって偽物と暴露されることもないわけだ。

もっとも、平静なのは一般人だけで、UFOマニアはこの世界的UFOフラップ（目撃集中）に興奮を隠せなかった。彼らはもう何十年も前から、上空から人類を観察している地球外生命体の存在を確信し、彼らがホワイトハウスの前庭（赤の広場でも凱旋門《がいせんもん》前でもいいのだが）に着陸する日を心待ちにしていたのだ。UFOがこれほど頻繁に目撃されるのは、異星人の活動が活発化してきたためであり、彼らが姿を現わす前兆に違いないと考えられた。

今の若い人たちにはナンセンスに感じられるだろうが、当時、地球外生命体の存在は広く信じられていたのである。

しかし、かんじんの異星人の意図に関しては、UFOマニアの間でも見解はまちまちだった。B級SF映画によくあるように、武力によって人類を征服するために来るのだと唱える者もいた。その反対に、人類を善《よ》い方向に指導するために訪れるのだという説もあった。邪悪な宇宙人と善良な宇宙人の二タイプがあるという折衷案もあった。地球は彼らの自然保護区であり、人類は珍しい保護動物にすぎないのだという説もあった。慎重派は、異星人の行動を地球人の尺度で計るのは誤りであると唱え、どの意見にも与《くみ》しなかった。「アメリカ政府はこれまで隠蔽《いんぺい》してきた異星人に関する極秘情報をまもなく公開するらしい」

そんなもっともらしい噂もネットを駆けめぐった。若いＵＦＯマニアは興奮したが、年配のマニアはむしろ冷ややかだった。なぜなら、その噂はもう半世紀以上も前から、数年ごとに必ずささやかれるが、現実になったためしは一度もないからだ——いったい「まもなく」とはいつなのか？

少数派ながら、ＵＦＯは異星人の乗り物ではないとする派閥もあった。アメリカが極秘に開発している新型のステルス機だという説（試作機を世界中で何十年間も飛ばし続けているというのだろうか？）、南極に秘密基地を持つナチの残党が飛ばしているという説、未来人の乗るタイムマシンだという説、地底人やアトランティス人が乗っているという説、人間の集合無意識が空中に投影されて実体化した幻だという説、「影の世界政府」のマインド・コントロール兵器の実験だという説、空中に浮遊する未知の生物だという説、自然界に発生するプラズマだという説、すべてはサタンの陰謀だという説——当然、科学合理主義者はそのどれをも信じようとせず、目撃例はすべて錯覚かでっちあげだと一蹴《いっしゅう》していた。

これほど多くの説が乱れ飛ぶ理由は、目撃されたUFOの行動がまったく首尾一貫しておらず、何の法則性も見つからないからだ。地球人に目撃されることを避けているように思える反面、市街地の上空でライトを点《つ》けてアクロバット飛行を披露する。フライト中の旅客機の周囲を意味もなくうろちょろしたり、田舎道で車を追いかけたりする。フランスの片田舎の農場や、ジンバブエの小学校の運動場には着陸するが、ホワイトハウスの前には決して着陸しない。UFOから降りてきた異星人が人間に好意的だったという報告が多数ある一方で、UFOが人間に危害を加えたという事例も多数ある。しかし、フロリダのボーイスカウト団長やアルゼンチンの一五歳の少女に火傷を負わせたり、インディアナ州の鉄工所職員を光線で脅かしたりすることに、戦略的にどんな意味があるのかさっぱり分からない。UFOの発する光線で火傷を負った人がいる一方で、UFOとの接触で怪我や病気が治ったという例もいくつもある。UFOの着陸跡に植物がまったく生えなくなったという報告がある一方、植物の生長が異常に促進されたという例もある。

UFOから降りてきた異星人を目撃したという報告も昔からたくさんあるが、まとめて読むと頭の痛くなる代物である。世界各地で目撃された異星人は、身長七・五センチから三メートルまでいろいろで、人間そっくりなものから、胎児のようなもの（いわゆるグレイ・タイプ）、直立したカエルのようなもの、毛むくじゃらのゴリラのようなもの、ロボットのようなもの、幽霊のようなもの、ゼリーのようなものなど、千差万別なのだ。いったい何十種類の異星人が地球に来ているのだろうか？
そうした互いに矛盾する種々雑多な証言の中から、自分の好みに合ったものだけを選び出せば、どんな理論でも構築できる。ＵＦＯの乗員が危害を加えた例だけピックアップすれば、異星人は邪悪な侵略者になる。友好的な接触例だけを取り上げ、他は無視すれば、異星人は友好的存在になる。未来人にするのも、ナチの残党にするのも、プラズマにするのも、政府の陰謀にするのも、あなたのお好みしだいだ。

「私は異星人と話をした」

そう主張する人が大勢いることが、問題をいっそうややこしくしていた。異星人に誘拐《ゆうかい》された人を「アブダクティ」、友好的に接触した人を「コンタクティ」、物理的に接触せずテレパシーでメッセージを受けた人を「チャネラー」と呼ぶ。そうした厄介な人たちは以前からいたのだが、この時期には世界各地で急増したのだ。しかし、彼らが異星人から教えられたと主張する情報は、互いに矛盾しているうえ、支離滅裂で非科学的なものばかりだった。

ロシアに住むトルベーエフという国語教師は、インターネットを通して、異星人の侵略から地球を守ろうと訴えていた。彼はモスクワ郊外に着陸したＵＦＯに連れこまれ、貯水池に毒を入れたり、衛星放送によってテレビから催眠電波を流して人間を洗脳するといった計画を、異星人の口から詳細に説明されたという。しかし、なぜ侵略者がわざわざ自分たちの陰謀を国語教師に打ち明けなくてはならないのか、という点に対しては、何の説明もなかった。

秋田県に住むコンタクティ米村末寛《よねむらすえひろ》は、異星人から永久機関の作り方を教えられた。彼は大枚をはたいて材料を買い揃え、自分の経営する自動車修理工場の敷地でそれを製作した。完成した装置は高さ五メートルもあり、パチンコ台とミシンと風車を合体させたような代物だったが、豆電球一個も灯《とも》すことができなかった。彼はまた、文科省に対して、生物学の教科書を書き換えろと要求した。人間の先祖はサルではなくネコだ、と異星人から教えられたというのだ。

一部のコンタクティは、異星人は月や火星や金星から来ると主張していた。月には空気があるし、火星や金星も実際は地球とよく似た環境で、人間が住んでいるのだが、NASAがその事実を隠しているというのだ。別のコンタクティはそんな説を嘲笑《ちょうしょう》し、火星や金星に人間が住んでいるわけがない、異星人は太陽の向こう側にある未知の惑星から来るのだと主張していた(もちろんNASAはその惑星の存在を隠しているのだ)。太陽系外の星――シリウス、プレアデス星団、乙女座のウォルフ424など――から来るという主張もあった。

どれもこれも、まともに検討するにも値しない珍説ばかりで、実際、ほとんどの人は面白がりはするものの真剣に取り合おうとはしなかった。しかし、一部の人間は熱心に信じた。

この時期、世界各地で「UFO研究団体」と称するグループが林立した。中には少数ながら学問的にＵＦＯを研究しようという真面目なグループもあったが、ほとんどはコンタクティやチャネラーを教祖とするカルト集団であり、活動内容は「研究」とはほど遠いもので、しばしば狂信的な熱情にかられて行動した。彼らは互いに他の団体を攻撃し、自分たちの教祖様の言うことこそ正しいと信じきっていた。

〈昴の子ら〉もそうしたカルトのひとつだった。教祖の大壺朝子《おおつぼあさこ》は異星人と接触したと主張し、異星人から与えられた「エカテリーナ」という名（なぜ異星人がロシア名を付けるのかは謎だ）を名乗っていた。彼女のホームページには、夜空にきらきらと輝くシャンデリアのようなＵＦＯの写真が掲載されていた。

エカテリーナこと大壺がラファエルという異星人からテレパシーで受け取ったメッセージによれば、二〇一〇年一二月三一日、地球は大異変に見舞われて滅亡するが、少数の人間だけがＵＦＯに救い上げられるという。〈昴の子ら〉はインターネットや出版物で積極的に宣伝活動を展開し、わずか三年で一万人近い信者を獲得していた。

私は彼らのことを知るため、正体を隠して入信し、沖縄の本部《もとぶ》半島にある彼らの修行場〈スペースポート〉で八週間を過ごした。心配をかけないよう、兄や伯父《おじ》夫婦、数人の知人にだけは、取材のための偽装入信であることを事前に打ち明けていた。伯父は、どうしてそんな危険なことをするのか、洗脳されたらどうするのか、としきりに心配した。兄も口では「お前を信じてるよ」と言うものの、不安を隠せない様子だった。

こんなテーマと取材方法を選んだのは、ごく単純な理由だった。金がなかったからだ。有名なジャーナリストがやっているように、取材のために日本中を飛び回ったり、インタビューした大勢の人にギャラを支払ったり、大量の資料を買い揃えたり、アシスタントを雇って調査をさせることなど、私にはできなかった。この方法なら、ほとんど金を使うことなく、貴重な情報が手に入る。必要なのは身体ひとつと、度胸だけだ。

実のところ、絶対の自信があったわけではない。むしろ不安でいっぱいだった。私は自分の精神が人よりも不安定であることを知っている。何週間もの間、外界から隔絶した森の中の修行場で、大勢の信者たちに囲まれ、朝から晩まで教義を叩《たた》きこまれたら、ふらふらと信じてしまうかもしれない……。

例によって葉月だけは楽天的だった。その頃、彼女は医大を卒業して、埼玉県の十耀会《じゆうようかい》病院に勤めており、会う機会はめっきり減っていた。

「面白そうだね。まあ、バカンスだと思って行ってきたら」

あまりにも心配している様子がないので、私の方が不安になってしまった。しばらく会わないうちに、友情が薄れてしまったのだろうか？

「私が洗脳されて、本当に信者になっちゃったらどうする？」

「どうもしないよ。あんたが幸せなら、それでいいじゃん」

「助けてくれないの？」

「じゃあ何？　力ずくで脱会させて欲しいわけ？　あんたの意志に反して？　洗脳ったっ

て、頭にヘッドギアはめて電流ビビビって通せばロボットになるなんて、そんなマンガみたいなもんじゃないでしょ。結局は本人の意志しだいなんだから。あんたが自分で生きる道を選ぶんなら、あたしはとやかく言わないよ」

「そんな……」

「ただ、これだけは覚えといて。そうなったら、あたしはあんたと絶交する。あたしらの友情はおしまいだからね」

私はほっとすると同時に、一〇年以上前に初めて会った時と同じく、胸にジンと熱いものを感じた。やっぱり葉月は親友だ。「友情はおしまいだ」という言葉は、私には何よりも効く脅迫だった。私は葉月との友情を絶対に失いたくなかった。もしマインド・コントロールされそうになっても、その恐怖が歯止めになってくれるに違いない。

葉月がそこまで計算して言ったかどうかは分からない。そんなことはどうでもいい。私にとって、彼女の言葉はいつでも力強い支えだった。


いざ潜入してみると、私の心配は杞憂《きゆう》だった。〈昴の子ら〉の教えはあまりにもナンセンスで、よほど積極的に努力しないかぎり、信じられるものではなかったのだ。

たとえば彼らは、人類を善《よ》い方向に導いてくれている異星人がプレアデス星団から来ていると信じていた。牡牛座《おうしざ》にあるプレアデス星団は、生まれてからまだ一億年ほどしか経っていない若い星の集まりだということは、天文学の入門書にでも書いてあることだ。そんな星に生命の存在する惑星があるわけがない。

特に信じられないのは、異星人がほんの二万四〇〇〇年前に人類を含めた地球上のすべての生命をバイオテクノロジーで創造した、という主張だった。エカテリーナが異星人から受け取ったと称するメッセージによれば、地球上に生命が誕生したのは紀元前二万一九九三年のことで、それ以前には人類はもちろん、いっさいの生命の痕跡《こんせき》は存在しなかったのだそうだ。

生命が何億年という時間をかけて進化してきたという説を、彼らはあっさり否定する。突然変異や自然選択のような行き当たりばったりの変化によって、人間のような完成された美しい生命体が誕生するはずがない、というのだ。

この手のカルトとしてはよくあることだが、彼らは「闇の勢力」の存在を信じていた。各国の政府や科学者やマスコミはオリオン座の悪い宇宙人と密約を交わしていて、大衆を真実から遠ざけるために偽情報を流しているというのだ。ダーウィンは「闇の勢力」の幹部で、人間の皮をかぶったオリオン人だ。『ダーウィンズ・ガーデン』のような進化シミュレーション・ゲームは、大衆に進化論という欺瞞《ぎまん》を吹きこむために作られたもので、ゲーム開発者は「闇の勢力」の手先なのだそうだ（この話を兄に聞かせたら大笑いをしていた）。

ある勉強会で、講師の一人はこう説明した。

「たとえば、この眼はどうでしょう？　私たちの眼は、とても素晴らしい構造です。入念に設計された精密機械としか言いようがありません。こんなものがデタラメな突然変異の結果として生まれるわけがありません。これこそ私たちのDNAがプレアデス星人の高度な知性によって設計されたという証拠です」

　私はその話を聞きながら、「やれやれ、また〝眼〟か！」と心の中で苦笑した。人間が神や異星人に創造されたと主張する人々が、必ず引き合いに出すのが、眼の構造なのだ。私のアパートにしつこく新興宗教の勧誘にやってくるおばさんも、やはり眼がどうのこうのと言っていた。

　他の信者たちはその説明で納得していたようだったが、私は違った。兄の研究を見せられて進化論に興味を抱いていたこともあり、〈スペースポート〉に来る前、図書館でUFO関係の書籍とともに、進化論や生物学の本もみっちり読んで、予習をしてきたからだ。

　試しに、講師にこう訊《たず》ねてみた。

「どうして視細胞の前に網膜神経節細胞があるんでしょう？」

　講師はびっくりして眼をぱちくりさせた。「網膜神経節細胞」なんて言葉は聞いたこともなかったのだろう。

　視細胞は眼球の奥の網膜にあって、外から入ってきた光を感じ取る細胞である。デジタルカメラのCMOS素子のようなものだ。視細胞が感じた刺激は視神経を通って脳に送られる。視細胞と視神経をつなぐのが網膜神経節細胞で、それは当然、視細胞の後ろにあるべきだ。ところが、実際には網膜神経節細胞は視細胞の前にある。そこから伸びた軸索は、いったん網膜の表面近くを通って、眼底にある視神経乳頭という部分に集まり、そこから奥に陥没して脳に向かっている。つまり神経が不必要な遠回りをしているうえ、視細胞に入るべき光を妨害する構造になっているわけだ。これはどんな技術者も犯すはずのないぶざまな設計ミスであり、眼というものが高度な知性の産物ではなく、まさしく行き当たりばったりな進化の結果として生まれたことを示している。

講師はしどろもどろになり、「私たちにもまだ分からないことはいくつかあるのです」と弁解した。きっとプレアデス星人には何か深い意図があって眼をこんな構造に設計したに違いない、というのである。

しかし、人体が高度な知性体によって創造されたのではない証拠は、他にもたくさんあるのだ。多くの哺乳《ほにゅう》動物では脊椎《せきつい》は水平方向にアーチを描いて伸びているが、人間のそれは垂直にS字形を描いて立っているため、重力によって椎骨の間の椎間板が押し潰《つぶ》され、腰痛の原因となる。それというのも、もともと四足歩行に適応していた肉体を、短期間で二足歩行に強引にモデルチェンジした結果なのだ。また、内臓の配置や血管の構造にも、モデルチェンジ時に発生した重大なミスがいくつもあり、ヘルニア、静脈瘤、痔《じ》、立ちくらみなどの原因になっている。虫垂、尾骨、男性の乳首など、どう考えても不要な器官もたくさん残っている。本当に異星人がこれらを設計したのだとしたら、プレアデスの専門学校を落第した生徒だったに違いない。

さらに、世界中で発見されている古生物の化石はどう説明するのか？　深い地層に埋もれている化石は単純で原始的な構造で、浅い地層のものほど現代の生物に近づいてくる。これこそ生物が進化してきたという完璧《かんぺき》な証拠ではないのか？

そうではない、とエカテリーナは言う。世界中の化石はすべて、今から一万二〇〇〇年前に起きたポールシフト（地軸の移動）による地球規模の大異変――いわゆる「ノアの洪水」によって死んだ生物の死骸《しがい》だというのだ。三葉虫やアンモナイトは動きが鈍いために、真っ先に異変に巻きこまれ、泥に埋もれた。恐竜はもう少し長く生き延びたが、巨大で足が遅かったため、やはり洪水から逃げ切れずに滅びた。敏捷《びんしょう》な哺乳類や鳥類は最後まで逃げ続けたので、彼らの化石は浅い地層からしか発見されない。科学者たちはそうした順序で積み重なった地層を見て早とちりし、進化論という誤った思想を思いついたのだ……。

図書館でほんの一時間でも古生物学について調べれば、そんな考えがデタラメであることはすぐに分かる。恐竜には確かに巨大なものもいたが、映画『ジュラシック・パーク』に出てきたヴェロキラプトルのように、小さくて敏捷な種もたくさんいたのだ。彼らはたった一匹も洪水から逃れられなかったのだろうか？　そして、おそらく小型恐竜よりも動きが鈍かったはずのゾウなどの大型哺乳動物の化石が、恐竜の化石より下の層から決して出土しないのはどうしてだろう？　三葉虫やアンモナイトの化石がクジラの化石と同じ層から出土しないのは？

エカテリーナの考えは画期的でも何でもない。一七世紀のアイルランド大主教ジェイムズ・アッシャーは、ノアの洪水は紀元前二三四九年一二月九日に起きたという計算を発表していた。キリスト教圏の科学者たちも同様で、つい二世紀ほど前まで、世界の年齢はたった六〇〇〇年であり、ノアの洪水は確かにあったと信じられていたのだ。しかし、洪水説に矛盾するたくさんの証拠が見つかるにつれ、彼らはしぶしぶ信念を放棄せざるを得なくなった。進化論は科学者たちの早とちりでもなければ、「闇の勢力」の陰謀でもない。膨大なデータの蓄積を元に、科学者たちが熱い議論の末に到達した、妥当な結論なのだ。

ある夜、私は同じバンガローで寝起きしていたUという年上の女性に、こうしたことを説明し、エカテリーナの教えに矛盾を感じないかと質問してみた。しかし、彼女はまったく動揺をみせず、微笑みながらこんなことを言った。

「あなたの知識はみんな本で読んだものでしょ？　本に書いてあることや科学者の言ってることを鵜呑《うの》みにするのは良くないわ。自分の頭で考えてみれば、真実は見えてくるはずよ」

私は猛然と反駁《はんばく》したくなるのを懸命にこらえた。それなら、彼女の「人類は異星人に創造された」という信念はどこから来たというのだろう？　よく調べも考えもせず、エカテリーナの本や講師の話を鵜呑みにしているだけではないのか？

だが、進化論ぐらいはまだ我慢できた。何と言っても私が同調できなかったのは、ノアの洪水に関する彼らの考え方だった。

エカテリーナの教えによれば、一万二〇〇〇年前まで、地球にはアトランティスやムーといった古代文明が栄えていたという。しかし、自らの創造した人類が奢《おご》りたかぶったことに腹を立てたプレアデス星人が、超磁力兵器（どんなものかは分からないのだが）を使用して地球の地軸を動かし、大地震や大洪水を起こして人類の大半を滅ぼした。ごく少数の心正しい人間だけがＵＦＯに救われ、生き残った。それが現在の人類の祖先なのだ。そして今、人類文明は再び堕落の道を歩みはじめている。プレアデス星人は地球を浄化するため、再びポールシフトを起こそうとしている。救われる方法はただひとつ、心を正しく持ち、偉大なる創造主たるプレアデス星人を崇拝することだ。そうすれば必ず彼らはＵＦＯで我々を救いに来てくれる……。

旧約聖書のお粗末なパロディとしか思えないのだが、私が反発を覚えたのはそんな点ではない。百歩譲って、エカテリーナの言っていることがすべて正しかったとすると、プレアデス星人というのはナチ顔負けの大量虐殺者ということになるではないか！　なぜそんな極悪非道な連中を崇拝しなくてはならないのか？　確かに今の人類は堕落しているかもしれないが、心正しい人、無垢《むく》な子供たちも大勢いるのだ。人類を皆殺しにすることが正しい行ないであるはずがない。

私の疑問に対する講師の答えは単純だった。

「心正しい人が異変に巻きこまれて死ぬのは悲しむべきことです。だからこそ私たちは、破滅の日が来る前に、一人でも多くの人を救わねばなりません。そのために本やインターネットを通して、真実の情報を広める活動をしているのです」

では、その「真実の情報」に接したにもかかわらず、エカテリーナの教えを信じようとしない人たちは？

「心正しい人なら、必ず真理に目覚めるはずです」

講師は自信たっぷりに言った。自分も「心正しい人」だと確信しているのだろう。

「真実の情報に接しても目覚めなかった人は、残念ですが、すでに魂が穢《けが》れているのです。彼らは救われません」

「では、死んで当然だと？」

「そういうことになりますね」

私はその時、確信した。何があろうと、このカルトにだけは絶対に心を奪われることはないと。

もうひとつ、彼らの教義で辟易《へきえき》したのが、安直な陰謀論の横行だった。アメリカ政府は悪いオリオン人と密約を交わしている。NASAは異星人が存在する証拠を隠している。ケネディが暗殺されたのは異星人の存在を公表しようとしたからだ。進化論はオリオン人の陰謀である。電力業界が永久機関の開発を妨害している……どれもこれも聞き飽きた話ばかりだ。

私が親しくなったHという若い男性信者も、「米政府が墜落したUFOの残骸や異星人の死体を隠している」というカビの生えた説を信じきっていた。彼は『インデペンデンス・デイ』や『X―ファイル』のような異星人の出てくる映画やドラマを熱心に見ていた。

彼が信じるところによれば、そうしたドラマは単なるフィクションではなく、何者かが極秘情報を国民に故意にリークするために制作しているのだという。

「何のためにそんなことをしなくちゃいけないの？　発表したいことがあるなら素直に発表すればいいいんじゃない？」

　私がそんな素朴な疑問を呈すると、Hは真剣な顔で答えた。

「高度な政治的打算が働いてるんだ」

　冗談ではない。SFドラマの中にしか「証拠」を見つけられないというのは、結局のところ、現実世界には証拠がないということではないか。私も仕事のためにUFOについての文献をずいぶんたくさん読んだが、UFO墜落事件を証明する文書はどれも偽造だと判明しているし、回収された異星人の死体を見たという証言も信憑《しんぴょう》性に欠けるものばかりだ。米政府の隠蔽《いんぺい》工作を立証する証拠は何ひとつないのである。

　当然、Hはそうした自分に都合の悪い情報はすべて「偽情報だ」と一蹴《いっしゅう》した。

「とにかく、アメリカ政府が陰謀を企《たくら》んでないって証拠はないんだからね」

　さすがにバカバカしくなって、私は議論を打ち切った。いったいどんな証拠を突きつけられれば彼は納得するのか。「私たちは異星人の死体なんか隠していません」と書かれた文書か？　だが、そんなものを見せられても、Hは信じないに決まっている。

「政府がすべてを隠している」――その説明は多くの人にとって心地好く響く。権力者の愚かさに義憤を覚えることによって、無力な庶民のささやかな正義感が満たされ、エリートに対するコンプレックスが癒《いや》されるからだ。『X―ファイル』のように常に政府を悪役として描くパラノイアックなドラマが人気を呼んだのも、そうした背景があるからだろう。あいつらは愚かだ。あいつらは邪悪だ。重大な真実を俺たちの目から隠している……。

私も権力者がしばしば愚かであり、真実を隠したがるという点には同意するが、何もかも彼らのせいにしてしまう態度も同じぐらい愚かだと思う。それは結局のところ、複雑で手間のかかる真実探求への道を放棄し、誰かが思いついた安直な「真実」を鵜呑みにすることでしかない。そして、いったんまがいものの「真実」を受け入れた者は、そこから抜け出せなくなる。まともな判断力を失い、明白な反証が目に入らなくなってしまうのだ。

有名なUFO研究者ジャック・ヴァレ（『未知との遭遇』でフランソワ・トリュフォーが演じたフランス人科学者のモデルになった人物）は、ある会合で、「ネバダ州の砂漠の地下にマンハッタン島ほどもある巨大な秘密施設があり、地球製のUFOが極秘に開発されている」という話を信じている研究者仲間に、こんな素朴な疑問を発した。

「誰がゴミを回収するんだろう？」

そう、冷静に考えてみれば、そんな話が幼稚な妄想にすぎないことはすぐ分かるはずなのだ。おそらくは何万人もの人間が関わり、何億ドルという予算を注ぎこまれているはずの大規模な謀略が、何十年間も漏洩《ろうえい》することなく存続できるとは信じがたい。ヴァレは荒唐無稽《こうとうむけい》な陰謀説を信じたがる研究者を、「彼らのあまりにも人を疑わない純真さに、いつも驚いている」と評している。

もっとも、私にはヴァレの言動は矛盾しているように思われる。というのも彼は、多くのＵＦＯ事件が各国政府の秘密機関による社会心理学的実験であるという説を唱えているからだ。ヴァレの説によれば、ＵＦＯに誘拐《ゆうかい》されたと主張する人物は、実際には秘密警察に拉致《らち》され、薬品の効果を借りて偽の記憶を植えつけられたのだという――やれやれ。

ヴァレやＨもそうだが、なぜＵＦＯマニアというのは、この手の陰謀話に飛びつきたがるのだろうか？　Ｈや他の信者たちの話を聞いているうち、私には何となく理由が分かってきた。

彼らは「真実」を求めているのだ。ＵＦＯの謎に頭を悩ませ、単純明快な理論ですべてを説明することを夢見ているのだ。「誰かが真実を隠している」「誰かが我々を騙《だま》している」という説は、安直であるがゆえにアピールしやすい。隠されている真実さえ明らかになれば、すべては単純明快であったことが判明するだろう……。

陰謀論というのは宗教に似ている――私はふと、そう気がついた。

この世は混迷に満ちている。多くの悲しむべき出来事、不条理な出来事が常に起きている。戦争、災害、不景気、伝染病……そこには何の秩序も基準も見当たらない。どんなに正直に慎ましく暮らしていても、天災であっさり死ぬことがある。悪人が罰を受けることなくのさばることがある。人の生や死というものには、結局のところ、意味などない。

しかし、多くの人はそれに納得しない。自分たちの生には何か意味があると信じたがる。この世で起きることもすべて、何か意味があると考えたがる。偶然などというものはありえない。どんな事件にもすべてシナリオがある――誰かが仕組んだことなのだ、と。

阪神大震災が起きた時、オウム真理教は「地震兵器による攻撃だ」と主張した。そのオウム真理教事件は、一部の陰謀論者に言わせれば、フリーメーソンや北朝鮮の陰謀なのだそうだ。一九九六年にO－157が流行した時も、二〇〇五年にインフルエンザが流行した時も、やはり陰謀説を唱える者が現われた。こうした説は決して近年の流行ではない。一四世紀にフランスでペストが大流行した時、「ユダヤ人が井戸に毒を流しているからだ」という噂が流れ、大勢のユダヤ人が殺された。一八五三年、長崎にコレラが流行した時も、「イギリス人が井戸に毒を流している」という噂が広まった。一九九五年、エボラ出血熱が流行したザイールでも、「医者が病気をばらまいている」という噂が流れた。時代や民族を問わず、人は大きな災厄に接すると、「誰かのせいだ」と考えたがるらしい。

考えてみれば、ノアの洪水の伝説も、そうして生まれたのではないだろうか。昔の人にとって、自分たちの住む地域が「全世界」であったろう。自分たちの住む地域に洪水が起きた時、「全世界が洪水に見舞われた」と思いこんだろう。生き残った人たちは考えた。なぜこんな悲惨なことが起きたのか。誰が何のために私たちの隣人を殺したのか……彼らはその不条理な悲劇を合理的に説明するため、物語を創り上げたのだろう。「死んだのはみんな悪い人たちで、神は彼らを罰するために洪水を起こしたのだ」と。

そう、宗教とは「神による陰謀論」なのだ。災厄を起こした者の正体が人であれば陰謀論になり、神であれば宗教になる。それだけの違いだ。

そう考えれば、カルトを盲信する者がしばしば陰謀論を唱える理由も説明がつく。神を信じる心理、陰謀を信じる心理は、結局のところ同じメカニズムによるものだからだ――すべてにきっと意味があると考えたがる心理。

あいにくと私にはそんな心理はない。災厄は意味も理由もなく起こるということを、子供の頃に知ってしまったからだ。

彼らの名誉のために弁明しておく必要があるが、信者一人一人はとてもいい人たちだった。「カルトの信者」という言葉から受ける怪しいイメージとは違い、明るくよく笑い、他人に親切だった。信念さえ別にすれば、友達になってもいいと思える人ばかりだった。

教団の運営方法も、きわめて穏やかなものだった。勧誘活動は常にオープンで、洗脳じみた行為はまったく行なわれなかった。修行の内容も勉強会と瞑想《めいそう》がメインで、あまりにおとなしすぎて拍子抜けしたぐらいだ。彼らはオウム事件の轍《てつ》を踏まないよう、地域住民との軋轢《あつれき》を警戒し、ボランティア活動に精を出していた。私も近くの海岸の清掃作業によく参加したものだ。

敷地からの出入りは自由で、特に監視もつかなかったが、周囲には遊び場などないこともあって、私たちは一日の大半を〈スペースポート〉の中で過ごした。もっとも、外の世界と隔絶しているという感じはあまりなかった。電話はいつでも自由にかけられたし、集会場にはテレビがあった。パソコンも使えたので、インターネットで最新のニュースを知ることができた。これはエカテリーナ自身の指示によるものだった。世界各地で起きている災害はすべてポールシフトの予兆であり、そうしたニュースを常にモニターすることで、救済のＵＦＯが到来する時期を予測できると考えられていた。

教団内で麻薬パーティや乱交が行なわれているという興味本位な報道もあったが、実際には〈スペースポート〉では麻薬は御法度だったし、私が見聞きした範囲では、信者間に自然発生した性関係はあったものの、世間一般の標準から見て、さほど乱れていたとは思えなかった。麻薬とセックスに関しては、六本木あたりの方がよっぽど乱れていたと思う。

唯一、危険に思えたのは、洞窟《どうくつ》の中で行なわれる「ニュートリノ瞑想」だった。光の届かない地下深くで、マットレスを引いて正座し、瞑想にふけるというものだ。外界の乱れた波動や放射線に妨害されることなく、宇宙から降りそそぐ目に見えないニュートリノ粒子を感じ取ることができるのだそうだ——もっとも、彼らの中の誰ひとりとして物理学の本を読んでおらず、ニュートリノがどんな粒子なのか、ちゃんと説明できる者はいなかった。

私にはすぐにからくりが分かった。精神医学で言う「感覚遮断実験」そのものだ。完全防音の真っ暗な部屋の中に長時間隔離されると、思考の集中が困難になり、知覚障害、認識障害、空間見当識障害などが発生することは、昔からよく知られている。早い人で二〇分、遅い人でも七〇時間ぐらいで、様々な幻覚が見えはじめるのだ。私の場合、二時間ほどで奇妙な光の点滅が見えはじめ、床が大きく揺れるような感覚が生じるようになった時点で危険を感じた。精神に異常が生じたら大変だ。私は洞窟に入る前に渡されていたギブアップ・ボタンを押し、「体調が悪くなった」と嘘をついて助け出された。

他の人たちはというと、暗闇の中で光が見えたことで、おおいに感動していた。彼らはそれをニュートリノの光だと思っていた。人間の脳の単純な生理学的メカニズムによる現象を、神秘体験だと思いこんでいるのだ——いやはや、無知というのは恐ろしい。

信者の中にはUFOを目撃した体験がある者も多くいた。夜、焚火《たきび》を囲んで、彼らはよく自分たちの目撃談を自慢し合った。学校帰りに歩いていると空に見えた。ドライブ中に見た。自宅の窓から見た……。

ある若い男性は、夏の夜、ふと目を覚ますと、スープ皿ぐらいの大きさの円盤が窓の外に滞空しているのを見たという。円盤の下には掛軸のようなものがぶら下がっていて、墨と筆を使ったような字で「はまはま」と書いてあった。彼はそれを異星人からの暗号によるメッセージだと確信し、解読に取り組んでいる。

別の男性は、雪山のロッジの窓から、樹の上に滞空している円盤を目撃した。見ているうち、その円盤は中央からひび割れ、左右に分裂したという。分裂後もなぜか半月型にはならず、円盤型のまま、大きさが半分になっただけだった。彼は「まるで細胞分裂みたいだった」と語った。やがて円盤はまた一つに合体し、すごい速さで飛び去ったという。

私と隣室のAという女性が森の中で目撃したのは、身長一五センチぐらいの裸の少女で、背中から蝶《ちょう》のような羽根が生えており、切株の上で踊っていたという。最初は妖精《ようせい》だと思ったが、後になって「妖精なんて非科学的だ。いるはずがない」と思い、妖精型異星人だと確信したという。

教団内でおそらく最年長の六五歳のGという男性は、山歩きをしていて、異星人のロボットを目撃したという。彼はそれが邪悪なオリオン人のロボットだと直感したそうだ。彼は自分が見たものをスケッチブックに描いてくれたが、四角形の頭、ヘッドライトのような眼、リベットが打たれた箱型の胴体、蛇腹の先にハサミのついた腕というそのデザインは、大昔の子供向けマンガに出てきたロボットそっくりだった。

彼らが本当に何を見たのか、何を体験したのかは分からない。ひとつだけ確かなのは、みんな真剣そのもので、ふざけている様子はまったく見られないということだ。少なくとも彼らの誠実さを疑う根拠はないと感じた。

彼らが見たのはただの幻覚に違いない——できればそう片付けたいところだった。しかし、私にはどうしてもひっかかるところがあった。彼らはみんな真面目な人たちで、麻薬などやっていない。カルトの信者であるという点を除けば、表面的には明白な異常の兆候は見られなかった。幻覚を見る原因がないのだ。〈昴の子ら〉に興味を持ち、入信したのも、UFOを目撃したからであり、その逆ではなかった。ロボットを目撃したGさんにしても、〈昴の子ら〉のことはテレビで見て知っていたが、自分で目撃するまで異星人の存在など信じていなかったと断言している。

私はあのIさんの話を思い出した――空飛ぶ戦車が残していった、存在するはずのない七角形のボルト。

私は異星人がUFOに乗って地球にやって来ているとは信じていなかった。妖精なんて非科学的だが、妖精型異星人などというものも同じぐらい非科学的だと思う。空飛ぶ戦車や、細胞分裂する円盤、箱型のロボットなどというものも、現実に存在するとは思わない。

だが、それなら、彼らが見たものはいったい何なのだろう？

06　フェッセンデンの宇宙

大自然に囲まれた沖縄での生活は、別の意味で私を変えた。都会であくせく働いている時には気づかなかったことに、たくさん気づかされたのだ。

とりわけ感動的だったのは星空だった。漆黒のカーテンに宝石をぶちまけたような星々——夕方に東から昇ってくるオリオン座。その腰のベルトを構成する三つ星と、両肩に位置するベテルギウスとベラトリックス、左脚のリゲル。その後から昇ってくるのは、全天で最も明るいシリウスだ。左上には小犬座のプロキオン。〈昴の子ら〉が崇拝するプレアデス星団の近くには、牡牛座《おうしざ》の主星アルデバランとヒヤデス星団も浮かんでいる。競い合うように輝く双子座のカストルとポルックス。深夜には、南の空低く、竜骨座のカノープスも見えた。その他にも名前を知らない何千という星が輝いていた。東京や横浜では、地上の明かりに邪魔され、こんなにたくさんの星を見ることはできない。それはまさに「降るような」という表現がぴったりで、草の上に横になって見上げていると、自分が無限の宇宙に浮かんでいるような錯覚を覚えた。

ただ、星空を眺めていて、ふと、その底知れぬ大きさに不安を覚えることがあった。

なぜこんなものが生まれたのだろう？

いったい誰がこんなものを創ったのだろう？

進化論や天文学の本はたくさん読んだ。それらはどれも私を啓蒙《けいもう》し、無知による迷妄の大波に飲みこまれるのを防ぐ命綱の役割を果たしてくれた。実際、私が〈昴の子ら〉の教義に感化されなかったのは、科学を知っていたおかげだと言える。

宇宙の歴史はかなり明らかになってきている。星の生成、生命の進化は、コンピュータでシミュレートできる。インフレーション理論は、宇宙がどのように膨張し、進化してきたのかを説明する。地球や月がどうやって誕生したのか。生命がどのような過程で進化してきて、最終的に人間が誕生したのか……それらは、もうほとんど解明されていると言っていい。

しかし、その起源はまだ謎のままだ。

かつて生命発生のシナリオが解き明かされたと考えられた時代があった。一九五三年、シカゴ大学のスタンレー・ミラーが行なった実験だ。水素、メタン、アンモニアを混合した気体をフラスコに入れ、六万ボルトの電気火花を一週間飛ばし続けたところ、化学反応によって大量の有機分子が生成した。そのうちの二つは蛋白質《たんぱくしつ》に含まれるアミノ酸だった。すなわち、原始地球の大気中に発生した雷によって、アミノ酸やヌクレオチドといった生命の基礎となる物質が誕生し、それが海にたまって濃厚な有機物のスープとなった。何億年か経つうち、スープは複雑な化学変化を起こし、自己複製する分子――ＤＮＡが誕生した、というのである。

現在ではこのシナリオは顧みられていない。太古の地球の大気はメタンや水素が主成分ではなかったことが明らかになっているうえ、ミラーの実験では蛋白質を構成する二〇種類のアミノ酸のうち二種類しか作れなかったのだ。また、アミノ酸が偶然に組み合わさって複雑なDNAが生じるというのも、確率的にはとても考えられないことだ。

では、最初の生命はどうやって発生したのか？　海底の熱水噴出口付近の特殊な環境下で発生したという説、粘土から生まれたという説、彗星《すいせい》の衝突によって生じたという説もあるが、どれも無理があり、決め手に欠ける。

一九七三年、ケンブリッジ大学のフランシス・クリックとアメリカのサーク生物学研究所のレスリー・オーゲルは、驚くべき説を発表した。今から四〇億年前、どこか遠い惑星に住む異星人が送り出した無人の宇宙船が原始の地球に着陸し、その表面に微生物をばらまいた。それが我々、地球上に住む全生命の祖先だというのだ。

これはSF作家のジョークではない。クリックはDNAの構造を解明した一人で、ノーベル賞も受賞した一流の分子生物学者なのだ。

〈昴の子ら〉の教義——二万四〇〇〇年前に異星人によって地球上の全生命が創造されたという考えは、まったくのナンセンスだ。しかし、四〇億年前に何者かが地球に生命をもたらしたという可能性は、ノーベル賞科学者でさえ認めている。なぜなら、最初の生命が誕生したプロセスを誰も説明できない以上、地球外からもたらされたと考えるしかないからだ。

生命だけではない。宇宙の起源も謎のままだ。

ビッグバンの前、宇宙がまだ量子以下のサイズに凝縮されていた時代について、現代の物理学者は何も答えられない。そうした超高密度、超高エネルギー、超微小サイズの領域の現象について、従来の一般相対論は適用できないからだ。量子論と一般相対論が統合され、究極理論が完成すれば、そうした謎にも答えが出るのではないかと期待されている。しかし、量子論と一般相対論の間には克服困難な矛盾があり、統合の目途は立っていない。

マサチューセッツ工科大学教授のアラン・H・グースは、この宇宙が高度な文明によって創造されたという仮説を真剣に論じている。グースの計算によれば、宇宙を創造するのに必要な材料はたった二五グラムで、それを一〇のマイナス二六乗センチに圧縮することができれば、新たなインフレーションが生じ、宇宙が誕生するという。もちろん、現在の地球の技術では、いや、一〇〇年、二〇〇年先の技術でも、物質をそんなに圧縮することは不可能だろう。しかし、この広大な宇宙のどこかには、人類よりはるかに進歩した文明があるのではないか。彼らがその難事業に乗り出さないとは言い切れない。

科学者を頭の固い人種だと考えるのは偏見だ。彼らは時としてSF作家よりもイマジネーションにあふれ、オカルティストよりも大胆で自由な発想をする。生命どころか、この宇宙そのものが人工的に創造された可能性があるというのだ！　大壺のお粗末な教義など、グースの壮大な仮説に比べれば、想像力貧困もいいところだ。

本当にこの宇宙は誰かが創造したものなのだろうか？

私たちは誰かに創られたのだろうか？

何のために？

小学六年生の時に学校の図書館で読んだ小説のストーリーがよみがえった。子供向けのSF小説アンソロジーに収録されていた短編で、タイトルは「フェッセンデンの宇宙」。作者はアメリカのSF作家エドモンド・ハミルトン――一九三七年に書かれた作品で、描写の古めかしさは否めないものの、そのビジョンは今読んでも充分に衝撃的である。

それは実験室内に人工の小宇宙を創造したフェッセンデンという科学者の物語だ。彼はミクロサイズの惑星を顕微鏡で観察しながら、その表面に住む生物たちを興味本位に殺戮《さつりく》する。小さな彗星の軌道を変えて惑星に衝突させ、文明を滅ぼす。知的生物の住む二つの惑星を近づけ、戦争を勃発《ぼっぱつ》させる。海洋惑星の海を干上がらせ、水棲《すいせい》生物を絶滅させる。別の惑星には恐ろしい疫病を発生させる……。

物語の最後で、語り手はある疑問にとらわれる。この宇宙もまた、もっと大きな宇宙に住む科学者から見れば、ちっぽけな実験材料にすぎないのではないか。その科学者は我々を冷酷な目で見下ろし、興味本位にこの宇宙を破壊しにかかるのではないか――「あのはるかな高みに、フェッセンデンがいるのではなかろうか？」と。

読み終わって何週間も、星空を見上げるのが恐ろしかったのを覚えている。普通の子供にとっても恐ろしい内容であったろうが、私にとっては現実の恐怖だった。なぜなら私は、神が正当な理由もなく人間を殺戮することがあるのを知っていたからだ……。

考えてみれば、私が神の存在を信じなくなったのは、あの小説を読んだせいもあるのかもしれない。この不条理な宇宙が誰かの創造物であると考えるのは、あまりにも悲しく、恐ろしく、耐えられなかったのだ。この世を支配する神に公正が期待できないのなら、いっそ神などいないことにしたほうがましだ。

だが、自分が信じたいからといって、それが真実だとはかぎらない。「神は存在する」と信じることが神の存在する証明にはならないのと同じように、私がいくら「神などいない」と思っても、それは神が存在しない証明にはならない。げんに現代科学は、神の存在を否定するどころか、この宇宙や生命が超越的な知性によって創造された可能性を認めているではないか。

星空を見上げていると、子供の頃に感じた恐怖がよみがえり、胸を締めつけてきた。あのはるかな高みに、人間に対する悪意を秘めた創造主がいるのではなかろうか……？

バカバカしい！　私は苦笑し、星空から目をそむけて、妄想を振り払った。神様なんているはずがない。絶対にいるはずがない！　とっくの昔にそう結論したはずではないか。

しかし、私の胸から疑念は晴れなかった。

予言された日が近づいた。私は依然として熱心な信者を装いながら、〈昴の子ら〉内部に期待と緊張が高まるのを見守っていた。

一二月一九日。最後の布教のために世界各地を飛び回っていたエカテリーナこと大壺朝子が、UFOを迎える準備に入るため、〈スペースポート〉に帰還し、信者たちに熱狂的な歓呼で迎えられた。私は初めて彼女の姿を間近で目にした。大壺は四八歳。ある評論家が「スーパーでどのキャベツが大きいか見定めているおばさんみたい」と評した通り、ごく普通の中年女性で、決して美人でもなければ弁舌が達者なわけでもない。どこに大勢の信者を惹《ひ》きつけるカリスマがあるのか、私にはさっぱり分からなかった。

時を同じくして、日本各地に散らばっていた在家信者が集まってきた。グループでバスをチャーターして、金のない者は徒歩で、連日、続々と乗りこんできた。老人も何人かいたが、大半は一〇代後半から三〇代で、赤ん坊を抱いた若い母親もいた。たちまち〈スペースポート〉の人口は数倍に膨れ上がった。ナンセンスな教義について来られなくなって脱落した者もいたが、最終的には一万四四六五人が集合した。

すぐに判明したのは、〈スペースポート〉はそれだけの人数を収容する能力がないという事実だった。もともとUFOが迎えに来るまでの数か月を過ごす仮の宿として緊急に建設されたもので、キャンプ場に毛の生えたような粗末な施設だったのだ。電気はあったものの、水は井戸水と雨水だし、汚水処理設備も不完全だった。二〇〇〇人が住むぐらいならどうにかなったのだが、一万人以上が押しかけてくると、たちまち貧弱さが露呈した。

バンガローが足りないので、私たちは四人部屋に七～八人ずつ詰めこまれることになった。それでも入れない人たちは、外にテントを張ったり、食堂の床、教団本部の廊下で寝泊まりした。電力消費量がはね上がったので、しょっちゅうブレーカーが飛んだ。水は配給制になった。トイレの処理能力が限界に達したので、地面に穴を掘って板で囲っただけの簡易トイレが大量に増設された。厨房《ちゅうぼう》での調理も間に合わなくなり、やむなくライトバンを何台も連ねて街にインスタント食品を買い出しに行く風景も見られた。〈スペースポート〉の裏山には、スチロール製のトレイ、空になったレトルトパック、段ボール、ポリ袋などが、山となって積み上がった。エコロジーの思想などどこへやらだ。

増え続けるゴミの山をどうするかという問題が持ち上がったが、大壺は「放っておいてかまいません」と宣言した。どうせポールシフトが起これば、このあたり一帯も大津波に飲みこまれて消滅する。地球全土が破壊され、文明が瓦礫《がれき》と化すのだから、ちょっとぐらいゴミが増えてもどうということはない、と。

少し前まで快適だった〈スペースポート〉は、たちまち悪臭漂うスラムと化した。古着や毛布をまとって廊下で寝泊まりする信者たちの姿は、さながら難民の集団だった。それでも人々は不満を洩《も》らさなかった。あとほんの数日、がまんすればいいだけだ。じきに直径五キロもある巨大UFOが降りてきて、私たちを収容してくれる。私たちは設備の整った安全な船内から、滅びゆく地球を見下ろすことができる――みんなそう信じて疑わなかった。

〈昴の子ら〉では、パソコンやポケタミでインターネットを絶えず検索し、世界各地で起きているUFO目撃事件のリストをせっせと作成していた。それらは大壺の教義の証明になると考えられていた。私も雑誌の編集に関わった経歴を買われて、その作業を手伝うことになった。

確かにUFO目撃が多発しているのは事実だった。私が〈スペースポート〉に来てから四週間の間にも、インドのジャバルプル、コリアの済州島《チェジュ》、スペインのカルタヘナ、アルゼンチンのビジャバレリアでもUFO目撃事件が起きていた。ビジャバレリアではUFOから降りてきた異星人の写真まで撮られていた。

もっとも、その写真に写っていたのは、ハロウィンのカボチャのお化けのような頭をして、黒いマントをまとった人物のシルエットだった。遭遇した牧場主の話によれば、そいつは牧場主を光線銃で脅迫し、ミルクを一缶奪って逃げていったのだそうだ。その姿も行動も、大壺が遭遇したという人間そっくり（しかも金髪の白人）で温厚な異星人とは似ても似つかず、これがなぜ教義の証明になるのか分からなかった。それでも私はいちおうデータベースに保存した。

UFOと関係なさそうな超常現象も多かった。

リトアニア共和国のビリニュス郊外では、空から雨とともに何トンもの鱈《たら》が降ってきて大騒ぎになった。竜巻が海水といっしょに魚を巻き上げたのではないかという推測もされたが、それがどうやってバルト海から三〇〇キロも離れた場所に落下したのか、説明するのは困難だった。しかも、いっしょに落ちてきた雨は塩辛くなかった。

北海道の紋別では、一二月一〇日の朝、凍りついた鮭が何十匹も街路に散乱しているのが発見された。鮭は四階建てのビルの屋上にも落ちており、空から落ちてきたとしか考えられなかった。ギリシアのキリニ山の山麓《さんろく》では、重量が一トンもある氷の塊が空から落下して、農家の屋根を貫いた。メキシコ国境に近い米アリゾナ州ノガレスでは、小さな銀の十字架が何十個も降った。ニューハンプシャー州のジョウン・ウォーターハウスの家は、三日続けて石ころの雨に見舞われた。エチオピアのデブラタボールに降ったのはカエルの雨だ。

米ヴァージニア州のピーターズバーグでは、市街地のど真ん中を興奮した若いインドゾウが走り回り、市民をパニックに陥れたあげく、警官に射殺された。誰かが飼っていたのが逃げ出したのではないかと推測されたが、いくら調べても一〇〇マイル以内にゾウを飼っている人物はいなかった。関係者は「まるで空から現われたようだ」とコメントした。

オーストラリアのクイーンズランドの草原地帯では、一二歳ぐらいの金髪の少女が野生のカンガルーといっしょにいるのを発見され、保護された。少女は言葉が喋《しゃべ》れないうえ、全裸だったため、身元は不明だった。該当する子供の失踪《しっそう》記録はなく、何を食べて生きてきたのかも謎だった。

同じオーストラリアのタスマニア島では、絶滅したはずのフクロオオカミの目撃報告が相次いでいた。カナダからアメリカ北部にかけてのロッキー山中では、毛むくじゃらの怪人ビッグフットが出没していた。タンザニアの密林では、ロバほどの大きさがあり虎縞《とらじま》がある肉食獣ムングワが原住民を襲っていると報じられた。中米プエルトリコでは、一九九〇年代に話題になった吸血怪物チュパカブラスがまた暴れているようだった。当然のことながら、スコットランドのネス湖では、怪獣ネッシーがまた目撃されていた……。

これらすべてが、二〇一〇年の一年間に起きたことなのだ。

インターネットで検索を続けながら、私はすっかり考えこんでしまった。無論、こうしたニュースの中には、デマや嘘もかなり含まれているだろう。しかし、いくつかの事件では信頼できる目撃者が大勢いるし、空から落ちてきた鱈、射殺されたゾウなど、物的証拠もある。どこか限られた地域だけで集中して起きているのなら、ブームに便乗した悪ふざけ屋のしわざとも考えられるが、世界のあらゆる地域で似たような現象が頻発しているのは、どう解釈したらいいのか?

私にはさっぱり分からなかった。

月の終わりが近づくと、〈スペースポート〉のあちこちでポケタミで電話をかける光景が目立つようになった。友人や家族に最後の説得をしているのだ。このまま地球に残っていては死んでしまう、今すぐ〈スペースポート〉に来ていっしょにUFOに乗ろう、と。

一二月二四日の午後、私も葉月にポケタミで電話をかけた。もちろん勧誘するためではない。ひどい環境を愚痴るためだ。誰にも聞かれないよう、厨房の裏の人気のない場所を選んだ。

「お仕事とはいえ、大変だねえ」

私の話を聞いて、有機モニターの中の彼女は、明るい顔で同情した。

「せっかくのクリスマス・イヴなのに」

「べつにイエス様の誕生日なんて祝いたくないよ」

「クリスマスってそんな日じゃないでしょ？　お祭り騒ぎをしたり、プレゼントを贈ったり貰《もら》ったりする日だよ。ちなみに、あたしはこれからデートなんだけどね」

「この前のお医者さん？」

「ああ、あれはもう終わった。今度のは掲示板で知り合った人。学究肌ってえのかな。なかなか真面目っぽくて、あたし好みで、ちょっといい感じ」

私は詳しく訊《たず》ねてみようとは思わなかった。葉月の男性遍歴のめまぐるしさときたら、親友の私でさえ把握しきれないほどだ。最新情報なんて、東京に帰る頃には古くなるに決まっている。

「あんたはどうなの？　そっちにいい男、いた？」

「ぜんぜん」

私はきっぱりと答えた。何千人もの男がいるのだから、中にはルックスのいい若者もいる。みんな性格も悪くはない――しかし、彼らに恋愛感情を抱くことなどできなかった。

「そっかー、当然だよね。ま、仕事もいいけど、もっと若さを謳歌《おうか》しなくちゃだめだよ。その取材が終わったら、思いきり遊んだら？　あそこにカビ生えちゃうよ」

「男なんて要らない。私には仕事が青春だから」

「おお、かっこいい!」葉月はけらけらと笑った。「でもさ、それって『キツネとブドウ』じゃない?」

その瞬間、胸をナイフで刺されたような気がした。相変わらず葉月はずけずけとものを言う。

私はまだ恋というものをしたことがなかった。大学時代に二か月ほどつき合っていた男はいたが、遊び半分の肉体関係があっただけで、恋と呼べるようなものではなかった。二〇歳にもなってセックスを知らないというあせりから、自堕落な行為に走っただけで、すぐに後悔する羽目になった。まともな恋をしてみたいという想いはあるが、どうすれば恋という感情が抱けるのか分からない。それがどんな気持ちなのかは、小説やドラマでしか知ることができなかった。

それは私にとって大きなコンプレックスだった。私の精神には何か欠陥があるのかもしれない。普通なら初恋を経験するはずの時期を、あの事件で逃してしまったせいなのか。あるいは、まだ子供の頃のトラウマが回復しておらず、誰かを本気で愛することを心の底で恐れているのか……。

「おっと、言い過ぎちゃったか。ごめんね」

感情を顔に出したつもりはなかったが、葉月は例によって、解像度の低いデジカメの画像越しに、私の動揺を読み取ったようだった。

「分かった。もう口ははさまないよ。あんたの生き方なんだから、好きなように生きればいい。一生のうちにできることなんて限られてるんだから、やりたいことだけやんな」

「……ありがとう。がんばるよ」

「お兄さんも心配してたよ。明日でも電話してやんな」

「うん」

「年が明けたら会おうね。メリー・クリスマス」

「メリー・クリスマス」

　通話を切ってポケタミを畳むと、私は少し心が軽くなった気分で、自分のバンガローに戻るために歩きはじめた。

　私は本気で葉月に感謝していた。私の人生で教祖と呼べる存在があるなら、それは葉月だ。彼女は何も強制しない。私を物理的に助けてくれたことも一度もない。私がトラブルにぶつかっても、「自分でどうにかしな」と突き放すだけだ。それでも、彼女の存在があるおかげで、私は強くなれた……。

「お願い。今すぐあの子を連れてここに来て」

　バンガローのドアに手をかけた私は、室内から聞こえる切迫した声に、はっとして立ち止まった。同室のUさんが電話をかけているのだ。声をかけづらくて、私はついドアの外で立ち聞きしてしまった。

　話している相手は夫のようだった。彼女は夫と四歳の子供を東京に残して〈スペースポート〉に来ていたのだ。最初は穏やかに嘆願していたものの、議論がもつれるにつれてしだいにヒステリックになり、ついには泣きながら怒鳴りちらしはじめた。

「あなたは自分の子供が死んでもいいの!? 鬼! 人でなし!」

私はいたたまれなくなってその場を離れた。

Uさんは真面目で心優しい人だった。ほんの一年前まで、ごく普通の幸福な家庭の主婦だったのだ。この世の真実とは何なのか、どうすれば人はもっと幸せになれるのか、自分なりに模索したあげく、〈昴の子ら〉に入信したのだ。

その結果は家庭崩壊だ。

私はインターネットで見たニュースを思い出し、悲しくなった。アメリカでは中絶反対を唱えるキリスト教原理主義者グループが、中絶を行なっている病院を爆破し、八〇人の死者を出した。北アイルランドではプロテスタントとカトリックの反目が再燃し、過激派による爆弾テロや銃撃事件が続発していた。インドではイスラム教徒とヒンドゥー教徒の衝突が起きていた。イランでは、イラク・シーア派の過激派組織が、イラン・シーア派の現体制に対して大規模な武装闘争を展開していた……。

子供の頃、地下鉄サリン事件の報道を見て抱いた疑問が、また浮上してきた。宗教は人を幸せにするものではなかったのか? なぜそれがこんなに多くの不幸や争いの原因になってしまうのか?

一二月三一日が近づくと、UFOへの乗船に備え、みんな手荷物の整理をはじめた。一人一〇キロ以上の私物は持ちこめないというので、脱衣場に置かれたヘルスメーターの前に荷物を抱えた人の列ができた。UFOに規律正しくすみやかに乗船するため、整理券が配布された。UFOの中でもノートパソコンは使えるのか、充電用アダプターを持って行った方がいいのかという質問が、教団幹部を困惑させた。UFOの中にAC一〇〇Vのコンセントがあるのかどうか、誰も知らなかったからだ。女性は生理用品をどれだけ持って行くべきかを悩んだ。

大好きなアイドルタレントの写真を泣きながら燃やしている女の子がいた。UFOに乗れない人間はみんな地球の破滅とともに死んでしまうと信じていたからだ。ある男性は財布から出した真新しい一〇〇〇新円札を燃やしながら、「一度やってみたかったんだ！」と笑っていた。テレビ局が取材に来ていて、そのお祭り騒ぎの一部始終を撮影していた。

そして一二月三一日がやって来た。

信者たちは手荷物をまとめ、朝から集会場に集まっていた。ある者は陽気にはしゃぎ、ある者は死んでゆく家族や友人のことを思ってか、暗い表情をしていた。ポールシフトが起きるのは一二月三一日の真夜中きっかりのはずなので、少なくともその数時間前には迎えのUFOが来ると信じられていた。

やがて陽が沈み、南国に夜の帳《とばり》が降りた。よく晴れており、月も出ていなかったので、びっくりするほどたくさんの星が見えた。まさにUFOが飛来するには絶好の夜のように思われた。人々は空高く輝くプレアデスを見上げ、一心に祈り続けた。

しかし、いくら待ってもUFOはやって来なかった。たまに「UFOだ！」と叫ぶ者がいたが、よく見ればただの飛行機だった。彼らの間に高まっていた期待が、時計の針が真夜中の一二時に近づくにつれ、しだいに不安と焦りに変わってゆくのがはっきり分かった。このままUFOが助けに来なければ、自分たちは大地震と大津波に巻きこまれて死ぬのではないか――しかし、誰もそれを口に出そうとはしなかった。

南国の沖縄とはいえ、冬の夜はやはり冷えこむ。人々は毛布をまとい、震えながら待った。陰気な静寂の中、赤ん坊の泣き声が響いていた。

「もうすぐだよ。もうすぐ来るよ」

そんな声が何十回、何百回聞かれただろうか。自分たちの揺らぎつつある信念を補強し合うために、彼らは力強くそう言い続けた。

時計の針は一二時を回り、二〇一一年がやってきた。

誰かが「テレビをつけてみよう」と言い出した。ポールシフトが起きているなら、世界各地から大災害を伝える臨時ニュースが飛びこんで来るはずだ――だが、もちろんそんなニュースはなく、テレビの中ではタレントたちが新年を祝うバカ騒ぎを演じているだけだった。それは〈スペースポート〉の暗く気まずい雰囲気とは対照的だった。

「日本時間じゃなくグリニッジ標準時かもしれない」

誰かがそう言い出し、それに同意する声が上がった。だとすればまだ九時間あることになる。もっとも、日本時間にせよグリニッジ標準時にせよ、なぜプレアデス星人が地球人の時計に合わせて行動しなくてはならないのかという根本的疑問は、誰も抱かないようだった。

多くの者はまんじりともせず一月一日の朝を迎えた。〈スペースポート〉は表面的にはまったく平静を保っていた。しかし、期待を裏切られた敗北感が重苦しく漂い、誰もが口を開くのをためらっていた。

その日の正午、大壺から正式な声明が出された。

「私はプレアデス星人からの指示を誤って解釈していました。彼らがグレゴリオ暦ではなくユリウス暦を使っていたのに気がつかなかったのです。彼らの『一二月三一日』というのは、実際には一月一三日のことなのです」

なぜ異星人がユリウス暦を使わなくてはならないのか。さすがにこれには愛想をつかした者が多く、夕方には失望した信者がぞろぞろと〈スペースポート〉から出てゆく姿が見られた。それでもなお一万人以上の信者が残り、UFOの到来を待っていた。新たに一三日の猶予期間が与えられたことで、彼らはほっとしているように見えた。

取材していたテレビ局のスタッフは、予言がはずれたのに信者の多くがなお大壺の正しさを信じて疑わないことに、困惑を隠しきれないようだった。暴動のようなものが起きるのではと思っていたらしく、あまりの静かさに拍子抜けしていた。

私にとっては予想されたことだった。古今東西、世界の終わりや大災害を予言したカルトはたくさんあり、もちろんその予言はすべてはずれてきた。しかし、それが理由でカルトが即座に潰《つぶ》れたという例はほとんどないのだ。予言がはずれても、信者の多くは教祖を見放さない。最終的に教団の崩壊が起きるとしても、長い時間がかかるのが普通だ。

特に有名なのは、一九世紀アメリカの農夫ウィリアム・ミラーの例である。彼は『ダニエル書』と『ヨハネの黙示録』に基づいて複雑な計算を行ない、「一八四三年三月二一日から一八四四年三月二一日までのいつかに、キリストがすべての聖人をともなってやって来る」と発表した。ミラーが行なった熱心な伝道により、彼の信者は五万人にも膨れ上がった。もちろん、その期間が過ぎても何も起こらなかった。だが、ミラーの信者の一人であるサミュエル・S・スノーという男が計算をやり直し、今度は「一八四四年一〇月二二日がその時だ」と予言した。信者は一〇月二二日を期待して待った。当然、この予言もはずれ、彼らは一般大衆から罵声《ばせい》と嘲笑《ちょうしょう》を浴びせられることになった。運動そのものは瓦解《がかい》し、ミラーはその五年後、失意のうちに世を去ったが、あくまで終末を信じるミラーの信者たちは独自のセクトを結成した。そのうちのひとつは、現在まで続くセブンスデイ・アドベンティスト派（アメリカ国内だけで教会数四〇〇〇以上、信者数六〇万人以上）の母体となったのである。

ものみの塔（エホバの証人）もしばしば終末予言を行なってきた。創始者のチャールズ・テイル・ラッセルは、当初、「一八七四年に世界の終末が来る」と主張していた。のちにこの予言は撤回され、次は一九一四年が終末の年とされた。一九二〇年になると、「現在生きている数千人の人間は決して死ぬことがない」（死ぬ前に神の国が到来するから）と断言された。「一九一四年からはじまる時代は四〇年を超えては続かない」（一九五四年までに世界は終わるから）とも予言された。一九六七年になると、世界の終わりは一九七五年だと発表された。一九七五年が何事もなく過ぎると、教団はさすがに少し慎重になり、終末が起きる年を明言しなくなった。

日本人なら、オウム真理教の麻原彰晃《あさはらしょうこう》と、その信者たちの例が思い浮かぶだろう。麻原は一九九〇年に大地震が起きると予言、その後も「天皇が象徴から元首に変わる」「一九九三年には再軍備だ」「一九九三年の終わりにカンボジアで自衛隊員が殺される」などと、何度も予言をはずしたにもかかわらず、信者たちは彼を崇拝し続けたのである。

だから私は〈昴の子ら〉が即座に崩壊するとは思っていなかった。六週間を彼らとともに暮らし、その信念の深さを知るにつれ、その予想は確信に変わった。予言がはずれても、彼らの多くは大壺を見放すことはないと。

悲しいことだが、それが人間というものなのだ。

一三日の猶予期間中、思いがけない事件が起きた。

一月四日、教団の中心人物の一人で、ホームページ制作を担当していた渋谷《しぶや》雄大《ゆうだい》が、これまで教団に寄付してきた一五万新円以上の金を返還するように要求、幹部と口論の末に離反を決意した。彼は自宅のある東京に戻り、金を取り戻すべく、訴訟の準備をはじめた。テレビのワイドショーがさっそく取材に押しかけたが、そのマイクの前で、彼は爆弾発言をしたのである。

「ホームページに載ったUFO写真はみんな私が作ったものです」

私はたいして驚きはしなかった。偽物であることは最初から分かっていた。あのシャンデリアのような光輝くUFOは、世界各地で撮影された信憑《しんぴょう》性の高いUFO写真よりも、『未知との遭遇』に出てきたものに似ていたからだ。

しかし、写真を本物と信じて疑わなかった信者たちにとっては、かなりのショックだった。動揺が〈スペースポート〉を駆け抜けた。最初は信じようとしない者が多かったが、渋谷の下で働いていたスタッフが同様の証言をしたうえ、渋谷が立ち上げた自分のホームページで、UFOのCGの作成手順を詳細に解説すると、信念が揺らぎはじめた。教団上層部に釈明を求める声も上がった。

一月九日、大壺は信者たちの前に姿を現わし、こんな声明を発表した。

「私はプレアデス星人のUFOに遭遇した際、カメラを持っていませんでした。あの写真は私がツーリシラ（渋谷の宇宙名）に頼んで、私の見たものを正確に再現してもらったものです。ですから本物であることには間違いありません」

予想されたことだったが、信者の多くはこの見え透いた釈明を受け入れた。また出て行く者が何人かいたものの、〈スペースポート〉に平穏が戻った。

しかし、ユートピアはすでに崩壊しかけていた。

連日、少しずつ離反者が出てはいたが、なお一万人近い信者が、一月一三日を待つため、〈スペースポート〉に残留していた。ゴミの山は着実に増え続けており、南からの風が吹くと悪臭が施設全体にたちこめた。衛生環境は最悪だった。一月一〇日には気温が八度まで下がり、屋外で寝泊まりしている信者たちは、一日じゅう身を縮めて震えていた。保健所がようやく重い腰を上げ、環境を改善するよう勧告を繰り返したが、教団側はどこ吹く風だった。

大壺が終末の日を冬に定めたのは幸運だったかもしれない。もしも真夏だったら、熱射病で倒れる者が続出していただろう。あるいは台風シーズンの秋だったら、悲惨なことになっていただろう。粗製濫造のバンガローは、強風に耐えられる代物ではなかったからだ。あるいは不運だったのかも――〈スペースポート〉がもっと早い時期に崩壊していれば、その後の惨劇は回避されたかもしれないのだから。

ひどい境遇がテレビなどで報じられると、信者の親や兄弟が乗りこんできて、「洗脳された」家族を強制的に連れ戻そうとしはじめた。〈スペースポート〉のあちこちで、罵《のの》り合いや小競り合いが見られるようになった。暴力沙汰《ざた》に発展したのも、一度や二度ではない。

最大の緊張は一月一二日に起きた。一八歳の楢林貴恵《ならばやしきえ》という女性が腹膜炎を起こしたのだ。外から来た医師が診察し、ただちに入院の必要があると告げたが、彼女は激しく苦悶《くもん》しながらもそれを拒否した。「入院したら、明日、UFOに乗れなくなる」というのだ。

医師は独断で救急車を呼んだが、教団幹部は「あくまで本人の意思を尊重する」と主張し、施設の入口でピケを張って救急隊員を阻止した。

事件はテレビで報じられ、〈昴の子ら〉に対する非難はいっそう高まった。事態が深刻化しているのが明白であるにもかかわらず、政府も沖縄県警も手をこまねいているしかなかった。〈昴の子ら〉はオウムとは違う。破壊活動を目論《もくろ》んではいないし、誘拐《ゆうかい》・監禁・虐待などの犯罪が行なわれている証拠もないのだから、強制的な手段に訴えることができないのだ。楢林貴恵にしても、本人の意思で治療を拒否している以上、法的には〈昴の子ら〉を罰するのは難しい。信教の自由というやつだ。

私はすでに悲劇を予感していたが、どうすることもできなかった。

もちろん、一月一三日にも何も起こらなかった。人々は身を寄せ合い、寒さに震えながら、「もうすぐだよ」とささやき合った。半月より少し太ったいびつな月がゆっくりと空を横切り、西に傾いてゆくにつれ、高まっていった緊張がしだいにしぼみ、失望と落胆が広がっていった。何もかも、一三日前の大晦日《おおみそか》に起きたことの再現だった——あるいは、一八四四年一〇月二二日にミラーの信者たちに起きたことの。

「どうして来てくださらないの⁉」

時計の針が一二時を回った頃、年配の女性信者が夜空を仰ぎ、ヒステリックに叫んだ。

「あなたたちはどこにいるの⁉　こんなに待ってるのに、こんなに祈ってるのに——どうして応《こた》えてくださらないの⁉」

叫んでいるのは彼女だけだった。他の者は暗い表情でうつむき、何も言わなかった。あちこちで静かなすすり泣きも洩《も》れていた。

翌一四日の早朝、楢林貴恵は死んだ。

私は最後まで〈スペースポート〉にとどまり、教団の崩壊を見届けるつもりだった。しかし、事態の急変でそれは困難になった。

信者の大量離反を警戒したのか、大壺はそれまでの穏やかな活動内容を一変させる方針を打ち出した。信者に対し、現金・クレジットカード・免許証・保険証その他、現世に関わりのあるものすべてを提出するよう命じたのだ。それらを所持していることは地球に未練を残していることであり、不信心の証《あかし》とされた。もちろんそれは口実であり、信者が社会に復帰するのを妨害する目的であるのは明らかだった。

同時に、外部との接触を絶つ工作も開始された。一般信者がテレビを視聴することは禁止された。パソコンの使用にも許可が必要になった。携帯電話やポケタミも提出を命じられた。外部から入ってくる「闇の勢力」の偽情報を遮断するという名目だった。これまで出入りが自由だったゲートには車止めの杭《くい》が打たれ、報道陣や信者の家族の車をシャットアウトした。施設の周囲に有刺鉄線を張りめぐらす工事も開始された。あちこちに見張りが立ち、外に出ようとする者がいたら阻止された。雰囲気はまるで強制収容所だった。

「すでにポールシフトは起きています」大壺はそう誇らしげに宣言した。「一月一三日から、地球の地軸は大きく傾きはじめています。科学者やマスコミは『闇の勢力』に支配されているため、真実の情報を流そうとしないのです。しかし、まもなく真実は明らかになります。これから世界各地で地震や火山噴火、大洪水が続発します。ここを出て行った人たちは後悔することになるでしょう。プレアデス星人のUFOはもうすぐそこまで来ているのですから」

まったくナンセンスな話だった。地球の地軸が傾いたなら、地上から見える星の位置もみんな変わってしまうだろう。世界中の天文学者や何万人というアマチュア天文家がすぐに気づくはずだ。いくら「闇の勢力」が強大でも、彼ら全員の口をふさぐことなど不可能だ。

私もポケタミや財布を取り上げられそうになった。こつこつと書きためていたレポートは、すでに私の別アドレス宛てに送信したうえ、プライベートなデータはすべて消しておいたので、ポケタミを取り上げられてもたいして痛手ではない。金が入れば買い直せばいいことだ。だが、カードの入った財布を渡すのは危険だ。一度目はどうにか言い逃れたものの、教団の管理態勢は急速に厳しくなりつつあり、いつまでも抵抗できそうにないのは明白だった。

だが、私が〈スペースポート〉を出る決意をしたのは、別の出来事がきっかけだった。

一月二二日土曜日午後四時、北海道の根室半島沖でマグニチュード六の地震が起きた。津波が発生し、各地で三〇人を超える死者が出た。これを知った教団幹部は、「喜ばしいニュース」として発表した。これこそ待ちに待ったポールシフトの前兆だというのだ。

その発表があったとたん、おぞましいことに、〈スペースポート〉中で拍手と歓声が起こった。

「やったやった！　ついに起きた！　ざまあみろ！」

若い男性信者が小躍りしてはしゃぎ回っていた。私がいくら注意してもやめようとしない。私はついにキレた。そいつに駆け寄り、固い拳《こぶし》を力いっぱい顔面に叩《たた》きつけたのだ。

「何で笑う!?　人が死んでるんだよ！」

尻餅《しりもち》をついた男は、鼻血の出ている顔で、ぽかんと私を見上げていた。なぜ殴られたのかも、私がなぜ涙を流しているのかも、分からないらしかった。周囲で見ていた他の信者たちも同じだ。異様な怪物を見るような目で私を眺めていた。

違う！　私は絶叫しそうになった。私は間違ってなんかいない。間違っているのはあんたらの方なんだ、と。

だが、私は何も言わなかった。泣きながらバンガローに戻ると、黙々とリュックに荷物を詰めはじめた。

「どうして行っちゃうの？」同室のUさんが私を引き止めた。「あともう少しでＵＦＯが来るのよ。もう少しだけ我慢しましょ。ね？」

我慢？　私の我慢はとっくに限界だ。

「あなたこそ、いつまでここに残る気!?　もう分かってるはずでしょ!?　ポールシフトなんて起きないし、UFOも来やしないってことを!」

するとと彼女は顔を伏せ、暗い声でつぶやいた。

「……だって、どこにも行く場所なんかないじゃない。ここしかないのよ」

私は絶句した。そう、彼女は私とは違うのだ。現金もカードも教団に差し出したうえ、夫を拒否し、養育の義務を拒否し、現世のすべてを拒否した彼女には、帰ることなどできはしない――物理的にも、心理的にも。

他人から見れば愚かな考えだが、Uさんにすれば合理的な選択なのだ。社会に復帰したところで、これまで〈昴の子ら〉に注ぎこんできた財産、労力、時間、信仰心がすべて無駄になるだけで、得られるものなど何ひとつない。罵声《ばせい》と嘲笑《ちょうしょう》が待っているだけだ。少なくともここにいるかぎり、UFOに救われはしないにしても、仲間はいるし、「真理」に身を捧《ささ》げているという満足感だけは得られる。

そう、どんなに苦悩していようとも、彼女はある意味で幸せなのだ。

「それに、あの方のおっしゃることはみんな正しいわ。UFOはきっと来るのよ」

「だって、あのUFOの写真は――」

「そりゃあ写真は嘘かもしれない。でも、それがどうだっていうの?」

私はあっけにとられ、立ちすくんだ。何も言うことを思いつかなかった。「真理」とやらを客観的事実より優先させたがる人間に、まともな議論が通用するはずがない。それはこれまでの人生で痛いほど身に染みていた。

私はリュックを担ぐと、逃げるようにバンガローを後にした。

惨劇はその後に起きた。

一月三〇日日曜日、環境の劣悪化した〈スペースポート〉内で食中毒が発生、少なくとも八〇人が発病した。にもかかわらず、教団は入院を認めようとせず、充分な治療を受けられなかった患者たちは、駆けつけた医師の前で次々に死んでいった。かねてから〈昴の子ら〉への警戒を募らせていた沖縄県警は、この事件を虐待行為と判断、幹部を逮捕すると同時に患者を救出するため、〈スペースポート〉への強制突入を計画した。

大壺朝子もこの頃、高熱を発し、腹痛を訴えていた。生き残った信者たちの話を総合すると、警察の介入が迫っているという情報と、健康状態の悪化が、彼女を崖《がけ》っぷちに追い詰めたようだ。大壺は熱に浮かされた状態で、プレアデス星人から新たなメッセージを受け取った。UFOに肉体を伴って乗る必要はない。魂さえあればよい。巨大UFOはすでに地球の上空まで来ている。彼らは私たちの昇天する魂を収容し、その素晴らしい科学力によって、魂に刻まれた遺伝情報を解読し、新しい健康な肉体に転生させてくださるだろう……。

二月一日火曜日早朝。大壺に指示された幹部数名が施設の周囲に灯油をまき、火を放った。たちまち地獄図絵が展開した。人々は悲鳴をあげて逃げまどった。大半の信者は脱出できたものの、建物の中で生きたまま焼かれた者、高さ四メートルの有刺鉄線の柵《さく》にはばまれて煙に巻かれた者、パニックの中で倒れて踏み潰《つぶ》された者も多かった。消防車が駆けつけ、ようやく火が鎮火したのは午後一時だった。大壺自身を含め、七二二人の信者が死亡した。犠牲者リストの中には、まだ一歳に満たない赤ん坊や、あのUさんの名前もあった。

ニュースを耳にして、私はひどいショックを受けるとともに、その場に居合わせなかったことを幸運に思った。命の危険もあっただろうが、たとえ火事から逃れられたとしても、そんな恐ろしい光景を目にしていたら、精神の平衡が保てなかっただろう。

親しい人たちの死に立ち会うのは、一度でたくさんだ。

ここまでは『プレアデスを目指して』の中でも書いたことである。だが、ひとつだけ、本には書かなかったし、マスコミにも語らなかったエピソードがある。あまりに奇妙すぎて信じてもらえないと思い、あえて触れなかったのだ。

それは一月二二日の夜、〈スペースポート〉を脱出する時のことだ。

正門には見張りが立っていたが、有刺鉄線は未完成だったので、脱走するのは簡単だった。私は今にも崩れる寸前のゴミの山を迂回《うかい》し、道のない密林の中を進んだ。最も近い町までほんの二キロかそこらだ。まだ二〇代だった当時の私にとって、たいした距離ではなかった。

陽はずいぶん前に落ちていた。月はまだ昇っておらず、梢《こずえ》の間からかいま見える空は、深海のようなディープブルーに染まり、刻一刻と暗さを増していった。追手が来る気配がないので、私は安心してペンライトで前方を照らしながら歩いた。樹の根でつまずいたり、ショーツから露出した脚を草で切ったりしたが、それほどの苦行というわけではなかった――あそこで体験したつらさに比べれば。

コンパスも地図もなかったので、途中で迷ってしまった。一直線に歩けば三〇分ほどで町に着けたはずなのに、私は午後九時近くになってもなお、暗い森の中をうろうろしていた。疲労し、咽喉《のど》も渇き、情けない気分になってきた。

「……ちくしょう……ちくしょう……」

私はいつしか、小声で毒づきながら歩いていた。悔しくてたまらなかった。人間はなぜ神様だの救世主だのといったものを考案してしまったのだろう。そんなものを誰も思いつかなかったら、世界はもっと単純だったはずなのだ。テロも戦争もずっと少なかっただろう。まったく愚かな話だ。神様なんて信じたって、本当の意味では幸福になどなれないのに……。

幸福。

それは私には縁のない言葉だった。いったい本当の幸福とは何だろう？　哲学者でも答えを出すのは難しい問題だろうし、私に定義できるはずもない。少なくとも、六歳の時以来、それを味わったことがないのは確かだ。

〈昴の子ら〉の信者たちと暮らしながら、私は「ここは自分のいるべき場所ではない」と感じ続けていた。彼らの屈託のない笑顔に心の底で嫉妬《しっと》していた。いくら期待を裏切られ、苦悩しようとも、UFOを待ち続けていたあの期間、彼らは間違いなく幸福だったのだ。その感情を偽りだと切って捨てられるだろうか？　神も異星人も信じない私、愛や幸福というものを知らない私には、あんな風に笑うことなどできない。

神を信じない者は不幸になるしかないのだろうか？　偽りの「真理」とやらに逃避する以外、幸せになる道はないのだろうか？

真理というものがあるなら、私だって信じたい。カッコ付きではない、本当の真理を――

――だが、そんなものがどこにあるというのか……？

たっ。

たたっ、たたたっ、たっ。

たっ、たっ、たたたたたたっ。

周囲で断続的に奇妙な音がした。何か小さなものが葉を打つ音――てっきり雨が降ってきたのだと思った。

「痛っ！」

私は頭を押さえ、うずくまった。何か小さな堅いものが頭に当たったのだ。それは肩に当たって跳ね返り、地面に落ちた。ペンライトを左右に振って、いまいましいものの正体を突き止めようとした。小さな光の輪の中に、地面に落ちていた細長い銀色の物体が浮かび上がった。私はそれに目を近づけた。

それが何か気がついたとたん、私は心臓に冷水を浴びせられたような感覚を味わった。ボルトだ。

たっ、たたたっ、たたっ、たっ……まだ音は続いていた。慌てて周囲を見回すと、落ちてきたボルトがシダの葉に当たって跳ね返る瞬間を目撃した。よく見ればそこら中に何十本というボルトが散乱しているではないか。空を仰ぐが、梢の上には星しか見えない。どこから落ちてくるのかさっぱり分からなかった。

ボルトの雨は三〇秒ほど続き、ぴたりと止まった。

私はおずおずと手を伸ばし、落ちていたボルトの一本を拾い上げた。長さは約八センチ、頭が六角形をしたごく普通のボルトで、錆《さび》ひとつなく、工場で作られたばかりのように真新しい銀色だった――そして、どういうわけか氷のように冷たかった。

私はその場にうずくまったまま、パニックに陥りそうな自分をなだめ、この現象を何とか合理的に解釈しようと努めた。誰かが物蔭《ものかげ》から投げたのだろうか？　だが、あたりに人の気配はまったくない。私がここを通りかかることは誰も知らなかったはずだから、くだらないいたずらを仕掛けるために誰かがわざわざ待ち伏せしたとは考えられない。それに、ほんの一瞬だったが、私はボルトが放物線を描かず、垂直に落ちてくるのを目撃していた。明らかに周囲から投げられたのではない。

空から落ちてきたのだ。

私はおそるおそる顔を上げ、空を見上げた。梢の間から、五～六個の星が集まって冷たくまたたいているのが見えた——牡牛座のプレアデス星団。

「ねえ……」

私はバカバカしいと思いつつも、夜空に向かってつぶやかずにはいられなかった。

「そこにいるの……？」

だが、誰も答えはしなかった。

07 ヨブ

〈昴の子ら〉事件が日本国内に巻き起こしたセンセーションはすさまじいものだった。一六年前のオウム真理教事件の時と同様、何か月もの間、マスコミもネットもその話題一色で、西沙《シーシャー》群島での中国とベトナムの軍事衝突や、前年末から活発化してきたデフォルト論議、公的資金不正投入問題をめぐる東堂財務大臣の辞任のニュースでさえ、片隅に追いやられてしまった。

私は貴重な証言者ということで、何十回もテレビや雑誌の取材を受け、何十回も同じことを喋《しゃべ》らされた。ここで初めて、本名を少しもじった「阿久津《あくつ》悠子《ゆうこ》」という仮名を即興で思いつき、以後、それが私のペンネームになった。〈昴の子ら〉には本名で入信しており、いつも本名で呼ばれていたので、他の信者に正体を知られるのはまずいと思ったのだ。それに高校時代の一件もある。〈エビケンのTV突撃隊〉はなくなっていたが、どこかに「和久優歌」の名前を覚えている人がいないとは限らない。

もちろん、以前の轍《てつ》を踏まないよう、テレビに出演する際には、顔にかけるモザイクの形状を指定し、画像を容易に復元できないようにした。ドナルドダックのように変えられた私の声は、あなたもおそらく一度や二度は耳にされたに違いない。

マスコミへの露出は「阿久津悠子」の知名度を高めた。私はあちこちから振りこまれるギャラや原稿料でおおいに潤った。さらに体験談をまとめた単行本『プレアデスを目指して』がそこそこ売れたことで、貧乏な暮らしから抜け出すことができた。

だが、この時の体験は、私のマスコミに対する不信を決定的なものにした。

あなたは、ニュース番組やドキュメンタリー番組によくある「VTRによる取材」というやつが、次のように作られていると想像しておられるだろう。取材班はまず相手に会いに行き、ビデオを回しながらいろいろと質問をする。インタビューを通じて、ディレクターはその人の主張を理解する。そして局に帰ってからビデオを見直し、どのように編集すればその人の主張を要約できるだろうかと考える……。

それはまったく間違いだ。テレビ界の人間はシナリオ通りに番組を作る。報道番組も例外ではない。まずディレクターはおおまかなシナリオを作る。番組の中で流す台詞《せりふ》は最初から決まっているのだ。そしてその台詞を言ってくれそうな人間を探し出し、誘導訊問《じんもん》を駆使して、相手が期待通りの台詞を口にするまで辛抱強く待つ。相手がそれに近い言葉を言ったら、すかさず「それはつまりこういうことですね」と相手の発言をねじ曲げて要約したうえで、「それをもう一度言ってください」と要求する。もっとストレートに、自分の言わせたい台詞を要求するディレクターもいる。これのどこが報道取材なのか。まるっきりドラマの撮影ではないか！

私は放映を見て愕然《がくぜん》となることがしばしばあった。一～二時間も取材して、たっぷりビデオを回したのに、放映されるのは正味せいぜい数十秒。私が本当に言いたかったことの大半はカットされている。雑誌の取材も似たようなもので、一時間ほど話したことが、ほんの数行で乱暴にまとめられ、ニュアンスがねじ曲げられていることがよくあった。

たとえば私は、〈昴の子ら〉の信者たちがみんな、どこにでもいるごく普通の人たちであることを強調した。彼らの宗教的信念は確かに奇妙なものではあったが、その人格は一般人に比べて特に異常というものではなかった。彼らが狂気だというなら、世の中の大半の人間は狂気ということになる……。

しかし、どの番組でもその発言はことごとくカットされた。なぜならシナリオにない発言だからだ。どのテレビ局もそうだが、ディレクターやプロデューサーが求めていたのは、大壺や〈昴の子ら〉の信者たちがどれほど異常であったかという証言なのだ。だから番組中では、「お札を燃やした」とか「衛生状態が悪かった」とか、彼らの異常性を強調するくだりだけが抜き出して放映された。中には「再現ビデオ」などと称して、おどろおどろしいBGMとともに、私の証言をホラーまがいに脚色した映像を流す局もあった。私は何度も抗議したが、聞き入れてはもらえなかった。

彼らは恐れているのだ――私はそう気がついた。

テレビを作る人間も、それを見る視聴者たちも、〈昴の子ら〉の信者たちが自分と同じごく普通の人間であるという事実を、極端に恐れているのだ。それを認めると、自分の中にも狂気がひそんでいる可能性を認めることになるからだ。だから、彼らがどれほど異常であるかという情報を流し、受け取ることで、安心したいのだ――「あいつらは異常だ、俺たちとは違う」と。

それでも旧メディア（そう言えば、テレビ・新聞・雑誌をこう総称するようになったのも、この頃からだった）はまだましだった。少なくとも自分たちで取材はしているし、「間違った情報は流さない」「人権を侵害するような報道はしない」という基本原則は、いちおう守られている。無論、その原則はしばしば破られはする。だが、新聞が誤報を載せれば、訂正や謝罪の記事が載り、担当記者は処分を受ける。ニュースキャスターが間違ったことを言えば、「お詫《わ》びして訂正します」と頭を下げる。

しかし、ネットにはそんな規制などない。匿名性をいいことに、ソースの不明確な情報、まったく根拠のない情報が無秩序に飛び交う。誰もそれに責任を取ろうとはしないし、規制することは不可能に近い。そのため、誤情報が際限もなしに広まってしまう。

一六年前のオウム真理教事件の際も、似たようなことが起きた。「一九九五年四月一五日にオウム真理教徒が水道に毒を投入する」という根拠のない噂が流れ、多くの人が信じこんだのだ。その日、首都圏に暮らす人の多くは用心して水を飲まないようにした。私も伯母《おば》から前日、「明日は水を飲んではいけません」と注意されたのを覚えている。

だが、オウム事件の頃のネット人口はまだ少なく、影響力も小さかった。二〇一一年までには日本人の九六パーセントがネットに加入しており、旧メディアの人気凋落《ちょうらく》のせいもあって、ネットに流れる情報は大きな影響力を持つようになっていた。

ネット内の掲示板に林立していた〈昴の子ら〉関連のスレッドは、それまでじわじわと発言数が増加していたのだが、二月一日の悲劇を境に爆発した。大事件に興奮したお調子者たちが、テレビや新聞の報道から得た断片的な情報や、聞きかじりの不正確な知識をベースに、妄想と偏見で膨らませた情報を面白おかしく垂れ流したのだ。その情報が別のスレッドに引用され、さらに醜く歪曲《わいきょく》され、増殖した。とてつもないスケールで展開される伝言ゲームだ。ある情報が真実かどうか、ソースをたどろうとしても、もはや誰が最初に言い出したのか分からない場合がほとんどだった。

「三月一日、〈昴の子ら〉が今度は東京の住宅街で集団放火する」

そんな情報が流れ、世間を騒がせた。一六年前のデマの安直な焼き直しだ。どうもこうしたデマというのは、何十年経っても基本的に進歩しないものらしい。その日、多くの都民が消火器を用意して備えたが、無論、空振りに終わった。

そうしたデマによって最も被害を蒙《こうむ》ったのは、言うまでもなく、〈昴の子ら〉の信者たちだった。惨劇の後、深い失意を胸に日本各地に散っていった彼らは、どこでも激しい迫害を受けた。不当な中傷、脅迫状、いたずら電話、メール爆弾……沼津では信者の家族の家に猫の死骸《しがい》が投げこまれたり、窓ガラスが割られたりした。学校でリンチ同然の激しいいじめに遭い、入院した子供もいた。札幌では、信者がガソリンスタンドで灯油を買おうとしただけで警察に通報されたという、笑い話のようなエピソードもある。

日本人の多くは〈昴の子ら〉にオウムのイメージを重ね合わせていたようだ。だが、〈昴の子ら〉はオウムとは違う。彼らは信者以外の一般市民に危害を加えたことなどないし、加えるつもりもなかった。放火事件に関与しなかった教団幹部は記者会見を行ない、事件の被害者に深く謝罪するとともに、自分たちの思想が安全なものであることを改めてアピールした。

しかし、人々はそんな言葉など信じようとはしなかった。自分たちの街も放火されるのではないかと脅え、異常に彼らを敵視したのだ。〈昴の子ら〉をめぐっては、心ない中傷やデマばかりでなく、被害妄想めいた陰謀論も渦巻いた。

特に根強かったのが、「〈昴の子ら〉はコリアン・マフィアの手先だ」というデマだった。当時、朝鮮半島では、北朝鮮崩壊の混乱に乗じてコリアン・マフィアが大儲《おおもう》けし、勢力を大幅に拡大していた。日本への大量密航者を斡旋《あっせん》していたのも彼らだった。折から高まっていた朝鮮人密入国者への敵意や、統一コリアでの反日運動の高まりも手伝って、多くの人がその噂を信じてしまった。

だが、〈昴の子ら〉と朝鮮を結びつける証拠はというと、火を放った幹部の中に朝鮮名の者が一人いた、という程度のお粗末なものだった。その男は朝鮮半島から派遣された工作員で、資金獲得と日本に混乱を起こす目的のため、大壺を背後で操っていた。マスコミはそれを知っているが、在日コリアン団体から圧力がかかっていて、ニュースを流さないのだ……というのである。私はその人物、姜陽明《カンヤンミョン》の経歴を調べたことがあるが、彼は在日四世の青年で、日本を離れたことはなく、韓国語も喋《しゃべ》れなかった。

そんないいかげんな根拠であるにもかかわらず、〈昴の子ら〉＝コリアン・マフィア説は人気を呼び、様々なヴァリエーションを派生しながら、ネットの中で増殖した。姜陽明はコリアン・マフィアではなくＫＣＩＡ（コリア中央情報局）のスパイだという説もあり、コリアン・マフィアとＫＣＩＡはつるんでいるという説も生まれた。中には「公安から漏《ろう》洩《えい》した極秘情報」とか「警察幹部から聞いた」などと称するまことしやかな話もたくさんあったが、当然のことながら、ソースはひとつも特定されなかった。

人々は旧メディアよりも、そうした裏情報を信じた。「マスコミは本当のことを流さない」と、多くの人が信じていた（ある意味、それは事実ではあるのだが）。たまに誤情報を打ち消そうとする人間が現われても、その声はあっさり圧殺された。

私はいくつかの大手掲示板を覗《のぞ》いてみて、あまりにもデタラメな情報が無責任に垂れ流されていることに驚いた。彼らは「この前、阿久津という女が週刊誌で書いていたが」などと前置きして、私が書いたこともない文章を「引用」するのだ。彼らの大半は大壺の書いた本を読んだことがなく、もちろん信者たちとの直接の接触もなく、彼らの思想や事件の背景について初歩的な知識すらなかった。

私はそうした誤情報を見つけるたびに訂正したが、誤情報をアップした者が謝罪したことは一度もない。それどころか、私が〈昴の子ら〉信者を擁護する発言を繰り返すものだから、「朝鮮の手先」「昴シンパ」などと罵《ののし》られ、集中砲火を浴びる羽目になってしまった。

それ以来、ネット上で発言するのはやめた。洪水に素手で立ち向かうようなものだ。真実を知りたがらない人間に真実を教えようとするのは無益な労力であることを、私は改めて思い知った。

私はなぜ〈昴の子ら〉の信者たちが普通の人間であると強調したかったのか。

話は少し前後するが、東京に帰ってきた私は、新居が見つかるまで（前に住んでいたアパートは入信する際に引き払っていた）、葉月のマンションにしばらく転がりこんでいた。

二月一日、私は彼女のマンションで悲劇のニュースを見た。

その夜、私は缶ビールをがぶ飲みし、葉月を相手にくだを巻いた。〈昴の子ら〉の信者たちがどれほど愚かであるか、彼らの信念がどれほど間違ったものであったかを、さんざん愚痴った。

葉月は一時間ほど黙って聞いていたが、やがてこう言った。

「つまり、あの人たちがあんな目に遭ったのは、当然の報いだって言いたいわけ？」

「ええ、そう」

力強く返答する私に、彼女は致命的な一撃を加えた。

「つまり、あんたのご両親とは違うって？」

「ええ……いいえ、違う！　そうじゃない！」

そう言うなり、私はわっと泣き崩れた。

　葉月はまたしても、私の心の中を見透かしていた。私が〈昴の子ら〉の悲劇を、両親の悲劇と重ね合わせまいとしているのを見破ったのだ。そうすることで心に新たな重荷を背負うのを避けていることを。

　だが、それは欺瞞《ぎまん》だ。二つの悲劇に本質的な違いなどありはしない。確かに亡くなった信者たちは愚かだったかもしれない。奇妙なカルトを信奉し、世間の常識を逸脱するような行動をしていたかもしれない。だが、それは死に値するような罪だろうか？

　断じて違う。世の中にはもっと奇妙な信念を抱いている人間はいくらでもいるし、悪事を働いているのに罰せられない者もいる。少なくとも亡くなった信者たちは、神の罰を受けるようなことは何もしていなかったと断言できる。私の両親と同様に――あるいは、紅海で溺《おぼ》れ死んだエジプト兵たちと同様に。

〈昴の子ら〉の信者たちは、「真理」に目覚めない人間は大洪水で死んで当然だと信じていた。それが大宇宙の意志なのだと。彼らの死を「当然の報い」と考えることは、まさに彼らと同じあやまちを犯すことになる。

　酔った勢いも手伝って、私は泣きじゃくり、混乱しながら、それまで心にしまっていたいろいろなことを葉月に語った。かつてＩさんに見せられたボルトのことや、一月二二日の夜、空から落ちてきたボルトのことも。

　ボルトは五本ほど拾ってきていたので、それを葉月に見せた。あいにく、Ｉさんのものと違ってごく普通のボルトなので、超常現象の証明になどなりはしない。だが、葉月はあっさり信じてくれた。「あんたがそう言うなら、ほんとなんだろうね」と。

「で」彼女は言った。「あんたとしちゃあ、どう思うわけ？」

「どう思うって……」

「それ、神様がくれたものだと思うの？　何かのお告げだって？」

「……分からない」

私は正直に答えた。実際、いくら考えても分からないのだ。神にせよ、プレアデス星人にせよ、私にボルトをプレゼントする理由などありはしない。何か伝えたいことがあるなら、こんな謎めいた方法ではなく、もっと明快なメッセージを送ってよこせばいいではないか。

かと言って、何かの錯覚だと思いこむのも困難だった。私はボルトが空から落ちてきた瞬間を見ているし、そのボルトはげんにここにある。夢や幻であるはずがないのだ。いくら頭をひねっても、合理的な説明は思いつかない。

奇跡――そうとしか考えられないのだ。

「でも、どうしても信じられないのよ。神様だか何だか知らないけど、そういう超越的な存在が、私にメッセージを送ってきたなんて……だって私、そんな資格なんてないもの。どこにでもいる、ごく普通の人間よ」

「ジャンヌ・ダルクは？　彼女もただの田舎娘だったんじゃない？」

「茶化さないで」

「ごめんごめん」葉月は笑った。「でも、まあ、そう信じてるうちは安心だね。『私は神に選ばれた特別な人間だ』なんて妄想を抱くようになったら、破滅への第一歩だからね」

「破滅？」

「ジャンヌ・ダルクは火あぶりになったんだよ」

「ああ、そうか……」

「ほんと、バカな娘だよね、ジャンヌって」葉月はふと、遠い目をしてつぶやいた。「神様のお告げを受けたって、聞こえないふりをしてりゃ、安楽な一生送れただろうにね……」

私は葉月ほど人の心を読むのがうまくない。それでも、彼女のその口調の中に、何か大きなわだかまりがひそんでいるのを感じ取った。私は思いきって「何かあったの？」と訊《たず》ねてみた。

葉月はしばらく黙りこんでビールの空き缶を弄《もてあそ》んでいたが、やがてこう言った。

「ねえ、あたしらみたいな人種を何て呼ぶか知ってる？」

「『バカ』？」

「違う。『不器用』って言うんだよ」

そう言うと葉月は、「これは記事にしないで欲しいんだけど」と前置きしたうえで、それまであまり語らなかった病院内の話をしてくれた。頻発しているのに表面に出ない医療事故のことだ。初歩的な誤診、血液型の取り違え、不必要だった手術……それらは決して患者や遺族に知らされることはなく、めったに表沙汰《おもてざた》にならない。中には不審を抱いて追及してくる遺族もいるが、証拠がないので引き下がるしかないのだ。カルテの改竄《かいざん》などのもみ消し行為はごく日常的に行なわれており、医師や看護師の多くはそのことに何ら罪の意識を抱いていない。重大なミスを犯したのに、「参ったな、また殺しちゃったよ」などと笑いながら語る医師もいるという。

「でも、あたしが何にいちばん腹を立ててるか分かる？」喋っているうち、彼女はだんだん興奮してきた。「それを聞いて、あたしが黙ってるしかないってことなのよ。このあたしが！　信じられる!?」

「告発できないの？」

「そんなことしたら、将来、閉ざされちゃうよ。今の病院にはいられなくなるだろうし、他の病院だって似たようなことやってるから、あたしみたいな厄介者をほいほい採用しちゃくれないだろうし。さすがに残りの人生すべて棒に振る気にはなれないよ。せっかくここまで上りつめたのに……」

葉月がためらうのももっともだった。当時、制定されたばかりの内部告発者保護法は、各方面からの圧力で骨抜きにされたザル法で、とうてい正しく機能しているとは言い難かった。告発者が出世の道を閉ざされたとか、法律に触れない範囲の陰湿な嫌がらせを受けたとか、見せしめのために冤罪《えんざい》を着せられたという話は、よく耳にした。匿名で告発しても同じことだ。行政機関が告発者の情報を漏洩する不祥事がしばしば起きていたし、漏洩がなくても、誰かが告発者の正体に気づくことは避けられない。いったん実名が洩《も》れれば、ネット社会ではたちまち知れ渡ってしまうのは、高校時代のヤラセ番組事件で体験した通りだ。

葉月は爪を嚙《か》んで悔しがった。世の中の誰よりも不正を憎む彼女が、不正を見て見ぬふりをすることを強要されているのだ。その精神的苦痛はどれほどだろうか。

彼女が私たちのことを「不器用」と言った理由が理解できた。世の中の人間の大半は、実に器用だ。私や葉月のようなジレンマに直面しても、たいして悩むことなく、ひらりとすり抜ける。自分にとって利益となる道を迷うことなく選択するのだ。

彼らは不正を目にしても、自分にとって利害がなければあっさり無視するし、それどころか不正に積極的に手を貸す。学校の体面を守るために校内暴力を見て見ぬふりをし、本を売るためにデタラメだらけの血液型性格判断の記事を書き、視聴率のためにヤラセのドキュメンタリー番組を作り、保身のために誤診の証拠をもみ消す――彼らはそれらすべてを「しかたない」のひと言で割り切り、良心の呵責《かしやく》など覚えない。

私や葉月には、そんな器用な生き方などできない。自分の良心を偽って生きることなどできない。だから世の中の不正や矛盾にぶつかるたびに、それをどうすることもできない自分に腹を立て、苦しむのだ。

矛盾を見て見ぬふりができるなら、人生はどれほど楽だろうか。

「……でも、器用になんかなりたくない」私はきっぱりと言った。「嘘の人生なんか生きたくない。どんなに楽でも、そんなのは嫌だ」

「そうだね」

葉月は笑った。少し悲しげな、自嘲《じちょう》気味の笑いだった。

「世の中に、あたしら二人ぐらい、不器用な人間がいたっていいよね」

私たちは二人きりで、缶ビールで乾杯した——いつまでも不器用でいることを誓い合って。


私はジャンヌ・ダルクになりたくはなかった。しかし、神のメッセージが本当に届いているのだとしたら、聞こえないふりをしたくもなかった。

ボルトの一件以来、私には神の実在を認める気持ちが強くなってきていた。反面、神が実在することを恐れてもいた。神がいないのなら、何も恐れることはない。だが、もし神が実在するなら……。

天災、疫病、犯罪、不正、戦争……この地上では、大勢の罪もない人間が悲惨な苦しみを味わっている。それなのに、全知全能であるはずの神は、それを未然に防ぐことも、苦しんでいる人を助けることもせず、黙って見下ろしているだけだ。まるで人間たちを苦しみに満ちた世界に放置し、楽しんでいるようにさえ思える。

「そんなことはない。神は慈愛に満ちた存在だ」と反論する人も多いだろう。だが、私は少なくとも自分の周囲を見回して、神が人間に好意を持っているという証拠を目にすることはできなかった。

『プレアデスを目指して』を上梓《じょうし》した直後、私はすぐに次の本の執筆に取りかかった。今度は現代人と宗教の関わりがテーマだった。若い男性編集者は親切にも「そんな地味な題材じゃ売れないよ」と忠告してくれた。しかし私は「自分にとって興味があるテーマだから」という理由で企画を押し通した。

しかし、少なくとも私にとって、この本の執筆は実のあるものだった。というのも、取材の過程で多くの人にインタビューして、その宗教観を聞くことができたからだ。

私はどの人にも同じ質問をしてみた。

「神が実在するなら、どうして悪がはびこるのでしょう？　どうして善良な人が虐げられたり、事故や災害で生命を落としたりすることがあるのでしょう？」

売れっ子のオカルト漫画家・美濃《みの》シローの回答は、実に単純明快だった。

「人はみな前世のカルマを背負っています。前世で悪行を重ねた人は、次の世ではその罰を受けます。通り魔殺人の犠牲になったり、車にはねられたりね。地震なんかの災害に遭遇して死ぬ人と死なない人がいるのは、そのせいなんですね。善人は間一髪で助かるし、前世で悪いことをした人は苦しみながら死ぬわけです」

つまり私の両親が死んだのは前世で犯した罪のせいだし、そのことで私が苦しむのも前世の罪だというわけだ。

それなら飛行機事故などで乗員乗客全員が死亡することがあるのはどうしてか。

「人の運命は神様によって決められているんです。悪いカルマを持った者だけが同じ飛行機に乗り合わせるように仕組まれているんです」

美濃の解説（どこかのオカルト本の受け売り）によれば、現世は神による修行の場であるという。神は人間たちを地上で自由に振舞わせ、その行ないを監視している。他人を虐待した者は、次に生まれ変わると虐待される側に回される。罪を悔いて、心を改めない限り、何度生まれ変わってもひどい境遇のままだ……。

「ほら、アメリカなんかじゃ差別されてるマイノリティがいるでしょ。前世で罪を重ねた人が、ああいう階層に生まれ変わるんです。中には前世の性格をそのまま引きずってる奴も多い。だからほら、犯罪の発生率も高いんです」

反吐《へど》の出そうな人種差別思想だが、美濃はあくまでにこやかに微笑みながら語った。後になって知ったのだが、輪廻転生《りんねてんしょう》説の信者はしばしばこうした差別思想に染まってしまうらしい。身障者や社会的に虐げられている人を見ても、「前世のカルマ」で済ませてしまい、憐《あわ》れみを覚えないのである。

私はさすがに不愉快になり、意地悪な質問をしてみた。

「それを本人の前で言えますか？」

彼はぽかんと口を開けた。「え？」

「たとえば、災害で親を失った子供の前で、『君のお父さんやお母さんは前世で悪いことをしたから罰を受けたんだよ』って言えますか？」

「いや、それはちょっと……」彼は困惑し、笑いでごまかそうとした。「いくら何でも悪いでしょう」

「悪い？　あなたはご自分の信仰が正しいと思っておられるんじゃないんですか？　正しいと信じているなら言えるはずでしょう？」

美濃は答えられなかった。

舞台女優の加賀見《かがみ》ふさえにもインタビューした。彼女はオカルトに深く傾倒していることで有名で、某大手宗教団体の広告塔的な存在でもあった。

加賀見は一年前、生まれたばかりの長男の琢人《たくと》くんを先天性の心臓障害で亡くすという悲劇に遭遇したばかりだった。オカルトには以前から興味を抱いていたが、本格的にのめりこむようになったのはその頃からだという。

「タクちゃんはね、天国で今、幸せに暮らしてるんですよ」

彼女の表情は終始にこやかで、一点の翳《かげ》りも見られなかった。演技ではなく、本当に明るくて、我が子を亡くしたばかりの女性とは思えなかった。

「知り合いの霊能者の方にタクちゃんからメッセージが届いたんです。『ママ、僕はとっても幸せだよ。もう胸は痛くないよ。天国にはお友達がたくさんいるから寂しくないよ』って」

何の屈託もない表情で語る加賀見に、私は困惑を覚えた。ほんの一年前に死んだ子供のことを、笑いながら語る母親――何かが間違ってはいないか？

もちろん、彼女も子供が死んだ直後は泣いたのだろう。胸が張り裂けそうなほどに苦しんだに違いない。そして、その悲しみから逃れたくて、子供は天国で幸せに暮らしていると信じたくて、霊能者のお告げなどという怪しげなものに飛びついたのだろう。私自身、肉親を亡くした思い出があるので、苦しみから逃避したくなる気持ちはよく分かる。そのことで加賀見を責めるのは酷というものだ。

だが、やはり私には、彼女は間違っているように感じられる。天国が素晴らしいところだと信じたいのは、本当に我が子の幸せを願ってのことなのか？　それとも、自分が苦しみから逃れたいだけなのか？

私は愛していた両親を亡くしたことで深く悲しみ、何年も苦しんだ。それが人間として当然の感情だと思っている。その一方、「両親は天国で幸せに暮らしている」などという欺瞞《ぎまん》に逃避して、安らぎを得ようと思ったことは一度もない。なぜなら、愛する人のために悲しむのは、その人を愛している証明だからだ。安直な手段で悲しみを解消しようとするのは、それこそ愛を裏切ることではないのか？

そもそも、なぜ神は彼女から愛する子供を取り上げねばならなかったのか？　その点を問いただすと、彼女は微笑みながらこう答えた。

「神様の御心はとても大きくて、私たちに推し量ることはできません。でも、きっと何か大きな意味があったのだと信じています」

私は幻滅した。これでは何の答えにもなっていない。私には、彼女は悲しみから逃れるために思考停止してしまっているとしか思えなかった。


その他にも、私は二〇人以上の宗教関係者、多くの宗教信者にインタビューし、様々な意見を聞いた。それらはだいたい次のように大別される。

「この世の悪はすべて悪魔のしわざである」

これは実に単純明快で分かりやすい考え方であり、それだけに多くの人にアピールする。災害で人が死ぬのも、不正がはびこるのも、生まれたばかりの赤ん坊が死ぬのも、すべて悪魔のせい、というわけだ。

だが、この考えには大きな矛盾もある。一般に神は悪魔より強大な存在と考えられている（さすがにそれを否定する者はほとんどいない）。神がその気になれば、悪魔を一掃し、悪や不幸の存在しない世界にすることもできるはずなのだ。にもかかわらずこの世に悪魔が跳梁《ちょうりょう》しているとすれば、神がそれを許していることになる。つまり「悪魔仮説」は問題を一歩後退させているだけで、本質的な回答になっていないのだ。

「神は人間に自由意志をお与えくださった。自由意志には必然的に『悪を行なう意志』も含まれているので、この世に悪が存在するのは当然である」

これはいちおう納得できる考え方だ。悪に走る可能性を伴わない自由意志というものは、論理的に存在しない。神はこの世を創造する際、人間が悪に染まる可能性を排除できず、その選択を人間自身に委《ゆだ》ねたのだ、というわけだ。

しかし、これは私の疑問に対する回答にはなっていない。私が知りたいのは「神はなぜ悪を創ったのか」ではなく、「神はなぜ悪が行なわれるのを許すのか」なのだ。それに、人の意志と無関係に起きる惨劇――地震、洪水、疫病などについて、この仮説は何も答えてくれない。

「神は決して悪をお許しにならない。現世で罪を犯した者は、地獄で罰を受ける」

これも他の仮説と同様、何の説明にもなっていない。なぜ神は善人が苦しめられるのを阻止しようとしないのか？　悪人を地獄に落とすのは、まず善人を救ってからでもいいはずではないか。数百万のユダヤ人が強制収容所に送られ、ガス室に詰めこまれて青酸ガスで殺されてゆくのを、ただ黙って見ていたというのか？

そもそも、地獄で罪人が罰を受けているという証拠は何もない。私は臨死体験の報告もたくさん読んだが、罪人が地獄の炎で焼かれているところを見たという例はほとんどない。「罪人はあの世で罰せられる」というのは希望的観測にすぎない。

「神も全能ではない。この世のすべての悪を阻止することなどできない」

少数派ながら、こういう意見も存在する。しかし、これも的はずれだ。神はすべての悪を阻止できなくても、一部の悪は阻止できるはずなのだ。たとえばアウシュビッツのドイツ兵の前に現われ、「そのような行為をしてはならない」と告げることもできたはずではないか？

「この世で起きる出来事はすべて、人間をより高次の段階に進化させるための神の遠大な計画の一部である。悲劇のように見える出来事も、神の与えてくださった試練であり、長期的に見れば良いことなのである」

これもよく耳にする考え方だ。しかし、美濃シローの思想と同じ欠陥がある。

この説を犠牲者の前で言えるだろうか？　ガス室で肉親を虐殺されたユダヤ人、一九四五年八月六日の広島で地獄を体験した人々、飢えに苦しむアフリカの難民、阪神大震災の被災者、地下鉄サリン事件の後遺症で今も苦しむ人々、通り魔に子供を殺された親、北朝鮮に拉致《らち》された人、レイプされた女性、誘拐《ゆうかい》されてチャイルド・ポルノに出演させられた子供……彼らに向かって、「あなたの体験されたことは、長期的に見れば良いことなのです」などと言えるだろうか？

百歩譲って、長期的に見て良いことであったとしても、短期的に見れば犠牲者にとって大きな苦痛であることは間違いない。そんな苦痛を体験しなくてはならないのなら、高次の段階とやらに進化したくない、と思う人も多いだろう。

「神は決して罪を犯さない」

これも多くの人が信じていることである。実際、私が資料にするために読んだある本では、途中まできわめて論理的に神について論じられていたのに、「神は罪を犯さない」という主張が、突然、何の証明もなしに出てきたので驚いた。

それは絶対におかしい。「あやまち」と「罪」の定義が混同されている。神が全能であるなら、欲望に負けて衝動的に悪事を働いたり、間違って罪を犯してしまうことはありえない。しかし、一部の犯罪者がそうであるように、それが罪であることを知りつつ罪を犯すことは、決して「あやまち」とは言わないはずだ。

そう、「神はあやまちを犯さない」は正しくても、「神は罪を犯さない」は正しくない。神が全能であり、自由意志があるなら、神には罪を犯す能力も、罪を犯す意志もあるはずではないか。「神は罪を犯さない」という考えは、神の全能性を否定するに等しい。

考えれば考えるほど、私はひとつの不愉快な結論に引き寄せられていった。神は今まさに、私たちに対して恐ろしい罪を犯しているのではないか？　神は本当は冷酷かつ傲慢《ごうまん》で、この世に悪がはびこるのを許容する一方、偽りの言葉で人々に誤った希望を与え、弄《もてあそ》んでいるのではないだろうか――フェッセンデンのように、心のおもむくままに災厄をまき散らし、人間たちの苦しみを笑って見下ろしているのではないだろうか？

そんなのは誰も信じたくないだろう。私だって信じたくはない。しかし、シャーロック・ホームズの言葉ではないが、「考えられる可能性をすべて排除した後で残ったものが、どれほど信じられなくても真実」なのだ。

それとも、私がまだ気づいていない可能性が、何かあるのだろうか？

私にとって少しばかり役に立つ助言をくれたのは、プロテスタント系の大手教団の牧師でもある神学博士だった。彼は私の質問を聞き、静かな口調でこう言ったのだ。

「それなら『ヨブ記』をお読みなさい。そこにあなたの疑問に対する答えが書いてありますから」

恥ずかしい話だが、私はその時まで『ヨブ記』を読んだことがなかった。聖書は資料として持っていたが、子供の頃の体験の影響で、宗教的なものを毛嫌いしていたせいもあり、あまり真剣に目を通したことがなかったのだ。それに旧約聖書の中でも、最初の『創世記』『出エジプト記』あたりはスペクタクルが多く、純粋に物語として読んで楽しめるが、『レビ記』『民数記』『申命記』……と進むにつれ、内容が地味になり、読むのが苦痛になってくる。なかなか一八番目の『ヨブ記』にまでたどり着かないのだ。

そう感じるのは私だけではあるまい。ハリウッド映画でも、『創世記』や『出エジプト記』を題材にした作品はたくさんあるが、それ以外の旧約を題材にした映画となると、『士師記』のエピソードを基にした『サムソンとデリラ』ぐらいしか思い浮かばない。まして『ヨブ記』が映画化されたという話など聞かない。

そんなわけで、私は二四歳にして初めて『ヨブ記』を読んだ。

『ヨブ記』が成立したのは紀元前五世紀と推測されている。しかし、二四〇〇年も前に書かれたにもかかわらず、少しも古さが感じられないことに、私は驚いた。そこで扱われているテーマは、現代でもそのまま通用する。

物語の冒頭、天上で神とサタンが会話している。ここに出てくるサタンは、いわゆる悪魔ではなく、地上を巡回して人間たちの悪を見つけ出し、神に報告する天使である。サタンが神に反逆した堕天使だという概念が生まれたのは、ずっと後の時代なのだ。

ヨブは七人の息子と三人の娘を持ち、たくさんの家畜や財産を所有する大富豪であり、信心深い善人である。神はヨブの敬虔《けいけん》さを誉める。

「地上に彼ほどの者はいまい。無垢《むく》な正しい人で、神を畏《おそ》れ、悪を避けて生きている」

それに対してサタンは、「ヨブが、利益もないのに神を敬うでしょうか」と疑問を呈する。ヨブがあなたを敬うのは、あなたが彼の一族や財産を守っているからです。試しに彼からすべての財産を奪ってごらんなさい。きっと彼はあなたを呪うに違いありません……。

神はそれを実行に移す。ヨブの財産をすべて奪うよう、サタンに命じるのだ。たちまちヨブは恐ろしい不幸に見舞われる。彼の所有していた畑や家畜は略奪され、牧童は切り殺される。天から火が降ってきて、羊と羊飼いを焼き殺す。長男の家で宴会を開いている最中、大風が吹いて家が倒れ、息子や娘たちはみんな死んでしまう。

ヨブは子供を失い、無一文になるが、それでも神への信仰を捨てようとしない。神はさらに過酷な試練を与える。彼をひどい皮膚病にかからせ、苦しめるのだ。ヨブはそれでも決して神を呪う言葉を口にしない。「どこまでも無垢でいるのですか。神を呪って、死ぬ方がましでしょう」と言う妻に対し、「わたしたちは、神から幸福をいただいたのだから、不幸もいただこうではないか」と答える。

そこへ遠方の国から三人の友人がヨブを見舞いにやって来る。三人は見分けがつかないほど哀れな姿となったヨブを見て、嘆き悲しむ。

ここまでがいわばプロローグ。ここからはじまるヨブと三人の友人の長い議論こそ、『ヨブ記』の本題である。

ヨブは神を呪わない代わり、自分の生を呪う。

「なぜ、わたしは母の胎にいるうちに死んでしまわなかったのか。せめて、生まれてすぐに息絶えなかったのか。なぜ、膝《ひざ》があってわたしを抱き、乳房があって乳を飲ませたのか。それさえなければ、今は黙して伏し、憩いを得て眠りについていたであろうに」

それに対し、友人の一人、テマン人エリファズはこう言う。

「考えてみなさい。罪のない人が滅ぼされ、正しい人が絶たれたことがあるかどうか。わたしの見てきたところでは、災いを耕し、労苦を蒔《ま》く者が、災いと労苦を収穫することになっている」

どんな苦難が襲ってこようとも、神は必ず正しい人を救う、とエリファズは力説する。

「あなたは知るだろう。あなたの天幕は安全で、牧場の群れを数えて欠けるもののないことを。あなたは知るだろう。あなたの子孫は増え、一族は野の草のように茂ることを。麦が実って収穫されるように、あなたは天寿を全うして墓に入ることだろう」

ヨブを前にして、これはなんと残酷な言葉だろう！　彼はげんに家畜や畑を失い、子供たちを失い、天寿を全うする希望も絶たれようとしているのだ。エリファズは目の前にある現実を見ていないとしか思えない。

当然、ヨブは激しく反発する。彼は自分がどれほど苦悩し、絶望しているかを訴える。「あなたたちの議論は何のための議論なのか。言葉数が議論になると思うのか。絶望した者の言うことを風にすぎないと思うのか」

彼は絶望のあまり、天に向かってこんな言葉を口にする。

「なぜ、わたしに狙いを定められたのですか。なぜ、わたしを負担とされるのですか。なぜ、わたしの罪を赦《ゆる》さず、悪を取り除いてくださらないのですか。今や、わたしは横たわって塵《ちり》に返る。あなたが捜し求めても、わたしはもういないでしょう」

そんなヨブの態度を見て、シュア人ビルダドは「いつまで、そんなことを言っているのか」と激しく叱責《しっせき》する。

「あなたの子らが神に対して過《あやま》ちを犯したからこそ、彼らをその罪の手にゆだねられたのだ。あなたが神を捜し求め、全能者に憐れみを乞《こ》うなら、また、あなたが潔白な正しい人であるなら、神は必ずあなたを顧み、あなたの権利を認めて、あなたの家を元どおりにしてくださる」

あくまで神の裁きの正しさを主張するビルダドに対し、ヨブは「それは確かにわたしも知っている」と答える。「神より正しいと主張できる人間があろうか」と。神が絶対的存在であることを熟知しているからこそ、ヨブの苦悩は深いのだ。

「神は髪の毛一筋ほどのことでわたしを傷つけ、理由もなくわたしに傷を加えられる。息つく暇も与えず、苦しみに苦しみを加えられる。力に訴えても、見よ、神は強い。正義に訴えても、証人となってくれる者はいない。わたしが正しいと主張しているのに、口をもって背いたことにされる。無垢なのに、曲がった者とされる。無垢かどうかすら、もうわたしは知らない。生きていたくない」

私は不覚にも、読み進みながら涙が出てきた。ヨブの嘆きは、まさにわたしが子供時代に感じた想いそのままだった。優しかった両親を何の理由もなしに奪われたのに、誰にも訴えることのできなかった悔しさと絶望……。

ヨブは決して神の存在を否定しているのではない。神に反逆しようとも思っていない。神はあまりにも大きな存在であり、小さな人間の訴えになど耳を傾けないだろうと信じている。それでも彼は、神に向かってこう叫ばずにはいられない。

「わたしに罪があると言わないでください。なぜわたしと争われるのかを教えてください。手ずから造られたこの私を虐げ退けて、あなたに背く者のたくらみには光を当てられる。それでいいのでしょうか」

ナアマ人ツォファルの言うことも、他の二人と大差ない。彼はヨブの必死の訴えを理解しようとせず、神の正しさを頑固に主張するばかりである。

「神は偽る者を知っておられる。悪を見て、放置されることはない」

ヨブと三人の友人の議論は、どこまで行っても平行線だ。友人たちは神の裁きの正しさを確信しており、ヨブが罰せられているのはその罪ゆえだと思っている。彼らの信念からすると、そうとしか考えられないからだ。彼らはヨブが神の偉大さを理解しておらず、神に対して不遜《ふそん》な言葉を吐いていると非難する。

エリファズなどは、何の根拠もなしにヨブをこう罵倒《ばとう》する。

「あなたは甚だしく悪を行い、限りもなく不正を行ったのではないか。あなたは兄弟から質草を取って何も与えず、既に裸の人からなお着物をはぎ取った。渇き果てた人に水を与えず、飢えた人に食べ物を拒んだ。腕力を振るう者が土地を我がものとし、もてはやされている者がそこに住む。あなたはやもめに何も与えず追い払い、みなしごの腕を折った」

しかし、ヨブは断固としてこう主張する。

「わたしの権利を取り上げる神にかけて、わたしの魂を苦しめる全能者にかけて、わたしは誓う。神の息吹がまだわたしの鼻にあり、わたしの息がまだ残っているかぎり、この唇は決して不正を語らず、この舌は決して欺きを言わない、と。断じて、あなたたちを正しいとはしない。死に至るまで、わたしは潔白を主張する」

「わたしは見えない人の目となり、歩けない人の足となった。貧しい人々の父となり、わたしにかかわりのない訴訟にも尽力した。不正を行う者の牙《きば》を砕き、その歯にかかった人を奪い返した」

「わたしが貧しい人々を失望させ、やもめが目を泣きつぶしても顧みず、食べ物を独り占めにし、みなしごを飢えさせたことは、決してない」

裕福で健康だった頃、ヨブは多くの人から慕われ、尊敬されていた。だが、今は違う。人々は無一文の醜い姿となった彼を忌み嫌い、顔に唾《つば》を吐きかける。

ヨブは叫び続ける。なぜ神は自分をこれほどまでに苦しめるのか。なぜ神を愛する者たちがみじめな暮らしを強いられ、神に逆らう者たちが安楽な一生を送るのか。神は人間の善や悪に報いるとあなたたちは主張するが、げんにそうなっていないではないか……。

ここで、それまで彼らの議論を黙って聞いていたエリフという若者が、がまんできなくなって口をはさむ。しかし、彼の主張は三人の友人のそれと大差ない。彼はひたすら神の偉大さを称賛し、「神には過ちなど決してない。全能者には不正など、決してない」と頑固に主張する一方、哀れなヨブを「神に逆らう者」と非難し、罵倒する。

こうして議論が出つくしたところに、唐突に神の声が嵐の中から聞こえてくる。ここが物語のクライマックスだ。

だが、わたしはここで深い失望を味わった。神がどんな言い分を聞かせてくれるかと思ったら、かんじんの議論の焦点についてはまったく触れようとせず、「お前は一生に一度でも朝に命令し、曙《あけぼの》に役割を指示したことがあるか」とか、「すばるの鎖を引き締め、オリオンの綱を緩めることがお前にできるか」とか、「お前は馬に力を与え、その首をたてがみで装うことができるか」などと、くだらない自慢話をえんえんとするばかりなのだ。

もちろん、神でないヨブにそんなことができるはずもないのは、神自身に説明されるまでもなく、誰だって知っている。神の長ったらしいお喋《しゃべ》りは、まったくの無意味だ。

「全能者と言い争う者よ、引き下がるのか。神を責め立てる者よ、答えるがよい」

そう挑発する神に対して、ヨブは簡潔に答える。

「ひと言語りましたが、もう主張いたしません。ふた言申しましたが、もう繰り返しませ
ん」

そう、彼には主張を繰り返す必要などないのだ。すでに主張はすべて言いつくした。全知全能である神は、それを知っているはずだ。

にもかかわらず、神はヨブの問いに答えようとはせず、さらにヨブを挑発する。

「男らしく、腰に帯をせよ。お前に尋ねる。わたしに答えてみよ。お前はわたしが定めたことを否定し、自分を無罪とするために、わたしを有罪とさえするのか。お前は神に劣らぬ腕をもち、神のような声をもって雷鳴をとどろかせるのか」

何という残酷な仕打ち！　神はヨブの財産を奪い、子供たちを殺し、病に苦しめるだけでは飽き足らず、お前は神に等しい力を持っていないではないかと愚弄《ぐろう》するのだ。ちっぽけな人間ごときがわたしを非難するとはけしからん、と。

これではやくざの脅しと何ら変わりがないではないか。

神はそれからもさらに、自分の偉大さを自慢し続ける。しかし、ヨブの質問――「なぜわたしを罰するのですか」には、ついに答えようとしない。

ヨブは最後にこう言う。


あなたのことを、耳にしてはおりました。

しかし今、この目であなたを仰ぎ見ます。

それゆえ、わたしは塵《ちり》と灰の上に伏し
自分を退け、悔い改めます。

この唐突なくだりを読んで、私は仰天し、作者に対して腹を立てた。なぜヨブが悔い改めなくてはならないのか？　彼は何も罪を犯していないのだから、悔い改める必要などまったくないではないか!?

物語の最後で、神はヨブを元の境遇に戻す。ヨブは以前の二倍の財産を手に入れ、また七人の息子と三人の娘をもうけ、その後、一四〇年も生きたという。

私はこの御都合主義的結末にがっかりしてしまった。「神はなぜ人間の善に報いないのか」というのがこの物語のテーマであったはずなのに、こんな結末をつけてしまってはすべて台無しではないか。それに、最初に殺された一〇人の子供たちはどうなるのか。ヨブに対して賠償が支払われたとしても、一〇人はやはり死んだままではないか。彼らは神の面白半分の実験の犠牲になり、無意味に殺されたのだ。

私はどうしても納得いかず、アドバイスをしてくれた牧師に電話をかけ、『ヨブ記』の結末の意味について問いただした。彼の答えはこうだった。

「ヨブはどんな逆境にあっても最後まで信仰を貫きました。神はその信仰心に報いられたのです。神を信じる者は、最後には必ず救われるのです」

私は反論した。それでは説明になっていない。世の中には、まったくの善人で、信仰を貫き通したにもかかわらず、悲惨な境遇に落ちてみじめに死んでいった人が大勢いるではないか。この結末は受け入れられない……。

しかし、牧師は動じなかった。わたしがいくら言葉を変えて問い詰めても、彼は「神を信じる者は救われるのです」と繰り返すばかりだった。

彼はエリファズと同じあやまちを犯している、と私は思った。目の前の現実から目をそむけ、世界が自分の信念どおりに動いていないという明白な事実を認めまいとしている。どう考えても、ヨブの主張は一〇〇パーセント正しい。神自身、物語の冒頭で「地上に彼ほどの者はいまい」と誉めているし、ラストではエリファズたちに向かって、「お前たちはわたしについて、わたしの僕《しもべ》ヨブのように正しく語らなかった」と言っている。ヨブが誤っているはずはないのだ。

そう、悔い改めるべきは神の方であるはずだ。

結局、私は宗教関係者からは誰ひとりとして満足できる答えを得ることはできず、割り切れない思いを抱えたまま本を書き上げた。

編集者の忠告通り、時間と手間をかけたにもかかわらず、二冊目の本『神を求める魂』はあまり売れなかった。前の本が売れたのはセンセーショナルな事件を扱ったものだったからだ。大衆は常にインパクトのある題材を求めるのだ。

しかし、反響はあった——私の本を読んで、加古沢黎が連絡をくれたのだ。

08　神の進化論

新宿の喫茶店で再び加古沢黎と会ったのは、二〇一一年八月の下旬だった。

この二年半で、彼はさらに有名人になっていた。二〇一〇年の春に出版された初のハードカバー『赤道の魔都』がベストセラーになり、ＯＳＭ化されたのだ。

私も読んだが、故意にアナクロな雰囲気を狙った痛快な冒険小説だった。時代設定は一八五〇年代、ヒロインはのちに神智学の創始者として知られるようになるヘレナ・ペトロヴナ・ブラヴァツキー。若き日の彼女は才気と冒険心にあふれる悪女版のインディ・ジョーンズとして描かれている。一八歳で意に添わぬ結婚を強いられるが、新婚二か月目で夫を捨ててロシアを脱出し、伝説の超古代文明の手がかりを求めて、イギリス、南北アメリカ大陸、インド、チベットを股《また》にかけて飛び回るのだ。ルイジアナの沼地でヴードゥー教徒と戦い、インドの王子を手玉に取り、博物学者ウォーレスとともにアマゾンの密林を探検する。上下巻で一〇〇〇ページ近い大作だが、スピーディな展開やキャラクターの魅力に加え、加古沢お得意の豊富な歴史知識に裏打ちされていて、まったく飽きさせない。

ＯＳＭのヒットもあって、加古沢のオフィシャル・サイトは月間五〇〇万アクセスを超える人気サイトに成長していた。その影響力は大手出版社の雑誌にも匹敵する。当然、一人で運営するには多忙すぎるので、二年前から〈オフィスKKZ〉を設立していた。オフィスは十数人のメンバーを擁し、中には加古沢から渡されたプロットを元に小説を代筆する者もいる。

ゴーストライター・システムは出版界では珍しいものではない。タレントの自伝などはたいていゴーストが書いたものだし、有名なミステリ界の大物がゴーストを使って作品を量産していたことは、この業界では常識である。しかし加古沢の場合、代筆者がいることを世間に公表していた。『赤道の魔都』も半分近くは代筆者が手がけたものだ。

当然、古い批評家の中には「自分で文章を書かないとはけしからん」という声もあったが、加古沢は堂々とこう反論した。

俺には書きたい題材が山ほどある。人生は短い。みんな自分で書いてたら、いくら時間があったって足りない。だから他人に任せていい部分はアシスタントに書かせた。マンガ家には背景を描いたりトーンを貼ってくれるアシスタントがいるんだから、小説家にアシスタントがいたっておかしくない。マンガも映画もゲームも共同作業で作られていて、そのことで批判されたりしないのに、なぜ小説だけは個人作業でなきゃいけないんだ?

重要なのは誰がどうやって書いたかじゃなく、作品の内容のはずだ。俺は『赤道の魔都』が傑作だという自信がある。批判するなら内容について批判してみろ。ブンガク爺《じい》さんたちの黴《かび》の生えたお説教なんぞ、ご免蒙《こうむ》る。

プロダクション・システムを導入してから、加古沢の出版点数はそれまでの二倍以上に増えた。二〇一〇年だけで、七冊の長編、三冊の短編集、一冊のエッセイ集を出版している。平均してほぼ月一冊のハイペースだが、作品の質がほとんど落ちなかったのは驚異と言っていい。その多くは歴史小説のジャンルに含まれるものだったが、ストーリーは冒険もの、ホラー、SF、ミステリなどバラエティに富んでおり、読者を飽きさせなかった。本はどれもおおいに売れ、彼は二〇一〇年度の高額納税者の作家部門の二位になった。彼は当時まだ二二歳。その才能には際限がないように見えた。

「いや、あの時のことを思い出しますね」

約束の時間に五分遅れてきた加古沢は、席に着くなりそう言った。どこかそわそわしていて、例によって早口で喋《しゃべ》り、「生き急いでいる」という印象を受けたのを覚えている。

「もう二年半も経ったなんて信じられませんよ。あの時のインタビューが強く印象に残ってましたからね」

「というと?」

「俺はもう何十人もの記者やライターにインタビューされました。たいていはおざなりな質問をするだけの個性のない連中で、しばらくすると印象が薄れて、誰が誰だったか思い出せなくなる。マヌケなことばかり言って、いらいらさせられる奴もいます。その点、あなたはなかなか個性的で、質問もポイントを突いていた。

ですから、阿久津悠子があなただと、知り合いの編集者から聞かされた時はびっくりしましたよ。『プレアデスを目指して』も『神を求める魂』も読んでいて、才能のある人だと思ってましたからね。ああ、あれを書いたのは、あの和久優歌さんだったのかと……それで興味を抱いて、またお会いしたいと思ったわけです」

私は恐縮した。加古沢の歯に衣着《きぬ》せぬ毒舌は有名で、めったなことでおべっかを使ったりはしない。彼が誉めるなら、それは本気だということだ。天才と呼ばれる作家に認められたことで、ちょっといい気分だった。

注文したコーヒーが来るまでの間、私たちは他愛ない雑談を交わした。店内に流れるBGMは、AI－MAYの『空色エントロピー』――当時、人気のあったバーチャ・ユニットだ。

「あなたはあんな顔はされないんですか？」

彼は顔を近づけ、声をひそめて言った。「あんな顔」というのは、隣のボックスで盛り上がっていた四人の女子高生のことだ。当時はマキエ・ソバージュのブームだった。彼女たちはみんな、頬に黄色や赤の縞《しま》模様を描いたり、額に太陽やイルカの紋様のタトゥー・シールを貼ったりして、さながら未開のジャングルに住む民族のようだった。

「流行にはうといもので」

私は笑ってごまかした。大学を飛び出してからの五年間、食べてゆくのに精いっぱいで、ファッションや流行に割くべき時間も金もなかったのだ。気がつくと、流行からすっかり取り残されてしまっていた。学生時代にバイト代をはたいて買ったレトロ・フィフティーズのスカートなど、もう恥ずかしくて穿《は》けはしない。

「俺もですよ」加古沢は少し恥ずかしそうに言った。「今どんな歌が流行《はや》ってるのかもよく分からない。女の子と話を合わせるために覚えようかと思ったこともあるんだけど、覚えなきゃいけない妙ちくりんな固有名詞が多すぎてね。あぶない動物とかIVANとかゴールデン・エイジとか……それに、苦労して覚えたって、どうせじきに時代遅れになるんだし」

「ええ」

実際、あぶない動物もIVANも、その後すぐに解散し、あっという間に忘れられてしまった。人間以上に魅力的で、スキャンダルとも容色の衰えとも縁のないバーチャ・アイドルが、芸能界を本格的に席巻《せっけん》しつつあった。

「俺が現代小説を書かないのもそれなんですよ。現代の風俗が分からないうえに、いくらリアルに描いたって、ほんの一〇年も経てば時代遅れになる……考えてもごらんなさい。一〇年前にはポケタミもバウチャー・ポイントもメガストリームもなかったんですからね。今、俺たちが使ってる道具にしたって、あっという間にワープロやiモードやLDと同じ運命をたどりますよ」

それは私も同感だった。五年前、ライターの仕事をはじめる際に買ったデジコーダは、すでに過去の遺物と化していた。前世紀からたゆむことなく進行してきた電子機器のダウンサイジングと低コスト化によって、五〇〇AVP以下で買えるメモ帳サイズのポケタミの中に、インターネット端末・デジタルビデオカメラ・携帯TV電話・翻訳機・マンナビ・IDカード・クレジットカードなどの機能が集約されてしまったのだから。コンビニなどでの支払いにしても、レジの赤外線ポートの前でポケタミに親指を押し当てる簡便さに慣れてしまうと、それまで財布からいちいち小銭を出していたのが面倒臭く感じられるようになったものだ。

ちなみに、この時の会見もポケタミで記録しておいたものだ。『プレアデスを目指して』の印税が入ったのを機に買い換えたソニーの最新機種で、一インチのミニDVD－RAMに六〇〇ギガバイトを記録できるすぐれものだったが、これもすぐにテラバイト級のデータを記録できるHMCを使った機種に取って代わられてしまった。

バウチャー・ポイントにしてもそうだ。当初、指紋照合機能内蔵のポケタミ発売と連動して誕生した、コンビニやスーパーで使える「ちょっと便利な電子商品券」にすぎなかったのだが、二〇〇八年末に各企業グループ間のVP交換が可能になり、VPの平均値によって決定される共通単位AVPが設定され、さらに給与の一部をVPで支払う企業が登場したことで、一挙に本物の通貨を追い落とす存在へと急成長した。実際、私も出版社からの支払いをVPで受け取ることが多くなっていた。ほんの五年前には想像もできなかった変化だ。

「その点、歴史はいい。いくら勉強しても時代遅れになるってことがない。だから俺は歴史小説を書くんですよ」

「新作のご予定は？」

「これから書きはじめますが、一八八〇年代のロンドンを舞台にした、ヤングアダルト向けのミステリのシリーズです。オカルト的な要素も入れようと思っています。ここだけの話ですが、すでにOSM化の企画が進行してましてね」

「まだ書いてもいないのに……ですか？」

「加古沢ブランドの作品なら、中身を見なくても映像化権を買う奴はいくらでもいますよ。マンガ版も同時進行させます。メディアミックス展開ってやつです」

彼がこの時、口にしたのが、その年の一二月から月一冊のペースで刊行がスタートした『ベアトリス&ポリー』シリーズである。裕福な貴族の娘と貧しい馬丁の娘、家庭環境も性格も正反対の二人の少女が、毎回、奇怪な事件に首を突っこむ。例によって、コナン・ドイル、ルイス・キャロル、リチャード・フランシス・バートン、ヘンリー・ライダー・ハガード、オスカー・ワイルド、アーサー・ジェイムズ・バルフォアなどの歴史上の人物が次々に登場するうえ、切り裂きジャックが出てきたり、黒魔術や心霊現象がからんだり、ホラーの要素も強い。OSM版は映像はそこそこ美しかったが、悪い意味でアニメチックな軽薄さが出てしまい、原作の雰囲気がうまく表現されていたとは言いがたい。

「いや、出版社は通しません。ＯＳＭの制作はストリーム局におまかせしますが、小説とマンガは俺のサイトで直販します」

「というと、ＰＯＬＰに……？」

「そう、乗り出すんですよ」

加古沢は自分の構想を得々と語った。オンライン出版そのものは前世紀からあるものだし、個人で出版に乗り出す作家も彼が最初というわけではない。小説の前半を無料で読ませ、後半を有料でダウンロードさせるという手法も、何年も前からポピュラーになっている。彼の構想の画期的な点は、その価格設定にあった。

長編小説のダウンロード料を一冊一新円、ＡＶＰを四に設定するというのだ。

「それで元が取れるんですか？」

私が驚き、疑問を呈すると、彼は数字を挙げて自信たっぷりに説明した。従来の紙に印刷された本の場合、作家の受け取る印税は本の定価の一〇パーセント前後が相場だ。九割は出版社や取次店や書店のものになる。しかし、作家がオンラインでじかに販売するなら、諸経費を差し引いても、約七割が作家のものになる。加古沢の本は新書判なら一冊八〜一〇新円。定価が安くなれば、それだけ買ってくれる読者も増えるだろうから、価格を五分の一にしても、二〇パーセントの消費税を払っても充分に採算は取れる。それにネットユーザーにとっては、円よりもＶＰ決済の方が使い勝手がいい……。

「出版社は？」

「それに、これは違法コピー対策にもなります。本の価格が今のままでは、一人がダウンロードして、コピーして仲間内にメールで配布するのを防ぐことはできません。でも、一冊が缶ジュース一本と同じ値段ならどうでしょう？　わざわざ友達に頼んでコピーさせてもらうより、自分でダウンロードする方が早い――みんなそう思うんじゃないでしょうか？」

「それはそうかもしれませんけど……かなりの価格破壊ですよね？」

「今のオンライン本が高すぎるんです。前より安くなったとはいえ、紙の文庫本に比べて四～五割の定価です。実際には本の原価の大半は印刷と流通の経費ですから、それを省略すればもっと安くなるはずなんですよ。それができないのは、オンライン本を出している出版社の多くが、昔ながらの大出版社だからです。多くの人間を抱えているうえ、印刷や流通という古いシステムを簡単に切り捨てることができない。だから、紙の本に死刑を宣告するに等しい価格設定ができない……」

「でも、オンライン出版を専門にする出版社も増えてますよね」

「まあね。でも、そうした出版社の多くはまだ弱小で、出しているのは専門書だとか、無名の新人の作品とかです。売れてもせいぜい数千部だから、価格を安くしすぎるとペイしない。その点、俺は一冊一〇万部以上売る自信がありますからね」

ほんの一〇年前までなら、加古沢の構想は夢物語だったろう。二〇世紀の本はただ面白いから売れたわけではなく、出版社による宣伝やマスコミの話題性によって売れたからだ。

大出版社の後ろ盾なしに一〇万部も売ろうとすれば、とてつもない幸運を望むしかなかった。

だが、今は違う。インターネットを利用すれば、テレビCMや雑誌広告と同等の宣伝効果を、はるかに安い費用で上げられるのだ。まして加古沢ほどの有名人ともなれば、新作情報は何もしないでもニュースとなってネットを駆けめぐり、ファンの検索に引っかかる。本が面白ければ、日本だけでも何百もあるプロやアマの批評サイトで取り上げられ、さらに評判になる。もちろん、以前に本をダウンロードした読者には新作の案内をメルマガで送るし、オフィシャル・サイトでも宣伝する――もう大出版社は必要ないのだ。

彼は立て板に水の口調で、多くの数字や具体的データを挙げ、自分のPOLPが成功間違いなしであることを強調した（実際、その予言は見事に的中した）。私はすっかり感心してしまった。単に饒舌《じょうぜつ》なだけの人間は珍しくもないが、これほど才能に恵まれ、夢と情熱にあふれている若者は、現代では稀有《けう》な存在だ。

加古沢の人気の秘密は、その作品の面白さだけにあるのではなかった。彼のファンたちは（私もその一人だったが）、彼自身をヒーロー視していた。この暗く沈滞した時代、自分の才能だけを武器に成功街道を驀進《ばくしん》してゆく彼の姿に、希望の光を見ていたのだ。

それが偽りの光であることに気づくのは、ずっと後のことである。

「でも、反感を買いませんか？　出版業界から……」

「かもしれません。しかし、本の電子化は時代の趨勢《すうせい》です。これまでオンライン本の普及に歯止めをかけていたのは、定価の高さと、モニターで本を読むことに対する抵抗感です。それもeペーパーの普及で一挙に解消されました。これからの世代は、オンライン本をeペーパーで読むのが当たり前になりますよ。紙に印刷された本なんてもんは、ポケタミが使えない老人たちと、一部の古本フェチだけのものになるでしょうね」

彼の言う通りだった。この頃には、電車の中でポケタミに接続したeペーパーを広げ、ダウンロードした本を読むサラリーマンや学生の姿も珍しくなくなっていた。紙そっくりの質感のeペーパーの出現により、紙の本は急速に駆逐されつつあった。

「そもそも紙に活字が印刷された本なんて、ほんの六〇〇年前には存在しなかったんですからね。それ以前の本は、人間の手で一字ずつ書き写されていた。本はとても貴重なもので、一冊の価格が庶民の収入の何か月分にも相当したはずです。グーテンベルクの発明が、本の世界に大規模な価格破壊をもたらしたんです」

「今また、インターネットの普及で、新たな価格破壊が進行しつつあるわけですね」

「ええ。現代という時代は画期的な時代――人類の歴史上初めて、情報の価格が限りなくゼロに近づいている時代です。ヴィクトリア朝の風俗について知りたければ、ちょっとサーチエンジンで検索してみるだけでいい。ヴィクトリア朝だけを専門に扱う研究サイトが何十も見つかって、高価な専門書何冊分もの豊富なデータが簡単に手に入る……」

「私もあまり本は買いませんね。たいていはネットで間に合いますから――そう言えば、この前ニュースで読んだんですが、今のペースだと来年あたりには、歴史上のすべての文献資料が電子化されて、ネット上で閲覧できるようになるそうですね」

「そうですよ。図書館なんてもう無用の長物です。これからの世代は『情報はタダ』というのが常識になりますよ。わざわざ金を払って買うのは、その人にとってよほど価値のある本だけになるでしょうね。

知り合いの編集者が言ってたんですが、今、出版界で最も大きな打撃を蒙《こうむ》ってるのは、ポルノ本業界なんだそうです。ポルノ小説やエロ雑誌を出していた小さな出版社が次々に潰《つぶ》れている。もう本屋でこそこそポルノを買う奴なんていませんからね」

私はポルノ関係には詳しくなかったが、彼の言葉は事実だろうと思った。インターネットがまだあまり普及していなかった頃は、エロ画像の有料ダウンロードも商売になったらしいが、今では映像にせよ小説にせよ、無料で多くの人に見せたいというアマチュアの作品が、ネットには山ほどアップされている。ＳＭだろうとスカトロだろうとゲイだろうと、どんな趣向でもお好みしだいなのに、わざわざ金を払って本を買う者はいない。

「同じことはポルノ以外の小説についても言えます。著作権の切れた古い名作や、アマチュア作家が書いたけっこう面白い小説が、ネット上には何万もアップされていて、どれも無料で読める。もちろんプライベート・メガストリームも大きな脅威です。こんな時代に、小説で食っている俺のような作家は生き残らなくちゃいけないんです。だから定価はとことん安くするし、メディアミックスのような魅力的なオマケもつけてやらないといけない。作家がただ文章だけを書いていれば食っていけた時代は終わったんです」

「じゃあ、紙の本からは撤退を？」

「今すぐ完全撤退するわけじゃありません。紅葉書房とはこれからも関係を続けますよ。デビューさせてもらった義理もありますしね。でも、俺は紙の本なんてもんはあと二〇年もしないうちに絶滅すると思ってます。何もせずに出版社に寄りかかっていたら、いっしょに沈没するだけだ。今のうちに生き残る対策は練っておかないとね。

そのためには今のままじゃいけない。今、俺のサイトを大幅に模様替えする作業に取りかかっています。加古沢ブランドの出版物をフォローするために、本格的にウェブマガジン化するんです。もちろん、小説以外の記事も増やさなくちゃいけません。そのためには、小説のアシスタント以外にも、腕のいいライターが何人も必要になる……」

「それで私に？」

「そうです。あなたをスタッフとしてスカウトしたい」加古沢は眼鏡の奥から私をまっすぐに見つめた。「さっきも言いましたが、俺は『神を求める魂』に感心しています。あなたならいい文章を書いてくださるはずだ」

「どうしてスタッフでなくてはいけないんですか？　フリーでもいいじゃないですか。依頼をいただければ、いつでも記事はお書きしますけど」

「いや、俺としてはむしろあなたをブレーンとして迎えたいんです。単なる下請けのライターじゃなくね。俺の見るところ、あなたには才能があるけど、充分に花開いてるとは言い難い。今のマスコミの体質の中じゃ、埋もれたままで終わりますよ。俺はあなたに活動の場を与えて、その才能を思う存分発揮させてあげたいんです」

「でも、何でも自由に書いていいわけじゃないんでしょう？」

「ま、当然、最小限の制約はありますけどね。しかし、あなたの意思は可能なかぎり尊重します。お好きな題材を書いてくださってかまいません。無論、新しい単行本の企画があるなら、俺の会社から出させてもらいます。小さな出版社から出すより、俺のサイトで宣伝した方が、何倍もよく売れますよ」

嬉《うれ》しい話である。しかし、躍り上がって喜ぶほど私も純真ではない。毒舌で知られる加古沢にも、社交辞令というものぐらいはあるだろう。私は葉月ほど人の心は読めない。彼がどれほど本気で私を評価しているのか、確かめる必要があった。

「『神を求める魂』は、本当にいい本だったと思われますか？」

「ええ、そう思いますよ」

「欠点はなかったんですか？」

「え？」

「あの本に欠点はなかったんでしょうか？　あるのなら指摘していただけますか？」

それは彼が正直な人間かどうかを試すテストだった。言葉を濁したり、「欠点なんかなかったですよ」と言われたら、彼を信頼しないつもりだった。それに私自身、あの本の完成度には不満足だった。締め切りに追われ、推敲《すいこう》も不充分なままに原稿を出してしまった。しかし、具体的にどこをどうすれば良かったのか、自分でも分からない。知識のある人間からの忌憚《きたん》ない意見を聞きたかったのだ。

「参ったな。そう来るとは思わなかった」加古沢は額を掻《か》き、うつむいて苦笑した。「まあ確かに、不満の残る点はありましたね……」

「どこでしょう？」

彼は顔を上げた。「正直に言っていいですか？」

「ええ」

「『人はなぜ神を求めるのか』が、あの本のテーマだったはずです。しかし、それに結論が出ていない。多くの人の意見を羅列しただけに終わっていて、結局、なぜ彼らが神を求めるのかが考察されていません」

痛い指摘である。確かに私は明確な結論を出さず、曖昧《あいまい》にぼかしたまま本を終えてしまった。しかし、加古沢の指摘に対して反発も感じた。「人はなぜ神を求めるのか」などという深遠なテーマに、私ごときが簡単に答えを出せるだろうか？

「あなたはどう思われるんですか？　人はなぜ神を信じたがると？」

私の質問に対し、彼はあっさりとこう断言した。

「単純な進化論の問題ですね」

「進化論？」

「そうです。ご存知のように、人類は類人猿から進化しました。チンパンジーやゴリラの仲間ですよね。彼らは強いボスの下で群れ社会を構成している。その場合、ボスが遺伝子を残せるのは当然ですが、強いボスに盲従する猿たちも、ボスの下で繁栄し、子孫を残せます。逆にボスに反発する猿は群れから追い出され、子孫を残せない。

人間に限らず、動物の性格には遺伝が影響しています。『強いボスに盲従したい』と望む猿は、そうでない猿より子孫を残しやすい。そうした自然選択が何万世代も重なれば、『強いボスに盲従したい』という性格が、種全体の本能として定着しても不思議じゃない。その本能は人間になっても変わらず残っていて、自分たちを支配する強大なボス猿、誰よりも強い究極のボス猿を求めたがる……」

「それが神だと?」

「そう考えて、何か不合理な点がありますか?」

面白い仮説だったが、私には即座に受け入れがたかった。神が「究極のボス猿」だという発想が冒瀆《ぼうとく》的だったからではない。複雑で奥の深い宗教の問題に、そんなに簡単に回答を出していいのか疑問だったからだ。私はすぐに彼の仮説のアラを探した。

「でも、宗教の多くは禁欲的ですよね。禁欲的な性格の者は遺伝子を残しにくいんじゃありませんか?」

「鋭いところを突いてきましたね」加古沢は微笑んだ。反論を楽しんでいる様子だった。「でも、今までのは人間が文明化するまでの話です。人間が文字や文明を持つようになってからは、遺伝子よりもミームが重要になります」

ミーム(meme)というのは、動物学者リチャード・ドーキンスが提唱した概念である。

語源はギリシア語で「模倣」を意味するmimemeで、英語のgene（遺伝子）と似た響きを持ち、「模伝子」と訳されることもある。遺伝子と違ってミームは物理的な実体を持たないが、愛や憎悪や喜びや恥辱が実在するのと同様、ミームも実在する。

遺伝子が生物の身体の設計図であるように、ミームは心の設計図である。ドーキンスはミームの例として、「楽曲、想念、標語、ファッション、壺《つぼ》やアーチの造り方」を挙げる。遺伝子が精子や卵子を通して子孫へ受け継がれるように、ミームは言葉や絵や音を通して人から人へと受け継がれる。映画を観る。本を読む。絵画を鑑賞する。学校で授業を受ける。思想家の講演や名演奏家の演奏を聴く。友人と世間話をする。インターネットにアクセスし、チャットに参加する……それらすべてはミームの交配行為、いわばミームのセックスなのだ。

突然変異によって遺伝子に変化が生じるように、この世界では常に新しい着想、新しいミームが生まれている。しかし、生き残れるミームはごくわずかだ。劣悪なミームが生存競争に敗れて消滅する一方、環境に適応したミームは生き残って繁栄し、世代を重ねながらさらに進化を続けてゆく。歌やファッションなどはほんの短期間だけ繁栄し、すぐに滅びてゆくが、何千年も生き残るミームもある。

「宗教は最も成功したミームと言えるでしょうね。何よりも繁殖力が強い。宗教ミームを〝受精〟した者は、それを他人にも積極的に広めようとします。そして、これはどの宗教でも同じですが、教祖や聖職者を崇拝し、服従するよう教えます。ですから宗教と国家権力が結びつけば、きわめて強力な支配体制が確立する。その宗教の教義に逆らうようなミームは滅ぼされ、教義に沿ったミームだけが繁栄する……」

「遺伝子の拡散はもう重要じゃない、ということですか？」

「そうです。確かに禁欲は遺伝子の拡散にとっては不利ですが、ミームにとってはむしろ有利になることもある。禁欲的な聖職者は、子育てとか異性関係の問題に悩まされることなく、人生のすべてをミームの拡散に捧《ささ》げられますからね。擬人化した表現をするなら、遺伝子から生まれた宗教は、遺伝子を見限って、ミームに乗り換えたと言えるかもしれない」

「でも、宗教が必ずしもその人にとって有益とはかぎらないでしょう？　この前の事件みたいに、宗教的信念のせいで生命を落とす人もいるし、キリスト教だって昔はひどく弾圧されて、殺された人も多かったんでしょう？」

「まったくその通りです。昔から宗教はしばしば虐殺の原因になってきた。キリスト教徒とイスラム教徒、カトリックとプロテスタントが、何百年も血で血を洗う闘争を続けてきました。今も世界のあちこちで宗教的対立が原因の殺し合いが続いています。アイルランド、ボスニア、スリランカ、ティモール……」

「だったら、神を信じることは、かえって生存に不利になるわけでしょう？　そんなミームがどうして繁栄できるんですか？」

「いや、参ったなあ」加古沢は笑いながら、おおげさに感心した。「そこまで突っこんできた人は初めてですよ。たいていの人は、俺の説をふんふんと拝聴するばっかりでね。疑問なんか投げかけた人はいませんでした」

「すみません……」

「謝ることはありません。いいですよ、お答えしましょう。あなたは個人の生存とミームの存続を混同しておられる。ミームにとっては個人の生死なんてたいして重要ではありません。その者が属するミーム集団が存続することが重要なんです」

「ミーム集団の存続……？」

「宗教ミームを受精した者は、自分の属するミーム集団を守り、ミームを拡散するために、自らの生命を喜んで捧げます。当然、個々の兵士の遺伝子はその死とともに途絶えるわけですが、戦いに勝利すればミームは存続する。つまり、『このミームを守るために命がけで戦え』と命じるミームは、生き残りやすいわけです。

ああ、もちろん言うまでもないですけど、ミーム自身に意志はありませんよ。遺伝子が単なる分子の暗号なのと同じで、ミームってのは結局のところ、ただの情報の集積にすぎませんからね。だからこそミームは非情なんです。ミームは人間の生命の重さなんて、まるで気にかけちゃいないんですからね」

「でも、多くの宗教は非暴力を謳《うた》ってますけど」

「とんでもない！　彼らが非暴力的なのは同じミームを共有する者の間だけですよ。旧約聖書を読んでごらんなさい。『異教の神に従ってはならない』『異教徒は根絶やしにすべし』というスローガンであふれかえってますよ。だからこそ、ユダヤ人はマサダ砦《とりで》で全滅するまで戦い抜いたわけだし、旧約聖書をベースにしているキリスト教やイスラム教がこれほど繁栄したのも、同じ理由です。エジプトや古代ギリシアの神々が生き残れなかったのは、異教徒に対して寛容だったからだと、俺は思っています。彼らはミーム間戦争を勝ち抜く闘争力に欠けていたんです。

しかし、分かりきったことですが、宗教ミームが繁栄するのは、その宗教の正しさとは何の関係もありません。単に繁殖力と闘争力が強く、人間社会という環境にうまく適応できたと言うだけです。ゴキブリが三億年も生き延びてきたからといって、『ゴキブリは正しい』と言う人はいないでしょう?」

「宗教がお嫌いなんですか?」

「既成の宗教は嫌いですね。と言うか、既成の権威はすべて嫌いです」

そう言って加古沢は不敵に笑った。いかにも彼らしい台詞《せりふ》だ、と私は思った。彼は出版界の体制を覆そうとしているばかりでなく、学校教育、政治、マスコミ、宗教など、現代のあらゆる権威に反旗をひるがえしているのだ。

「〈昴〉事件の時、T・Iさん(有名な評論家で、ワイドショーのコメンテーター)がテレビで力説しているのを見て笑いましたよ。『こんな事件が起きるのは、学校で正しい宗教教育をしていないからだ。子供たちに正しい宗教を教えれば、自殺も殺人も起きるはずがない』ってね。でも、〝正しい宗教〟って何ですか? Tさんはクリスチャンだそうだけど、キリスト教を義務教育で教えろってことなんですかね？

　冗談じゃない！　歴史上、最もたくさんの人を殺した宗教は、おそらくキリスト教ですよ。十字軍遠征、オランダ独立戦争、ユグノー戦争、三〇年戦争、アイルランド紛争……中世の魔女狩りでは、罪もない人が何十万人も残忍な方法で殺されました。オウム事件の一万倍のスケールですよ！　キリスト教徒にオウムを批判する資格なんてありはしません。『大勢の人を殺した宗教だから信じてはいけない』というなら、キリスト教だって信じちゃいけないはずです」

　私はさすがに首を傾げた。「オウムとキリスト教を同列に論じるのは無理があると思いますけど……」

「どうしてです？　何が違うんですか？　一方はつい二〇年ほど前に生まれたばかりで、一方は二〇〇〇年続いてるからですか？　でも、見てごらんなさい。あの事件から一六年も経つっていうのに、オウム信者はほとんど減ってないじゃないですか。彼らの多くが、世間から白い目で見られながらも、今なお地道な布教活動を続けている。彼らの活動があと二〇〇〇年続かないと、どうして断言できます？」

　彼は身を乗り出してきた。

「ねえ、俺はちょくちょくこう想像するんですよ。今から何十年かして、ロシアあたりにいるオウム信者が麻原彰晃の伝記を書いたら、どんな本になるかってね。そいつは麻原本人と会ったこともないし、オウム事件のことは伝聞でしか知らない。そんな奴が本を書いたら、どれほど事実とかけ離れた内容になるでしょうね。麻原の言動はひたすら美化されて描かれるし、彼の起こした〝奇跡〟や〝超能力〟はおおげさに誇張されるでしょう。そして、彼はまったくの無実で、何者かに罠《わな》にはめられて罪をかぶせられたことにされるのは間違いないでしょうね。

そして、今から二〇〇〇年ぐらいして、誰かがその本を読んだとしたら、どんな感想を抱くでしょうね？　地下鉄サリン事件なんて聞いたこともなく、麻原について知る資料がその本以外になかったとしたら……彼をどんな人間だと思うでしょうね？」

加古沢の用いた比喩《ひゆ》の意味は明快である。福音書の中で最も早く書かれた『マルコによる福音書』でさえ、成立したのは紀元七〇年代、つまりイエスの処刑より三〇年以上も後とされている。また、福音書はイエスの話していたアラム語ではなくギリシア語で書かれているうえ、パレスチナ地方の地理が明らかに間違っている箇所もあり、著者は現地の人間ではないとも推定されている。『マタイ』や『ヨハネ』といった書名に騙《だま》されてはいけない。おそらく福音書の著者たちは、イエスの弟子どころか、イエスを直接知っている人物ではなく、伝聞や伝承をまとめて書物にしたのだ。当然、そこに書かれている内容は事実を大幅に歪曲《わいきょく》している――それが聖書学者たちの一致した見解だ。

「でも、イエスは毒ガスを作るよう信者に命じたりはしませんでしたよ」

「まあ、毒ガスは作らなかったでしょうけど、他のことはやったかもしれませんね」

「というと？」

「ジョエル・カーマイケルという研究者によれば、福音書の記述にあるイエスの逮捕や処刑の経緯は、当時のユダヤやローマの法制度と合わないのだそうです。つまり、福音書の記述通りだとするなら、イエスが処刑される法的根拠がない。福音書には書かれていないけれど、イエスは他に何か罪を犯し、そのせいで処刑されたのではないか、というんです」

「罪というと？」

「まあ、考えられるのはローマ帝国に対する反逆でしょうね。革命運動とまではいかなくても、ローマへの反抗心を煽《あお》るようなことを信者に教えたんじゃないでしょうか。もちろん、福音書にはそんなことはこれっぽっちも書いてありませんよ。『マルコによる福音書』が書かれたのは、まさにユダヤ戦争の真っ最中、ローマに楯突《たてつ》いたユダヤ人たちが虐殺されていた頃です。そんな時代に反ローマ思想を盛りこんだ文書を書いたら、それこそ激しい迫害を受けて潰《つぶ》されてしまいますからね。福音書の中でローマ総督ピラトが好意的に描かれている一方、ユダヤ人、特に支配階級が悪者として描かれているのも、当時の情勢を意識して、ローマを刺激すまいとしているからですよ。

これは俺の仮説なんですけどね、『ヨハネの黙示録』、あれこそイエスの正当な思想を継ぐ文書なんじゃないかと思ってるんです。『黙示録』の中では、ローマ皇帝は〝獣〟、ローマは〝大バビロン〟という比喩で、悪しざまに描かれてますよね。そして、文書の最初の方には、各地のキリスト教会の堕落ぶりを批判するくだりがある。当時のキリスト教徒たちがイエスの本来の教えを忘れ、ローマ帝国の怒りを恐れて安全な道を歩もうとしていることに、『黙示録』の著者のヨハネは腹を立てていたんじゃないかと思うんです」

加古沢の説は立証できないが、否定できる根拠もない。イエスの実像について知る手がかりはきわめて乏しいからだ。聖書以外でイエスについて触れている資料はたったひとつ、歴史家フラウィウス・ヨセフスの『ユダヤ古代誌』の中の短いパラグラフだけだが、これでさえ後世のキリスト教徒による捏造《ねつぞう》ではないかと疑われている。確かに、ユダヤ教徒であるヨセフスが、イエスのことを「彼こそはクリストス（救世主）であった」などと書くのは不自然だ。

これほどの有名人であるにもかかわらず、イエスの生涯について確実に判明していることは、とても少ないのだ。タイムマシンが発明されないかぎり、私たちは信者によって歪曲された福音書の記述を通してしか、イエスのことを知ることができないのである。だからこそ、様々な仮説を唱える余地があるわけだ。

「じゃあ、キリスト教は本来、反体制的な宗教だった、ということですか？」

「むしろそういう反体制的な思想を早々に切り捨てたおかげで、潰されることなく生き残ったんじゃないかと思います。ついにはローマの国教になりましたしね。でも、ミームの繁殖力と闘争力は依然として旺盛《おうせい》です。ミームの繁栄を脅かそうとする者に対しては、断固として戦いを挑み、絶滅させる……」

「そうでしょうか？　少なくとも現代のキリスト教は平和主義だと思いますけど？」

「だったらアメリカで起きていることは何ですか？　あれが平和主義ですか？」

私は口をつぐむしかなかった。数年前からアメリカ南西部を中心として巻き返してきた創造論者たちの運動は、今やアメリカ全土を揺るがす騒ぎに発展していたからだ。

聖書を信奉し、人間は神に創造されたと説く創造論者たちは、前世紀後半からずっと、自分たちの信念を公立学校の教科書に載せようと努力してきた。彼らは進化論を憎悪し、否定していた。彼らの主張によれば、現代社会に売春や麻薬や暴力がはびこるのも、進化論と唯物論のせいだというのだ（売春も麻薬も暴力も、進化論や唯物論が誕生するずっと前から普遍的に存在していたという事実を、彼らは知らないらしかった）。悪いことに、そうした運動は巨大なキリスト教ファンダメンタリスト勢力をバックにしているばかりか、新右翼や反ユダヤ主義とも浅からぬ関係があった。

二〇一〇年一〇月、アラバマ州議会で、公立学校で創造論を教えることを認める法案が、圧倒的多数で可決された。同様の法案は一九八一年にアーカンソー州とルイジアナ州で成立しているが、政教分離を謳《うた》った合衆国憲法第一修正条項違反であるという判決が連邦最高裁で出され、破棄された経緯がある。アラバマ州の行為は合衆国憲法に公然と反旗をひるがえすものであり、バーンズ大統領を激怒させた。それに対し、アラバマ州知事ランドリーは「我々の健全な良識は、憲法第一修正条項が明らかに誤っているとみなす」と公言し、物議をかもした。連邦政府や有識者がアラバマ州の暴走を激しく批判する一方、ルイジアナ、ミシシッピ、アーカンソー、ジョージア、オクラホマなどの周辺諸州はアラバマ州議会を擁護し、政府と全面対決する姿勢を表明した。

今や対立は言葉の上だけのものではなく、物理的なものに発展していた。サウスカロライナ州コロンビアでは、創造論者の集会がマシンガンで武装した集団に襲撃され、二〇人が殺されるという惨劇が起きた。信教の自由が踏みにじられつつあることに激怒した、アメリカ国内のイスラム原理主義者のしわざだった。一方、連邦政府の建物や、創造論者の活動に反対していたリベラル派の団体が、相次いで爆弾テロを受けた。犯人は過激なキリスト教右翼のセクトらしかったが、捜査は難航していた。バーンズ大統領は南部諸州の警察がFBIに非協力的であると非難、その発言がますますファンダメンタリスト勢力を苛《いら》立《だ》たせた。

統計によれば、アメリカ人の大多数はキリスト教徒であり、その半数以上は進化論を信じていない。あくまで創造論者の教育への介入を阻止しようとする大統領は、今や「サタンの手先」とまで罵倒《ばとう》されていた。その言葉を比喩ではなく、文字通りに信じている者も少なくなかった。そのため、アメリカ各地で大統領に退陣を要求するデモが起きていた。

「あれこそまさに、ミームの生存競争ですよ」加古沢は楽しそうに目を細めた。「創造論なんて地球平坦《へいたん》説と同じで、科学的には完璧《かんぺき》に否定されている。にもかかわらず、創造論ミームは生き残ろうと必死にあがいています。科学的に正しいかどうかなんて関係ない。ミームはただ進化のメカニズムに従っているだけなんですから」

「創造論は生き残れると思いますか？」

「分かりませんね。確かにこの千数百年間、キリスト教やイスラム教のミームは繁栄してきました。でも、この先もそうとはかぎりません。さらに優れた適応力を持ったミームが出現すれば、あっという間に滅ぼされるかもしれませんよ」

「新しい宗教……ですか？」

「俺はその出現を待望してるんですけどね。面白い教義なら、信者になってもいい」

「あなたが宗教を？」

「俺だって無神論者じゃないですよ。この宇宙には創造主みたいな存在がいてもおかしくないと思ってます。納得できる教義があるなら、喜んで入信しますよ。でも、あいにくと俺が納得できる教義がないんです。既成の宗教にはね。だいたい、どれもこれも古臭すぎる。福音書は一九〇〇年以上前、『コーラン』だって一四〇〇年も前に書かれたものです。『古事記』や『竹取物語』より古いんですからね！　確かに古典としての価値はあるでしょうけど、二一世紀の今、真剣に読むようなものじゃありませんよ。イスラム教の誕生から一四〇〇年、そろそろまったく新しい宗教が誕生したっていいんじゃないですか」

「UFOカルトはどうです？」

「あんなもの！」彼は露骨に侮蔑《ぶべつ》の笑みを浮かべた。「俺も小説の参考にならないかと思って、いくつか読んでみましたがね。ぜんぜん話になりませんね。人類が異星人に創造されたとか、ムーやアトランティスがどうとか、今やSFのネタにすらならないようなチープな話ばかりです。オリジナリティのかけらもない。〈昴〉の教義にしたって、聖書をちょこっと書き直しただけじゃないですか。〝神〟という単語を〝異星人〟に置き換えて、いろんな奇跡を〝テレパシー〟だの〝反重力〟だのというSF用語で安易に説明してみせただけです。それをニューエイジ思想でちょっぴり味付けして……」

「ええ、その通りです」

「不思議ですよね。二一世紀にもなって、どうしていまだに元ネタが聖書や仏典なんですかね？　まったく新しい宗教を創造しようという奴はいないんですかね？」

「さっきの話で言えば、成功している既成のミームに対抗できるだけのパワーがないから……じゃないんですか？」

「確かに何千年も生き残ってきたミームは強力ですからね。でも、逆に言えば、何千年も存続してきたからこそ、環境の変化に対応できずに、あっという間に絶滅する可能性だってあるわけです。恐竜みたいにね。

そうそう、『ダーウィンズ・ガーデン』というゲーム、やったことあります？」

知っている名前がいきなり出てきたので、私は驚いた。それは兄の作ったゲームだと説明すると、加古沢は「それは奇遇だなあ！」と喜んだ。

「あのゲームは何百時間もやりこみましたよ。もちろん『2』も出てすぐに買いました。二足歩行形態や飛行形態を出現させるのに徹夜したりもしましたよ。何と言っても、決まった攻略法がないのが素晴らしい。攻略法通りに解くゲームなんて、プレイヤーがゲームデザイナーの操り人形にされてるようなもんで、面白くも何ともないですからね。あそこまでプレイヤーの自由度が保証されたゲームは、かつてなかったですよ」

「そう言ってくださると、兄も喜ぶと思います」

「これはお世辞じゃないですよ。あれは単なるゲームじゃない。まさに世界の真理です。本物の歴史が凝縮されてますよ！　何百世代も安定して繁栄していた種が、急にばたばたと絶滅して、まったく新しい種が台頭してくる瞬間の快感ときたら……おかげで進化論に興味を持って、ずいぶん本を読んで勉強しましたよ」

加古沢の進化論への傾倒は意外ではない。『赤道の魔都』の中でも、ウォーレスとブラヴァツキーの口を借りて、進化に関する議論が繰り広げられている。しかし、まさかその興味のきっかけが『ダーウィンズ・ガーデン』だとは思わなかった。

「いや、あれを開発したのがあなたのお兄さんだったとは驚きだな。どうやらあなたがた兄妹は、優れた遺伝子を共有しておられるらしい。ますます欲しくなりましたよ」

「そんな……」

「どうです？　先ほどの話、考えていただけますか？」

加古沢は期待に目を輝かせ、私を見つめた。

私は長い時間、考えこんだ。加古沢は高給を保証してくれている。彼の予言通り、〈オフィスKKZ〉はこれからさらに発展するだろう。そこに所属していれば、もはや衣食住の心配はない。この先ずっと、低俗な三流誌のルポの仕事で駆けずり回ることもなく、安楽に暮らせるだろう。しかし……。

「やっぱりお断わりします」

「どうしてです？」

「私、決めてるんです。自分の信念を曲げるような文章は書かないって。常に本当のことだけを書こうって」

私は編集プロダクション時代の体験を彼に話した。インチキな体験談を創作したり、血液型性格判断の本を作らされ、ひどく苦しい思いをしたことを。

「うちはそんな低俗な仕事はさせませんよ」

「あなたの誠実さを疑うわけじゃありません。でも、集団に属していると、どうしてもそういう状況に出くわすと思うんです」

「たとえば？」

「そう……たとえば、あなただって常に傑作を書かれるわけじゃないでしょう？　時には失敗作を書かれる場合だってある」

「もちろんです」

「そうした場合も、あなたのオフィスに所属していたら、その本を持ち上げる文章を書かなくてはならないかもしれません。自分では『今度のはつまらない』と思っているのに、本心を隠して読者を欺くような文章を……」

彼は苦笑した。「あなたに宣伝コピーを書いてもらうために雇うんじゃありませんよ」

「でも、それに似たような状況は考えられるんじゃないですか？　私はあなたが好きですけど、絶対的に崇拝しているわけじゃありません。将来、あなたが何か間違ったことをしでかした時に、それを自由に批判できる立場にいたいんです。もちろん、あなただけじゃなく、すべての人に対してですけど」

（私は何年も後にこの記録を再生していてびっくりした。こんなことを喋《しゃべ》ったのを、自分でもすっかり忘れていたのだ。後から考えると、この言葉は現実のものになったと言える――しかも最悪の形で）

「参ったな、ますます好きになりそうだ」

「ですから、私は――」

「ああ、あなたのお考えはよく分かりました。もう無理にスカウトしたりはしません。どうぞ、今のままの自由な立場でいてください」

「そうですか……」

加古沢があっさり引き下がったので、私は少し拍子抜けした。しかし、その直後の彼の言葉は意表を突いていた。

「そうか。やっぱ、回りくどい手はダメだな……」

「は？」

加古沢はまるでいたずらを見つかった子供のように、照れ臭そうに笑った。後にも先にも、彼のこんな表情を見たことはない。

「いやね、あなたをスカウトしたのは――もちろんあなたの才能が欲しかったのもあるんだけど、別に下心もあったんですよ」

「下心？」

「そう。同じオフィスにいれば、あなたと個人的におつき合いできる機会もあるんじゃないか、とね」

私の表情はカメラには写っていない。たぶん、ぽかんと口を開けていたと思う。

「でも……あの……どうして……？」

「さっきも言いましたけど、俺は何人もの女とつき合いました。でも、みんなダメだった。顔やスタイルは良くても、頭が悪すぎる。俺の話にまともについて来れないんですよ。ちょっとでも歴史の話をしようもんなら、たちまち露骨に退屈そうな顔になる。かと言って、俺の方であいつらのレベルに合わせた話をするのもね。バカを演じるのって、ものすごく疲れるんですよ。

俺にとって理想の女ってどんな女だろう。いっしょにいて楽しい女、俺の話をちゃんと聞いてくれて、対等に議論してくれるような女——そんなことを考えていた時に、和久さん、あなたの名前が浮かんだんです」

「は、はあ……」

「だから回り道はやめます。率直にお訊《き》きしたいんですが——今、フリーですか？」

「……はい」

「じゃあ、第二問。年下は嫌いですか？」

「……いいえ」

「良かった！　じゃあ可能性はあるわけですね」

「……はい」

「これから三時間ばかり時間はありますか？」

「ええと……いちおうありますけど」

「じゃあ、とりあえず映画でも観て、お食事ってのはいかがです？」

ポケタミにはくすくすという笑い声が入っていた。とまどいながらも、面白がっている声——私の笑い声だった。

「ええ——ええ、いいですよ」

「どんな映画がお好みですか？」

「ちょっと待って。検索しますから」

カメラの視野を私の手がさえぎり、画面が揺れたかと思うと、録画は終了した。映画館の上映スケジュールを調べるため、録画機能を停止したのだ。

私が長々とこの会話を引用したのには理由がある。ひとつは、世間に流布している根拠のない噂——私の方から積極的に加古沢を誘惑したという噂を否定するためだ。誘ってきたのは彼の方なのだ。

もうひとつ、彼の思想がいつ頃、どのようにして芽生えたのか、この会話が重要な手がかりになると考えたからだ。この時点ではまだ、『仮想天球』の構想が彼の頭になかったのは確かだ。しかし、彼の発言をよく読み返してみれば、その後の恐ろしい展開の伏線となる言葉がいくつもちりばめられていたことが分かるはずだ。私や兄との出会いが『仮想天球』を生むきっかけになったのだが、危険な思想はそれ以前から彼の中にあったのだ。

無論、当時の私はそんなことに気づきもしなかった。

09　「君は生きているか？」

加古沢がぜひにと希望したので、私は彼を兄と引き合わせることにした。

また話は前後するが、その年の七月、兄は六年間通った関西学研都市を去り、東京に引っ越してきていた。日本ウルテクという会社に高給でヘッドハンティングされたのだ。

日本ウルテクは大手ゲーム会社が資本を投じて二〇〇八年に設立した会社で、ゲーム制作に必要な基礎ソフトの開発を目的としていた。一九八〇年代から絶え間なく進歩を続けてきたコンピュータ・ゲームは、今や極限にまで高度化していた。従来のようにプログラマーがキーボードを叩《たた》いてプログラムを打ちこむようなやり方では、制作にとてつもない時間と労力がかかるうえ、バグが発生する可能性も高い。そのため、ソフト制作に遺伝的アルゴリズムの手法を導入することが不可欠になったのだ。兄はその道のスペシャリストとして腕を見こまれたのである。

二〇〇六年に発表された『ダーウィンズ・ガーデン』や、その続編の『ダーウィンズ・ガーデン2』では、兄は研究スタッフの一員として参加しただけで、表に名前は出なかった。ゲーム業界で兄の名声をいちやく高めるきっかけになったのは、二〇一〇年末に新型ゲーム機ネブラ10の第一弾ソフトとして発売された『ふにふにコンタクト』である。

かなり恥ずかしいタイトルだが、内容はもっと恥ずかしい。いわゆる美少女育成ゲームなのである。ある夜、主人公は自宅の裏山にUFOが墜落するのを目撃し、ただ一人の生存者である異星人の少女を保護する。ファニという名のその少女は、猫のような耳以外は地球人にそっくりだが、地球の言葉が喋《しゃべ》れず、一般常識もまったく知らず、感性もかなり異なっている。食べるものはミルクとチョコレート。主人公は彼女に言葉や日常生活の常識を少しずつ教えながら、詮索《せんさく》好きな近所のおばさん、好奇心の強い同級生、さらにはCIAの差し向けてきたMIB（黒服の男）の追及をかわして、迎えの宇宙船が来る日まで彼女を守り抜かねばならない……。

ちなみにファニという名前は、私はてっきり英語のファニーから来ていると思ったのだが、兄の話によれば、ファニちゃん↓ファニチャー↓家具↓かぐや姫というダジャレなのだそうだ。

さすがに学研都市内では、頭の固い人たちから「美少女ゲームの開発に協力するとは何事か」といった批判の声もあったそうだ。しかし、兄に言わせれば、そんな批判はゲームの表面だけしか見ていないのだという。『ふにふにコンタクト』には従来のゲームの概念をくつがえす画期的な技術が応用されているのだ。

それは世界で初めて、本当にキャラクターが自分で喋るゲームなのである。

あらかじめインプットされた応答しかできない従来のゲーム・キャラクターと違い、ファニは実際にプレイヤーの声を聞き、自分で文章を構成して返答するのだ。ファニのメモりには、最初のうち、いくつかの異星人語と基本行動パターンしか入っておらず、日本語はぜんぜん知らない。マイクから入力されたプレイヤーの言葉を記憶し、意味を推論し、学習し、それを音声として発するのである。最初は白紙だが、プレイヤーが話しかけることによって語彙《ごい》が増えてゆく。たとえば彼女がミルクの入ったコップを前にして不思議がっている時に、「ミルク」と言ってやると、彼女はその飲み物がミルクという名前であることを理解する。「ミルク」という単語と「欲しい」という単語を覚えたら、「ミルク、欲しい」と言えるようになるわけだ。まだ機械に複雑な文法を理解させるのは難しいので、最後までカタコトのままだが、AIが自分で言葉を発しているのは確かである。行動にしても同様で、プレイヤーが叱りつけたりなだめたり褒めたりすることで、ファニは何をしてはいけないか、何をすればいいのかを、少しずつ学習してゆく。

すなわち、ファニがどんな言葉を喋り、どんな行動をするようになるかは、プレイヤーの育て方しだいなのである。プレイヤーが一〇〇人いれば、一〇〇通りのファニができるわけだ（ゲームが発売されるとすぐに、彼女に卑猥《ひわい》な言葉ばかり教えて楽しむ、けしからぬゲーマーがたくさん現われたそうだ）。

文字で書けば簡単なことのようだが、ファニはきわめて高度なAI技術の結晶なのである。こんなゲームは一〇年前のハードではとうてい作れなかった。ここ十数年のゲーム機の性能の飛躍的な向上があったからこそ実現できたのだ。

二〇〇〇年に発売されたプレイステーション2は、メモリ容量三二メガバイト、六・二ギガFLOPSの演算速度を誇っていた。これは一秒間に六二億回の浮動小数点演算を処理する能力で、一九七六年に開発された「スーパーコンピュータ」クレイ1の二〇〇倍の性能である。それに対し、一〇年後に発売されたネブラ10は、FPGA技術を導入、メモリ容量二ギガバイト、演算速度は最高九・四テラFLOPS、一秒間九兆四〇〇〇億回の浮動小数点演算が可能だった。最大描画性能は毎秒五五億ポリゴン。もはやその映像は実写と区別がつかない。

ネブラ10の演算能力は、一〇年前のプレイステーション2の一五〇〇倍。そのさらに一〇年前の一九九〇年に発売されたNECの「スーパーコンピュータ」SX－3に比べると、演算能力は四〇〇〇倍以上、そのくせ体積は数千分の一である。値段はというと、SX－3はレンタルでも月額九九五〇万円だったのだが、ネブラ10はわずか二〇〇新円……かつてスーパーコンピュータと呼ばれていたものをはるかに凌駕《りょうが》する性能のマシンが、家庭に入りこんでいるのだ。

無論、ゲームはハードの性能がすべてではない。むしろそのハードの能力を最大限に使いこなすソフトの開発が求められている。兄は『ふにふにコンタクト』の開発に大きな役割を果たし、才能を認められたのだ。

もっとも、兄自身はファニのAIのプログラムを書いたわけではない。いや、誰もプログラムを書いた者はいない。そのアルゴリズムはあまりにも複雑で、人間がキーボードを叩いて入力しようとしたら、何百年もかかっていただろう。ファニのAIは遺伝的アルゴリズムによって進化したもので、兄たちはそのお膳立《ぜんだ》てをしただけなのだ。

兄が上京してきて一か月目、私は葉月を兄に引き合わせていた。二人が顔を合わせるのは初めてだったが、私はもう一〇年以上前から、兄には葉月のことを、葉月には兄のことを、いつも詳しく話していたので、二人は会う前からお互いのことをよく知っており、「初対面のような気がしませんね」と笑い合ったものである。

翌日、葉月が電話で「あんたの兄さん、アタックしてもいい？」と言ってきたのにはびっくりした。最初の驚きが過ぎると、私は複雑な心境になった。葉月の男好きはこれまで黙認してきたが、相手が身内となると話は別だ。二人が仲良くなるのはいいが、葉月の性格からして、絶対に長続きするはずがないと信じていた。私は兄も葉月も好きだった。別れ話がこじれて二人が険悪になるのは見たくない。

「そんなの心配しなくても」葉月は自信たっぷりに言った。「これまで何人の男をフってきたと思ってんのよ」

「だから心配なんじゃない」

「経験が豊富だから、男を傷つけずに別れるテクニックには長《た》けてんのよ。絶対に不快な想いなんかさせないから。それに、あんたの兄さんとは、けっこう長続きしそうな感じがするんだよね。そこらの軽薄な野郎どもと違って礼儀正しいし、真面目そうだし。それになんたって、あの眼がいいよ」

「そう、きらきらしてる」彼女は楽しそうに言った。「子供みたいな眼——素敵じゃん」

私には兄の眼がきらきらしているようには見えなかった。だが、葉月には見えたのかもしれない。彼女が人の評価を誤ったことはない。霊が見える人がいるように、彼女には人の眼の奥にある光が見えるのではないか——そんな気がした。


「眼?」


少し前から、私はよほどプライベートな場合を除き、人との大事な会話はなるべくポケタミで記録する癖をつけていた。思い出にもなるし、後で何か記事を書く際の参考になるかもしれない。ポケタミは豊富な容量があるうえ、テープと違って自由に好きな箇所から再生できるという手軽さがある。おまけにクリックひとつで音声を文字に変換できるので、テープ起こしの煩わしさが大幅に軽減され、私のようなライターには重宝な代物だった。

以下の会話もポケタミで記録しておいたものだ。兄と加古沢の会話はきっと興味深いものになるだろうという予感がしたからだ。日付は二〇一一年九月一二日。場所は西新宿のホテルのレストランである。

その場には葉月も居合わせた。話を耳にして、「あたしも混ぜて!」と言い出したのだ。私が時代の最先端を行く有名人とつき合っていることを知って、ミーハー精神を発揮したのである。こうして歓談の場はダブルデートのような雰囲気になってしまった。

ミーハーなのは加古沢も同じだった。兄に会うなり、「『ダーウィン』の開発者に会えるなんて嬉《うれ》しいなあ！」と大げさに感激して握手を求めた。

　彼はポケットネブラを持ってきていた。席に着くなり、「ぜひ見て欲しいものがあるんです」と言って、テーブルの上にeペーパーを広げ、『ダーウィンズ・ガーデン2』からダウンロードした画像データを表示してみせた。

「ほう……」

　兄はひと目見て感心した。私と葉月も興味を抱いて覗《のぞ》きこんだ。

　そこに動いていたのは、熱帯魚を横倒しにしたような姿の飛行生物だった。凧《たこ》のような平たい菱形《ひしがた》の身体をしていて、側面からは広いヒレを、後ろには長い半透明の尾を伸ばし、それを波打つようにはためかせて飛んでいる。当時のeペーパーはまだモノクロで、レスポンスも遅かったので、動きはややぎくしゃくしていたが、それでも広い空を悠々と飛び回っているのがよく分かった。

「見事な飛行アーフだね」兄は熱心に観察していた。「どうやって空力バランスを取ってるんだ……？　そうか、胴体を少し上に傾けて、尾の推進力で揚力を生み出してるんだな」

　私も『ダーウィンズ・ガーデン』を少しプレイしたことがあるので、アーフを飛行させるのはかなり大変であることは知っている。大気密度のパラメータを最大にして、重力を最小にしても、なかなか翼が進化しない。たいていの場合、ジャンプして滑空するトビカゲみたいなものしかできないのだ。はばたいて飛行するサイズ五以上のアーフを創ったユーザーは、一万人に一人ぐらいだと言われている。兄もずいぶんテストプレイを重ねたが、とうとう創れなかったそうだ。

理論上は、いったん誕生した飛行アーフは地上のアーフには追いつかれないから、生き残りやすいはずだ。問題は進化の途中の段階である。中途半端な大きさの翼は、空を飛ぶことはできないし、地上では動きにくくて敵に捕らえられやすくなる。だから空を飛べるようになるまで生き残れないのだ。

「どうやって創ったの？」

兄に訊《たず》ねられた加古沢は、得意げに「ちょっとした裏技をね」と言った。

「ペンギンが水中を泳ぐとこ、見たことあります？」

「ああ、水族館で」

「だったら分かるでしょ。あいつらは水中を〝飛ぶ〟んです。魚やイルカみたいに身をくねらせて泳ぐんじゃなく、翼をはばたかせて推進する。それがまた、すごく速いんです。本来は空を飛ぶために発達したはずの器官が、海中を泳ぐのに見事に適応してる。で、それを見て思いついたんです」

「そうか……」兄はうなった。「そのプロセスを逆にすれば……」

「そういうことです」

加古沢が使った裏技とは、まずアーフを海の中で進化させるという方法だった。翼のような推進器官が現われたら、パラメータを変えて陸地にしてやる。するとアーフたちは必死になって激変した環境に適応しようとする。加古沢の言葉を借りれば、「地面の上でじたばたとマヌケにもがく」のだ。しかし、それは他の魚も同じだから、競争率はたいして変わらない。やがて世代を重ねるにつれ、推進器官を利用してはばたくことを覚えてゆく。

もちろん、かなりの試行錯誤が必要だったらしい。試す前にセーブしておいて、失敗したら何度でもリセットするのだ。エイのようなもの、ムツゴロウのようなものも試したのだが、みんな絶滅するか、器官を脚に変化させて平凡な歩行形態になってしまったという。結局、この爪型のアーフだけがうまくいったのだ。

「もっとも、これもたった六〇世代で絶滅しましたけどね」加古沢は苦笑した。「タイムスケールをかなり遅くしてたはずなのに、ちょっとモニターから目を離してたら、あっという間にいなくなってました」

「何か無理があったんだろうな。エネルギー効率が悪かったのか、飛び立つまでのモーションが長すぎて捕食者から逃げ切れなかったのか……」

「ええ。自分ではけっこう気に入ってたんですけどね。まあ、データはセーブしておいたんで、こうしていつでも見ることはできますけど」

「実際、鳥もこうやって進化したのかもしれないな」

「ペンギンが鳥のご先祖様？　まさか！」

私が笑うと、兄は腕を組んで真剣に考えこんだ。

「さあ、どうだろう？　始祖鳥の羽根は、もともと放熱器官だったとか、虫を叩《たた》いて殺すためのものだったという説もあるけど、まだ起源がはっきりしない。案外、泳ぐための器官だったってこともあるかもしれないな——いや、知り合いの生物学者に教えてやらなくちゃ」

兄はその頃、『ダーウィンズ・ガーデン3』の開発にかかっていた。シミュレーションをもっと精密なものにするために、進化論の専門家のアドバイスを聞いていたのだ。兄の話によると、『ダーウィンズ・ガーデン』シリーズのようなシミュレーション・ゲームは、今や進化生物学の世界でも大きな注目を集めているという。

少し前まで、遺伝的アルゴリズムに対する生物学者の反応は、どちらかと言えば冷ややかだった。モニター上の人工生物と自然界の本物の生物とでは、あまりにも違いすぎる。単純な手法で進化をシミュレートできたとしても、それをそのまま現実の進化に当てはめるのは無理があるのではないか、と考えられていたのだ。

しかし、それまで単なる憶測でしかなかった様々な進化論上の仮説を、進化シミュレーションが見事に再現してみせると、生物学者も無視するわけにはいかなくなってきた。言うまでもなく、数十億年に及ぶ進化の歴史を実際に観察するわけにはいかない。進化の謎を解明するには、どうしてもコンピュータによるシミュレーションに頼るしかないのだ。

兄は私たちに分かりやすく進化論の講義をしてくれた。

進化シミュレーションが証明した仮説のひとつが「断絶平衡説」である。これは一九七二年、アメリカ自然史博物館のナイルズ・エルドリッジとハーバード大のスティーヴン・

ジェイ・グールドが発表したものだ。

かのチャールズ・ダーウィンは、生物は世代ごとに小さな変化を繰り返し、それが積み重なって新しい種が出現すると唱えた。だとすれば、生物はゆるやかに種から種へと変化するわけで、化石を調べれば種と種をつなぐ中間形態の化石がたくさん見つかるはずだ。しかし実際には、そうした中間化石が見つかる例は少ない。たとえば猿人（アウストラロピテクス）と類人猿の中間の化石は見つかっていないし、爬虫《はちゅう》類と始祖鳥をつなぐ化石もまだ発見されていない。

こうした発見されない中間化石、いわゆるミッシング・リンク（失われた鎖）はあまりにも多い。現代の創造説の信者たちにとっては、それが大きな論拠となっている。すなわち、生物は進化したのではなく、神によって創造されたのだから、ミッシング・リンクなど最初から存在しないのだ、と――私は〈昴の子ら〉で、この手の話をさんざん聞かされた。

一方、エルドリッジとグールドは、生物学者としての立場から古いダーウィン説に異議を唱えた。進化はゆっくりと連続的に進むのではなく、断続的に進むのだ。生物は何百万年も同じ姿を保ち続けた後、突然、急激に変化する。変化に要する時間はほんの数万年で、地質学的には瞬間と言っていいほどの短い期間だ。そもそも化石として後世に残る生物は、その時代に存在した生物全体のごく一部にすぎない。だから短い期間しか存在しなかった中間形態の種の化石が発見される確率はきわめて低い――これが断続平衡説の要旨である。

筑波大学のグループが行なった八目車輪の実験でも、断続平衡が再現されていた。八目車輪は何十世代も四〇〇点台で足踏みを続けたのち、五九世代目でいきなり左に曲がることを覚えて四〇〇〇点台を獲得する個体が出現し、一気に進化が進んだ。

八目車輪のプログラムの進化を追跡してみると、左に曲がるコマンドはそれ以前の世代から生じていたのだが、発現していなかったことが判明した。突然変異によって誕生したものの眠っていて役に立たなかったコマンドが、遺伝子の交差によって発現し、爆発的な進化を促したのだ。これは同時に、日本の遺伝学者・木村資生《もとお》の提唱した「分子進化中立説」――個体にとって有利でも不利でもない「中立」な突然変異の積み重ねが進化に影響するという説の、間接的な証拠でもあった。

無論、八目車輪のような単純なテストでは、進化を正確に再現したとは言い難い。しかし、コンピュータの性能が飛躍的に向上し、ますます複雑な進化シミュレーションが実現しても、結果はほとんど揺らがなかった。生物はごく単純な原理（突然変異、遺伝子の交差、自然選択）によって、複雑な形態に進化できることが証明されたのだ。

それでも創造論者たちはあきらめず、「進化シミュレーションによって生まれる人工生物は、見たこともない奇怪なものばかりで、犬や馬や人は再現できないではないか」と主張する。それは当たり前のことだ。進化は偶然に左右される。地球の進化史を一億年前に巻き戻し、もう一度繰り返したとしても、同じ種は現われない。犬や人に似たものは出現するかもしれないが、犬そのもの、人そのものが再現される確率はゼロに近いのだ。

「じゃあ、他の星にはこのアーフみたいな生物もいるってこと？」と私。

「かもしれない」仔牛《こうし》のステーキを頰張りながら、兄は言った。「地球ではたまたま鳥が進化したけど、鳥の翼っていうのは必ずしも唯一の正解ってわけじゃない。コウモリの翼とか昆虫の羽根を見れば分かるように、もっといろんな形態の飛行生物が可能なはずなんだ。ただ地球では、鳥がすでに大型飛行生物の地位を不動のものにしてるから、何か大異変があって鳥が絶滅しないかぎり、新たな飛行生物が競争に勝ち抜いて進出してくるのは難しいだろうな」

「コウモリはどうなるの？」葉月が疑問を口にした。「コウモリって確か鳥よりずっと後から現われたんでしょ？」

「うん。だからコウモリが夜行性なのは意味があると思うんだ。ほとんどの鳥は昼間しか活動しないから、コウモリと鳥のテリトリーが重なっても、競争が生じにくい。その隙をついて生き延びられたんじゃないかな」

「ああ、なるほど……」

「何にしても、今の『ダーウィンズ・ガーデン』で飛行生物が生まれにくいのは、進化論の欠陥じゃなく、シミュレーションの欠陥だと思う。空気の動きをかなり簡略化してシミュレートしてるからね。流体力学の計算ってのはやたらに面倒で、古いネブラじゃ計算速度の限界があったんだ。ネブラ10の性能をフルに使えば、かなり緻密《ちみつ》な計算が可能になって、より現実に近い生態系が再現できる」

兄は『ダーウィンズ・ガーデン3』の構想を熱く語った。『2』では移動速度だけではなく、知覚能力と餌を獲得する能力も生存競争の指標として導入したが、『3』ではさらに、アーフ間のコミュニケーションや、性の概念を導入して、異性の注意を惹《ひ》く行動をさせたり、仲間同士で異性をめぐって闘争させたりもする予定だった。まだ開発途中だが、うまくいけば、クジャクの羽根やヘラジカの角のような器官が誕生するはずだ。

やがて私たちの話題は『ふにふにコンタクト』に移っていった。ファニのAIもまた、ゲーム業界以外から熱い注目を集めていた。人の言葉を理解できるAIは、様々な方面に応用できる。たとえばロボットに組みこめば、カタコトながら人間と会話できるロボットができる。従来のロボットは操作が面倒だったが、誰でも簡単に口頭で指示が出せるようになれば、応用範囲はぐっと広がるだろう。寝たきり老人の介護などにも役立つかもしれない。

「昔は『戦争が技術を進歩させる』なんて言われたこともあった」と兄は言う。「実際、飛行機は戦争のおかげで急速に発達したんだし、ロケットも原子力もレーダーもコンピュータもインターネットも、もともと軍事技術として開発されたものだ。でも、今じゃ違う。技術を進歩させるのは、ゲームとエロだ」

「確かにそうですね」加古沢はうなずいた。「一九八〇年代のパソコンの急速な普及も、パソコンゲームが大きな役割を果たしたんだし、インターネットにしても『エッチな画像が見られる』というウリがなかったら、こんなにすみやかに広まったかどうか」

「でも、ゲーム会社っていうヒモつきの研究でしょ？」と葉月。「不自由はないの？」

「確かに研究テーマに制約はあるけど、それはどんな研究でも同じことだよ。本当に自分の思い通りに研究できる科学者なんて、それこそB級ホラー映画に出てくる、人里離れた屋敷に住んでるマッド・サイエンティストぐらいじゃないか？」

　今のような不況の時代、研究者、特に基礎技術の研究者にとっては、予算の問題はきびしいものなんだ――と兄は愚痴った。文科省から出る研究予算など、必要な予算の一〇分の一にも満たない。残りは研究者が自分でスポンサーを見つけて調達するしかないのだ。大企業や財団を駆けずり回って、自分を売りこむのである。

「当然、すぐに金にならない地味な基礎研究には、なかなかスポンサーがつかない。どうしてもその研究がしたいのなら、多少はホラをかましてでも、研究の重要性をアピールしなくちゃならない……」

「世渡りのうまさも、研究者に要求される才能ってわけ？」

「まあね。そんな苦労がない分、今の会社の方が楽だね。予算はたっぷりくれるし。むしろ僕は楽しいよ。少なくとも、学術研究のための退屈なプログラムを作るよりかは、女の子とお喋《しゃべ》りできるゲームを作る方が何倍も面白い」

「ただ、こう言うと和久さんは気を悪くされるかもしれませんが……」

　加古沢は珍しく言葉を濁した。

「何だい？」

「俺は『ダーウィン』に比べると、『ふにふに』はそんなに画期的なゲームとは思えなかったんですよ。確かに、従来の美少女ゲームに比べれば格段の進歩かもしれませんけど、やっぱり少しやってみると、ファニがあまりにバカすぎて、うんざりしてくるんです。まだまだ人間のレベルにはほど遠いんじゃないですか？」

「そりゃ当然だよ」兄は笑った。「容量が違いすぎる。ハンス・モラヴェックの試算によれば、人間の脳の情報処理能力はおよそ一億MIPS（一MIPSは一秒間一〇〇万回の命令を実行する能力）だそうだ。今のデスクトップ・パソコンの最上位機種でも一〇〇万MIPS。せいぜいネズミぐらいの知能だな。だからファニに人間と同じ知能を期待するのが間違いだ」

「容量だけの問題じゃないでしょう？」加古沢は食い下がった。「パソコンはそうかもしれないけど、スパコンはもうとっくに一億MIPSを超えてるじゃないですか。それなのに、まだあなたたちは記号着地問題すらクリヤーできていない……」

「まったくその通りだね」兄は真剣な表情に変わり、うなずいた。「それが僕たちの最大の課題だよ。記号着地問題を完璧《かんぺき》に解決できるAIができたら、ノーベル賞もんだな」

「記号着地問題って？」と私。

「たとえば——そう、あれを見て」

兄はレストランの壁に飾ってあった絵を指差した。アジサイの花を描いたものだった。

「あの絵は何に見える？」

「何って……花でしょ？」

「そう、花だ。人間なら誰でも、あれを見れば花だと分かる。どういうことかというと、照明の光が絵の表面で反射して、その反射光が目に入って網膜に映像を投影し、その刺激が視神経を通って脳に伝わり、その信号が脳の中で解析されて、『これは花だ』と判断される。つまり入力された情報のパターンが、脳の中にある『花』という記号に着地するわけだ。

　ところが、こんな簡単なことがコンピュータにはできない。簡単な図形なら識別できる。でも、花の絵を見せて『花だ』と認識させることができない。コンピュータにとって、絵というのはランダムな信号の羅列にすぎないんだ」

「どうして識別できないの？」葉月が口をはさんだ。「花はこれこれこういう形のものだって機械に教えれば……」

「簡単に言うなよ。いったい世界には何万種類の花があると思うんだ？　サクラも、ユリも、バラも、みんなぜんぜん形が違うんだぜ？」

「ああ、そうか……」

「それに、人間は今まで見たことのない花でも認識できる。『初めて見る花だ』と思う。花の正確な形を記憶していて、それと照合してるわけじゃないんだ。その証拠に、『バラの花の形を描いてみてください』と言っても、描けない人が大勢いるだろ？」

「おおよその形を教えればいいんじゃないの？　『赤とか白の薄っぺらいものが円形に並

んで付いているものが花である』とか何とか定義しておけば……」

「それじゃだめだよ。その定義だと、風車とかプロペラとかも誤って花と認識されかねないし、逆にしおれた花は認識できないだろう。人間はそんな間違いはしない。プロペラと花は違うものだと分かるし、しおれた花でも認識できる。たまに造花に騙《だま》されることはあるにしても、かなり高い確率で、目にした花を頭の中にある『花』という記号に当てはめられる」

「じゃあ、人間はその……記号着地問題だっけ？　それをどうやってクリヤーしてるの？」

「それが分からないんだよ」兄は大きなため息をついた。「こればっかりは、脳をMRIで調べても、神経細胞を顕微鏡で見ても、手がかりにはならない。脳というブラックボックスの中で起きてることを知る方法がまだないんだ」

そういう意味ではファニはまだ本物のAIじゃない、と兄は言う。記号着地問題を回避しているからだ。たとえばモニター上でクマのぬいぐるみとして表示されているものは、マシンの内部では「ぬいぐるみ：クマ」というパラメータを最初から与えられている。つまりファニは、厳密にはぬいぐるみそのものを見ているのではなく、「ぬいぐるみ：クマ」「ぬいぐるみ：ネコ」といったパラメータを見ているにすぎないのだ。だから「これはぬいぐるみだよ」と教えてやれば、それからは他のぬいぐるみを見ても「ぬいぐるみ」と呼ぶようになる。しかし、それはぬいぐるみという概念を彼女が認識したということではない。ファニに本物のぬいぐるみを見せても認識できない。なぜなら、本物のぬいぐるみにはパラメータなどないからだ。

「それこそほら、遺伝的アルゴリズムを使えばどうにかなるんじゃないの？　認識能力を生存競争の指標にして、進化させれば……」

「言うは易し、だな」兄は私の素人考えを一蹴《いっしゅう》した。「そんな簡単な方法でうまく行くなら、とっくに誰かがやってるよ。実のところ、脳の中でどんな風に視覚情報が処理されてるか、その基本原理さえよく分かってないんだ。だからシミュレートしようがないんだよ」

「そうか……」

「でも、これは絶対に乗り越えなくちゃいけない問題なんだ。特にロボットを日常社会に進出させるには、どうしても記号着地問題をクリヤーしなくちゃいけない。ロボットが動き回るのは、モニターの中じゃなく、現実の世界なんだからね。記号着地ができなきゃ、真のＡＩとは言えない」

前世紀末にソニーが開発したＡＩＢＯの人気に便乗し、二一世紀に入ると多くのメーカーがペットロボットを発売していた。中には人間そっくりで二足歩行をするものもあった。しかし、それらはどれも記号着地問題をクリヤーしていない。認識できるのは、色や単純なシンボルだけなのだ。

たとえば内蔵バッテリーが切れかけると、自分でコンセントを探し出し、プラグを差しこんで充電するロボットがいる。しかし、それはあらかじめコンセントの横に「コンセント」を意味するシンボルのシールが貼ってあるからだ。シールを剝《は》がしてしまうと、ロボットはコンセントが目の前にあっても分からなくなってしまう。この程度の性能では、ペットならいいが、実用にはほど遠い。

「仮に記号着地問題が解決したとしてもですよ」加古沢はなおも言った。「それでロボットが本当の知性を持ったことになりますかね？　ロボットが花やぬいぐるみやコンセントを認識できたからって、それがイコール知性の証明だと、どうして言えるんですか？」

「そんなことは言ってないよ」兄はあっさりかわした。「知性を持つロボットは、最低限、記号着地能力を持たなくてはいけないと言ってるだけだ。それは知性のための必要条件ではあるけど、十分条件とは言えない」

「じゃあ、真の知性の条件とは何ですか？」

「それは逆に君に質問したいな。ロボットにどんなことができたら、君はロボットに知性があると認めるのかな？」

思いがけない逆襲を受け、加古沢はとまどった様子だった。

「そうですね……ロボットが人を感動させるような小説が書けたら、知性があると認めてもいいですよ」

「それじゃお話にならないな」兄は苦笑した。「その定義だと、人類の大半は知性がないことになるよ。ほとんどの人は小説なんか書けないんだから」

「じゃあ、知性の定義って何ですか？」

「それが難しい。たとえば『チェスで人間を負かすこと』を知性の定義だとすれば、それはとっくに達成されてる。コンピュータは人間の何万倍もの速さで字を読めるし、何兆倍もの速さで計算ができる。でも、誰もそれを真の知性だとは思わないだろう。じゃあ知性とは何なのか？　それは誰も答えられない……」

「それは逃げ口上でしょう？　実際のところ、人工知能の研究は予想されたほど進んでいない。一九六〇年代には、コンピュータが進歩すれば、人間のように思考するプログラムはすぐにできるものと思われていた。ところが、それから半世紀経って、ハードは飛躍的に進歩したというのに、いまだにファニ程度の幼稚なものしかできない……違いますか？」

加古沢の口調は礼儀をかなぐり捨て、しだいに挑戦的になってきた。私は兄が怒り出すのではないかとはらはらしたが、兄はまったく動じる様子はなく、笑顔さえ浮かべていた。

「それは否定しないね。確かに初期の人工知能研究者の見通しは甘すぎた。人間の心というものを単純なプログラムの寄せ集めだと思っていた。でも、現代の研究者は違う。真のＡＩ誕生の見通しについて、ずっと慎重になってるよ。少なくともトップダウン方式――人間がプログラムを打ちこむ従来のやり方で真のＡＩを誕生させるのは不可能だという点では、意見は一致してる。ＡＩが自己進化するのを待つしかない」

「じゃあ、ズバリ言って、人間と区別がつかないようなＡＩが誕生するのはいつ頃ですか？」

「ズバリだなんて断言できないな。僕は予言者じゃないから。明日にでも世界のどこかの研究室で、画期的なブレイクスルーが起きるかもしれない。逆に半世紀も先かもしれない。でも、一世紀先ってことはないだろう」

「その予測も単なる当てずっぽうですよね。根拠があるわけじゃない」

「根拠はあるさ。この世には少なくとも一種類のインテリジェンス・マシンが存在する。人間の脳だ。つまり脳の働きをシミュレートするような機械は、知性を持つことは間違いない」

「それは論理の飛躍じゃないですか？　シミュレーションはしょせんシミュレーションにすぎない。本物の知性とは言えないでしょう」

　メインディッシュが終わり、デザートが運ばれてきても、二人の議論は白熱する一方だった。すでに私と葉月には口をはさむ余裕さえなくなっていた。私たちはこっそり目配せし、苦笑しながら無言のメッセージを伝え合った――「やりたいだけやらせてあげましょ」と。

　ただ、葉月が妙に困惑し、そわそわと不安そうな様子だったのは覚えている。もっとも、その時の私は、兄たちが喧嘩《けんか》するのが心配なのだろうと思っていた。実際、つかみ合いに発展する気配だけはないものの、二人の間には激しい火花が散っていた。

二人の議論は平行線だった。兄は「機械が人間に匹敵する知性を持つことは可能だ」と確信していた。一方、加古沢は「コンピュータに小説が書けるようになるとは思えない」という点にこだわっていた。彼の小説家としてのプライドが、機械が人間のように小説を書くという可能性に対し、拒否反応を示しているようだった。

二人の議論の争点は「チューリング・テスト」の問題に移っていった。それは数学者で物理学者だった天才アラン・チューリングの名に由来する。チューリングは一九三六年、二四歳の若さで万能計算機械「チューリング・マシン」の概念を考案、その理論は現代のコンピュータ工学の基礎となった。

チューリングは一九五〇年に発表した「計算機械と知能」という有名な論文の中で、「イミテーション・ゲーム」というゲームについて考察した。二つの部屋を用意し、一方の部屋に男女の回答者を、もう一方の部屋に質問者を配置する。質問者の目的は、別室の二人にいろいろな質問をし、どちらが男でどちらが女かを当てることだ。回答者のうちの一人は正直に答えるが、もう一人は自分が異性であるかのように振舞い、質問者を騙そうとする。質問者を騙し通すことができれば回答者の勝ちだ。質問とその回答は、声によって性別がばれるのを防ぐため、テレタイプによって交わされる。

このゲームで一方の回答者を機械に置き換えたらどうなるか、とチューリングは考えた。質問者の目的は、回答者のどちらが機械であるかを当てること。機械は自分が人間であるかのように振舞う。

チューリングは先見の明を発揮し、五〇年後（つまり二〇〇〇年）には一〇億バイト（一ギガバイト）の容量を持つプログラムが作成可能となると予言した。そうしたプログラムに対するイミテーション・ゲームは、平均的な質問者が質問を五分した後で、正答率は七〇パーセントを超えないだろう。そうなれば機械が考える能力を持つことについて、もはや疑問の余地はなくなるだろう――というのがチューリングの主張だ。

チューリングの考えをめぐって、昔から多くの学者が議論を戦わせてきた。チューリング・テストにパスするのが真のAIだという主張がある一方、人間を表面的に真似するだけでは真の知性とは言えないという意見も根強かった。

二〇一一年当時、この議論に関連して、厄介な問題が発生していた。チューリング・テストにパスしているかのように見えるプログラムが実際に出現したのだ。『無敵くん』と呼ばれるフリーウェアである。それを濫用する者が続出したため、多くの掲示板が混乱し、一時期、ネットにはちょっとしたパニックが広がった。

操作方法は簡単である。ユーザーはまず「相対性理論は間違っている」「教育勅語を学校で教えるべきだ」といった説（ユーザー自身が信じていなくてもかまわない）の骨子と、その論拠をいくつか『無敵くん』にインプットする。そして適当な掲示板に説をアップする。後は何もしなくていい。『無敵くん』は掲示板を自動巡回し、反論があればユーザーに代わって自動的に再反論の文章を生成し、それをアップする。相手がそれに対して反論すれば、『無敵くん』はさらに反論する。『無敵くん』は決して負けを認めないので、相手が打ち切らないかぎり、議論はいつまでも続くことになる。

もっとも、『無敵くん』は相手の主張を理解しているわけではない。いや、自分の主張さえ理解していない。プログラム通りの反応を返すだけの、いわゆる「人工無脳」なのだ。相手の言葉尻《じり》を捉《とら》えて「……とはどういうことですか」とか「……だなんて信じられませんね」などと言い返したり、「これは疑いようのない事実です」「もっと勉強したらいかがですか」といった定型句を発するだけなのである。いちおう単語間の関連を類推する能力があるので（そこまで「無脳」ではないのだ）、簡単な質問には答えられるが、厄介な質問ははぐらかしたり、見当違いのことを答えたりする。当然、その論旨は穴だらけで、しばしば支離滅裂なものになる。それでも日本語としてさほど不自然な文章になることはないので、表面的には人間の書いた文章と見分けるのは不可能に近い。

『無敵くん』はハッカーの間で話題になり、すぐに改良が加えられて、多くのバージョンが出現した。特定の人物の文体を真似るもの、攻撃されるとすぐにヒステリックになって「人権侵害だ」「告訴の準備がある」とわめき出すもの、下品な言動で相手を挑発するもの、「クリスタルの波動」「ゼータ系の情報によれば」などといったオカルト的な言葉を頻発するもの、時おり意味不明の文章を混ぜて「電波系」を装うもの……もちろん状況に応じてアスキーアートも使うし、「逝ってよし」「オマエモナー」などのスラングも使いこなす。

問題を厄介にしているのは、ネットでは他人の意見を聞かない頑固者や、電波系の人間は珍しくもないという事実である。『無敵くん』はまさに彼らのように振舞う。そのため、相手がただのプログラムであることに気づかず、何週間も議論を続けてしまう者が続出した(もっとも、その存在が知れ渡ってからは、みんな用心するようになり、頑固者に対して「あんた、『無敵くん』か?」というのがネットユーザーの罵《のの》り言葉として定着した)。

「チューリング・テストに対する幻想はもはや剝《は》がれ落ちたと言っていいでしょうね」加古沢は勝ち誇ったように言った。「『無敵くん』の反応は人間と区別がつかない——にもかかわらず、『無敵くん』に思考能力がないのは明白です。機械が人間の言動をシミュレートすることは可能だということは証明されました。でも、それはただの猿真似でしかないんです」

「別に僕たちはチューリング・テストに幻想を抱いていたわけじゃないんだがな」兄は笑い飛ばした。「『無敵くん』なんて目新しくもない。君は知らないかもしれないが、チューリング・テストで七〇パーセントの審査員を騙《だま》せるようなプログラムは、もう十何年も前にできてるんだよ。それに、君はチューリング・テストの意義を誤解してる」

「というと?」

「あれは機械が人間を真似られるかどうかのテストじゃないんだ。機械が人間の思考をシミュレートできるかどうかのテストなんだ」

「同じことじゃないですか」

「いや、違うね。イミテーション・ゲーム——男か女かを見分けるゲームのことを考えてごらんよ。仮に君がそのゲームに参加して、質問者をうまく騙し通したとしよう」

「俺が女だと相手に思わせることに成功したってことですね？　いいでしょう。でも、それで何が証明されるんです？　俺がいくら上手に女を演じられたとしても、俺が女じゃないのは明白じゃないですか！」

「そうだよ。でも、君が女の心理に詳しいことは証明されるじゃないか。質問者を騙し通せるぐらいにね」

「でも、それは単なる知識でしょう？　俺は女の心理を理解してるわけじゃない。女はこういう質問をされたらこう答えるだろうと推論するだけです」

「そう、君は女の思考をシミュレートできる。ということは、君が知性を持っている証明だとは言えないかな？　『無敵くん』にできないのはそれなんだ。他人の思考をシミュレートすることだ。『無敵くん』にできるのは、単なる真似であって、シミュレーションじゃない」

「真似とシミュレーションはどう違うんです？」

「誰かが君の小説を真似して書こうとしているところを想像してみるといい。文体なんかは割と簡単に真似られるだろうな。でも、話の底に流れるもの――テーマとか思想性とかまで真似ようとしたら、『加古沢黎ならここでどう考えるだろうか』と想像する必要がある。それがつまりシミュレーションだ」

加古沢は少し黙りこんだが、やはり納得できない様子だった。

「それでも詭弁《きべん》っぽく聞こえますね。たとえ機械が人間の思考をシミュレートできるとしてもですよ、それが人間の心理を理解している証明になりますか？　ましてや、人の心を持っている証明になりますか？　単に機械的な作業をやってるだけじゃないんですか？」

「サールみたいなことを言うね」

「サールって？」

「ジョン・サール。二〇世紀のアメリカの哲学者で、ＡＩ研究を批判した人物だ——ねえ加古沢くん、君が言っているようなことは、もう何十年も前に誰かが言っていて、とっくに論破されてるんだよ」

「そのサールっていう人は、どんなことを言ってたんですか？」

「有名なのは『中国語の部屋』だな」


それはサールが一九八〇年に学術誌に発表した論文「心・脳・プログラム」の中で提唱した概念で、発表と同時に激しい議論を巻き起こした。

サールは、自分が部屋に一人で閉じこめられているところを想像する。室内には中国語で書かれたたくさんの本があるが、彼には中国語が読めないので、それらはミミズがのたくったような無意味な記号の羅列にしか見えない。しかし、彼には英語で書かれたマニュアルが与えられている。マニュアルには中国語の意味は書かれていないが、一連の記号をある規則に従って別の記号に変換する方法が詳細に説明されている。

そこへ部屋の外から、やはり中国語で書かれた質問が与えられる。もちろんサールには質問の意味は分からない。しかし、マニュアルに従って、中国語の本に並んだ記号を参照した結果、その質問を適切な中国語の回答に変換することができる――「はい、その男はハンバーグを食べました」とか何とか。

部屋の外にいる人間は、返ってきた回答文を見て、室内の人間が中国語に精通していると思いこむ。しかし、依然としてサールは中国語をまったく知らず、質問の意味も回答の意味も理解していない。規則に従って機械的に作業を行なっているだけなのだ。

この比喩《ひゆ》をＡＩに置き換えてみよ、とサールは言う。中国語の文書の山を一連のデータに、英語によるマニュアルをプログラムに、作業を行なうサールをコンピュータに置き換えてみれば、真実は明白だ。ＡＩがどんなに人間そっくりに振舞い、質問に正しく答えられたとしても、ＡＩに考える力があることを証明することにはならない。ＡＩは機械的な作業を行なっているだけであって、質問の意味など理解していないのだ……。

「俺には正しいように思えますがね」加古沢は不審そうに言った。「どこが間違ってるって言うんですか？」

「サールの論文に対してはたくさんの批判が寄せられたんだけどね。いちばん有名なのはダグラス・ホフスタッターによる反論だろう。簡単に言うと、サールは大きな錯覚をしてるってことだ」

「錯覚？」

「そう。彼は中国語の質問に中国語で回答するようなプログラムが、ほんの数枚の紙に書けるという前提で話をしている。実際には、そんなマニュアルはとてつもなく厚くなって、手順も複雑なものになるのは間違いない。となると、室内にいるサールに注目するのは間違ってる。結局、彼は機械的な作業をしてるだけなんだからね。『中国語の部屋』の主体はサールじゃない。サールも本の山もマニュアルもひっくるめた部屋全体なんだ。サールは中国語を理解していなくても、部屋全体はシステムとして中国語を理解しているはずだ……」

「ちょっと待ってください。部屋が中国語を理解してるって？」

「そうだよ」兄は平然と言った。「脳やコンピュータでなければ思考能力を持てないと考えるのは間違ってる。今のコンピュータは半導体を使ってるけど、昔は真空管を使ってた。最近では量子コンピュータの開発も進んでる。材質は何でもいいんだ」

「本や部屋でも？」

「そう。極端な話、サールの比喩に従って、人間の心のプロセスをそっくり一冊のマニュアルにまとめることも、原理的には可能だ。たぶん何百億ページにもなるだろうけどね。昔流行したゲームブックみたいに、パラグラフの指示に従って読み進むようなものになるだろう。人間の思考速度に比べればかなり遅くなるけど、規則に従って辛抱強くめくっていけば、一人の人間の思考を完璧《かんぺき》にシミュレートできるはずだ」

加古沢は笑い出した。「そりゃいくら何でも荒唐無稽《こうとうむけい》だ！　本にものを考える力があるって言うんですか？」

「本そのものにはないよ。その本をめくる人間——サールのような人間が必要だからね。でも、その本と読者をひっくるめたシステム全体は、読者とは別の人格を形成するはずだ」

「……本気で言ってます？」

「僕をマッド・サイエンティストだと思ってる？」

「いいえ、そんなことは——」

「言っておくが、これは僕の個人的意見じゃないよ。人工知能研究者なら誰にでも訊《たず》ねてみるといい。同じことを説明してくれるはずだ」

「いやまあ……」加古沢はすっかり困惑していた。「でも、仮に本が人格を形成することが可能だとしてもですよ、それはやっぱりシミュレーションにすぎないんじゃありませんか？　本物の人格とは別でしょう」

「ふむ……」

兄はカプチーノをひと口すすり、ちょっと考えてから話題を変えた。

「君の『赤道の魔都』、読んだよ。すごく面白かった」

「恐れ入ります」

「特にヒロインが活き活きと描かれてたよね——あのヘレナ・ブラヴァツキーって、実在の人物なんだろ？」

「ええ。もっとも、ほとんど俺の創作ですけどね」

「つまり彼女は君のシミュレートした架空の人格なわけだ」

「まあね」

「でも君は、『と彼女は思った』とか『彼女は悩んだ』とか書いてるよね？　それはつまり、彼女にはものを考える力があるってことじゃないのか？」

「いやいやいや！」加古沢は笑って打ち消した。「とんでもない誤解ですよ！　『彼女は思った』と書いたからって、本当に彼女に思考力や自意識があるわけじゃない。ただの虚構ですよ。ヘレナは活字の上にしか存在しない人間なんですから。実在しない人間がどうやって自意識を持てるんですか？」

「確かに本を閉じている間は、彼女は実在しないだろうな。でも、本を読んでいる間、僕は確かに彼女が人格を持って実在しているのを感じたんだが？」

「そう言ってくださるのは嬉しいですが、それは錯覚ですよ。何かを考えたり感じたりするヘレナの主体は、どこにも実在するわけじゃありません」

「じゃあ、こう考えてみたらどうかな。誰かがヘレナの前に現われてこう言うんだ。『あなたは本物のヘレナ・ブラヴァツキーじゃありません。二一世紀の日本の小説家が書いた小説の登場人物にすぎないんです。ですからあなたは実在しません。あなたは本当は生きていないし、思考力も自意識もないんです』――こう言ったら、彼女はどう答えるかな？」

「もちろん、『そんなことはない』って言うでしょうね――ああ」何かに気がついたらしく、彼はにやりと笑った。「あなたの次の戦術は分かってますよ。俺に対して同じことを言うつもりでしょう？」

「まあね」

「そしたら俺は『そんなことはない』と答える。そしたらあなたはこう言うんでしょう。『君もヘレナも同じことを主張している。それなのに、君には自意識があって彼女にはないとどうして言えるんだ？』……」

「そうだね」

「その手にはひっかかりませんよ。俺はヘレナとは決定的に違います」

「ほう？」

「俺は実在しているが、彼女は俺の小説の登場人物にすぎません。これは大きな違いです」

「でもね、仮に彼女が小説を書いたとしても、自分と登場人物について同じことを言うとは思わないかい？」

「でしょうね。でも、俺には自意識がある。コギト・エルゴ・スム（我思う、ゆえに我あり）。俺自身が自分の意識の存在を自覚してるんですから、これは確かです。つまり俺は小説の登場人物ではありえない。俺の言葉はすべて俺が考えて発してるんです。それに対して、ヘレナが俺の小説の登場人物であることは明らかです。だから彼女に真の意味での思考力はありません。彼女がどう答えようが、その台詞《せりふ》は結局、俺が書いたものなんですからね」

その瞬間、兄は複雑な表情で、静かに目を伏せた。「……そんなに自信があるとは羨《うらや》ましいな」

「え？」

「僕はそこまで自信はないよ――自分がシミュレーションじゃないと言い切れる自信はね」

「どういうことです？」

「いや、たいしたことじゃない」兄はそっけなく言った。「忘れてくれ」

二人の議論はそれからさらに続いたが、加古沢は「シミュレートされた人格は実際の人格ではない」と主張し続けた。彼の頑固さに、兄は笑って匙《さじ》を投げた。食後のコーヒーも飲み終わり、そろそろ帰り支度をする時間だった。

「まあいいさ。そういうことにしておこう。どっちみち、この比喩にあまりこだわろうとも思わないしね。それに、チューリング・テストに根本的な欠陥があることは事実だ」

「テストにパスするだけじゃ、真のＡＩとは言えないってことですか？」

「それもあるが……知性というものを『人間の思考をシミュレートする能力』と定義してしまっているのが、僕に言わせれば間違いだな」

「と言うと？」

「たとえば、今から一億年後ぐらいに、カタツムリが進化して知的生物になったとしよう。コクレア・サピエンス（知恵あるカタツムリ）だな。それがタイムマシンで現代にやって来て、チューリング・テストを受けたとしよう。もちろん、人間の言葉を学んで、文化についても深く研究したという前提のうえでだよ。でも、このカタツムリがテストにパスするとは思えない。あまりにも異質すぎるからだ。たとえばカタツムリは両性生物だから、男女の愛なんてものは理解できないだろう。だから愛に関する質問をされれば、たちまちトンチンカンなことを答えて、ボロを出してしまう……。

でも、だからと言って、このコクレア・サピエンスには愛がないとか、知性がないなんて結論するわけにはいかない。愛や知性のあり方が僕らとは異質だというだけだ。彼らが小説を書くとしても、その内容は僕らにはチンプンカンプンで、さっき君が言ったように、人間を感動させるなんてできないだろう。でも、彼らはその小説で感動するのかもしれない。

同じことがコンピュータについても言える。コンピュータは人間と何から何まで違ってる。血の流れる肉体も、種族維持の本能も持たない。人前で失敗した時の気まずい気分とか、崖《がけ》っぷちに立った時のひやりとする感覚、頬に風が当たる感触がどんなものかも理解できない。だからそうしたものについて説明しろと言われても、うまく言えない。その反対に、毎秒何兆回もの演算をこなすというのはどういう感じなのか、人間には想像もつかない。コンピュータが知性を持つとしたら、人間のそれとはまるで異質なものになるのは間違いないだろう。だからチューリング・テストは知性の判定基準にはならない……」

「逃げてるように見えますね」加古沢は冷笑した。「あなたの考えだと、チューリング・テストに合格するAI、つまり人間のように思考するAIは、いつまで待ってもできないことになる。それは研究が停滞していることに対する言い訳だと取られてもしかたありませんよ」

「逃げてるわけじゃないさ。ただ、一般の人が根強く抱いている『鉄腕アトム願望』みたいなものは間違いだと言いたいだけだ。アトムのように、人間みたいに泣いたり笑ったりするロボットが、ロボットの究極の姿だという誤解がね。SF映画でもほとんどがそういう誤解に基づいて作られてる」

「まあね」

「でも、ロボットに泣いたり笑ったりを要求するのはナンセンスだよ。それこそ人間の表面的な物真似にすぎないじゃないか！　AIは人間とは異質な感性を持つはずだ。まったく笑わないかもしれないし、人間とは違うギャグで笑うのかもしれない。名画を観て感動しなくても、人間とは違う何かで感動するのかもしれない……」

「でもですよ、あなたの言う通り、知性に明確な基準がなくて、チューリング・テストが役に立たないとしたら、真のAIが誕生した時、どうやってそれが分かるんですか？」

「さあね。それこそ答えられない質問だな。異質な知性がどんなことを喋《しゃべ》るかを想像しろというのが無理だからね。でも——」

兄は確信をこめて言った。

「それはいつか必ず誕生するし、誕生したらそれと分かるはずだ――僕はそう信じてる」

一時間後、加古沢の車でマンションまで送ってもらった私は、すぐに葉月に電話をかけた。男二人でずっと喋り続けで、私たちが言葉を交わす機会がほとんどなかったからだ。さすがのお喋りな葉月も、二人の勢いに圧倒されたのか、後半はほとんど口をつぐんでいた。

「まったく、よく喋ったねえ、あの二人」ポケタミで記録を再生しながら、私は言った。「ちょっと白熱しすぎてひやひやしたところもあったけど、盛り上がって良かったよ。このまま文章に起こしたら、本にできそうな感じ」

「ねえ、優歌……」

葉月は珍しく、言いづらそうな様子だった――歯に衣着《きぬ》せず、何でもずけずけ言うのが彼女の個性なのに。

「ん？　何？」

「……あんた、あの男とずっとつき合う気？」

「え？　いや、いつまでつき合うかは分かんないけど、どうして？」

「やめた方がいいよ」

「どうして？」

「あいつはね……」

葉月は少しためらってから、低い声でぽつりと言った。

「あいつは邪悪だよ」

10　ＵＦＯは進化する

私の最初の反応は笑うことだった。

「え？　何それ？　邪悪？　どういう意味？」

「文字通りの意味だよ」葉月の声は暗かった。「あいつが良輔さんを見る目、気がつかなかった？」

「……いいえ」

「あれは憎悪だね。自分より頭のいい人間に嫉妬《しっと》してる。自分がこの世でいちばん頭がいいと思いこんでたから、プライドを踏みにじられてショックだったんだろうね。こいつだけは叩《たた》き潰《つぶ》さないと気がすまない……そんな目だったよ」

私はすぐにポケタミの記録をサーチし、議論の最中に加古沢が兄を見つめているところを何度もリピートして、その表情を観察した。しかし、確かに少し冷笑的なところはあったものの、葉月が言うようなものは何も感じられなかった。

「……私には見えないけど」

「やっぱりね」葉月は舌打ちした。「普通の人間には見えないんだと思うよ。たぶん、あたしって、人より記号着地能力が優れてるんだと思う」

それはありそうな話だ、と私は思った。AIにとっては単なる信号の羅列にすぎないものが、人間には花の絵として認識できるように、普通の人間には読み取れない表情を、葉月は読み取れるのかもしれない。

私の知るかぎり、葉月が人の評価を誤ったことはない。「あの男はうわべだけの野郎だね」とか「あいつ、あんたに気があるみたいだよ」と彼女が言えば、後で必ず、それが事実だったことが分かるのだ。彼女を欺くのは至難の業である。高校時代のテレビ出演の件にしたって、あのスタッフに騙《だま》されたわけではない。私たちは彼らが信用できない人間であることを承知しつつ、面白半分にヤラセに加担したのだから。

にもかかわらず、私は彼女の「邪悪だ」という言葉を本気にしなかった。おおげさな形容をしていると思った。才能のある人間が、自分より頭のいい人間に敵愾心《てきがいしん》を燃やすのは当たり前ではないか……。

私は加古沢を本気で愛したことはない。しかし、彼には好意を抱いていたし、その才能を深く尊敬もしていた――その心理が、私の目を曇らせていたのだ。

「何にしても、あの男をあまり良輔さんに近づけない方がいいと思うよ」

私はくすくす笑った。「ナイフでブスッとやられるかもしれないから?」

「まさか。あいつはそんなことするタイプじゃないよ。どんなに腹が立っても、取り乱したり、暴力に訴えたりはしないと思う。でも……何か仕掛けてくるんじゃないかと思うんだ」

「何かって？」

「分かんない。ただ、そうなった時が心配なんだよね。良輔さんって打たれ弱いタイプだから。精神的にもろいよ」

　私は居ずまいを正した。「……私と同じトラウマ抱えてるから？」

「それもある。でも、それだけじゃなくて、何か深刻な悩み、抱えてるみたいなんだよね」

　私は心配になった。加古沢の性格がどうこうという問題より、そっちの方がよほど気になる。

「デートしてる間も、声は明るいし、顔は表面だけにこにこ笑ってんだけど、心ここにあらずって感じでさ。この前なんか、渋谷駅の前の交差点で信号待ちしてる時に、ぼうっと夜空、見上げてんの。隕石《いんせき》が落ちてくるのを心配してるみたいな顔でさ。あたしが『どうかしたの？』って訊《たず》ねたら、『いや、何でもない』だって」

「へえ……」

「信じられる？　『いや、何でもない』よ!?　そんなわざとらしいごまかし方、最近じゃアニメでもめったに見られないって！」

「何を悩んでるんだろう？」

「分かんないんだよね、それが。研究と何か関係あるらしいんだけど、いくら誘導訊問《じんもん》しても、ひっかかってこないの。あたしには心、開いてくれないみたいでさ……」

彼女はそう言って、悲しげなため息をついた。

「ねえ、あんたから訊ねてみてくんない？」

私はすぐに兄に電話をかけ、葉月から聞かされたことを話した。彼女が兄を本気で心配していることも。

「そうか、彼女がそんなことをね……」

兄の声は重苦しかった。

「で、事実なの？ 悩みがあるっていうのは？」

「……ああ」

「それは私にも話せないこと？」

兄はかなり長い間、受話器の向こうで考えこんでいる様子だった。やがて、ためらいがちにこう切り出した。

「……そうだな、お前になら話せると思う。というか、お前以外に話せる人間はいない」

「どういうこと？」

「〈昴の子ら〉の取材で、ＵＦＯについての資料も調べたって言ってたな？」

「ええ。それが？」

「ＵＦＯは実在すると思うか？」

唐突な質問に私は面食らったが、すぐに気を取り直して答えた。

「大壺みたいなコンタクティの話は、たいてい嘘か、妄想だと思う。ただ、未確認飛行物体という意味でなら、何か存在すると思うな。信頼できる目撃例が多いし。異星人の乗り物だとは思えないけど」

「そうか……」

「それがどうかしたの？」

「実はな……」

兄はささやくような声で、恥ずかしそうに言った。

「ＵＦＯを撮影した」

次の土曜日、私は兄のマンションに行き、その映像を見せてもらった。

二〇一〇年の八月、研究者仲間と長野県の白馬《はくば》に旅行に行った時に撮影したものだという。風呂《ふろ》から上がり、浴衣《ゆかた》姿でホテルの部屋のベランダに出て、夕暮れの北の空をぼんやり眺めていると、それが見えたのだ。最初は明るい星かと思ったが、ゆっくりとジグザグに動きながら降りてきたのを見て、慌てて部屋に取って返し、ポケタミを持って戻ってきた。

私はその映像を見せてもらった。モニターに映し出されたのは、夕闇の迫るオレンジ色の空を背景に揺れている、電球のような光点だった。最初は手ぶれがひどくて動きが分かりづらかったが、兄がベランダの手すりにポケタミを置くと、画像が安定した。紙切れが舞うような感じでふらふらと降りてくる。カメラがズームになると、上半分が四角く、下半分がスカート状に広がっているのがかろうじて分かった。いわゆるアダムスキー型と呼ばれるタイプだ。

UFOは高度を下げ、ホテルの裏山に建つ鉄塔の近くで静止した。

「あれはスキー場のリフトだ」と兄は説明した。

そのまま約二分、UFOは鉄塔の近くで揺れながら浮遊していた。友達を呼びに行くべきかどうか兄が迷っていると、UFOはすっと右に動き、フレームアウトした。兄は数秒間、UFOの行方を見失った。ようやく見つけた時には、すでに光点はかなり小さくなり、東の空へと消えていこうとしていた。

撮影時間は合計二分五五秒。

「これは誰にも見せてない」兄は言った。「バカにされたくなかったからな。それに僕は画像処理技術にもそこそこ詳しい。その気になれば、この程度の映像ぐらい偽造できる。ペテン師扱いされるのがオチだ」

兄の言い分は理解できる。二〇世紀ならまだしも、家庭でも手軽に実物そっくりのCGが作れるようになった今の時代、デジカメの映像など何の証拠にもなりはしない。おまけに撮影された時期がまずい。ちょうど〈昴の子ら〉ムーブメントが盛り上がり、マスメディアやネットで揶揄《やゆ》されていた頃だったのだ。研究者としての実績が認められつつある今、「インチキ」のレッテルを貼られて人格を疑われることを、兄は極度に警戒していた。

しかし、私は兄の言葉を信じた。兄がＣＧを作って私を騙す理由がない。それに兄は「これは記事にしないでくれよ」と何度も念を押していた。世間にこの映像の信憑性《しんぴょう》を認めてもらう必要などないから、と。彼はただ、真実を知りたかっただけなのだ。

あのＩさんのように。

撮影の翌朝、兄はホテルの裏山に登り、画面に映っているリフトの鉄塔まで行ってみたという。ポケタミのマンナビ機能を使って座標を測定すると、撮影地点であるホテルのベランダから三四〇メートル離れていることが分かった。ＵＦＯは降りてくる途中、リフトのケーブルの前を横切っている。つまりカメラから三四〇メートル以内にいたということだ。さらにＵＦＯとリフトの両方にピントが合っていることから、両者はさほど離れていないことも推測できた。

旅行から帰ってから、兄は自宅でひそかに分析作業を行なった。画面上のＵＦＯの大きさを計測したり、ポケタミ内蔵カメラの性能をいろいろ調べてみて、ＵＦＯまでの距離を一一〇〜三四〇メートルと推定した。このことから、ＵＦＯは直径一・二〜三・六メートル、高さは〇・五〜一・五メートルと分かった（異星人の乗り物にしては小さすぎるように思えるが、人間が乗れないほど小さなＵＦＯの目撃例は、昔から数多くあるのだ）。

注目すべきは、ＵＦＯが急に横に動き出す瞬間だった。デジカメの一フレームは三〇分の一秒だが、ＵＦＯはたった六フレームで直径の五倍も動いているのだ。もし中に乗員がいたなら、三〇〜九〇Ｇというすさまじい加速度によって圧死していただろう。

「どう思う？」

感想を求められた私は困惑した。何かが映っているのは確かだ。「未確認飛行物体」という本来の定義で言うなら、まさにUFOである。そうした映像を兄が撮ったこと自体は不思議ではない。ただ……。

「ただ、アダムスキー型っていうのが……」

「うーん、そうなんだよな！」兄は苛立《いらだ》たしげに頭を掻《か》きむしった。「そこが僕もひっかかってるんだ。アダムスキー型でなけりゃ、こんなに悩まないんだが」

アダムスキー型と呼ばれるUFOは、一九五二年一〇月、ジョージ・アダムスキーが初めて撮影したことでいちやく有名になった。その後、多くの人間が同様のUFO写真を撮影しているし、一九六〇年代に制作されたTVドラマ『インベーダー』をはじめ、数多くのドラマ、マンガ、イラストにアダムスキー型UFOが登場する。そのため、それがポピュラーなUFOの形状であると信じている人も多い。

しかし、UFO研究家はまったく別の見解を持っている。アダムスキーの証言がすべて嘘であり、その写真が稚拙なトリックにすぎないことは、何十年も前から全世界の研究者（一部の狂信的なビリーバーは別として）が認めているのだ。アダムスキーは『宇宙船の内部で』と題する体験談を一九五三年に発表し、金星人や火星人と接触し、円盤に乗せてもらって、月や金星や土星に行ったこともあると主張していた。しかし、月には草原があって動物が走っていたとか、宇宙から見た地球が白く光って見えたとか、宇宙空間に流星が飛び交うのを見たという彼の話は、まともな科学知識のある人間なら信じられるはずがない。アダムスキーはもともと〈ロイヤル・オーダー・オブ・チベット〉というカルト集団の教祖で、自分の思想を広めるために架空のコンタクト・ストーリーをでっち上げたのである。

アダムスキー型ＵＦＯのデザインの元ネタも、現在では判明している。トーマス・タウンゼント・ブラウンという技術者が研究していた飛行機械の模型に、細部まで酷似しているのだ。ブラウンは「ビーフェルドーブラウン効果」なる原理に基づき、コンデンサーに蓄えた電気によって重力を制御できると主張していたが、これはついに実現することはなかった。彼は一九五〇年代初頭、アダムスキーと同じくカリフォルニアにおり、共にＵＦＯマニアだった二人の間に接触があったとしても不自然ではない。あるいはブラウンはアダムスキーの共謀者で、彼のトリック写真のために自分の模型を提供したのかもしれない。

つまり、アダムスキー型ＵＦＯなどというものは実在しないのだ。

兄はその実在しないはずのＵＦＯを撮影したのである。

「信じられないか？」

「ううん、信じるよ」

逆説的だが、ＵＦＯがアダムスキー型だからこそ、私はよけいに兄の言うことを信用する気になった。アダムスキー型ＵＦＯが実在しないことは、兄もよく承知している。偽の映像で私を騙《だま》すつもりなら、もっと別の形状のＵＦＯを創るはずではないか。

「それに、前に似たような話を聞いたことがあるの」

私は兄に、一九四五年、Iさんが海岸で見た奇妙な新兵器の話をした。小さな翼とプロペラで空を飛ぶ戦車――絶対に存在するはずのない飛行物体。

「あれから気になって、いろいろ資料を調べてたの。そしたら……」

私は国会図書館でコピーした数枚の写真をポケタミに表示した。太平洋戦争中に日本国内で発売されていた少年向け科学雑誌『機械化』のグラビアで、ロケット噴射で空を飛ぶ「ロケット戦車」、戦車とオートジャイロを合体させた「空中戦車」などの想像図が描かれていた。それらはIさんの描いた絵によく似ている。当時の子供たちはこうした雑誌を熱心に読み、戦局を一変させる新兵器の登場を夢見ていたのだろう。

Iさんも子供時代にこれらの記事を読んだのだろうか？　だとしても、六〇年も経って、私に嘘の話をする理由はない。空飛ぶ戦車なんて、今では誰も信じはしないのだから。

「何となく共通点が見えてきたな」兄はうなった。「『空飛ぶ円盤』という言葉ができたのは、確か戦後だったよな？」

「ええ、一九四七年」

私は即座に答えた。〈昴の子ら〉に潜入取材する前、UFO関係の資料を大量に読み漁《あさ》ったおかげで、私はいっぱしのUFO通になっていた。

一九四七年六月二四日、アメリカ・ワシントン州のレーニア山付近を自家用機で飛行していた実業家のケネス・アーノルドは、時速一二〇〇マイル（マッハ一・六）という高速で飛行する九個の物体を目撃した。当時、そんなに速く飛べる飛行機はまだなかったので、アーノルドはソ連の秘密兵器ではないかと思った。地元紙が彼の証言を取り上げ、「物体は明るく輝くソーサー（コーヒーの受け皿）の形をしていた」と報じた。そのニュースが全米に広まり、「フライング・ソーサー（空飛ぶコーヒー皿）」とか「フライング・ディスク（空飛ぶ円盤）」といった言葉が新聞の見出しを賑《にぎ》わせた。アーノルドの体験談は大フィーバーをもたらし、これ以降、アメリカ各地で円盤状の飛行物体の目撃報告が続出することになる。

だが、実際にはアーノルドは「円盤」など見てはいなかったのである。彼は記者のインタビューに答え、物体の飛び方を説明する際、「ソーサーを水切りの要領で対岸に向かって投げた時のような」と表現した。それが誤って新聞に引用されたのだ。後になってアーノルドは自分が目撃した飛行物体の想像図を発表しているが、鋭い鎌のような三日月型をしたその形状は、「円盤」とは似ても似つかない。

「つまり、アーノルドは三日月型の物体を見たのに、その証言が間違って『空飛ぶ円盤』という名で報道されてから、円盤型飛行物体が実際に目撃されだしたわけだな？」

「そういうことになるわね」

「アーノルド以前には円盤型飛行物体の目撃例はないのか？」

「厳密に言えば、ないわけじゃないわ。たとえば――」

私はポケタミのファイルを開いた。いくつかのホームページに載っていたＵＦＯ事件のデータを元に、自分専用にまとめ上げたデータベースである。

「ああ、これね。アーノルド事件の二か月前、ヴァージニア州リッチモンドで、二人の気象庁職員が楕円《だえん》形をした飛行物体を目撃したという例がある。それから、オクラホマシティでも……でも、あくまで少数派ね。アーノルド事件が起きるまでは、円盤型のＵＦＯはポピュラーじゃなかったのよ」

「じゃあ、それまでのＵＦＯはどんな形だったんだ？」

「いろいろ。時代によって違うの」

歴史上おそらく最初のＵＦＯ目撃報告は、旧約聖書の『エゼキエル書』の中に見られる。紀元前五九二年、いわゆるバビロン捕囚の一人であった祭司エゼキエルが、ケバル川のほとりで四人の天使と遭遇したのだ。天使は激しい風と雲と火をともなってエゼキエルの前に飛来した。四枚の翼と四本の腕、仔牛《こうし》のような青銅の脚を持ち、その頭部には、人間、獅子《しし》、牛、鷲《わし》の四つの顔があったという。天使の近くにはそれぞれ一個ずつリングが浮かんでいた。リングは二重構造をしており、緑柱石のようで、周囲にはたくさんの眼がついていた。馬車の車輪と違って、向きを変えることなく、どの方向にでも移動できたという。

エゼキエルが目撃したものは地球外生物だったという説もある。激しい風と雲と火というのは宇宙船のロケット噴射のことだとか、四つの顔とは宇宙服のヘルメットを見間違えたのだとか……しかし、虚心坦懐《きょしんたんかい》な目で『エゼキエル書』を読めば、とてもそんな解釈には同意できない。これを「異星人」や「宇宙船」と解釈しようと思ったら、原文をかなり強引に読み替えなくてはなるまい。

そんな珍解釈がまかり通る理由は、『エゼキエル書』に描かれた天使が、現代人の思い描く美しい天使のイメージとあまりにもかけ離れており、異様に思えるからだろう。こんなものが天使であるはずがない、何か別のものに違いない、と――だが、それは無知というものだ。我々の知っている天使のイメージが絵画や彫刻の世界で定着するのは、キリストの死後何世紀も経ってからなのだから。

時代が下ると、別の種類のＵＦＯが頻繁に目撃されるようになる――「空の戦闘」もしくは「空の軍隊」だ。

空中で軍隊や野獣が戦う光景がしばしば見られることは、古くは古代ローマの学者プリニウスが『博物誌』の中で記している。六世紀には、イギリス南東部のケント州で、ドラゴンやライオンなどの野獣が空中で戦うのが見え、その後、血の雨が降ってきたという記録がある。

同様の現象は、一六世紀から一九世紀にかけて特に頻発した。一五四七年、スイスの上空で二つの軍隊が戦う光景が目撃されている。軍隊の下方では二頭のライオンが戦っており、軍隊とライオンの間には白い十字架が横たわっていたという。一五五〇年七月一九日、現在のドイツのウィッテンベルク近くの空で、やはり戦闘が目撃された。二つの軍隊が一頭の大鹿を囲み、すさまじい音を響かせて戦いを繰り広げ、血が豪雨となって降ってきたという。一五八八年の暮れには、フランスのブロワ市の上空に、奇妙な炎や、血まみれの剣を持った白装束の軍人、槍《やり》を持った軍隊が出現している。一六〇一年八月一二日、ハンガリーのバラトン湖岸の小さな町で、豹《ひょう》のような怪物と伝説の怪蛇バジリスクが空中に出現し、朝八時から正午まで戦い続けたのが、近隣の大勢の住民に目撃されている。

特に長く続いたのは、イギリス・ノーサンプトンシャーのネーズビーの例である。この土地では、清教徒革命中の一六四五年六月一四日、王党派と議会派の大規模な戦闘があった。それから毎年、およそ一世紀にわたって、戦場となった場所の上空に、戦闘の模様が絵画のように（今なら「映画のように」と表現するところだろうが）リアルに再現された。土地の人々は近くの丘に集まり、それを眺める風習があったという。

戦闘は見られなかったが、軍隊が空を行進してゆく光景もしばしば目撃されている。一七八五年、ポーランドのシレジュ地方のウーヤスト。一八四八年五月三日、フランスのドーフィーネ地方のヴィエンヌ。一八五〇年一二月三〇日、イギリスのバンマス川の付近。一八五四年一月二二日、ライン河沿いのビューデリッヒ。一八八一年九月、アメリカ・ヴァージニア州。一八八一年一〇月八日、イギリス・ヨークシャーのリプレイ……。

ジャン゠ピエール・スガンという研究者によれば、一五二九年から一六三一年にかけてフランスで発行された五一七種類の瓦《かわら》版のうち、四五種類が「空の戦闘」について報告したものだったという。スガンが収集した瓦版はすべてではないから、実際の目撃件数はもっと多かっただろう。

当時のヨーロッパの空に「空飛ぶ円盤」はいなかった——その反面、実に多くの「空の戦闘」が目撃されていたのだ。

それより目撃件数は少ないものの、「空飛ぶ船」についての報告もある。宇宙船ではない。オールや帆で進む木造船だ。当時のヨーロッパでは、空の上にマゴニアという国があり、そこから地上の果実を採取するために船が降りてくると信じられていたのだ。

古いアイルランドの写本にはこんな話が出てくる。九五六年、クロエラという町で起きた出来事だ。ある日曜日、この町にある聖キナラスを記念した教会で、住民がミサを行なっていると、空からロープのついた鉄の錨《いかり》が落ちてきて、教会のドアの上の木製のアーチにひっかかった。ロープの先端には人を乗せた船が浮かんでいた。人々が見上げていると、一人の男がロープを伝い、水中を泳ぐような動作で降りてきて、錨をはずそうとした。人々はアーチによじ登って男を捕らえようとしたが、男の生命を心配した司教が命じて、彼を解放させた。自由の身になった男が急いで船に戻ると、彼の仲間はロープを切断し、錨を残して空に飛び去った……。

これとそっくりな事件は、一二一一年、イギリス・ケント州グレーヴゼントでも起きたとされている。一七四三年には、イギリス・ウェールズのアングルシー島の農夫が、雲間を飛ぶ帆船を目撃している。下から見上げたので、船底の中央を走っている竜骨まではっきり見えたという。

私は〈昴の子ら〉にいた頃、こうした現象についてどう思うか、数人の信者に意見を聞いてみたことがある。ある者は「そんなのは昔の人の作り話ですよ」と一蹴《いっしゅう》した。軍隊や豹や帆船が空を飛ぶなんてあるはずがない、と。

おかしな主張である。なぜなら、彼らは空飛ぶ円盤の実在は信じているのだ。確かにライオンや豹や木造船が空を飛ぶなんて、まったくの非常識、科学的にありえないことである。しかし、翼もプロペラもジェットエンジンもない円盤型の物体が空を飛ぶのだって、同じぐらい非常識なことではないのか？

別の者は、これらの報告をUFO目撃談と解釈した。昔の人は、良いプレアデス星人のUFOと悪いオリオン人のUFOが空中で戦うのを見たのだが、それが何なのか理解できなかったため、ありのままに報告するのではなく、ライオンだの軍隊だのといった比喩《ひゆ》を使って表現したのだ……というのだ。これもまた無理のある解釈である。時代も場所も異なる何百人という目撃者が、揃いも揃って、同じ比喩を用いたというのか？

確かに古い話には伝聞による誇張や歪曲《わいきょく》が多く、鵜《う》呑みにするわけにはいかない。中には創作も混じっていることだろう。しかし、これほど多くの報告を「ただの作り話」と無視することは、私にはできなかった。どの報告もストーリーとしての起承転結に欠けており、いわゆる昔話とは一線を画している。大勢の人間が同時に目撃していることが多いので、錯覚や幻覚、妄想とも思えない。「では何なのか？」と訊《たず》ねられても困る。ただ、昔のUFO現象が現代のそれとかなり違っていたことは、疑問の余地がない。

UFO現象に新たな変化が起きるのは一九世紀末である。この時期、アメリカで多数の

「幽霊飛行船」の目撃報告があるのだ。

当時、ヨーロッパでは大型硬式飛行船の開発競争が進んでいた。一八九七年一一月三日、ダヴィッド・シュヴァルツが設計したアルミニウム製の全長四八メートルの飛行船が、ベルリンで試験飛行中に墜落した。その三年後の一九〇〇年七月二日、有名なツェッペリン伯のＬＺ１号が試験飛行に成功、飛行船時代の幕が上がる。しかし、アメリカの発明家は大きく出遅れていた。初のアメリカ製飛行船、トーマス・ボールドウィンの〈カリフォルニア・アロー〉号がオークランドの空に浮かぶのは、一九〇四年のことである。

すなわち、一九世紀末の時点では、まだ実用的な大型飛行船はアメリカには存在しなかったはずなのだ。にもかかわらず、一八九六年から九七年にかけて、アメリカだけでも数百件の大型飛行船の目撃報告があるのだ。

一八九六年一一月一七日の夕刻、カリフォルニア州サクラメントに、「謎の力で推進するアーク灯のような物体」が出現、建物をたくみによけながら低空で通過した。驚きながら見上げていた地上の人々は、飛行船の中から「上昇しろ」とか「さて、明日の正午までにサンフランシスコに行かなくては」といった英語の声がするのを聞いたという。

同じものと思われる飛行物体の目撃報告は、カリフォルニア州の各地、ワシントン州、国境を越えてカナダからも寄せられた。さらに翌年には、西海岸だけではなくアメリカ全土で目撃されるようになる。三月二九日にはオマハで、三月三〇日にはデンバーで、四月一日にはカンザスシティで、四月五日には再びオマハで、四月九日にはシカゴで、四月一五日にはワシントンで……いずれも数十人、数百人の市民によって目撃されている。一隻の飛行船が高速で飛び回っているのでなければ、どうやら何隻もの飛行船がアメリカの空をうろついているようだった。

当時の新聞には、目撃者たちの報告を元にしたイラストが載っている。物体は葉巻型で、全長は一五〜二一メートル、側面にはプロペラか外輪のようなもの、尾部には大きな三角形の安定板、底部には人の乗るゴンドラが付いている。強力なライトを放ちながらゆっくりと空中を移動し、中から人の声がしたという証言もいくつかある。

問題はゴンドラのサイズである。どの絵を見ても、気嚢《きのう》に比べてゴンドラが大きすぎる。これでは飛べるはずがない。それは本物のツェッペリン飛行船よりも、ジュール・ヴェルヌの小説の挿絵や、当時の雑誌に載っていた「未来の飛行機械」の想像図に似ている。

一八九七年四月一九日の夜、テキサス州ボーモントに住むJ・B・リーゴンとその息子は、そうした飛行船の一隻が隣人の牧場に着陸しているのを発見した。飛行船の近くには四人の男がおり、一人が「水をバケツに一杯くれ」と頼んだ。リーゴンが水を渡すと、男はウィルソンと名乗り、これは電気の力で動く新型飛行船で、これからアイオワに戻るところだと説明した。やがて飛行船は浮上し、リーゴンと息子の見守る中、夜空に飛び去っていった。

翌四月二〇日、飛行船はテキサス州ユベルディに住むH・W・ベイラー保安官の自宅の裏に着陸した。出てきた男の一人は、やはりウィルソンと名乗り、ザバリア郡の前の保安官のC・C・エイカーズという人物に会いに来たと告げた。エイカーズは今はイーグル・パスにいるとベイラーが言うと、ウィルソンはとても残念がった。それから、やはり水を要求し、このことは町の人にはないしょにしておいてくれと頼んでから、北の方へ飛び去った。

四月二二日、飛行船はテキサス州ジョーサーランドで、農夫フランク・ニコルズのトウモロコシ畑に着陸した。降りてきた乗員は例によって井戸水を分けて欲しいとニコルズに頼んだ。二三日には、テキサス州クーンツにも飛行船が着陸、降りてきた男の一人はウィルソンと名乗った。五月六日には、アーカンソー州フォート・スミスで、パトロール中の警官ジョン・P・サンプター・ジュニアと副保安官ジョン・マックレモアが、飛行船から降りてきた三人の男女と遭遇した。そのうち一人は、やはり水を汲《く》んでいたという。サンプターとマックレモアは、治安判事の前で宣誓供述書にサインし、自分たちの報告に偽りはないと誓った……。

目撃者たちの報告には共通点がある。飛行船の乗員は決して怪物じみたエイリアンではなかったということだ。ウィルソンと名乗る男とその仲間たちは、明らかにごく普通の人間で、一九世紀のアメリカ人の着るような服装をしており、流暢《りゅうちょう》に英語を喋《しゃべ》った。そして火星やプレアデス星団ではなく、アイオワまたはニューヨークから来たと言ったのである。

面白いことに、UFO本の中には、一九世紀末の「幽霊飛行船」騒ぎには触れているのに、乗員の描写については無視しているものが多い。UFOを何としてでも異星人の飛行物体にしたい著者にとって、一九世紀風の紳士ウィルソンの存在は都合が悪いのだろう。一九世紀末の「幽霊飛行船」は、昔の「空飛ぶ船」とは違い、電気による照明を装備し、帆やオールを持たず、どうやらプロペラで推進するらしい。だが、その振舞いを見ると、明らかに過去の「空飛ぶ船」と同種のものであることが分かる。

一八九七年四月二六日、テキサス州マーカルで、教会から帰る途中の家族数組が、照明を装備した飛行船が滞空しているのを目撃した。飛行船はロープから垂らした錨が線路にひっかかって難渋しているようだった。一〇分ほどして、青い水兵服を着た小柄な男がロープを伝って降りてくると、ロープを切断した。飛行船は錨を残して北東へ飛び去った……。

そう、船の外見こそ違うが、九五六年にアイルランドで、一二一一年にイギリスで起きたことが、そっくり繰り返されたのだ！

こうした飛行船騒ぎは五月には下火になったが、一九〇八年になって再燃した。今度はアメリカだけではなく、ヨーロッパ各地からも目撃報告が寄せられた。

一九〇九年三月二三日の早朝、イギリス・ケンブリッジシャーのケトル巡査がピーターバラのクロムウェル通りをパトロール中、自動車のエンジン音のようなものが頭上から響いてくるのを耳にした。空を見上げると、まばゆいライトを装備した葉巻型の物体が、星空を背景に通り過ぎてゆくのが見えた。この事件が発端となり、イギリス各地、さらには北アイルランドのベルファストでも飛行船が目撃された。

特に奇妙なのは、五月一三日、ロンドン郊外のハム・コモンで、グレアム氏とボンド氏が遭遇した飛行船だ。二人の証言によれば、飛行船は全長六〇～七〇メートル、ゴンドラに乗っていたのはアメリカ人とドイツ人だったという。ドイツ人がタバコをくれと言ったので、グレアム氏はタバコ入れから少し分けてやった。イギリスの「幽霊飛行船」は、アメリカのそれとは違い、水には困らなかったようだ。

　イギリスでの飛行船騒ぎはいったん下火になったように見えたが、一九一二年になって、前回以上の目撃集中《フラップ》が襲ってきた。目撃報告は何百という数に達し、ついには国会でも問題になった。当時のイギリス国民は、飛行船はドイツから飛んでくるのではないかと疑っていたのだ。確かに同じ頃、ツェッペリン伯は飛行船を一〇号まで完成させていたが、まだ事故やトラブルが多く、イギリスまで頻繁に足をのばしていたとは考えにくい。

　第一次世界大戦が終わると、「幽霊飛行船」の目撃例はぴたりと途絶える。実際にツェッペリン飛行船がロンドンを爆撃したため、もはやファンタスティックな「幽霊飛行船」の出る幕ではなくなったのかもしれない。

　その代わり、新しいタイプのUFOがスカンジナビアの空に出現した。「幽霊飛行機」である。それは複葉機全盛時代には珍しい単葉機で、当時としては考えられないような速度（それでもまだ音速には達していなかったようだが）で飛行し、空軍機による追跡を振り切った。一九三三年から三四年にかけての冬、スウェーデン国内だけでも数百件の目撃報告があった。中には八機のエンジンを備えた巨大機もあったという。もちろん当時、そんな飛行機は世界のどこにも存在しなかった……。

こうした例を調べるにつれ、私は一九四五年に起きたというIさんの体験談に、ますます信憑性《しんぴょう》を感じるようになっていった。確かに一件だけ取り出してみれば、「空飛ぶ戦車」というのは突飛な話のように思える。しかし、現象全体を大きな視野で見れば、それは一九世紀末から欧米で続いてきた「幽霊飛行船」「幽霊飛行機」の目撃談の日本風ヴァリエーションにすぎない。アメリカの飛行船からアメリカ人が、ヨーロッパの飛行船からドイツ人が降りてきたなら、日本の「空飛ぶ戦車」から日本人のパイロットが降りてきて水を要求しても、何の不思議があるだろう？

しかし、「幽霊飛行機」の天下は短かった。飛行機の急速な進歩によって、あっという間に現実に追いつかれてしまったのだ。

第二次世界大戦中、対立する両軍のパイロットは、ともに「フー・ファイター」に悩まされた。「火」を意味するフランス語のfeuに由来するその飛行物体は、明るい光を発しながら高速で夜空を駆け回り、その信じられない機動性でパイロットを翻弄《ほんろう》した。それは飛行船や飛行機でもなければ、まだ円盤型でもなく、形のはっきりしない火の玉だった。まるでUFOが新たな形を決めかねているかのように……。

世界大戦終結の翌年、またスカンジナビアで、葉巻型の飛行物体が再登場した。もっとも、それはもはやプロペラ推進でのんびり飛んではおらず、宇宙時代にふさわしく、ロケットを噴射して高速で飛翔《ひしょう》していた。

最初は一九四六年の五月、スウェーデン上空で、魚雷もしくは葉巻型をした「幽霊ロケット」が頻繁に目撃された。七月九日には目撃件数は二五〇件にもはね上がった。八月に入ると、同様の目撃報告は、デンマーク、ノルウェー、スペイン、ギリシア、モロッコ、ポルトガル、トルコからも寄せられた。その年の終わりまでには目撃報告は九九七件に達し、そのうち二二五件は、物体は明らかに金属製だったと証言している。小さな尾翼を見た者も多い。スウェーデンでの例に関して言えば、八割は流星などの見間違いであったことが判明しているが、二割はついに正体不明のままだった。北欧諸国の新聞は、ソ連が新型のロケット兵器の試射を行なっていると書き立てた。一方、共産圏の新聞は、「幽霊ロケット」はアメリカの秘密兵器だと非難した。

そして一九四七年六月二四日、ケネス・アーノルド事件を境に、「空飛ぶ円盤」が大発生することになる。

それまでにも様々な形のUFOが報告されていた。翼のある鳥のようなもの、四角いもの、球形、卵形……しかし、アーノルド事件以降、円盤が圧倒的に多くなる。その目撃件数の急増は、まさに異常と言っていい。UFO事件に関するアメリカ国内の新聞記事だけを見ても、六月二四日から三〇日の間には一日あたり一五〜二〇件、七月四日には九〇件、七月七日には一六〇件にも達しているのだ。

もっとも、葉巻型飛行物体の目撃例が途絶えたわけではない。それは依然として目撃され続けていた。

たくさんの目撃例から、とりわけ信憑性の高い二例だけを挙げよう。ひとつは冥王星《めいおうせい》の発見者として名高い天文学者クライド・トンボーの報告である。彼は一九四七年八月一〇日の夜、ニューメキシコ州の自宅の中庭で、家族とともに葉巻型の飛行物体を目撃している。それは側面に一列の窓があり、中から光を発していた。

もうひとつは一九四八年七月二四日、イースタン航空のダグラスDC―3旅客機の機長と副操縦士が目撃したものである。翼のない葉巻型をしており、B―29爆撃機の三倍ぐらいのサイズがあって、尾部から長い炎を噴射していた。それはDC―3が衝突を避けようと針路を変えると、それに合わせて針路を変え、衝突の寸前に急上昇して姿を消した。明らかに流星には不可能な芸当である。

この事件で興味深いのは、副操縦士が問題の物体を「『フラッシュ・ゴードン』風の空想的な宇宙船」と表現していることだ。そう、「幽霊ロケット」「葉巻型UFO」なるものは、本物のロケットよりも、一九三〇～四〇年代に空想されていたロケットに酷似しているのだ！　お疑いなら、当時のコミックスやSF雑誌の表紙絵を見てみるといい。葉巻型、球形、あるいは円盤型の宇宙船であふれかえっている。

出てくるのはロケットや円盤だけではない。たとえば『プラネット・コミックス』というコミックス誌には、無毛で頭の大きい小型宇宙人に誘拐《ゆうかい》された女性が、宇宙船の中に下着姿で横たえられ、今しも人体実験をされそうになっている場面が描かれている。UFOマニアなら誰でも、一九六一年に起きたヒル夫妻事件に端を発する、いわゆる「エイリアン・アブダクション」を連想せずにはいられないだろう。しかし、この絵が描かれたのはヒル夫妻事件より二〇年以上も前なのだ……。

だが、ほとんどのオカルト研究家は、こうした点に注意を払わなかった。半世紀前の「幽霊飛行船」騒ぎをすっかり忘れ、「葉巻型ＵＦＯ」との明白な類似に思い至らなかった。「葉巻型ＵＦＯ」は別の惑星から来た「空飛ぶ円盤」の母船に違いないと勝手に決めつけたのである――そんな証拠はどこにもないのに！

「空飛ぶ船」が「幽霊飛行船」「幽霊ロケット」と進化してきたように、「空飛ぶ円盤」も進化しているらしい。一九四〇～五〇年代のＵＦＯ目撃報告の中には、炎を噴射していたというものが多いのだ。当時、円盤はどこかの国の秘密兵器ではないかという説が根強かった。だとすれば、ロケットを噴射しているのは当然だろう。しかし、「空飛ぶ円盤」が異星人の乗り物であり、磁力や反重力で飛んでいるという説（これもまた、何の証拠もないのだが）が広まるにつれ、だんだんＵＦＯは炎を噴射しなくなっていった。

もっとも、完全に炎を吐かなくなったわけではない。たとえば一九六四年四月二四日、ニューメキシコ州ソコロの警官ロニー・ザモラが目撃した楕円形のＵＦＯは、炎を噴射して上昇し、着陸地点に焦げ跡を残していった。また、一九八〇年一二月二九日の夜、テキサス州ハフマン近郊の路上で、ベティ・キャッシュとヴィッキー・ランドラム、それにヴィッキーの孫のコルビーが遭遇したＵＦＯは、ダイヤモンド形をしていて、下から炎を噴射していた。この遭遇の直後、三人は皮膚に日焼けや水ぶくれができ、髪の毛が抜け、頭痛や吐き気に見舞われるなど、明らかな放射線障害の兆候を示した。

ＵＦＯの進化はその後も続く。一九八八年一一月、米国防総省は、極秘に開発していたステルス戦闘機Ｆ１１７―Ａの写真を公表した。それは従来の飛行機のイメージを大きく逸脱した、二等辺三角形をした黒塗りの機体であった。そのちょうど一年後、ベルギーのオイペンで、二人の憲兵隊員が「二等辺三角形をした黒い固体の塊」を目撃した。それは本物のステルス機とは違い、湖の上でホバリングできたという。同じものと思われるＵＦＯは、その後もベルギーに何度も飛来して多くの人に目撃されており、一九九〇年の四月には写真も撮影されている。

ここには明らかなパターンが見られる。人類がまだ飛行機械を持っていなかった頃、空を飛んでいたのは木造の帆船だった。ヨーロッパで硬式飛行船が開発されていた時代、アメリカに「幽霊飛行船」が出現した。ナチスのＶ２ロケットがロンドンを爆撃した翌年、スカンジナビアに「幽霊ロケット」が出現した。ケネス・アーノルドが円盤を目撃したと誤って報じられると、「空飛ぶ円盤」が出現した。アメリカが三角形のステルス機の存在を公表した翌年、ベルギーに黒い三角形のＵＦＯが出現した……。

もし今、どこかの国の科学者が、画期的な性能を持つドーナツ型の飛行機を開発したなら、たちまちドーナツ型のＵＦＯが出現するに違いない。

私の長い講義を、兄は真剣な表情で聞き終えた。

「つまり、ＵＦＯは人間のイメージに合わせて形を変えてるってことか？」

「そういうことになるわね。だからアダムスキー型ＵＦＯが実在しても不思議じゃない。大勢の人がアダムスキー型ＵＦＯの実在を信じているなら……」

「でも、お前はそれを異星人だとは思わないんだな？」

「当たり前でしょ！　異星人がどうして帆船や飛行船で飛んでこなくちゃいけないの？」

「しかし、『空飛ぶ円盤』と『幽霊飛行船』が同じものだというのは、即座に納得できないな。形が違いすぎるだろ？」

「確かに形は違うわ。でも、乗員の行動パターンはそっくりなのよ」

私はそう言って、『ＵＦＯ：エイリアン・コンタクト』のファイルを開き、「要求」というキーワードでいくつかの事件のデータを表示した。

一九六一年四月一八日の朝、ウィスコンシン州に住む配管工ジョー・サイモントンの庭に、直径九メートルの銀色の物体が入ってきた。中から現われた三人の男は、イタリア系の顔で、毛糸の帽子をかぶり、タートルネックのセーターを着ていた。彼らは水差しを差し出し、手振りで水を要求した（またしても水だ！）。サイモントンが水を与えると、彼らはお返しに四枚のパンケーキをくれた。後日、科学者がそのパンケーキを分析してみると、成分はまったく地球のものと同じだったが、奇妙なことに塩分が含まれていなかったという。

一九六四年四月二四日、ニューヨーク州の酪農家ゲイリー・ウィルコックスが畑仕事をしていると、空き地に卵形のUFOが降りてきて、中から身長一・二メートルほどの人間が二人現われた。彼らは流暢な英語で「火星から来た」と語り、ウィルコックスが撒《ま》いていた肥料を分けて欲しいと頼んだ。後日、ウィルコックスがその場所に肥料を置いておくと、いつの間にかなくなっていたという。

一九六四年の夏、ネバダ州のリノ空港の近くに円盤が着陸。中から降りてきたのはナチの将校の軍服を着た男で、居合わせたフランク・ストレンジス博士らに一〇ドル札数枚を差し出し、ドイツ訛《なま》りの英語で「何か食べるものを買ってきてくれ」と頼んだ。しかし、パトカーのサイレンの音を聞くと慌てて円盤の中に逃げこんだ。円盤は回転しながら黒い煙をあげて飛び去った。

一九八九年一一月二日、トラック運転手のオレク・キルサノフは、アルハンゲリスクからモスクワに向かう途中、道の横に巨大なUFOが着陸しているのを発見し、トラックを降りた。すると目の前の空中に正方形のスクリーンが現われ、「火が欲しい」という文字が表示された。キルサノフがマッチと工業用アルコールを持ってきて、落ち葉の山に火をつけると、ジャガイモの袋のような姿の生物が現われ、マッチ箱を受け取り、去っていった。

交渉が失敗した例もある。一九五七年一一月六日、ニュージャージー州に住むジョン・トラスコが飼犬に餌をやるために外に出ると、納屋の前に卵形のUFOが浮かんでいて、傍に男がいるのを見た。そいつはカエルのような顔で、スコットランド風の帽子をかぶっており、ブロークンな英語で「自分たちは平和的な存在だ。ただ、君の犬が欲しいだけだ」と語った。トラスコが「お前なんかとっとと失《う》せてしまえ」と怒鳴りつけると、そいつはＵＦＯに乗って慌てて逃げていった……。

「ねえ、こんなのが『異星人』だなんて信じられる!?」私は笑いながら言った。「科学が高度に発達してるはずの知的生物が、どうして水や肥料やマッチなんか欲しがるの？　水が欲しければ川で汲《く》めばいいんだし、火をつけたいならマッチよりましなものを持っていそうなものよ」

「でも、そうした事件のほとんどは物的証拠がないんだろ？　作り話とは考えられないか？」

「確かにね。作り話も多いと思うわ。でも、作り話だとしても、どうしてもっとリアルな話にしないの？　第二次大戦が終わって二〇年近くも経ってるのに、ナチの将校がアメリカのど真ん中に現われて、食べ物を買ってきてくれって要求するなんて……こんなアホらしい話じゃ、『信じてくれるな』って言ってるようなものよ」

「耳が痛いな。存在しないアダムスキー型ＵＦＯを見てしまった者としては」兄はそう言って苦笑した。「だから人に話すのは嫌なんだ。頭がおかしいと思われる」

「ええ、妄想とか幻覚とかも多いでしょうね。でも、この手の事件はたいてい、マスコミやＵＦＯ研究家が調べに行って、裏づけを取ってるの。確かに精神に異常の見られる人もいるけど、ほとんどの目撃者は明らかに正常なのよ。あまりにも異常な体験をしてしまって、自分でも動揺している人もいる——目撃したけど誰にも話さないという人も、かなり多いんじゃないかな」

「UFOコンタクトってのは、こんな妙な話ばっかりなのか？」

「そう、こんな話ばっかりなのよ」

　私はさらにいくつかの事件を表示してみせた。

　一九五四年一一月一日、イタリアのチェンニーナに住むローザ・ロッティ夫人は、花束を持って墓地に向かう途中、両端の尖《とが》った高さ二メートルほどの紡錘形の物体が垂直に着陸しているのを目撃した。その背後から現われた二人の男は、身長一メートルほどで、赤いヘルメットをかぶり、黒いマントをまとっていた。彼らはロッティ夫人が持っていたカーネーションの花束とストッキング片方を奪った。このUFOは九人が目撃しており、ロッティ夫人が小男たちといっしょにいるのを見た者もいる。

　一九六六年一一月二日の早朝、ウエストヴァージニア州ミネラルウェルズに住むセールスマンのウッドロウ・デレンバーガーは、雨の中を運転中、「昔の灯油ランプの火屋《ほや》」みたいな形をした、火を噴く物体と遭遇した。中から降りてきたのは黒いオーバーを着た長髪の黒人で、テレパシーで「私の名はコールド（冷たい）だ」と名乗った。二日後、コールドは再びデレンバーガーにコンタクトしてきて、自分は「ガニメデ星雲」から来たと言った（ガニメデというのは木星の衛星の名前で、星雲ではない）。

　一九七四年一〇月一〇日、山形県に住む佐藤千太郎さんは、酒田市に住む知人に夕食に招かれ、夜道を車で走っている途中、スイカほどの大きさの青白い光体に追跡された。まもなく、カーステレオのスピーカーから、陽気なラテン音楽とともに、「お前は誰だ」「何をしに行くのだ」というエコーのかかった金属的な声が流れ出した。佐藤さんが「飯を食べに行くところだ」と答えると、その声は「メシ」とは何かを知りたがった。「お前に害を与えないから、メシとは何か教えたっていいじゃないか」と。

一九八九年、オランダのアムステルダムに住む農夫ヤーン・デグロウトが夜遅く帰宅すると、温室の横に巨大なＵＦＯが着陸していた。そしてカバーオールを着た男がデグロウトに近づいてきて、「チューリップに水をやりすぎている」と忠告した……。

このリストはいくらでも長く続けられる。不思議なことに、ＵＦＯ研究家の多くは、こうした報告を異星人存在の証拠と考えたがる。しかし、もしこうした報告が事実だとしたら、結論はまったく逆だ。ＵＦＯやその乗員の行動は、どう見ても知的生物らしくない。彼らの振舞いはあまりにも愚かで、無意味で、行き当たりばったりだ。その行動パターンは、人類よりはるかに進歩した知性体というよりも、むしろイタズラ好きの子供に似ている。彼らが人類を指導できるほど頭がいいとは、とても思えない。

無論、こうしたことに気づいたのは私だけではない。たとえば、「異星人に出会った」「ＵＦＯに乗せられた」という証言を数多く分析したジェニー・ランドルズは、一九八四年にこんなことを書いている。

（前略）異星人はレバーやバルブや電線や、時代遅れの図体のでかいコンピュータを使っている。彼らは、『スター・トレック』や『ドクター・フー』と同じような光線銃を使う。異星人たちは、地球の過去の技術に追いつくのがやっとのようだ。彼らはようやくレーザーやホログラムを使える段階になったようだし（我々が使えるようになるまで彼らも使っていなかった）、いま地球の腕時計や計算器に一般的に使われている液晶を、異星人はまだ持っていない。おまけに、異星人の宇宙船はしょっちゅう故障する。

そう、UFOはあまりにも宇宙船らしくないし、それに乗っている「異星人」はあまりにも異星人らしくないのだ。そもそも、どこか別の惑星の生物が、地球での進化とまったく同じコースを歩んで進化してきた末に、人間そっくりな姿になるというのは、進化論や確率の法則を無視したナンセンスな話である。

なぜ彼らを異星人だと思うのか？――「UFOから降りてきたから」

なぜUFOが異星人の乗り物だと思うのか？――「異星人が乗っているから」

それでは循環論法というものだ！

確かにウィルコックスの事件では、UFOの乗員は「火星から来た」と言っている。しかし、彼らの言葉を信用する根拠はあるだろうか？　「火星から来た」という言葉を信じなくてはならないなら、「アイオワから来た」というウィルソンの言葉や、「ガニメデ星雲から来た」というコールドの言葉も信じなくてはなるまい。

一九五〇～六〇年代に現われたＵＦＯの乗員は、たいてい火星や金星、土星などから来たと称していた。中には「月の向こうに隠れている未知の惑星」から来たと言う者もいた。しかし、宇宙探査が進み、どうやら太陽系内に生命の存在する星は地球以外になさそうだと分かってくると、彼らは新たな天体の名前を口にするようになった。プレアデス星団、琴座のヴェガ、レチクル座のゼータ星、乙女座のウォルフ４２４……。

信じたい人は信じればいい。私は信じない。ＵＦＯ遭遇談の数々を読めば、ＵＦＯの乗員の言動が信用できないのは歴然としている。彼らはしばしば地球規模の天変地異の発生を予言したり、近いうちに地球人の前に堂々と姿を現わすことを約束したりするが、それらの言葉が現実になったことは一度もないのだ。

有名なＵＦＯ研究家のジョン・Ａ・キールも、ＵＦＯの実在は信じているが、その乗員が異星人だという説には懐疑的である。彼は一九七五年に発表した著書『モスマンの黙示』の中でこう書いている。

もし一四七五年に空におかしな光が見えたとしたら、それは箒《ほうき》に乗った魔女に相違ないと誰もが分かってしまう。（中略）一九七五年の現在なら、別の惑星から来た宇宙船だと決められてしまうだろう。その結論はきちんと推論した結果出てきたものではない。何年も何年もそうなのだと宣伝され、洗脳された結果の判断なのである。（中略）空軍は空飛ぶ円盤に関する事実を故意に公表しないようにしているのだとか、本当はUFOは高度な科学技術をもった高等生物の造りだしたものだとか、空飛ぶ円盤は人類を自滅から救済するためにやって来たのだとか、無意味な御託宣を毎年毎年インタビュー番組で並べられれば信じやすくもなろうというもの。（中略）思いこみこそが敵なのである。

まさに同感である。「UFOは異星人の乗り物」というのは、現代の迷信、何の根拠もない思いこみにすぎない。

世界で最も有名なUFO研究家、天文学者のJ・アレン・ハイネックも同じ意見である。彼は一九七六年のインタビューで、「私はUFOが他の天体から来た〝ナットやボルト〟でできた宇宙船であるという考えを支持することができなくなってきている」と述べている。「人類を凌駕《りょうが》する知性体が、車を止めたり、土壌のサンプルを集めたり、人を驚かせたり、ろくでもないことをわざわざやるために、はるかな空間を旅してきたなんて、実に馬鹿げた推論のように思える」と。

「しかし、異星人じゃないとしたら、いったい何なんだ？」

「分からない」私は正直に答えた。「それこそ超自然的存在としか言いようがないわね。妖精《ようせい》や妖怪と同じものだという説を唱える人もいる。確かに異星人遭遇談って、昔の妖精遭遇談によく似てるのよ。妖精に誘拐《ゆうかい》されたとか、いたずらされたとか、妖精に親切にしたらお返しをくれたとか……ああそうだ。こんなのはどうかな」

私は一九七九年一月四日、イギリス・バーミンガム近郊のブルーストンウォークで起きた事件のデータを表示した。午前七時、ジーン・ヒングリー夫人が夫を見送ってから家に入ろうとした時、オレンジ色に輝く巨大な球体が出現、中から三人の小さな「異星人」が現われ、空中を飛んで家に入ってきたのだ。彼らは家の中を飛び回り、飾ったままだったクリスマスツリーに興味を示した。ヒングリー夫人がミンスパイを勧めると、怒ったらしく、レーザー光線のようなもので夫人を攻撃してきた。しかし、彼女がタバコに火をつけると、びっくりして裏口のドアから逃げていった。

夫人の証言を元に、ＵＦＯ研究家が再現した「異星人」の想像図がある。身長一一〇センチ、ほっそりした体形で、三角帽子をかぶり、背中には水玉模様の羽根がある――その姿はまさに妖精そのものだ。

「ね？　この事件とか、さっきのロッティ夫人の事件とかもそうだけど、ＵＦＯさえ出てこなければ、妖精遭遇談と見なされたに違いないのよ」

「なるほど。異星人と妖精の違いは、ＵＦＯに乗ってるか乗っていないか……」

「そういうことね」

「しかし、『異星人の正体は妖精です』と言ったところで、何も説明したことにはならないだろ？　じゃあ妖精の正体は何だってことになる。説明が一歩後退しただけだ」

「そうね。他にも心理投影説ってのもあるけど……」

「心理投影説？」

「人類の集団無意識みたいなものが空に投影されて、実体化したものがUFOだっていう説。だからその時代の人間のイメージに合わせて、UFOの形が進化するってことらしいの——でも、私はうさん臭いと思うな」

「なぜ?」

「だって、どうして人間の心の中のイメージが実体化するのか、それこそ原理が説明できないじゃない? 無から何かが現われるなんて、物理法則に反してる。科学で説明できない現象を、別の説明できない言葉で置き換えてるだけだと思うの」

「いや、そんなことはないぞ」兄は考えこんだ。「どうやらつながってきた。僕の考えていた仮説にうまく当てはまりそうだ」

「仮説って?」

「UFOはこの宇宙の外から来てるんじゃないかと思う」

「外って……異次元ってこと?」

「違う。この世界のリアリティより、もう一段上のリアリティだ」

「分からないわ。そんな遠回しの言い方じゃ」

「分かりやすく言うとだな……」

兄は大きく息を吸いこみ、決定的な言葉を口にした。

「この世界は現実じゃない。とてつもなく大規模なコンピュータ・シミュレーションなんだ」

11　神のシミュレーション

兄が最初にその可能性に思い当たったのは、二〇〇八年の暮れ、『ダーウィンズ・ガーデン2』の最終調整をしている時だった。

問題になっていたのはアーフの進化速度だった。『1』よりも緻密《ちみつ》なシミュレーションを設定したため、古いネブラの計算能力では、どうしても処理が遅くなってしまうのだ。アーフが世代を重ねるのに時間がかかるため、進化の速度も遅れる。何時間も変化が見られないので、ユーザーが退屈してしまうかもしれない。かと言って、今さらシミュレーションを簡略化するわけにもいかない。バランス調整を一からやり直さなくてはならないからだ。

発売予定日は迫っている。どうすれば基本プログラムを大幅にいじることなく進化の速度を上げられるか、兄たちのグループは様々な試行錯誤を重ねた。

立ちはだかっているのは「偽りのピーク」の問題だった。

山登りのできるロボットを想像していただきたい。このロボットには視覚はなく、手足の感触だけで周囲を認識する。そしてランダムに動き回り、斜面に遭遇したらひたすらそれを登るようにプログラムされているとする。

このロボットを山のふもとで起動させる。その山にピークがひとつしかなかったら、ロボットは斜面を登り続け、最終的にピークに到達するだろう。しかし、ピークがいくつもあったとしたら？　ロボットは低い方のピークに登ってしまい、そこが最も高い地点だと信じて停止してしまう可能性が高い――すぐ横に、もっと高いピークがあるというのに。

進化シミュレーションでもこれと同じ問題が発生する。進化とは、いみじくもドーキンスが言ったように、「盲目の時計職人《ブラインド・ウォッチメイカー》」なのだ。どこにゴールがあるかを知って、そこを目指しているわけではなく、ひたすら環境に適応するために前進するのみなのである。進化シミュレーションでは環境への適応度は点数で評価されるわけだが、ある程度高い成績を上げてしまった種は、もっと高い成績を上げられる形態が他にあるにもかかわらず、不完全な形態に安住してしまう傾向がある。これが「偽りのピーク」の問題だ。

ロボットを真のピークに登らせるためには、いったん偽りのピークから引きずり下ろしてやる必要がある。それと同じで、ある種をさらに優れた種に進化させるためには、いったん適応度の低い種に戻さなくてはならない。

厳密に言えば、種という名の盲目のロボットは、偽りのピークの上で静止しているわけではない。遺伝子の交差、それに突然変異によって、その形態は絶えず揺れ動いている。その揺れを大きくしてやれば、偽りのピークから転がり落ち、新たなピークを登りはじめるだろう。

兄たちが最初にいじったのは突然変異の発生率だった。突然変異率をゼロに設定しても、遺伝子の交差だけで進化は進むことが分かっている。しかし、アーフの形態にそれまでにない大規模な飛躍をもたらし、偽りのピークに安住するのを妨げるためには、どうしても突然変異が必要だった。かと言って、突然変異があまりたくさん起きると、環境に適応できない欠陥種ばかりが生まれ、生態系のバランスがめちゃめちゃになる。

いろいろ試しているうち、兄は突然変異の発生率を周期的に変化させることを思いついた。普段は発生率を低めに設定しておき、二五〇世代ごとに突発的に増加させるのだ。この方法はうまくいった。突然変異が増加する期間はほんの数世代なので、破壊的な混乱が起きることはない。その時期に発生した多数の突然変異（その大半は有益でも有害でもない）は、中立遺伝子として蓄えられ、将来の進化のための素材となるのだ。

だが、この方法でも、進化速度を最大二倍程度までしか上げることができなかった。偽りのピークに安住し、何万世代も形を変えず、生態系の頂点に居座り続ける頑固な種がいるのだ。そいつらを蹴落《けお》とすには、もっと別の、思いきった手段が必要だった。

兄たちは悩みぬいた末、ある決断を下した――アンフェアな手を使うしかない。

方法は簡単である。時おり環境のパラメータを激変させるのだ。ある環境によく適応している種ほど、異なる環境に対する適応度が低い。たとえば草原を駆けるのに適したキリンのような長い脚を持つアーフは、沼地では生き残れない。すなわち、環境を変化させることで、長く居座っている種だけを絶滅させることができる。その後、環境を元のパラメータに戻すと、適応度の低い種、それまで支配種に対抗できずに進化を妨げられていた種に、機会が与えられる。彼らは新たなピークを目指して前進を再開する……。

本来、こうした環境パラメータの変更は、ユーザーの選択に委《ゆだ》ねられている。なかなか進化が進まない時、思いきって環境を変えてみると、予想もつかない変化が生じるのだ。しかし、パラメータをやたらにいじるのを嫌がるユーザーも多い。

そこで兄たちは、一五〇〇世代、実時間での約七〇分ごとに「カタストロフ」を起こすように設定した。一〇〇世代の間だけ、ランダムに環境パラメータを変動させるのだ。これによって、ある種が何万世代も「偽りのピーク」に安住することはなくなり、アーフの進化は停滞することなく、スムーズに進むようになった。それどころか、思いがけない形態の種が続出し、よりダイナミックな展開が見られるようになったのだ。

ゲームが面白いものになって、スタッフはみな喜んだ。しかし、兄は素直に喜べなかった。

「カタストロフのプログラムを組むのは簡単だった」と兄は語った。「でも、僕はその瞬間、かすかだけど、胸が痛むのを感じた。僕はアーフに何をしようとしてるんだろう？――アーフたちにとって、僕はいったい何者なんだろう？」

罪の意識――架空の生命とはいえ、生命を故意に滅ぼすことに、兄は自責の念を覚えたのだ。アーフたちの弱肉強食の争いや進化競争は、まさに自然界で起きていることの再現であり、それを見守るのは自然観察と大差ない。しかし、創造主がそれに手を出すとなると、話は違ってくる。

ほとんどの人にとって、アーフは単なるデータの集合体であり、本物の生命ではない。カタストロフによってアーフを大量に殺戮《さつりく》しても、シューティング・ゲームで敵を倒すのと同じで、誰も罪の意識など覚えない。しかし、兄は違った。彼らが環境の激変に見舞われ、苦しみもがきながら死んでゆく姿が目に浮かんだのだ。

「もちろん、そんなはずはないんだ。アーフが痛みや苦しみなんか感じるはずはない。それは彼らを創った僕がいちばんよく知っている。でも――」兄は言葉を詰まらせた。「――でも、やっぱり、浮かんでしまうんだ。彼らが土砂崩れに埋もれてる光景が……」

「……分かるような気がする」

「ショックだったよ。子供の頃のトラウマなんて、とっくに克服したと思ってたんだがな。まだうずくんだよ、胸が」

「それでどうしたの？」

「もちろんプログラムは組みこんだよ。他にどうしようがある？　『アーフがかわいそうだから、こんなことはやめよう』なんて、言い出せるわけないじゃないか！――でも、その時以来、疑問を持つようになった」

「疑問？」

「この世界はなぜ、こんなにも『ダーウィンズ・ガーデン』に似てるのかってことだ」

兄が連想したのは、地磁気の逆転と、生物の周期的大量絶滅のことだった。

地球は北極にＳ極、南極にＮ極を持つ巨大な磁石である。その磁場、いわゆる地磁気は、太陽から降り注ぐ危険な荷電粒子の進路をねじ曲げ、地球の環境を守るバリヤーの役目を果たしている。しかし、地磁気の強さは一定ではなく、過去二〇〇年間に一〇パーセントも弱まっている。この割合だと、あと二〇〇〇年もすると地磁気は消滅する。その後、今度は北極がＮ極、南極がＳ極になるのだ。古い岩石に刻まれた地磁気の痕跡《こんせき》を調べると、こうした逆転現象は過去一億六五〇〇万年の間に三〇〇回も起きていることが分かる。

地磁気が消滅している期間、荷電粒子が大気圏に降り注ぎ、大量の二次放射線（ほとんどは中性子）を発生させる。放射線は遺伝子の配列を破壊し、突然変異を誘発する。おそらく地球上の全域で、癌や突然変異の発生率が増大するだろう。期間はごく短いので、生命が絶滅するほどではないが、進化には大きな影響を与えることだろう。

地磁気が生じる原因は、高温でどろどろに融けた地球の中心核が対流運動をしており、それが渦状の電流を発生させるためだと言われている。しかし、なぜそれが頻繁に逆転するのか、モデルはいくつか提唱されているものの、正確なメカニズムはよく分かっていない。何と言っても、地球の中心を覗《のぞ》くことは誰にもできないのだから。

もうひとつ、生物の周期的大量絶滅の問題もある。六五〇〇万年前の白亜紀末に起きた恐竜の絶滅は有名だが、地球の進化史の中では、こうした事件は何度も起きている。特に規模が大きかったのは、二億五〇〇〇万年前の古生代ペルム紀末に起きた大絶滅で、この時には海洋生物の九〇パーセントが絶滅している。

一九八三年、古生物学者のデイヴィッド・M・ラウプとJ・ジョン・セプコウスキー・ジュニアは、過去二億五〇〇〇万年間に起きた大量絶滅のデータをコンピュータで分析しているうち、そこに明らかな周期性を発見した。

1　中新世中期（一三〇〇万年前）
2　始新世後期（三八〇〇万年前）
3　白亜紀末期（六五〇〇万年前）
4　白亜紀中期（九一〇〇万年前）
5
6　ジュラ紀末期（一億四四〇〇万年前）
7
8　ジュラ紀前期（一億九五〇〇万年前）
9　三畳紀末期（二億二〇〇〇万年前）
10　ペルム紀末期（二億五〇〇〇万年前）

5と7が欠けているうえ、多少の誤差はあるものの、八回の大絶滅はほぼ二六〇〇万年周期で起きていることが分かる。絶滅時期の推定には一〇〇万年以上の誤差があるため、実際には周期は二六〇〇万年きっかりである可能性もある。5と7の時期にも絶滅があったが、小規模だったために化石の痕跡からは分からないのかもしれない。ラウプらの研究発表は多くの議論を巻き起こした。大絶滅に周期性があるとしたら、それをもたらしているものは何なのか？

一般人の多くは、白亜紀末に恐竜を滅ぼしたのは小惑星の衝突だと信じている。映画やテレビやマンガでさんざんそのように描かれてきたのだから無理もない。しかし、古生物学者の多くはそれを否定している。というのも、恐竜はいきなり滅びたのではなく、何百万年もかかってゆっくり絶滅していったことがはっきりしているからだ。六五〇〇万年前のメキシコに小惑星が落下し、地球環境に異変をもたらしたのは事実だが、それは恐竜を衰退に追いやった原因のひとつにすぎない。カタストロフは実際には一度ではなく、数百万年間に何度も起きたはずだ。

絶滅の周期性を説明するのに、いくつもの説が提唱された。特に有力なのは、彗星《すいせい》シャワー説と火山活動説だ。

彗星シャワー説というのは、二六〇〇万年ごとに地球に接近する彗星の数が増え、地球への彗星衝突の回数が増加するというものだ。太陽から四万〜一五万天文単位（一天文単位は地球―太陽間の平均距離）のところには、「オールトの雲」という彗星の巣があると考えられている。一兆個以上もの彗星が、一周数千万年という長大な軌道を描いて公転し、太陽系を殻のように囲んでいるのだ。そこから何らかの理由で、二六〇〇万年ごとに大量の彗星が太陽系に向かって落下してきて、そのうちのいくつかが地球に衝突するというのである。

火山活動説というのは、地球の中心核の対流の変化によって、周期的にマントル・プリュームの活動が活発化するというものだ。大噴火が頻発、火山の噴煙が空を覆って気温の低下を惹《ひ》き起こす一方、プレートの移動速度が速くなるため、海洋底の拡大、造山運動の活発化などによって環境が変化し、多くの生物を絶滅に追いやる……というシナリオだ。

どちらかというと彗星シャワー説の方が分が悪い。なぜ彗星が二六〇〇万年ごとに「オールトの雲」から落下してくるのか、その原因が説明できないのだ。太陽の周囲を二六〇〇万年周期で回る「ネメシス」という天体の存在が提唱されたこともある。それが「オールトの雲」に突入するたびに彗星の軌道が乱され、太陽系に彗星が降り注いでくるというのだ。だが、入念な観測にもかかわらず、ネメシスはついに発見されなかった。

一方、火山活動説にも欠点はある。先にも説明したように、地球の中心核の活動がどうなっているのか、はっきりしたことは分からないのだ。それが二六〇〇万年周期で変動するという根拠は薄い。

磁場の逆転や周期的大量絶滅の原因が何であるにせよ、それは地球という天体が偶然に生まれたものではないという印象を強くする――まるで、生命の進化速度が最大になるよう、誰かが周到に計算したうえで創造したかのように。

創造の証拠は他にもある。たとえばマントル対流だ。

二酸化炭素は地球温暖化の原因であるため、悪者のような印象が強い。しかし、二酸化炭素は地球環境を保つのに必要不可欠なものなのだ。もし二酸化炭素がなくなれば、植物は光合成ができなくなるし、温室効果の減少によって地球は凍りついてしまう。

誰でも理科の時間に実験したことがあるように、二酸化炭素は水に溶けやすい。大気中に含まれる二酸化炭素は、雨に溶けて海に流れこみ、炭酸塩となって海底に沈殿する。そのままでは大気中からどんどん二酸化炭素が失われてゆくはずである。そうならないのはマントル対流のおかげだ。海底のプレートが炭酸塩を乗せたまま地球内部に引きずりこまれ、そこで高温に熱せられた炭酸塩は再び二酸化炭素に分解、火山噴火によって大気中に再放出される。その巧妙なサイクルによって、二酸化炭素の濃度は一定に保たれているのだ。

月はどうだろう? 月は地球の直径の〇・二七倍もの大きさがある。太陽系内の惑星は、水星と金星以外はすべて衛星を持っているが、たいていは惑星の直径の六パーセント以下の小さなものにすぎない。これほど大きな衛星を持つのは地球だけなのだ。

月の引力は地球に大きな潮の干満をもたらし、海岸線の広い範囲に干潟を出現させる。それは海中の生命が地上に進出するのに、大きな役割を果たしただろう。月がなければ、生命の進化はもっと遅かったに違いない。

光速度、プランク定数、重力定数といった物理的パラメータもそうだ。なぜ光速度が秒速三〇万キロなのか、なぜ別の数値ではないのか、物理学者は誰も説明できない。しかし、もし別の数値であったなら、化学反応も地球環境もまったく違ったものになっていて、現在のような生命は存在できなかったのは確かだ。

何もかも都合が良すぎる。この世界は何らかの知性ある存在によって創造された進化シミュレーションではないのか――兄はそう考えるようになった。

私は背筋が寒くなるのを覚えた。「フェッセンデンの宇宙」の悪夢がよみがえった。この世界はコンピュータの中にしか存在しない仮想現実であり、悪意を持った創造主が、今もモニターを眺めながら、次はどんなカタストロフを起こしてやろうかとほくそ笑んでいる……。

「でも、地球をそっくりシミュレートするなんてできるの？」

「今の技術じゃ無理だね」兄はあっさり言った。「何年か前、そんな小説を読んだことがあるよ。科学者がスーパーコンピュータの中に地球をそっくり再現するって話だ。でも、僕に言わせりゃナンセンスだな。今のコンピュータの容量じゃ、たった一人の人間さえシミュレートできない。ましてや地球全体なんて不可能だ」

兄はそう言って、顔の前のハエを追い払うかのように、さっと手を振った。

「今の動きで、空気が乱されて、小さな乱流が発生した。たったこれだけの現象をシミュレートするだけでも、前世紀末のばかでかいギガフロップス級マシンなら何分もかかったんだ。それも二次元で、分子の数をほんの何百個かに簡略化した計算でだよ！　本物の空気は三次元だし、一立方メートルの中に一〇の二三乗個ぐらいの分子が含まれている。空気の動きを厳密にシミュレートしようと思ったら、ナビエ・ストークス方程式っていう複雑な流体力学の方程式に基づいて、分子の動きを計算しなくちゃならない。今のスパコンならもっと速いが、それでも一秒間の現象をシミュレートするのに何万年かかるか見当もつかない」

「つまりシミュレートする現実の対象よりも、シミュレートするのに要する時間の方が長くなるってこと?」

「そういうことだな」

「コンピュータの性能がもっと上がっても?」

「トランジスタに頼ってるかぎりは無理だな。ムーアの法則はもう限界に達してる」

ムーアの法則というのは、インテル社の創設者の一人であるゴードン・E・ムーアが一九六五年に唱えた予言で、「半導体チップの集積度(一個のチップの上に載るトランジスタの数)は一年半ごとに二倍に向上する」というものだ。実際、それから四〇年以上、コンピュータのマイクロチップに組みこまれるトランジスタの数は、三年ごとにほぼ四倍というペースで着実に増え続けてきた。現在のマイクロチップは、ムーアの時代のそれに比べると、実に一〇億倍の素子が詰めこまれているのである。

しかし、ここ数年、その技術革新も物理的限界に直面している。素子が小さくなりすぎたため、電界効果トランジスタの要であるゲート酸化物の厚みが、今やシリコン原子五～六個という薄さになっているのだ。ゲート酸化物はシリコン原子四個より薄くすることはできない。つまり、これ以上トランジスタを小さくすることは物理的に不可能なのだ。

「ということは、コンピュータの容量を今より上げるには、大きくするしかないわけね？」

「それでもだめだな、地球の表面で起きる現象をまるごとシミュレートしようとしたら、とてつもなくでかいコンピュータになる。プロセッサだけでも、地球そのものよりも大きくなるのは間違いない」

「そんなに⁉」

「そうさ。厄介なのは、コンピュータが大きくなればなるほど計算が遅くなるってことだ。地球ぐらいの大きさのプロセッサだと、回路の端から端まで信号が達するのに何十ミリ秒もかかる。ピコ秒単位（一ピコ秒は一兆分の一秒）で動作するチップにとっては、地質学的な時間だ」

「じゃあ、四〇億年の進化の歴史をシミュレートしようとしたら……」

「四〇億年よりはるかに長い時間がかかるだろうな」

私はほっとして笑った。「それじゃ意味がないじゃない！」

「まあ待てよ。今のはあくまで従来のコンピュータを使った場合の話だ。量子コンピュータとなると、話は違ってくる」

量子コンピューター――その話題は私も耳にしていた。原理そのものは二〇世紀から知られていたが、今世紀に入って、ドイツのマックス・プランク量子光学研究所、オーストリアのインスブルック大学実験物理学研究所、日本のNECや日立グループなどが、相次いで実用的な量子コンピュータ素子の開発に成功したと発表していた。量子コンピュータそのものの完成にはまだ時間がかかりそうだが、実用化への道が開けたのは確かだ。

一個の量子コンピュータ素子は、従来の素子よりもずっと大きく、動作も遅い。しかし、量子の重ね合わせの原理（量子力学の応用だとかで、私には難しすぎてさっぱり分からないが）を用いて、一個の回路で何万という計算が同時にできるのだ。結果的に、従来のコンピュータをはるかに上回る計算速度が実現する。スーパーコンピュータなら数百年かかると言われる公開鍵《かぎ》暗号でさえ、量子コンピュータでも解読に数秒で解いてしまうと言われているため、ネットワークのセキュリティに新たな問題を投げかけていた。

「もし、究極のコンピュータ――極限にまで素子を集積した量子コンピュータが実現すれば、世界をシミュレートするのは不可能じゃない。サイズは地球ほど大きくはならないだろうし、シミュレーションの速度もかなり速くなる」

「どのくらい？」

「正確に予測するのは難しいけど、少なくとも現実の一万倍のスピードにはなるだろうな」

「ちょっと待って、一万倍ということは、四〇億年の歴史を再現するのに……四〇万年？　それでもまだ長すぎるわね」

「少なくとも、だよ。もっと速くなる可能性もある。それに神の思考速度の問題もある」

「神の……思考速度？」

「そうさ」兄はにやりと笑った。「これまで誰も、その問題について考えたことがなかったみたいだな。神の思考速度がどれぐらいなのか――さっきも言ったように、コンピュータは大きくなるほど計算速度が遅くなる。脳だって同じだ」

「神にも脳があるの？」

「ないと考える方が不合理だろ？　実体のない純粋な知性なんて、僕には信じられないな。ソフトウェアがハードから独立して機能すると信じるようなもんだよ。あるいは、ドーナツなしで穴だけが存在するとか……」

「猫がいないのに、にやにや笑いだけが存在するとか？」

「そうそう。もちろん、神の脳がどんなものなのかは分からない。コンピュータみたいなものかもしれないし、何かもっと別のものかもしれない。だけど、知性が存在するなら、必ずそれを宿す媒体――脳に類するものが存在するはずだし、人間をはるかに超越した知性を持っているとしたら、脳がとてつもなく大きいとしても不思議じゃない。だとしたら……」

「……思考速度が遅い？」

「ああ。確か聖書の中に『神の国の一日は一〇〇〇年に等しい』ってフレーズがあったよな？　あれは本質を突いてると思うんだ。神は僕らよりずっとゆっくり生きてるんじゃないだろうか。当然、時間の感覚も違う。仮に神の一日が一〇〇〇年だとしよう。すると神の思考速度は僕らの三六万五〇〇〇分の一ということになる。四〇万年かかるシミュレーションだって、神の感覚からすれば、ほんの一年とちょっとにすぎないわけだ。待てない時間じゃない」

「その神はどうやって誕生したの？　そんなにゆっくり動いてたら、進化する暇なんてないじゃない」

「それは本質的な問題じゃないさ。神が存在するのはこの宇宙じゃないんだから。ビッグバンから何千兆年も経った古い宇宙なのかもしれない。あるいは、永遠に続く定常宇宙なのかもしれない。どんな可能性だって考えられる」

「そりゃあ、考えられることは考えられるけど」

私は苛立《いらだ》った。何年も考え抜いてきただけあって、兄の論理には隙がない。容易に論破することはできそうになかった。

「でも、そんな考えをこねくり回してどうなるの？　仮にこの世界が仮想現実だとしても、それを証明する方法がないじゃない！」

「僕も最初はそう思ったさ。証明する方法のない仮説なんて意味がないって……でも、違った」

「え？」

「証明する方法はあるんだ。この世界が現実かどうか」

「どうやって？」

「さっきから、地球をシミュレートすることばかり論じてるだろう？　地球以外の星はどうなんだ？　すべてシミュレートされてるのか？」

「それは……」

「僕は違うと思う。この銀河系だけでも四〇〇〇億もの恒星があると言われている。それをすべてシミュレートしようとしたら、太陽系全体をシミュレートするより、さらに何兆倍もの容量が必要になる。神の目的が進化シミュレーションなら、無用なものまでシミュレートして、量子コンピュータの容量を無駄遣いするはずがない」

「でも、星はげんに存在してるわよ」

「目に見えるからって存在するとはかぎらないさ。格闘ゲームやＲＰＧをやったことあるだろう？　３Ｄのポリゴンで作られてるのは、手前の部分だけだ。奥の方の絵は平面で構成されてる。キャラクターが行かない部分は作る必要がないから、手を抜いてある」

「じゃあ、星空は平面だっていうの？　プラネタリウムみたいに？　そんなはずない！　星までの距離は測定されていて……」

「年周視差だな。そんなことは知ってるよ」

　そうだった。私に天文のことを教えてくれたのは兄だった。

　顔の前に指を立て、右目と左目を交互に開けてみると、指の位置が違って見える。これが視差だ。近い恒星までの距離を測定するのにも、この原理が利用されている。地球が一年かかって太陽の周囲を公転する間に、地球から見える星の位置がわずかにずれる。そのずれは星が近いほど大きく、遠いほど小さい。これが年周視差で、ずれの角度を測定することで恒星までの距離が分かるのだ。

「でも、年周視差なんて作るのは簡単だ。地球の運動に合わせて、恒星の位置をわずかにずらすだけでいいんだから」

「でも、恒星からは光だけじゃなくて、電波とかX線とか……」

「同じことだよ。近距離恒星の固有運動とか、パルサーの電波とか、連星の公転とか、ベテルギウスの変光とか、遠方のクエーサーのドップラー・シフトとかをあらかじめプログラムしておくのは、たいした手間じゃない。〝背景〟をリアルにしたいなら、時おり新星を爆発させるぐらいの演出だって、当然、入れてあるだろう」

「じゃあ月は？　月には人間が行ったことがあるのよ？」

「そうだな。月はちゃんと作ってあるに違いない。人間が――と言うか、技術文明を持つ知的生物なら、いつか行く可能性があるからな。火星への有人飛行も夢じゃない。だから火星も作ってあるはずだ。太陽系内の惑星はすべて、原始的なロケットでも行ける可能性がある。でも、太陽系外の星は――」

兄は言葉を切り、マンションの窓の外を眺めた。すでに陽はとっぷりと暮れていたが、都会の夜空は明るく、星は見えそうになかった。

「――いちばん近い恒星でさえ、光の速度で四年以上かかる。ロケットなら何万年もかかる距離だ。どんな生物も、生きて他の恒星にはたどり着けない。だから、作る必要がない……」

「じゃあ、存在しないっていうの？　プレアデスも？　ヴェガも？　アルタイルも？」私の声はうわずっていた。「だったら宇宙船が太陽系の外に出て行こうしたらどうなるの？　壁に突き当たって壊れちゃうの？」

「パイオニア減速問題って聞いたことあるか？」

　私はその時が初耳だった。

「パイオニア一〇号と一一号、それにヴォイジャー一号と二号……太陽系の外に出た探査機は、みんな減速しはじめている。このままだと、太陽から六万天文単位のところで停止してしまう。何か現代の物理学では説明できない未知の力が働いていて、それ以上先には進めないんだ」

「……神がそう仕組んでるっていうの？」

「その可能性はある――それと、六万天文単位ってところで、何かピンとこないか？」

「さあ……」

「『オールトの雲』があるとされてるあたりなんだよ」

「あ……！」

　彗星《すいせい》の核は汚れた雪と氷の塊である。太陽から遠く離れている時には暗く凍てついているが、接近するにつれて太陽熱を浴びて蒸発し、水と塵《ちり》を主成分とする雲を噴出する。それがあの長い尾なのだ。

楕円《だえん》軌道を描く彗星は、太陽に近づくたびに蒸発し、小さくなってゆく。周期彗星の寿命はせいぜい数万年から数十万年にすぎない。にもかかわらず、太陽系内には一七〇個もの周期彗星が存在することが確認されている。ということは、彗星は絶えずどこからか供給されているとしか考えられない。

第二次世界大戦の直後、長周期彗星の軌道を解析していたオランダの天文学者ヤン・オールトは、それらの遠日点（軌道が太陽から最も離れる点）が太陽から数千ないし数万天文単位にあることを明らかにした。短周期彗星の場合は、長周期彗星の軌道が惑星の引力で曲げられたものと考えられる。すなわち、すべての彗星は太陽系から数万天文単位のところからやって来たのだ。そこに彗星の巣があるに違いない……。

この仮説はもっともだと思われたので、多くの天文学者に即座に受け入れられた。太陽系を取り囲む彗星の巣は「オールトの雲」と呼ばれるようになった。しかし、実際に「オールトの雲」を見た者は誰もいないのだ。それはあくまで理論上の存在にすぎないのである。太陽から離れている時の彗星は、あまりにも暗すぎ、小さすぎて、どんな優秀な望遠鏡でも観測することはできないからだ。

それだけではない。「オールトの雲」の成因も分かっていない。また、それがどうして何十億年も安定して存在し続けてこられたかも分からない。恒星は宇宙の中で互いに運動している（と信じられている）ため、太陽から一光年以内に別の恒星が接近してきたことは、これまで何度もあったに違いない。そうした接近遭遇の際、なぜ「オールトの雲」は恒星の引力によってばらばらに壊れてしまわなかったのか？

「『オールトの雲』なんて存在しないんじゃないかと、僕は思う」恐ろしい言葉を、兄はさらりと口にした。「彗星は〝壁〟の向こうからやって来るんだ。何も存在しない無の領域から――それが二六〇〇万年ごとに急増して、地球に彗星のシャワーを降らせるようにプログラムされている。そうやって進化を加速させてるんだ」

私は唾《つば》を飲みこんだ。「……じゃあ、地球の中心核も？」

「シミュレーションをかなり簡略化してあるだろうな。人間が掘ることができるのは、半径六四〇〇キロの地球の、表面からほんの数十キロのところまでだ。それより深いところには人間は決して行けないんだから、原子や分子まで緻密《ちみつ》にシミュレートする必要はない。地震波の伝播《でんぱ》だけシミュレートすればいいんだ。それと地磁気」

私は現実感覚が崩壊するのを覚えた。私たちが立っているこの大地――中心までぎっしり詰まっていると信じていたこの地球は、表面だけしか存在しないというのか。薄い地殻の下には、岩石もマグマも存在せず、形のない空虚なデータがあるだけだというのか……？

「でも……証拠が少なすぎるわ！」私は何とか常識にすがりつこうとした。「地球が空っぽだとか、恒星が存在しないっていうなら、もっとたくさん証拠が必要よ！」

「証拠はいろいろあるさ」兄は冷静に言った。「僕が見たところ、神は星空を――つまり半径一光年のプラネタリウムをデザインする際に、けっこう手を抜いている。もっともらしく星や銀河や星雲をちりばめて、ドップラー・シフトだの固有運動だのをプログラムしてはいるけど、適当に作ったせいで、『アープの橋』みたいなドジもやってるんだ」

「アープの橋」――それは一九七〇年、パロマー天文台に勤務していたホールトン・アープが発見したものだ。NGC7603という銀河が、細いガス状の橋のようなもので、すぐ隣にある別の小さな銀河と結ばれているのである。これは二つの天体がせいぜい数万光年の距離しか離れていないことを示している。

これだけなら何も不思議なことではない。アープが困惑したのは、二つの銀河がまったく異なる後退速度を示していることだった。スペクトルの赤方偏移から導き出された数値を信じるなら、大きい方の銀河は秒速八七〇〇キロ、小さい方の銀河は秒速一万七〇〇〇キロで地球から遠ざかっていることになってしまうのだ。

遠方の銀河のスペクトルはどれも大きな赤方偏移を示しており、これは地球から高速で遠ざかっているために生じるドップラー効果のせいだとされている。膨張宇宙論によれば、地球からの距離に比例して後退速度も大きくなるはずである。ハッブル定数（遠方の銀河の後退速度を示す定数）を当てはめてみると、NGC7603の随伴銀河は、NGC7603より何億光年も遠くにあることになってしまう！

他にも同様に、後退速度の異なる銀河と銀河、銀河とクエーサーのカップルをいくつも発見したアープは、赤方偏移を元にした距離や後退速度の推定は間違いであると主張した。

遠方の天体の赤方偏移はドップラー効果によって起きるのではなく、何かまったく別のメカニズムによるものだと――しかし、現代の膨張宇宙論を根底からひっくり返すアープの異端の説は、天文学界では受け入れられず、ついに彼は天文台を追われる羽目になった。

だが、その後も膨張宇宙論は何度も大きく揺らいでいる。一九九〇年代には、それまで一五〇～二〇〇億年とされてきた宇宙の年齢が、新たに計測し直されたハッブル定数により、一気に一一〇億年まで下がってしまい、天文学界が混乱に陥ったことがある。一部の球状星団の年齢は一四〇～一五〇億年と推定されているからだ。これでは球状星団は宇宙が生まれる前から存在していたことになってしまう！

その後、ハッブル定数の見直しが行なわれ、やはり宇宙は球状星団よりやや古いらしいということで落ち着いたが、球状星団の年齢もハッブル定数もまだ確定したとは言えず、観測データが増えたり理論が修正されるたびに揺れ動いており、いつまたひっくり返るか分からない。

ダークマター（暗黒物質）の問題も未解決だ。渦巻銀河の回転運動から、その質量の分布を調べてみると、重力が大きすぎ、目に見える天体の質量だけでは説明がつかない。目に見える天体の一〇倍もの質量の、目に見えない物質が宇宙に満ちていることになってしまうのだ。その正体については様々な説が唱えられているものの、どの説も一長一短があり、決め手と言えるものはない。もちろん、ダークマターの存在を確認した者はまだいない。「オールトの雲」と同じように、それは矛盾を説明するために導入された仮想上の存在にすぎないのだ。

「他にもまだあるぞ。宇宙の大域構造問題。地平線問題。平坦性《へいたん》問題。磁気モノポール問題。太陽コロナ温度の問題。ガンマ線バースト問題。特異点問題……」

兄は指を折って数え上げていった。

「分かるだろ？　現代の宇宙論はつぎはぎだらけ、矛盾だらけなんだ。それというのも、神が細部まできちんとつじつまを合わせて宇宙をデザインしなかったからさ。おかげで天文学者や物理学者が頭を悩ます羽目になってる」

「でも、そんなのは状況証拠でしょ？　ダークマターだって、いずれ発見されるかもしれないんだし……」

「いや、もっと直接的な証拠がある。『ウェッブの網目』だ」

「宇宙望遠鏡に生じたトラブル？」

私はそれをニュースで見て知っていたが、たいして気に留めてはいなかった。しかし、兄からその現象の解釈を聞かされた時には、心底驚いた。

「あれはモアレだと思う」

「モアレって……あの、テレビにできる縞模様《しま》？」

細い縞模様の服を着てテレビに出演すると、服の模様と走査線が干渉を起こし、虹《にじ》色の縞模様が生じることがある。この現象がモアレだ。

新聞や雑誌の写真をスキャナで取りこむと、画面の解像度によっては、斑点《はんてん》状のモアレが等間隔で出現することがある。というのも、印刷写真はきわめて微細なインクの点で構成されているからだ。スキャナは写真を多数の画素（ピクセル）に分割し、スキャンし、記録する。その解像度が元の写真のそれに近くなると、干渉が生じる。

　仮に、一枚の印刷写真の上に一〇一万個の黒点が均等に分布していたとしよう。肉眼で見ると、この写真は一面の灰色である。スキャナがそれを一〇万個のピクセルに分割して取りこんだとしよう。するとピクセルの大半は一〇個の黒点を含むが、一〇〇個に一個の割合で、一一個の黒点を含むピクセルがあることになる。当然、後者は前者よりわずかに濃度が高くなる。実際には、ピクセルの境界線上にまたがる黒点は二つのピクセルに含まれるので、濃度は段階的に変化する。機械はそれを実際の濃度変化だと誤認する。

　スキャンした画像をモニターに表示したり、印刷したりするとどうなるか。一〇〇ピクセルごとに画面の濃度が高くなる。すなわち、本来は一面の灰色のはずなのに、等間隔で暗い斑点が出現してしまう。

　兄は実際に週刊誌の表紙の写真をスキャナにかけ、モニターに表示してみせた。微笑んでいるモデルの顔一面に、規則的な斑点が生じていた。それをNASAのホームページからダウンロードした本物の「ウェッブの網目」の写真と比較する。確かに両者はよく似ていた。

「ウェッブの高密度撮像装置も、原理的にはスキャナと同じだ。反射鏡が収束した光を光学素子が感知し、電気信号に変えることで、画像をピクセルに変換し、地上に送信する……

「……」

「……つまり、星はピクセルで構成されてるってこと？」

「太陽系外の星はね。宇宙望遠鏡の解像度があまりに上がりすぎて、星のピクセルと干渉してしまったんだな」

「どうしてそんなことが断言できるの？」

「だって、他に説明できるか？」

兄は私の頑固さにあきれた様子で、モニター上のオリオン星雲をこつこつ叩《たた》いた。

「NASAやJPLの科学者がいくら考えたって、分かるはずがない。彼らは自分たちが観測してるのが本物の星雲だと信じてるんだから。まさかプラネタリウムに投影された映像だなんて思いやしないさ――いや、思ってはいても、口には出さないだろうな。精神鑑定を受けさせられるのがオチだから。

僕だって笑いものになりたくはない。だから誰にも話さなかった。そもそも僕自身、思いつきはしたものの、本気で信じちゃいなかったよ――あの晩、UFOを見るまでは」

「UFOがどう関係してくるの？」

「僕はあの映像を解析して、UFOは物理的にありえない存在だと確信した。重力に反発して宙に浮くなんてことは、科学的に不可能だ。エネルギー保存則や等価原理に矛盾する。ましてや、人の心理が空に投影されて、空飛ぶ戦車だの空飛ぶ船だのといったものを生むなんて、まったくナンセンスだ」

「ええ、その通りね」

「だが、神になら可能だ。神にとってこの世界はシミュレーションにすぎないんだから。データをちょこっと書き換えてやるだけで、水をワインに変えることもできる。何かを創造するのも消し去るのも空を飛ばすのも、自由自在だ」

「UFOは神が飛ばしてるっていうの?」

「他に誰が飛ばしてるっていうんだ？　UFOが異星人の造った機械なんかじゃないってことは、さっき、お前自身が言ったじゃないか」

「それはそうだけど……」

「もちろん人間が造ったものでもない。この世界に生きている者はすべて、この世界の物理法則に従うしかないんだから。物理法則に反するものを創造することはできない。それができるのは、この世界の外にいるもの——神だけだ」

「でも——でも、それこそナンセンスよ！」私は何とか笑おうとした。「神様がなぜそんなバカげたいたずらをしなくちゃいけないの？　なぜ船や円盤を空に飛ばすの？　ぜんぜん意味がないじゃない！」

「いや、意味はあるさ。僕たちにコンタクトを求めてるんじゃないだろうか」

「コンタクトしたいなら、それこそメッセージを空に書けばいいじゃない。『私はここにいる』とか何とか……」

「その文字は何語で書いてあるんだ？」

私は意表を突かれ、とまどった。「え？　それは日本語とか英語とか……」

「神はどこで日本語を習うんだ？　神に日本語を教える学校があると思うか？」

「でも、言葉を覚えるぐらい神様なら簡単……」

「いや、ちっとも簡単じゃないよ。前に話したコクレア・サピエンスのことを思い出してみろよ。未来から知性のあるカタツムリがやって来たとして、最初のコンタクトの際に、いったいどうやってコミュニケーションを成立させる？　もちろん言葉なんか通じないんだぞ」

「身振り手振りで……ああ、そうか」

私の声は小さくなった。カタツムリに手はない。

「そう、未知の言語を解読するには、共通の基盤、ロゼッタ・ストーンが必要なんだ。でも、僕たちとカタツムリの間には、ほんのかけらすらも共通の文化的基盤なんてない。僕らがおじぎしたって、握手を求めたって、彼らにはその意味なんて分からない。人間と神との相違となると、カタツムリと人間以上だろう。となると、コンタクトの最初のとっかかりは、相手に理解できるシンボルを探すことだ」

「でも、そんな面倒な手続きが必要なの？　神様なんだから、それこそテレパシーか何かで人間の思考を読めば……」

「そう、いいところに気がついたな。神はまず間違いなく、僕らの頭の中を覗《のぞ》ける。物理的現象だろうが、思考や記憶だろうが、神にしてみればしょせんコンピュータのデータにすぎないんだから、読み取るのは簡単だ。

　だが、データを入手できても、それが何を意味するのか、理解できるかどうかは別問題だ。言葉が通じなくてもテレパシーがあれば意思が通じるなんてのは、それこそ単なるSF作家の空想であって、何の根拠もない。人間とはまったく異質な知性を持った神のような存在が、人間の心を覗いたとしても、意味不明のシンボルがごちゃごちゃ交錯してるのが見えるだけだろう。人間にとっての愛だの願望だの常識だの思想だのといったものは、たぶん神にはちんぷんかんぷんのはずだ。中国語を知らない人間にとっての中国語の本みたいなもんだな」

「そうかな？　神が超越的な知性を持ってるとしたら、人間の思考なんか簡単に理解できるんじゃないの？」

「いや、神にとっても、人間の心を理解するのは難しいはずだ」

「どうして？」

「なぜなら、神には『人間であることはどういうことか』が理解できないからだ――お前は『カタツムリであることはどういうことか』が理解できるか？　『コウモリであることはどういうことか』は？　言っとくが、自分がコウモリになったところを想像してもだめだぞ。コウモリとして生まれ、コウモリの感覚で世界を生きてきたら、自分や世界についてどんなイメージを抱くかってことなんだ。どうだ、理解できるか？」

「……できない」

「そう、人間はコウモリよりはるかに高い知性を持っているのに、コウモリの心は理解できない。神も同じだ。神は人間じゃない。だからデータを見て、『この人間の頭の中にはこんなシンボルがある』ということは理解できても、それが何を意味するのかを理解するのは困難だ――そう、たとえばこういうのはどうかな」

兄は近くに放り出してあった週刊誌を取り上げ、そのグラビアページを広げてみせた。全裸の女性がこちらを見て微笑んでいる写真だ。

「人間にとって、この写真の意味は明瞭《めいりょう》だ。だが、神にとっては違う。神が人間の女の裸を見たって欲情するはずがないし、そもそも欲情することがあるかどうかも疑問だ。なぜこんな写真が雑誌に載ってるかなんて理解できないだろう」

「人間の創ったシンボルの意味を理解できないってこと?」

「そうだ。ただ、そこに何らかの傾向みたいなものは見出《みいだ》せるだろう。『空に存在する未知のもの』とか『この世を超越したもの』とかに関するイメージは……それを神は取り出し、空に実体化してみせてるんじゃないだろうか。『お前たちが信じているものはここにある』と」

「それだったら神のイメージそのものを投影すればいいんじゃないの?」

「神のイメージってどんなのだ?」

「ええっと……」

私は答えに窮した。キリスト教やイスラム教では偶像崇拝が禁じられているため、イエスや聖母マリアや天使の絵は描かれても、神そのものの姿が具体的に描かれることはめったにない。

「それに特定の宗教の神を出現させたら、人間たちに誤解を招きかねない。神はそれを警戒してるのかもしれない」

「でも、どうしてそんなに自信を持って言えるの？　神がコンタクトを求めてきてるって」

「それが論理的必然だからだ」

　兄はきっぱりと言った。

「ただの進化シミュレーションなら、『ダーウィンズ・ガーデン』みたいなもので充分だ。ひとつの惑星をそっくり、原子や量子のレベルまで緻密《ちみつ》にシミュレートする目的はただひとつ、知性体を生み出すためとしか考えられない。生物が知性を宿すためには、ある大きさと複雑さを有する脳が必要だからな。その脳を進化させるためには、このサイズのシミュレーションがどうしても必要なんだろう。

　すべての人工知能研究者にとっての最終目標は、人間と自由に話せるＡＩの創造だ。たぶん神の目的も同じはずだ。ということは、人間をただ観察しているだけということはありえない。きっと話しかけてくる——いや、すでに話しかけてきてると、僕は思う」

「でもさっき、神の思考速度がすごく遅いって言ってたじゃない。神がちょっとまばたきしてる間に何年も過ぎてしまうんだとしたら、コンタクトなんて不可能だわ」

「それも問題じゃない。シミュレーションの速度には上限はあるが、遅らせる方はいくらでも遅らせられるんだから。極端な話、神がデータをセーブしてから、量子コンピュータのスイッチを切って昼飯を食べに行って、一〇〇年ぐらいして戻ってきてシミュレーションを再開したとしても、僕らはまったく断絶には気づかないだろう」

「でも、ひとつの世界をそっくり創造するなんて大げさじゃない？　どうして人間だけを創造しなかったの？」

「それはかえって手間がかかるんだよ。前に説明しただろ？　遺伝的アルゴリズムはとても合理的な手段なんだ。地球の環境を設定し、生命の種をばら撒《ま》き、あとは勝手に進化するにまかせればいいんだから。それに対して、人間を一から設計して組み立てようとしたら、とてつもない労力が必要になる。ヒトゲノムだけでどれだけのデータ量だと思ってるんだ？　それにゲノムだけじゃ知性は生まれない。知性の背景となる複雑な文化を持つ社会をそっくり創造しなくちゃならないんだから」

「でも、それは矛盾してるわ。ＵＦＯには人間そっくりの乗員が乗ってる。兄さんの説だと、神がＵＦＯの乗員を創造するのは不可能ってことにならない？」

「そんなことはない。いったん人類が遺伝的アルゴリズムで誕生したら、そのゲノムのデータをコピーするだけで、いくらでも人間は創れる……」

「クローン人間？」

「と言うより、生体部品でできたアンドロイドだな。ＵＦＯの乗員の言動がデタラメで知性に欠けているのも、それで説明がつく。乗員は本物の人間とは違って、知性を持っていない。初歩的なプログラムで動いてるだけなんだ」

「『無敵くん』みたいに？」

「そう。神の力をもってしても、無から知性を創造することはできない――遺伝的アルゴリズム以外の方法ではね」

「それでこの世界を創造した……」

「ああ。たぶん神は僕たちとのコンタクトを望んでいる。ここ数年、世界中で多発してるUFO事件は、その証明だと思う。この世界が仮想現実であることを人間に教えるには、物理的に起こりえない現象を起こすのがいちばんだからね。UFOだけじゃなく、それ以外のいろいろな超常現象も、おそらく神のしわざだろう。何世紀も前からちょくちょくコンタクトを試みてきたけど、最近になって、以前より熱心にコンタクトを求めはじめたんだ」

「どうして？」

「人間がコンピュータを発明したからじゃないか？　コンピュータや仮想現実なんて概念がまだなかった頃は、人間に世界の実像や神の正体を理解させることは不可能だった。でも、今なら可能だ――そう判断したのかもしれない」

「でも、コンピュータはずっと前からあるわよ、確か……」

「世界最初のコンピュータは、一九四二年にアタナソフとベリーが試作したABCマシンだけど、これは真空管を三〇〇本しか使っていない原始的な代物で、実用にはならなかった。最初の本格的なコンピュータとされているのは、ペンシルベニア大のモークリーとエッカートが作ったENIAC──一九四六年だ」

私ははっとした。「それって……」

一九四六年──その翌年、アーノルド事件が起こり、「空飛ぶ円盤」が大挙して出現するようになったのだ。

「そう」兄は神妙な顔でうなずいた。「神は人間世界の動向を監視してる。コンピュータが発明されたのと時を同じくして、UFO現象を爆発的に増加させた。人間たちに超自然的な知性の存在について気づかせるためにね。そして、コンピュータが進歩し、『ダーウィンズ・ガーデン』のような進化シミュレーションが可能になった今、人間に真実を教える時が来たと判断した……僕はそう思ってる」

兄のマンションからの帰り道、私は混乱し、上の空だった。駅では反対方向のホームに降りてしまったし、自宅近くの横断歩道では信号が青なのにぼんやりと突っ立っていた。兄の話はあまりにも途方もなく、常識を逸脱していた。それをどう受け止めていいか分からず、私の思考は麻痺《まひ》してしまっていたのだ。

兄は狂っているのだろうか？──いや、違う。その目には狂気の輝きなどまったく感じられない。だいたい、そんな気配があれば、葉月が真っ先に気づいていただろう。

では、ただ単に間違ったことを信じているだけなのか？——だが、私には兄の説の間違いをひとつも指摘できなかった。

兄の考えが正しいなら、両親の死は決して神の悪意ではない。地震、火山噴火、台風、大雨などといった災害は、この地球——生命の進化速度を最大に保つために設計されたフィールドにおいて、どうしても発生することが不可避な現象であり、人間に対する悪意から設定されたものではないのだ。

そもそも神にとって、個々の人間の生死などというものは、進化シミュレーション内で発生する膨大なランダムイベントのひとつにすぎない。特定の人間を狙って陰謀をめぐらすなどということは考えにくい。もしかしたら神の思考は人間とはあまりにも異質で、人間のような悪意を抱くことさえ不可能かもしれない。その点は確かにほっとさせられる考えではある。

しかし……。

この世界が単なるシミュレーションにすぎないという仮説は、私をたまらなく不安にさせる。私は途方もなく巨大なゲームの中の一通行人にすぎないのだろうか？　私という人間の存在はそれほどまでに無価値なのだろうか？　私が泣こうが笑おうが、上の世界から眺めている者にとって、すべては虚構にすぎないというのだろうか……？

いや違う！——私は断固としてその考えを否定した。私の喜びや苦しみはすべて本物だ。シミュレーションなどであるはずがない。

私は歩きながら考えた。何とかして兄の説をひっくり返してやりたかった。神の実在など認めたくなかったし、自分が実在しないなどということも認めたくなかった……。考え続けたあげく、マンションの扉の鍵《かぎ》を開けたとたん、ひらめいた──兄の説に重大な欠陥があることに。

私は部屋に入ると、上着を脱ぐのももどかしく、すぐ兄に電話をかけた。

「ねえ、超能力はどうなるのよ?」

12　ハイ・ストレンジネス

「超能力が実在することを証明したい!?」

私が次の本の題材を話すと、加古沢は大笑いした。

「何だよ、それ？　お兄さんの説を立証したいってこと？」

「その逆。兄の説を論破したいの」

私は苦笑を続ける加古沢に、辛抱強く説明した。「人間には物理法則に反した現象を起こすことはできない」「超常現象はすべて神が起こしている」というのが兄の説の骨子である。もし超能力という現象が実在し、なおかつ物理法則に反した現象であるなら、前提は崩れ去る。人間の心が物理法則を超越できるなら、ＵＦＯの心理投影説にも信憑《しんぴょう》性が出てくる、すなわち、神の実在を仮定する根拠がなくなる……。

「しかし、どうして論破したいんだ？　君のお兄さんの説なのに。証明できればノーベル賞もんだぜ！」

「茶化さないで」

私が強くにらみつけても、加古沢はへらへら笑っていた。彼は高い知性を持っているものの、感情表現はまるで子供のようだった。遠慮とか心遣いといったものをまったく知らず、他人を不愉快にするような言動を平気でするのだ。つき合いはじめてほんの一月で、私はそれが鼻につきだしていた。

「私に話すだけならいいのよ。でも、兄はだんだん自分の説に自信を持ちはじめているように思うの。もし、世間に発表したりしたら……」

「身内がトンデモさん扱いされるのが恥ずかしい？」

「それもある――でも、もっと大きな理由は、気味が悪いってことなの」

「気味が悪い？」

「だってそうじゃない。この世界がコンピュータ・シミュレーションで、私たちが架空のキャラクターにすぎないとか、神が私たちを監視してるとか……」私は身震いした。「そんなの、生理的に受け入れられない」

「そうかな？　いや、確かに君の兄さんが、シミュレートされた知性と本物の知性は見分けがつかないって力説した時には、俺も生理的な反発を覚えたけどね。でも、今聞いた話じゃ、けっこう筋が通ってるじゃないか。神の量子コンピュータか……いや、なかなか面白い。信者になってもいいな」

「信者？」

「前に言っただろ？　納得できる教義があったら信者になってもいいって。君の兄さんの説は、少なくとも俺が聞いた神に関する仮説の中では、いちばん納得できる。論理的な矛盾点もなさそうだし。発表したら大勢の信者がつくと思うがな」

「本気で言ってる？」

「ああ、本気さ。日本は世界でも珍しい無宗教国家だ。確かに仏教徒は多いけど、本気で信じてる人間はそれほど多くない。正月に初詣《はつもうで》をして、二月には豆を撒《ま》いて、お盆には墓参りをして、クリスマスにはツリーを飾る……外国人から見れば支離滅裂な国民だろうな」

「それが？」

「日本には新しいミームが根づきやすい土壌があるってことさ。アメリカみたいに国民の大半がキリスト教徒なんて国じゃ、どんな宗教ミームも拡散するのは難しい。既存のミームの抵抗に出くわすからね。その点、日本は絶好の環境だ。神や超自然的な存在は信じるけども、特定の宗教は信じていないという人間が多い。

　無論、頭の悪い連中やそそっかしい連中はいるさ。〈昴の子ら〉みたいなカルトに入信してしまう奴らだ。ろくな科学知識も歴史知識もないから、デタラメな教義にころりとひっかかる――でも、そういうカルトにひっかからない人間だって、決して神の存在を否定したいんじゃないんだ。教義がバカらしいから信じないだけさ。日本人の大半は宗教心を持ってる。それなのに、今の日本にはその受け皿がないんだ」

「日本には神道があるわよ」

「ああ、頭の固い年寄り連中は、神道を復活させようとしてるみたいだけどね。日本人の心の原点だからとか何とか……でも、日本に生まれた思想だからって、現代日本に必ずしも適してるわけじゃない。そんな単純なことがどうして理解できないのかね？　げんに若い世代で神道信者なんてほとんどいないじゃないか。

イザナギやイザナミがどうこうなんて話は、二一世紀の今じゃダサすぎるんだよ。コンピュータ時代にふさわしいのは、コンピュータ時代の宗教のはずだ。古臭い聖書や仏典の焼き直しなんかじゃなく、ましてや天動説が信じられていた時代の昔話なんかでもない、現代科学の最先端の知識を取り入れた宗教──そういう宗教が生まれれば、きっと大勢の人間にアピールする。君の兄さんの説は、その条件にぴったりだ」

「誤解しないで。兄は教祖なんかになる気はないの。ただ──」

「ああ、分かってるって」加古沢はうるさそうに言った。「神が存在することを科学的に証明したい。できることなら神とコンタクトしてみたい。ただそれだけ──だろ？」

「……ええ」

「やっぱりな。彼は骨の髄まで理科系人間だ。ある現象がなぜ起きるか、その説をどう証明するかという点にしか興味がない。神とのコンタクトという概念がどれほどすごいことなのか、理解しているとは思えないな」

「かもしれない」

「その点、俺は文科系人間だ。その説が人間にとってどんな意義があるかの方に興味がある」

「どんな意義があるの？」

「まだ分からない。でも、考察してみる価値はあると思う」

「説そのものが間違ってたら、どんな考察も意味はないわ」

「そりゃそうだけどね。でも、間違いを証明するのは難しいだろう。超能力の実在を証明するったって、いったい誰に訊《たず》ねるつもりだ？　肯定派に訊ねれば『ある』って言うに決まってるし、否定派に訊ねれば『ない』って言うに決まってる」

「それぐらい分かってる」

「じゃあ、どうやって調べる？」

「心当たりがあるの」


二〇世紀アメリカのSF作家シオドア・スタージョンは、あるコンベンションの席上、歴史に残る名言を吐いた。司会者から「SFの九〇パーセントは屑《くず》ですね」と言われた彼は、すかさずこう答えたのである。

「何事も九〇パーセントは屑なのさ」

この「スタージョンの法則」は、インターネットの世界では「九九パーセント」と言い換えるべきかもしれない。今や日本国内だけでも何十万もある個人サイト。その大半は、一般市民が平凡な日常をだらだら綴《つづ》っただけの日記や、単なる自己満足でしかない主張、いいかげんな情報の切り貼り、くだらないお喋《しゃべ》りなどで埋め尽くされ、覗《のぞ》くだけ時間の無駄である。

超常現象について調べようと、「UFO」や「超能力」といったキーワードで検索すると、そうした屑サイトが何千もヒットする。それらの多くは「科学的」に「真理」を解き明かすと称しているが、内容は〈昴の子ら〉の教義と大同小異で、科学的に間違いだらけの妄想がえんえんと書かれているだけだ。批判精神など皆無で、とっくの昔に嘘が暴かれているカルロス・カスタネダやサイババの本を信じこんでいたり、ヤラセと編集だらけのテレビのオカルト番組を本気にしたり、どう見てもただの奇術でしかないショーを「本物の超能力だ」と思いこんでいたりする。挙句の果てに、神や異星人からメッセージを受けていると信じ、自分が見た夢でさえいちいち重大な意味があると思いこんで、得意げに逐一報告する。「永久機関を発明した」と主張するもの、「ユダヤの陰謀」を警告するもの、懲りもせずに「今年の○月に世界的な大異変が起きる」などと予言するものも多く、見るだけでうんざりしてくる。

そうした中にも、ごく少数ではあるが、信頼できるサイトがある。UFO写真を分析したり、貴重な一次資料を探し出したり、ネットやマスコミに流れている偽情報を訂正したり、真の意味で科学的な検証を行なっているサイトだ。

それらのまともなサイトを、ビリーバーの屑サイトと見分ける方法は簡単である。嘘の情報はちゃんと「これは嘘」と書き、証拠の乏しい事例については断定を避け、結論を押しつけようとしないからだ。逆に言えば、「真理」や「真実」といった言葉を安直に掲げるサイトは敬遠した方がいい。

私が特に注目し、よく参考にさせてもらったのは、〈O！のフォーティアン現象データベース〉というサイトだった。「フォーティアン現象」というのは、二〇世紀初頭に活躍したアメリカの有名な超常現象研究家チャールズ・ホイ・フォートにちなんだ言葉で、UFO・ポルターガイスト・未確認動物・異常降下物・オーパーツ・超能力など、科学で説明できない奇現象の総称だ。

作者は大和田省二――「超常現象研究家」という肩書きだが、著作は一九六〇〜七〇年代に何冊かあるだけで、どれも現在では入手困難である。テレビにもほとんど顔を出さならしく、このサイトを見るまで、私は彼の名を一度も目にしたことがなかった。

〈O！のフォーティアン現象データベース〉は、古今東西の何万件という数の奇現象をタイプ別にリストアップしたもので、年月日・体験者名・地域名などのキーワードで検索できるようになっていた。写真も豊富で、容量は二〇メガバイトを超えていた。その膨大な情報量と、それをまとめるのに要したであろう労力を想像し、私はすっかり圧倒されてしまった。経歴からすると、大和田氏は七〇歳を超える高齢のはずなのだが。

大和田氏は様々な超常現象に自己流の評価を下していた。白星三個なら「まぎれもない真実」、白星二個は「かなり信用できる」、白星一個は「疑うべき根拠はない」、星なしは「証拠不足につき判断保留」、黒星一個は「やや疑わしい」、黒星二個は「かなり疑わしい」、黒星三個は「まったくの嘘」だ。

大和田氏の評価はかなり厳しい。白星のついている事例は全体の数パーセントにすぎず、大半は星なしか黒星なのだ。ノストラダムスとジーン・ディクスン、ダウジング、占星術、バミューダ・トライアングル、キャトル・ミューティレーション、ミステリー・サークル、フィラデルフィア実験、ピリ・レイスの地図、ツタンカーメンの呪い、アガスティアの葉、ムー大陸、「一〇〇匹目の猿」など、オカルト雑誌の定番の話題は、いずれも黒星三個だ。UFO関連を見てみると、ジョージ・アダムスキー、エドアルド・マイヤー、クロード・ボリロン（通称ラエル）などの有名な宗教的コンタクティは、どれも黒星三個。MJ—12文書やロズウェル事件、エリア51など、よく映画やドラマの題材になる話題も、やはり黒星三個。マンテル大尉事件、ヒル夫妻事件、マクミンヴィル事件、ウンモ星人事件、トラビス・ウォルトン事件、トランス・アン・プロヴァンス事件、セルジー・ポントワズ事件、ガルフブリーズ事件、リンダ・ナポリターノ事件など、UFO関係の本で必ず言及される有名な事件も、たいてい一個から三個の黒星がついていた。

エイリアン・アブダクション——異星人に誘拐《ゆうかい》されて生体実験をされたという話についても、大和田氏はほとんど黒星をつけている。なぜなら、アブダクション体験者はほとんどすべて、誘拐された体験を以前はまったく覚えていなかったのに、何か月、あるいは何年も後になって、セラピストにかかったり、UFOやアブダクションについての本を読んだりしているうちに、「思い出した」と主張しているからだ。彼らの証言には、物的証拠はもちろん、誘拐された現場を見たという第三者の証言もなく、信用する根拠はどこにもない。

こうした現象は心理学で言うところのFMS（偽記憶症候群）で無理なく説明できる。人間はちょっとしたきっかけで、実際には体験しなかったことを「あった」と思いこむことがあるのだ。心理学者の実験によれば、「あなたは子供の頃にパーティでパンチボウルをひっくり返したことがある」などと、架空の出来事を話して聞かせると、被験者の何割かは実際にその体験を「思い出して」しまうという。ひとたび構成された偽記憶は、当人にとってはきわめてリアルで、本物の記憶と区別がつかない。だから半可通のセラピストが「この患者には抑圧された記憶がある」と信じこみ、暗示を与えたり催眠術にかけたりして、存在しない記憶を無理に思い出させようと誘導すると、「幼い頃に親から性的虐待を受けた」「異星人に誘拐された」といった記憶が簡単に形成されてしまう。一九九〇年代後半になると、セラピストの不用意な誘導によって偽りの記憶を植えつけられたと気づいた人々が、セラピストを訴えるという例が急増した。二一世紀の現在では「抑圧された記憶」という概念そのものが疑問視されている。

そんなわけだから、一九八〇年代にアメリカで話題になり、多くのB級SF映画の題材になったエイリアン・アブダクション騒ぎも、二一世紀に入るとすっかり下火になってしまった。今やまともなUFO研究家で本気にしている者は誰もいない――今でも信じているのは、まともでないUFO研究家だけだ。

大和田氏が信憑性の基準としているのは、複数の目撃者の証言、目撃の状況、物的証拠である。先に挙げたキャッシュ&ランドラム事件には、白星が二個ついている。三人の目撃者がいるうえ、皮膚に生じた火ぶくれなど、明白な証拠があるからだ。

一九五九年六月二六日に起きたジル神父事件（別名パプアニューギニア事件）も白星二個だ。当時、パプアニューギニアのボアイナイで教区長を務めていたウィリアム・ブリュース・ジル神父が報告したもので、神父によれば、スポットライトを点《とも》した大きな円盤が、西の空に午後六時から四時間にわたって滞空し続け、その甲板上には人影らしきものが動いているのも見えたという。円盤は翌二七日にも飛来し、神父が手を振ると、人影は手を振り返してきた。写真のような物的証拠こそないものの、神父という信頼できる職業の人物による報告であること、ジル神父以外に二〇人以上の目撃者がいること、観察されていた時間が長いこと、金星などの誤認である可能性も否定されていることから、信憑性はきわめて高い。

にもかかわらず、この事件はUFO研究家にとっては悩みの種である、と大和田氏は指摘する。異星人は地球人に存在を知られたいのか知られたくないのか、どっちなのだ？　知られたいなら、さっさと国連本部の前にでも降りてきて、堂々と外交を求めればいいではないか。逆に知られたくないなら、地球人の目は徹底的に避けなくてはならない。パプアニューギニアという辺境の地とはいえ、人の住んでいる場所に降りてきて、大勢の人間に目撃され、あまつさえ手まで振り返してくるというのは、まったく理屈に合わない！

その他にも、大和田氏が白星をつけた事件には、いわゆるハイ・ストレンジネス（奇妙度の高い）事例が多く含まれる。UFOを単純に異星人の乗り物とする従来の説では矛盾が生じたり、どうにも理屈に合わない現象を伴う事例だ。

UFO史上、特に有名なハイ・ストレンジネス事例は、フランス南部に住むドクターX（匿名）という医師の体験である。一九六八年一一月三日の午前三時頃、一歳二か月の息子の声に起こされ、テラスの窓から外を見たX氏は、二機の発光する物体が浮遊しているのを目撃した。物体はそれぞれ二本のアンテナがあり、サーチライトのような光線を地上に向けて放射していた。信じられないことに、二機の物体は合体して一機になり、強烈なビームをX氏に浴びせかけたかと思うと、爆発音とともに消滅した。後には白い糸のようなものが漂っていたが、それもすぐに消えてしまった。

事件はそれで終わりではなかった。X氏は四日前に斧《おの》で脚を負傷し、その夜も痛む脚を引きずって歩いていたのだが、光線を浴びたとたん自由に歩けるようになったのだ！　また、一〇年前にアルジェリアで地雷を踏んだ際の傷も治りはじめた。さらには、へその周囲に原因不明の三角形の湿疹《しっしん》ができた。同様の湿疹は息子の腹にも生じた。

UFO研究家たちは、最初はこの事件に関心を抱き、熱心に調査していた。この医師の人柄は充分に信頼できると思われたからだ。しかし、X氏が「UFOと遭遇してから予知能力やテレパシーが身についた」とか「家の中でしばしばポルターガイスト現象が起こるようになり、身体が空中に浮き上がったこともあった」などと主張しはじめると、さすがにあきれて興味をなくしてしまった。異星人の怪光線なら、まだどうにか信じられる。しかし、ポルターガイストとは！　そんな荒唐無《こうとうむ》稽《けい》な話が信じられるわけがないではないか。

しかし、彼の脚の傷がなぜ急に治ったのかは、誰にも説明がつかなかった。

ドクターXの体験は決して特別なものではない。UFOと遭遇した後、傷や病気が急に治ったという例、ポルターガイストなどの奇妙な現象が起こるようになったという例は、他にいくつもあるのだ。

たとえば一九七一年一一月二日、カンザス州デルフォスにある自宅の裏で、直径三メートルほどのUFOと遭遇したロナルド・ジョンソンという一六歳の少年の例はどうだろう。この事件も当初は信憑性があると思われたが、事件からまもなく、ロナルド少年が「超能力が身についた」とか「森の中でブロンドの髪を伸ばしてボロ布をまとった〝狼少女〟に出会った」などと言いはじめたので、UFO研究家の信用をなくしてしまった。思春期の少年の妄想にすぎなかったのだろうか？――しかし、問題のUFOはロナルドの両親も目撃しており、まったくの作り話とは考えにくいのだ。

UFOの出現と同時に、妖怪《ようかい》じみたモンスターが目撃されたという例も多い。一九五二年九月一二日、ウェストヴァージニア州フラットウッズに出現した、修道僧のようなローブをまとった身長三メートルの巨人。一九五五年八月二一日、ケンタッキー州ホプキンズビルで、サットン一家を脅かした身長一メートルほどの銀色のヒューマノイド。一九六六年、ウエストヴァージニア州ポイント・プレザンス地区で何度も目撃されたモスマン（蛾《が》人間）。一九七三年一〇月一一日、ミシシッピ州パスカグーラで二人の造船工を誘拐した、カニのようなハサミを持つロボット。一九七五年二月二三日、山梨県甲府市のブドウ畑で二人の小学生を襲おうとした、大きな耳と長い三本の牙《きば》が生えた怪人。一九八三年七月、ミズーリ州マウント・バーノンで、着陸しているUFOの傍で目撃されたトカゲ人間。一九九六年一月二〇日、ブラジルのミナス・ジェライス州バルジーニャで消防隊員に捕獲された、頭に三つのコブを持つ怪生物……これらはいずれも複数の目撃者がおり、証言も一貫していて、妄想や作り話とは考えにくい。

しばしばUFO事件の関係者の家を訪れるという奇怪なMIB（黒服の男）も、こうした怪物たちの変種なのかもしれない。たとえば一九七六年九月二四日、メイン州の医師ハーバート・ホプキンズの家に現われた男は、黒いスーツに黒い帽子、頭髪も眉毛《まゆげ》も睫毛《まつげ》もなく、なぜか真っ赤な口紅を塗っていた。男は一枚のコインを医師の目の前で消して見せ、「この次元にいる者は誰も二度とあのコインを見ることはないだろう」と言った。そして、同じ目に遭いたくなければホプキンズが診察した二人のUFO目撃者の記録をすべて破棄しろと脅した。やがて男は話し方が遅くなってきて、「エネルギーが切れかかっている。もう行かねば。さようなら」と言って、ふらつく足取りで立ち去った。

これだけならホプキンズの白昼夢という可能性もあるだろう。しかし数日後、今度はホプキンズの息子のジョンの家に、男女二人組のMIBが訪れたのだ。彼らはジョンと彼の妻にいろいろとプライベートな質問をしたうえ、男の方が女の身体を撫《な》で回しながら、「女を愛撫《あいぶ》するのはこのやり方で間違っていないか」などと訊ねた。立ち去る際、女が戸口に向かおうとすると、その進路上に男が突っ立っていた。女はなぜか一直線にしか歩くことができないらしく、「お願い、彼をどけて。私の手では彼をどけられないの」とジョンに頼んだ。男が歩き出して戸口から出てゆくと、女もそれに続いた……。

ひとつだけ確かなのは、MIBは不気味ではあるが、まったく無害だということだ。彼らはUFO事件の関係者の家にどこからともなくやって来て、「見たことを誰にも喋《しゃべ》るな」とか「UFOの研究をやめないと命はないぞ」などと陳腐な脅し文句を吐き、また去ってゆく。だが、彼らは同じ人間の前に二度と現われることはないし、その脅迫が実行されたという例はただの一件もない。げんにホプキンズも、この体験談を公表したにもかかわらず、何の危害も加えられていないのだ。

UFO研究家の多くは、MIBを異星人のロボットだとか、情報隠蔽《いんぺい》を図るCIAの工作員だとか信じている。それにしてはMIBのやっていることはまったく無意味で、つじつまが合わない。情報隠蔽どころか、かえって注目を集めてしまっているではないか。ホプキンズと息子夫婦の体験談にしても、無能な脚本家が書いた三流SF映画の一場面のようで、とても高度な知性に操られているとは信じ難い。現実というよりは、まるで人間たちの妄想を誰かが実体化してみせたかのようだ——そう、空飛ぶ船から降りてきた水夫や、飛行船から降りてきた謎の発明家ウィルソンのように。

こうしたヴァリエーションを見ていくと、ロナルド少年が出会ったという「狼少女」も、決して特異な例とは言えなくなる。それを「突飛だ」「バカバカしい」と思ってしまうのは、「UFOに乗っているのは高度な知性を持った異星人である」という根拠のない思いこみがあるからにすぎない。

目撃された「異星人」が、いかにも異星人らしい姿をしていたなら、ＵＦＯ研究家はその話を信じる。「狼少女」では信じない——だが、「異星人らしい姿」とはどんな姿なのか？　誰も本物の異星人など見たことがないのに！

「過去半世紀以上、ＵＦＯ研究家は大きなあやまちを犯してきた」と大和田氏は批判する。「ＵＦＯ事件を評価する際、事実ではなく、自分の信念を基準としてきた。信憑性《しんぴょう》の薄いエイリアン・アブダクションだのロズウェル事件だのを、自分の信念に合うという理由でのみ評価し、信念に合わないハイ・ストレンジネス事例は、どんなに信憑性が高くても無視してきた。これは本末転倒というものだ。まず事実の確認が重要であり、理論はその事実を元にして組み立てられるべきである。信念を事実に先行させるべきではない」

まったく同感だ、と私は思った。〈昴の子ら〉の信者をはじめ、世間の大多数の人たちは、マスコミやオカルトライターが無責任に煽《あお》り立てた情報に躍らされ、信憑性の薄い仮説を信じこまされている——ＵＦＯは異星人の乗り物だ、という根拠のない迷信を。

大和田氏はＵＦＯ事件だけではなく、信憑性があるにもかかわらずこれまで無視されてきた多数のハイ・ストレンジネス事例にスポットを当てていた。

特に私が注目したのは「ファフロツキーズ」の項だった。これは「Fall from the skies（空からの落下物）」を縮めたもので、雨や雪以外の奇妙なものが降ってくる現象のことである。まさに私が体験した現象だ。それらはUFOと違って物的証拠があるうえ、たいていの場合、多くの目撃者がいるので、信憑性が高い。

特に多いのが魚介類の雨である。オーストラリアの博物学者ギルバート・ホイットリーは、『オーストラリア自然史』一九七二年三月号で、オーストラリア国内に降った魚介類の雨の例を五〇件も挙げている。一八七九年、ヴィクトリア州のクレッシー。一九一八年、ニューサウスウェールズ州のシングルトン、一九三三年、ヴィクトリア州ヘイフィールド……その後も、一九九四年二月二二日、ノーザン・テリトリーにある駐車場で、体長二・五〜五センチのパーチ（スズキの仲間の淡水魚）が降っている。

魚が降ったのはオーストラリアだけではない。古くは紀元二世紀に書かれたアテナイオスの『食通の饗宴《きょうえん》』の中に、ギリシアのカルソネサス地方で三日連続して魚の雨が降ったという記述がある。魚はあまりにも多く、家の扉が開かなくなるほど降り積もり、道路は寸断され、住民は長いこと悪臭に苦しめられたという。

一六六六年には、イギリスのケント州クランテッドの牧草地に、雷雨とともに大量のタラの幼魚が降った。一八一九年、サクラメントの墓地にニシンの豪雨が降った。一八四一年、イカを含む魚の雨がボストンに降った。一八六一年二月二二日、大量の魚がシンガポールに降った。一八八一年五月、イギリスのウースター市の菜園に大量のタマキビ貝が降った。一九四四年、数千尾の小型のイワシがインドとビルマの国境付近に降った。一九五五年一二月二二日、ヴァージニア州のハイウェイを走っていた車が、長さ二五センチの凍りついた魚の直撃を受けた。一九五七年、数千尾の魚がアラバマ州トーマスビルに降った。一九八一年九月二九日、イギリスのウェールズ南部のスウォンジーで、暴風雨とともにカニが降った……。

一九五四年六月一二日、英国海軍の観兵式が行なわれていたバーミンガムの公園で、突然の嵐とともに、一センチほどの小さなカエルが何百匹も空から落ちてきて、見物人の傘や肩に当たった。地面はびっしりとカエルに覆い尽くされてしまった。同様のカエルの雨の記録は、やはりローマ時代から世界各地にある。一六八六年一〇月、イギリスのノーフォーク地方。一八〇四年八月、フランスのトゥールーズ付近。一九四四年八月、イギリスのミッドランド地方。一九七三年九月二三日、南フランスのブリニョル村。一九七七年一二月、モロッコ領のサハラ砂漠。一九七九年六月二九日、ギリシアのコモティーニ、一九七九年七月、ソ連領中央アジア……。

これらの事件はオカルト雑誌やタブロイド新聞に載ったインチキ記事の類《たぐい》ではない。事件の多くは、権威ある科学雑誌や気象学の雑誌で報告されているのだ。しかもここに挙げたのはあくまで一部のみで、実際にはこの数倍の報告があるのだ。

合理主義者はこの現象を竜巻のせいにする。竜巻が池や海の水といっしょに魚やカエルを吸い上げ、遠く離れた場所に降らせたのだと――確かに魚の雨の前後に竜巻が発生したという記録はあり、一部はそれで説明がつくだろう。しかし、竜巻説では説明できない例もある。

一九八四年五月二七日の夜、ロンドン東部のニューハム一帯にカレイとキュウリウオが降った。唯一可能な解釈は、テームズ河の魚が竜巻で巻き上げられたというものだが、その日、付近で竜巻の報告はまったくなかった。第一、淡水のテームズ河にカレイがいるのだろうか？

一九八五年四月二一日には、ミネソタ州のセント・クラウドに大量のヒトデが降った。ミネソタ州は北米大陸のど真ん中にある。どんな竜巻であれ、海から千数百キロも離れた街までヒトデを運ぶのは不可能だろう。一九八八年二月にイギリスのサイレンセスターに降ったピンク色のカエルは、アフリカのサハラ地方原産のものだった。一九三六年九月にグアム島に降った魚は、ヨーロッパ原産の淡水魚だった。

一八五九年二月九日、南ウェールズのマウンテン・アッシュでバケツ数杯分の魚が降ったが、数匹のコイ科の魚を除いては、すべてトゲウオだった。トゲウオは群れを作らないのに、どうやって竜巻はトゲウオばかりを選《え》り分けて集められたのか？　しかも目撃者の証言によれば、トゲウオは一〇分間隔で二度降ってきたが、その範囲は七三×一一メートルの狭い地域に限定されていたという。知能を持たない竜巻にしては高等な芸当ではないか。

あるいは一八三三年、インドのフッテプールの例はどうだろう。この時に降ってきた三〇〇〇尾以上の魚は、すべて日干しになっていたのだ！　インドの強い日差しでも、魚を日干しにするのにはかなり時間がかかるだろう。魚はそんなに長く空を漂っていたのだろうか？

空から降るのは魚やカエルだけではない。一九七七年三月一三日、イギリスのブリストルにある自動車販売展示場の近くを通りかかった新聞記者のアルフレッド・ウィルソン・オズボーンとその妻は、晴れた空から降ってきた数百個のハシバミの実の爆撃を受けた。竜巻説はこの事件には通用しそうにない。なぜなら、ハシバミの実が生《な》るのは九月か一〇月だからだ。前年の秋にどこかのハシバミの木から巻き上げられた実が、ばらばらになりもせず、半年近くも空の上を漂っていたというのか？

一九七九年二月、イギリスのサザンプトンに住むムーディ夫妻の家の庭に、数日間にわたり、計二五回も、ゼリー状の物質にくるまれた芥子菜《からしな》の種子が大量に降った。集めてみると、その量はバケツ八杯分にも達した。隣のゲール夫妻、ストックリー夫人の家にも、空豆、インゲン豆、トウモロコシなどが降った。不思議なことに、その通りに面した家で、種子の爆撃を受けたのはその三軒だけだった。誰かのいたずらだろうか？　しかし、誰がどうやって、バケツ何杯もの種子を誰にも見つからずに撒《ま》くことができるというのか？

氷もよく空から落ちてくる。特に集中して起きたのは一九五〇年代で、有名な超常現象研究家フランク・エドワーズは、この時期に起きた事件を何十件もリストアップしている。

最初に注目されたのは一九四七年九月一一日、テキサス州ユージン・テイプトン農場の出来事だった。山鳩を撃っていたロバート・ボッツ博士が、空から氷の塊が落ちてきて、ほんの五メートルしか離れていない地面に激突するのを目撃したのだ。博士が狩猟仲間たちとともに調べてみると、氷は乳白色で不快な刺激性の味がした。破片を集めてみると二〇キロ以上もあった。

一九五一年一二月にはロンドンで、空から落ちてきた氷塊が家の屋根を貫くという事件が、続けて二件もあった。一九五三年七月四日、カリフォルニア州ロングビーチで、駐車していた三台の車が氷の爆撃を受け、大破した。一九五五年一月には、ロサンゼルスのアルトン・ルトヴィスコンの中庭に、大きな丸い氷塊がいくつも落下した。最も大きなものは一〇キロ以上あったという。一九五八年一月二五日、カリフォルニア州サン・ラファエルのジェイムズ・カーマインの家の屋根が、重さ一五キロもある氷塊に貫かれ、直径数十センチの穴が開いた。同年九月八日にはペンシルバニア州チェスターの倉庫、翌一九五九年四月二二日にはロサンゼルスのエラ・コールマン夫人の家の屋根も、同じ被害に遭った。

危機一髪だった例も多い。一九五五年一月、カリフォルニア州ホイッターのキャサリン・マーチン夫人の庭に、幅四〇センチもある氷塊が晴れた空から落下してきて、洗濯物を干していた夫人に危うく命中するところだった。一九五九年九月一一日には、ニューヨーク州バッファローで、自転車に乗っていた九歳の少年が、空から落ちてきた長さ三〇センチの氷に危うく傷つけられそうになった。同年一二月二一日、ロンドンで電車を降りようとしていたマーガレット・パターソン夫人の頭を氷がかすめた。一九六一年五月一八日、オハイオ州でドライブしていたウィリアム・ウィレイの車のフロントガラスに氷が命中、ガラスを砕き、ウィレイと彼の一二歳の息子に軽傷を負わせた……。

幸運な人間ばかりではない。一九五一年一月一〇日には、西ドイツのデュッセルドルフで、屋根の上で仕事をしていた大工が、空から降ってきた長さ一・八メートル、太さ一五センチの氷柱に刺し貫かれて死んでいるのだ。

こうした氷塊落下事件は、以後も世界のあちこちで散発的に起き続けている。一九七三年四月二日午後八時、マンチェスター大学の院生だったリチャード・グリフィスが、酒屋でウイスキーを買って外に出ようとしたところ、重さ二キロはあろうかという氷塊が店の前に落下するのを目撃した。グリフィスはただちに氷塊を持ち帰って冷蔵庫で保存した。翌朝、マンチェスター科学技術研究所の実験室で結晶構造を分析してみたところ、氷は五一もの層から成るきわめて規則正しい構造で、通常の雹《ひょう》ではないということが分かった。一九七五年二月一九日には、千葉県茂原《もばら》市郊外の水田に氷塊が落下するのを、近くで農作業をしていた横堀ウタさんが目撃している。氷は直径約一メートルもあり、落下の勢いで土に深くめりこんでいた。保健所が成分を検査したが、飛行機のトイレから漏れたものではないらしいということが分かっただけだった。

ちなみに、これまでに観測された最大の雹は、重さ七六〇グラムである。二キロを超えるような雹は、気象学の常識からはありえないのだ。

当初、こうした事件は、飛行機の翼に付着した氷が剝《は》がれ落ちたものと説明されていた。だが、多くの事件は飛行機が上空を通過していない時刻に起きているのだ。実際、大気物理学者ジェームズ・マクドナルドの研究によれば、一九五〇年代にアメリカで起きた三〇件の氷塊落下事件のうち、飛行機によるものと考えられるのはたった二件にすぎない。

それればかりか、飛行機がまだ存在しなかった時代にも氷塊の落下は起きている。カール大帝時代の神聖ローマ帝国に落下した氷塊は、四・五×一・八×三・三メートルという巨大さで、重量は二〇トンを超えていたと推測されている。一八〇二年にはハンガリーに〇・五立方メートルもある氷塊が落ちているし、同じ頃、インドのセリンガパタムに象ほどもある巨大な氷塊が降ったという記録もある。

物理学者のルイス・A・フランクは、氷塊の起源として小彗星《すいせい》説を唱えている。太陽系内には望遠鏡でも見つけにくいような直径数メートルの氷塊が無数に飛び回っていて、それらが毎分二〇個、年間一〇〇〇万個も地球の大気圏に衝突している。その一部は大気との空力加熱でも溶けきらず、地表まで落ちてくるのだ——というのである。

一見すると科学的なように見える解釈だが、根本的な欠陥がある。そうした氷塊は、地球にぶつかるまで、何十年、あるいは何百年も太陽の周囲を回り続けていたはずだ。どうして太陽熱で蒸発してしまわなかったのか？　それに直径数メートルもある氷が地球の周囲を飛び交っているなら、地上からは最大四〜六等星の明るさで見えるはずである。どうして天文学者やアマチュア天文家は誰も気づかないのか？

さらに奇妙なのは、氷がまるで人間を狙って落ちてくるように見えることだ。たいていの場合、氷は民家や自動車の屋根を直撃したり、歩行者からほんの数メートルのところに落下する。もし宇宙から氷がランダムに降ってくるなら、当然、人口密集地に落ちるのはほんの一部で、大多数は海や砂漠や山に落ちるはずだ。すなわち、目撃された件数の何万倍もの氷塊落下が起きていることになるが、そんな話が信じられるだろうか？

石が降ってくるという現象は、西洋では「リトボリ」、日本では「天狗《てんぐ》つぶて」などと呼ばれ、やはり昔から多くの報告がある。紀元二世紀、アペニン山脈のアルバヌス山。一八二一年、イギリスのコーンウォール地方。一八八六年九月四日、サウスカロライナ州チャールストン。一九七三年一〇月二七日、ニューヨーク州スカネアットレス……。

魚や種子の場合と同様、石も狭い地域を狙って何度も降る傾向がある。一七世紀、ニューハンプシャーの地主ジョージ・ウォルトンの屋敷が、数か月にわたって石の攻撃を受けたという記録がある。文政三年（一八二〇）三月には、小石川浄水端の旗本・高坂鍋五郎《なべごろう》の屋敷で、屋根や雨戸に石がぶつかってくるという事件が相次いだ。同じ年の八月には、ロンドンのサウスウッドフォードに住むH・ガスキンの邸宅が、何度も石の雨に見舞われた。何者かのいたずらと判断した警察が、ガスキン邸の周囲に警官を配置したが、どこから石が降ってくるのか、ついに突き止められなかった。これとそっくりな事件は、一九二二年に南アフリカのヨハネスブルグで、一九六八年に日本の宮城県迫《はさま》町でも起きている（なぜかどちらも、標的になったのは薬局だった）。一九八〇年代には、バーミンガムのソーントン通りにある五軒の家が、六年間にわたって石つぶてによる攻撃を受け続け、屋根や窓ガラスを損傷した。毎晩二名、延べ三五〇〇名の警官が警戒に当たったが、不審な人物を見た者は誰もいなかった。

一九六〇年七月一四日、イリノイ州マクヘンリー郡にあるチャーリー・ウィッセルのトウモロコシ畑で、重さ約一〇〇キロの岩が落ちているのが発見された。畑にめりこんでいる深さから推定して、少なくとも数十メートルの高さから落ちてきたのは明白だった。著名な天文学者ジェラルド・カイパーが調査したところ、ごく普通の白雲石であり、隕石《いんせき》ではないことが判明した。場所は道路から三〇メートル以上離れているうえ、周囲にタイヤの跡もなく、誰がこんな手のかかるいたずらをしたのか、ついに謎のままだった。

この他にも、ファフロッキーズには様々なヴァリエーションがある。一八四一年八月一七日、テネシー州のタバコ畑で、上空の赤い雲から血のように真っ赤な液体が降った。一八四九年、パリのソルボンヌで大量の建築資材が三週間続けて降り、一軒の家を破壊してしまった。一八六九年八月九日、カリフォルニア州ロスニートスの農場で数百キロに及ぶコマ切れの肉が降り、二エーカーの範囲を覆った。同様の肉の雨は、七年後の三月八日、ケンタッキー州にも降っているし、ずっと後の一九六八年八月二七日にはブラジルにも降っている。一八七七年秋、テネシー州メンフィスに体長三〇～四五センチの小さな蛇が数千匹降った。一八八七年六月、フランスのタルブに幾何学的模様の細工が施された盤状の石が降った。不思議なことに、石は氷に包まれていたという。翌年一〇月一二日、テキサス州のポイント・イザベルで、大量の釘《くぎ》が二晩続けて降った。一九五五年、インドのビジョリで色とりどりのビーズ玉が降った。一九五七年四月、フランスのブルージュで数千枚の一〇〇〇フラン札が降ったが、落とし主は誰も名乗り出なかった。一九六二年二月二〇日から二四日にかけて、リオデジャネイロの北のミナス・ジェライスに、爆発音とともに何度も鋼鉄片が降ってきた。鉄板は大きなものでは長さ二メートルもあり、英語や数字が書かれていたが、出所は不明だった。一九六八年一二月、イギリスのケント地方ラムズゲイトでは、五〇枚近いペニー銅貨が降った。一九七一年の夏、ブラジルのジョアン・ペソアの農場に、西アフリカ特産の豆の雨が降った。一九八四年一月一日、ロサンゼルスの南西のレイクウッドに住むフレッド・シモンズの家の庭に、第二次大戦中に使われていた錆《さび》だらけの九インチ砲弾が降った。一九八四年一一月八日の夜、英ランカシャーのアクリントンで、少なくとも三〇〇個のリンゴが降った。一九九五年八月、スコットランドのクレイグロッカート・テニスクラブでは、見物人たちの頭上に大量の排泄物《はいせつぶつ》が降ってきた。二〇〇〇年六月二四日未明、大阪市北区天神橋の民家の屋根に、高さ二五センチ、重さ約一キロの観音菩薩《ぼさつ》像が落下した……。

　こうしたリストは私を困惑させると同時に、安心させてもくれる。私の身に起きたことは、珍しい現象ではあるが、神に選ばれた者だけが体験できるというわけでもないらしい。同様の体験をした人は過去に何百人もいるのだ。いや、小さなボルトだっただけましかもしれない。何キロもある氷や、排泄物でなかったことは、むしろ幸運だ。

　それでもなお竜巻説にしがみつきたい人には、こんな例はどうだろう。一九二九年三月、ニュージャージーのある会計事務所に、数日間、鹿撃ち用の散弾の雨が断続的に降った――屋外ではなく、閉め切った事務所の中にだ。

これに似た例としては、一八七三年、イギリス・ランカシャーのエレクトラの下宿屋で起きた事件がある。家の中に集中豪雨さながらの雨が降り、下宿人たちをびしょ濡《ぬ》れにして、家具を台無しにしたのだ。不思議なことに天井はまったく濡れておらず、水は何もない空間から降ってきたとしか思えなかった。

一九一九年九月には、ノーフォーク州スワントン・ノヴァースで起きた怪事件がイギリスの新聞を騒がせた。ヒュー・ガイ司祭の館の壁から、数日間にわたって、灯油、ガソリン、メチルアルコール、ビャクダン油などが滲《し》み出してきたのだ。最も多かったのは九月二日で、流れ出た油の総量は一日で一九リットルに達した。悪臭のために館は使いものにならなくなった。壁に穴が開けられ、天井が剝ぎ取られたが、油の出所はついに分からなかった。館に勤めていた若いメイドが逮捕されたが、彼女がどうやって監視の目を盗んで何十リットルもの油を館に持ちこめたのか、誰にも説明がつかなかった……。

オカルトの世界では、こうした現象を「騒霊放水」と呼び、ポルターガイスト現象の一種だと解釈している。だが、大和田氏はこうした分類にこだわるべきではないと主張する。家の中に散弾や水が降るのも、庭や野原に魚や石や氷が降るのも、基本的に同じ現象ではないのか。ただ、場所が屋外か屋内かの違いだけだ……。

私が大和田氏のサイトに感心したもうひとつの点は、ハイパーリンクを実にうまく使いこなしていることだった。奇現象を単純に分類し、列挙しただけではない。様々な項目が複雑にリンクし合っているのだ。各事例の末尾にある「参考項目」をクリックしているうち、「UFO」の項を読んでいたはずが、いつの間にか「幽霊」の項に移っていて、驚いたことがある。

読み進むうち、私は大和田氏の大胆な意図に気づき、改めて感心した。彼はUFOや異常落下物や幽霊を別々に論じるのではなく、すべての超常現象を統合しようとしているのだ！　それはページに沿って読み進むしかなかった従来の本のような媒体では困難だったことだ。ハイパーリンクというシステムによって、各項目を有機的に結びつけ、一見ばらばらだった現象を統一して論じることができるようになったのだ。

私が兄に説明した「空飛ぶ船」「空の軍隊」についてのデータも、実はこのサイトから得たものだ。大和田氏はそれらのUFO現象を、ファフロツキーズと関連づけて論じる。「空の軍隊」の戦闘が目撃された直後、血が豪雨のように降ってきたという報告が多数あるのだ。一八六八年の夏、スコットランドのクライドサイドで起きた事件では、空からボンネットや帽子、銃剣などが雨のように降ってきた後、武装した兵士たちの行進が目撃されている。

近代のUFOも様々なものを落としてゆく。たとえば一九五六年九月七日午後七時半頃、千葉県銚子《ちょうし》市上空を高速で飛行する発光物体を三〇人以上が目撃、その直後、銚子一帯に大量の金属箔《はく》が降ってきた。それは長さ四〜五センチ、幅一ミリ、厚さ一〇ミクロンの糸状で、分光分析の結果、アルミニウムに一〇パーセントの鉛が混入していることが判明した。それに近いものと言えば、軍用機が使用するレーダー電波妨害用のチャフだろうが、米軍が日本の上空でチャフの散布実験をしていたというのは考えにくいことである。

大和田氏はまた、UFO現象を空に特有のものとは考えない。地上でも同じ現象が起きているが、UFOは空に現われるものという固定観念があったため、これまで別々の現象とみなされてきたにすぎない、というのである。

たとえば存在しない軍隊が地上を行進しているのを目撃された例がよくある。特に多いのはイギリスで、一七世紀以来、数十件の目撃例があるのだ。たとえば一七四四年六月二三日には、カンバーランド湖水地帯のスーターフェル山で、その地域にいるはずのない大勢の兵士が山を登ってゆくのが、二六人もの人間に目撃されている。一九五六年一一月には、スコットランド沖のスカイ島で、キルトを着た数十人のスコットランド高地兵が夜中に山中を行進してゆくのを、二人のハイカーが二晩続けて目撃している。日本では、代々木のNHK放送センター前にある二・二六事件の慰霊碑の近くで、深夜に行進する兵士が何度も目撃されている。

中でも特に信憑性《しんぴょう》が高いのは、一六四二年、清教徒革命の最中のイギリスで起きた現象である。この年の一〇月二三日、国王の甥《おい》のルパート公率いる国王派と、エセックス伯ロバート・デベロー率いる議会派が、ウォリックシャーのエッジヒルで衝突し、二〇〇〇人もの兵士が死んだ。それから一か月後、同じ場所で戦闘がそっくり再現されているのを、大勢の羊飼いが目撃したのだ。彼らは轟音《ごうおん》を立てて駆け抜ける騎兵隊を目にしただけではなく、馬のいななき、負傷者の悲鳴、太鼓の音をも耳にした。さらにその一か月後のクリスマス・イヴの日にも、同じことが繰り返された。

国王チャールズ一世はこのニュースに興味を持ち、信頼できる六人の将校をエッジヒルに調査に向かわせた。帰還した彼らは、すべて事実であったことを国王に報告した。彼らは羊飼いたちの証言を記録しただけでなく、自分たちの目で二度も幻の戦闘を目撃したのである。

彼らが見たものは戦死者の幽霊だったのだろうか？　どうもそうではないようだ。というのも、戦いを繰り広げていた幻の兵士たちの中には、指揮を執るルパート公の姿も確認されたからである――ルパート公は当時まだ生きていたというのに！

「ここからほんの少し想像を飛躍させてみよう」と大和田氏は促す。「将校たちが目撃した幻のルパート公が、ルパート公の霊ではなかったことは確かである。幻は対象の人物の生死とは無関係に生じるようだ。こうした現象が実際に起こりえるものだとしたら、いわゆる幽霊というものが、どうして死者の霊だと言えるのだろうか？　それは単に、『幽霊』という名前で呼ばれているから、そういうものだと誰もが思っているだけなのではないか？」

そう、確かに「幽霊」と呼ばれるものは昔から数多く目撃されている。しかし、その多くは、どこの誰とも分からない男や女であり、過去に死んだ人物の容姿と一致することが確認された例はごく一部にすぎない。たとえ故人の顔と幽霊の顔がそっくりだったからといって、それが故人の霊だという証拠にはならない。その理屈では、将校たちが目撃したルパート公も、ルパート公の霊だったことになってしまう。

いわゆる「幽霊」が死者の霊であるという証拠はない、と大和田氏は断言する。信憑性のある目撃談の中で、幽霊が故人しか知り得ないような情報を語ったという例がないからだ。たいていの幽霊は無言だし、口を開いたとしても、断片的で謎めいたことしか言わない。ましてや、誰もが知りたがる死後の世界について幽霊が具体的に語ってくれたという例は、全世界にただのひとつもないのだ。

「幽霊の存在が、霊魂の不滅の証明だと思うのは、間違っている」

大和田氏はそう断言する。どう見ても幽霊には知性がない。彼らの多くは、目撃されたルパート公のように、生前の行為を機械的に繰り返しているように見える。ホワイトハウスを歩き回るリンカーンの霊。毎晩、峠の急カーブを走り続ける、事故死したライダーの霊。家に帰るためにタクシーを呼び止める娘の霊。病院の廊下を徘徊《はいかい》する患者の霊。大阪千日デパートの火災現場の跡で、電話ボックスで電話をかけている女性の霊。二・二六事件の慰霊碑の近くを行進する兵士の霊……。

そう、魂というものがもしあるなら、幽霊には明らかにそれが欠けている。彼らは「幽霊は存在するはずだ」という人間の信念に合わせて出現するだけで、実際は知性を持たないロボットにすぎず、単純なプログラムに従って不自然な行動を繰り返しているだけなのだ――UFOから降りてきた「異星人」や、MIBのように。

大和田氏はその証拠として、イギリスのオカルト研究家フランク・スミスが行なった実験を挙げる。一九七〇年、スミスは自分の編集していた『人間、神話、魔術』という雑誌に、ロンドンのラトクリフ埠頭《ふとう》に出没する司祭の幽霊についての記事を載せた。実際にはその埠頭で幽霊を見たという話はなく、死んだ司祭もいなかった。すべてスミスの創作だったのだ。人がどれほど単純に騙《だま》されるかを実験しようとしたのだ。

実験はスミスの予想以上の成功を収めた。八冊の単行本が、スミスの雑誌から引用した「ラトクリフ埠頭の司祭の幽霊」の話を実話として掲載した。三年後にスミスが真実を告白した頃には、多くの人がその話を事実と信じこんでいた。それどころか、実際にラトクリフ埠頭で司祭の幽霊を見たと証言する者が、大勢現われたのだ！

大和田氏自身も同様の体験をしている。彼はかつて新潟にある廃屋を調査したことがある。そこは三〇年前まで精神病院で、恐ろしい惨殺事件があった場所だと噂されていた。そして、廃屋で幽霊を見たという人が何人もいた。しかし、実際にはそこはごく普通の別荘で、精神病院などではなく、惨殺事件が起きたという記録もなかったのだ。

大和田氏はこうも論じる。幽霊を出現させるのは、死者の意志ではなく生者の意志である。誰も人が死んでいない場所でも、多くの人が「ここに幽霊が出る」と信じれば幽霊は出現する。もし生者の意志とは無関係に、死者のうち一定の比率が幽霊として出現するなら、大量の死者が出た惨劇のあった場所にはその規模に比例した数の幽霊が出現するはずだが、そうなっていない。広島の爆心地やアウシュビッツのガス室跡に、何百何千人もの霊が出現したという話など、聞いたことがない。

さらに大和田氏は、普通のオカルト研究家がやるのとは反対の調査をやってみた。幽霊がどのような地点に出現しないかを調べたのだ。たとえば一九二三年の関東大震災の直後、「朝鮮人が井戸に毒を入れて回っている」というデマが流れて、数千人の朝鮮人が惨殺されたことがある。大和田氏はそれらの虐殺現場を調べて回り、どこにも朝鮮人の霊が出現したという噂がないことを確認した。

「なぜ二・二六事件の兵士の霊や、極東軍事裁判のA級戦犯の霊は出現するのに、惨殺された朝鮮人の霊は出現しないのか。理由は述べるまでもなく明らかだろう」

大和田氏の文章には静かな怒りがこめられていた。

「幽霊が出現するには、悲劇が欠かせない。大多数の日本人にとって、朝鮮人がいくら殺されようが、それは悲劇ではないのである」

膨大な量のデータをすべて読み終えて、私はすっかり考えこんでしまった。UFO、「空の軍隊」、ファフロツキーズ、ポルターガイスト、MIB、幽霊——一見ばらばらのように見える現象も、こうして共通点をまとめてみると、確かによく似ている。UFOと「空の軍隊」は同じものであり、「空の軍隊」は幽霊と同じものであり、幽霊はMIBと同じものなのだ。UFOはMIBと密接な関係があると同時に、しばしばファフロツキーズを伴う。ファフロツキーズはポルターガイスト現象と同じものだ。そしてもちろん、幽霊もしばしばポルターガイストを伴う……。

すべての超常現象を同じ現象の別の側面であるとする大和田氏のコンセプトは、確かに一理あるように思えた。少なくとも、複数の現象を説明するのに複数の仮説を導入するより、現象を統一した方がメカニズムを説明しやすいのは確かだ。

もっとも、大和田氏はフォーティアン現象のメカニズムについては一切論じようとしなかった。まず事実を確認するのが先であり、理論を構築するのは信頼できる材料が充分に集まってからでなくてはならない。それに自分は科学者ではないので、その任ではない――ろくな科学知識もないのに珍説を振りかざす研究家が多い中、彼の謙虚さにはますます好感が持てた。

兄の仮説に従えば、こうした現象はすべて神のしわざということになる。神は人間の言語を理解できないので、人の心の中から「超自然的なもの」というカテゴリーに属するシンボルを抽出し、意味も分からずに実体化させているのだ。人間の側からは無秩序なように見える現象だが、神にしてみれば自らの存在を誇示する行為に他ならない。

私が体験したボルトの雨も、確かにその仮説で説明がつく。私の心の奥にはずっと、Iさんから見せられた奇妙なボルトのことがこびりついていた。神はそのシンボルを取り出し、実体化してみせたのだろう。

自分の存在を私に示すために。

もっとも、別の解釈も可能だ。あのボルトは私の心が生み出したものだという考えだ。

無論、私には念力などないし、ましてや無からボルトを生み出すことなどできはしない。しかし、すべての人間は潜在的に超能力を秘めているという説がある。私の感情が極度に昂《たか》ぶっていたあの瞬間、無意識のうちにそれが発動し、ボルトの雨を降らせたのかもしれない。

神が実在するのか、それとも私が超能力者なのか――どっちにしても気味の悪い結論である。しかし、結論を保留したまま宙ぶらりんの気持ちのまま生き続けるのも、同じぐらい気分が悪い。真実というものがあるなら、どうしても見極めなくてはならなかった。

困ったことに、〈O！のフォーティアン現象データベース〉の「超能力」の項は、ずっと工事中だった。コメントによれば「情報量が多いため、まだどのようにまとめたらいいか考えあぐねております」とのこと。だから大和田氏が超能力についてどんな見解を持っているのか、よく分からない。

こうなったら本人に会って、直接訊《たず》ねてみるしかない。私はそう決心し、メールでインタビューを申し入れた。大和田氏は快く承諾してくれた。彼の家は埼玉県秩父《ちちぶ》郡の山中にある小さな町にあった。こうして二〇一一年一〇月二九日、私は大和田氏と初めて顔を合わせた。

そして、あの驚くべき事件に遭遇したのだ。

13　超心理学者の心理

その日、兄は私に同行した。ちょうど土曜日で仕事が休みだったし、私から大和田氏のことを聞いて、ぜひ自分も会って話してみたいと言い出したのだ。私としても兄の車に乗せてもらえるのは都合が良かった。大和田氏の住む町は埼玉県西部の山中にあり、鉄道は通っておらず、バスも一日に数本しか走っていなかった。車の免許を持たない者には行きづらい場所だ。

しかし、兄を連れて行くことには不安もあった。

「ねえ、約束してよ」行きの車の中で、私は兄に釘《くぎ》を刺した。「いきなり例の話は持ち出さないで。最初はじっくり相手の話を聞くのよ。私が『いい』と判断するまでは、絶対にあのことを話しちゃだめ。分かった?」

「子供扱いするなよ」ハンドルを握る兄は不機嫌そうだった。「兄貴のことが、そんなに信用できないか?」

「そうじゃなくて……大和田氏をまだ信用できないからよ。確かにホームページは立派だったし、メールの内容も普通だったけど、実物に会って話してみるまでは、どんな人か分からないもの」

「実はただのオカルトバカかもしれないから？」

「その逆の可能性もある。ものすごく真面目な人で、からかわれるのを嫌うかもしれない。いきなり『この世界はコンピュータ・シミュレーションじゃないかと思うんです』なんて話をしたら、兄さんの方が白い目で見られるかも」

「突飛な説だってことは自覚してるさ」

「それでも他人に認めさせたいの？」

「誰かに認めさせたいんじゃない。名誉なんて二の次、三の次だ。僕はただ、自分の説が正しいかどうか確かめたいだけなんだ」

「それは前にも聞いたけど……」

私は口をつぐみ、助手席の窓から空を見上げた。その年最後の中型の台風が房総半島沖を北上している影響で、その日は朝から陰気な空模様だった。車は何分も前に秩父市を通過し、荒川の支流のひとつに沿って、山間の曲がりくねった道をだらだらと走っていた。山にはさまれた逆三角形の狭い空には、汚れた雑巾《ぞうきん》のような重量感のある雲が低く垂れこめていた。鉛色の雲は生物の内臓のようにうごめきながら、ゆっくりと南に流れている。いつ降り出してもおかしくない天気だった。

私は雨が嫌いだった。正確に言えば、雨が降り出す直前の、あの不吉で重苦しい雰囲気が嫌いだった。どうしてもあの日のことを思い出してしまうからだ。どうせ降るならさっさと降ってくれ、と思う。大気中の水分がみんな地上に落ちてしまえば、雨はそれで終わる。降りそうで降らない天気というのは、雨そのものよりも性質《たち》が悪い。

「でも、本当に確かめたいだけ？」天気のことを忘れようと、私は無理に会話をつないだ。

「それ以上の欲求はないの？」

「どういうことだ？」

「黎が言ってたわ。兄さんは理科系人間で、理論を証明することにしか興味がないって。神とのコンタクトってすごい概念なのに、どんなにすごいことなのか理解してないんじゃないかって」

「そんなことはない。僕だって、この仮説の意味するところは理解してるさ。もしこの説が証明されたら、世界にどんな大きな変革が起きるかも」

「どんなことが起きるの？」

「そう――まず、戦争がなくなる」

「本当？」私には信じられなかった。「どうして？」

「宗教の違いというものが消滅するからさ。神が実在することが疑問の余地なく証明されれば、そして、それが聖書やコーランに描かれているような神ではないことが証明されれば、既成の宗教は崩壊する。全人類の抱いている神の概念が統一されるわけだから、もう宗教の違いで争うことはなくなる」

「でも、戦争は宗教だけが原因で起きるんじゃないわ」

「もちろんさ。でも、想像してみなよ。神が実在し、常に僕たちを観察していることを知ったら、人はそう簡単に悪事を働けなくなるんじゃないか？」

「私の知る限り、神は悪人を罰したりはしないけど」

「だとしてもだ、神が実在するというだけで、悪人にとっては居心地が悪いんじゃないだろうか。たいていの犯罪は、露見しないという確信があるからこそ実行される。この宇宙の創造主に常に動向を監視されているかもしれないってのに、罪を犯す度胸のある人間は少ないだろう」

「確かに犯罪は減るかもしれないわね」

「戦争だって同じさ。政治家は開戦を決断する前に、もう少し慎重になるはずだ。『ちょっと待て。神様が今、見ておられるのだぞ』……」

「そんなにうまく行くかな」

私は兄ほど純真ではなかった。何と言っても、人類はこの数千年間、ずっと戦争を続けてきたのだ。開戦を決断した指導者や殺戮《さつりく》を実行した軍人たちは、決して無神論者ではない。ほとんどの者は神が実在することを信じていたはずだ。今さら神の実在が証明されたところで、本質的な変化が起きるとは信じがたい。

「神と言葉が通じればいいんだがな。神が一言でも『戦争をやめろ』と言ってくれれば、戦争をする度胸のある奴はいなくなるさ」

「でも、コミュニケーションは難しいんでしょ？」

「うん。だけどね、僕たちが神に創造されたシミュレーションにすぎないことを証明するだけでも、かなりの効果はあるはずだ。もし神が人類は存続する価値なしと判断したら、シミュレーションを停止するか、彗星《すいせい》を落とすかもしれないんだから。うかつなことはできないさ」

「そうだといいけど……」

私には兄の欠点が見えていた。彼は善人すぎるのだ。人間の理性というものに対し、あまりにも無邪気な期待を抱いている。正しい根拠を提示さえすれば、人は正しい判断を下すと信じているのだ。私はそれほど楽観的ではない。人は明白な根拠を突きつけられても偏見や誤謬《ごびゅう》を捨て去ることがないという事実を、身に染みて味わってきたからだ。

兄は私と違って、アカデミックな世界に育ち、人間関係において大きなトラブルに出会わなかったのだろう。そのため、大切なことを学び損ねているのだ——人はどこまでも愚かになれるという事実を。

「兄さん自身はどうなの？」

「ん？」

「もし神様と話せるなら、どんなことを話してみたい？」

「そうだな……」

兄はかなり長く考えてから答えた。

「お前の本の中に、『ヨブ記』のことが出てきたよな」

「ええ」

「僕は大学時代に読んだ。合コンで会った女の子が宗教にハマっててね。聖書には愛と真理が書かれてるとかで、無理やり勧められて」兄は恥ずかしそうに苦笑した。「僕も馬鹿正直だったんだな。勧められたんなら読まなくちゃ悪いと思って、旧約聖書を最後まで読んだよ。その後、正直に感想を言ったら、その子、怒り出しちゃってさ」

「何て言ったの？」

「『どこが愛だよ、異民族を虐殺するシーンばっかりじゃないか』って」

「それは怒るわよ」

私は笑った。だが、それは事実である。旧約聖書は結局のところ、古代ヘブライ人のプロパガンダ文書であり、彼らの行なった侵略や虐殺行為の数々が美化して描かれている。現代人が近代史について同じような論調で書いたら、「歴史を歪曲《わいきょく》している」「差別文書だ」と猛烈に糾弾されるに違いない。それがいっこうに問題にならないのは、やはり聖典だからだろう。政治団体や人権団体というやつは、マスコミには強いが、なぜか宗教にはひどく甘い。マスコミがちょっと偏向報道をしたり、うっかり「差別語」を使っただけで激しく抗議するのに、宗教書の中にどれほど差別的なことが書かれていても気にならないらしいのだ。

「中でも納得できないのは『ヨブ記』だった。どうしてヨブが自分のことを悔い改めなくちゃいけないのか。なぜ神が偉大な力を持った創造主であるというだけの理由で、ヨブに対して行なった仕打ちが正当化されるのか、僕にはどうしても理解できなかった」

「その子に言ったの、そのこと?」

「言ったさ。彼女は僕が神の御心を理解してないって言うんだ。心を開いて、神の言葉を真摯《しんし》に受け止めさえすれば、ヨブが悔い改めた理由が分かるはずだって――でも、僕にはそうは思えなかった」

「それで?」

「さんざん議論したけど、嚙《か》み合わなくてね。結局、その子とはうざったくなって別れた。だけど――」

兄は不自然に言葉を切った。私は「だけど」の次の言葉を待った。赤信号で停車している間、彼はうつろな視線で鉛色の空を見つめていた。

車が動き出すと同時に、兄は静かに喋《しゃべ》りはじめた。

「――後になって考えた。あの子の言うことにも一面の真理があるんじゃないかって。神の行ないを不条理だと感じるのは、僕が神の心を理解できないせいじゃないか。もしヨブのように神と話すことができて、神の真意を理解できたなら、僕も悔い改められるんじゃないかって」

「悔い改める?」

「この心のもやもやがすっきりして、世界を別の視点で見ることができるんじゃないか……そう思ったんだ」

私ははっとした。兄の言う「心のもやもや」を理解できるのは、私以外にいない。兄もまた苦悩していたのだ。世界はなぜこんなにも不幸や災いに満ちているのか。なぜ神は自らの創造した世界の不条理を傍観しているのか……。

「神様なんておらん」――あの事件の直後、兄は確かにそう言った。私よりも年長で、すでに神に対する強い信頼が芽生えていたのかもしれない。その信頼が裏切られた時、神を否定する言葉を思わず口に出してしまったのだろう。しかし、兄は心の底から神の存在を否定したわけではなかった。そうでなければ、今、こんな研究に没頭しているはずがない。

私の場合、「この世界は間違っている」「神はいない」という強い信念に支えられて生きてきた。しかし、兄はそこまで断言できないのだ。神に対して不信感を抱く一方、間違っているのは自分の方ではないかと疑い続けているのだ――「神様なんておらん」という言葉を取り消し、神との和解を望んでいるのだ。

「……僕は知りたいんだ」兄はつぶやいた。「なぜヨブが悔い改めたのかを」

大粒の雨がフロントガラスを打ちはじめた。

大和田氏の住む町に到着した頃には、雨は土砂降りになっていた。この分では日本のどこかでまた土砂崩れがあるかもしれない。私はいっそう嫌な気分になった。

事前にメールで送ってもらった地図で見ると、町はナメクジのような細長い形をしており、荒川の支流を示す青い線に沿って、苦しそうに身をくねらせていた。川沿いに走る県道と背後の山との間のわずかな空白に、ぎゅっと押しこめられているのだ。人口はせいぜい数百人。コンビニの代わりに駄菓子屋を兼ねたパン屋がある、時に忘れられたような寂しい町だった。

大和田氏の家は山側にあり、裏は小さな野菜畑になっていた。十数年前に小学校教師の職を退き、ここで趣味の農業を営みながら余生を過ごしているのだ。畑のすぐ向こうは深い雑木林に覆われた山の斜面で、私は子供の頃の家を思い出した。

私たちが車から降り、雨の中を走って玄関に駆けこむと、大和田氏はタオルを持ってにこやかに迎えてくれた。いかにも人の良さそうなお爺《じい》さんで、私はひと目見るなり好感を持った。農作業が健康にいいのか、もうじき八〇歳だというのに背はしゃんと伸び、動きもてきぱきしている。四角い顔に灰色の髪。老眼鏡の奥にある糸のように細い眼は、いつも笑っていた。

その日から亡くなるまでの二年三か月、私は何度も彼に会ったが、笑みを絶やしたのを目にしたのはほんの数回しかない。

私たちは客間に案内され、出されたお茶を飲んでくつろいだ。床の間まである純日本風の部屋なのに、隅にデスクがあり、パソコンが置かれているのが、やや場違いだ。

「あれですか」私の視線に気づき、大和田氏は照れ臭そうに笑った。「何年か前まで書斎に置いてたんですがね。資料が多くなりすぎて、本棚を置くスペースがなくなりましてね。結局、書斎を潰《つぶ》して新しい書庫にして、パソコンだけこっちに持ってきたんですよ」

「じゃあ、ホームページ作りはここで？」

「ええ。客間なんてもんがあっても、どうせこんな爺さんのところにお客様なんてめったに来られませんしね。限られた空間は有効活用しなきゃってわけで」

後で知ったのだが、大和田氏はすでにこの家の台所を除く六部屋のうち四部屋までを書庫にしていて、残りの二部屋で生活していたのだ。蔵書の総数は数千冊に達する。その多くが超常現象関係の資料だ。

「しかし、パソコンのおかげでずいぶん助かってるんですよ。ビデオも五〇〇本ぐらいあったんですが、若い人の手を借りて、ほとんどハードディスクに落としましたしね。巻き戻しの手間は要らないし、検索は簡単だし、スペースは節約できるしで、いいことずくめです」

「本もみんな電子化してしまえば、もっと家は広くなりますよ」

兄がいかにもコンピュータの専門家らしい発言をすると、大和田氏は笑いながら「いやあ」とかぶりを振った。

「本はねえ……スキャナで読み取るのに手間がかかるってこともありますが、やっぱり紙自体に愛着があるから捨てられませんな。eペーパーも便利ではあるけど、電子化してしまうと、情報の重さが失われる気がするんですよ」

「情報の重さ……？」

「非科学的と言われるでしょうけどね、私は本のずしっとくる重みに情報の重さを感じるんですよ。金を払って買っていることもありますがね。もちろん、重ければいい、高ければいいってもんじゃありませんよ。重くてもひどい本はいくらでもありますから。だけどね――」彼は自慢げにぱんぱんと太腿《ふともも》を叩《たた》いた。「この脚で本屋を回って手に入れた本、金を払った本には、やはりそれなりの価値が感じられるんです。光の速度でネットの中を飛び交う電子の情報、ただ同然で手に入る情報には、どうも重みが感じられんのです」

「それは……何となく分かります」

私はうなずいた。今も全世界を覆うネットを駆け巡っている、毎秒何億メガバイトという膨大な情報。だがその大半は、意味のないお喋り、くだらない広告、下品な画像、卑劣な誹謗《ひぼう》中傷だ。クリックするだけで手に入って、またクリックすれば簡単に消し去れる。同時に人の記憶からも消えてしまう――そこには大和田氏の言う「重み」が決定的に欠けている。

「でも、データベースを拝見させていただきましたけど、とても立派だと思いました。勉強になりましたし」

「そう言ってくださると嬉《うれ》しいですね。私も先の短い身ですし、せっかく収集した資料を死蔵するのももったいない。できるだけ多くの人に利用してもらおうと思って開設したんですがね」

「で、いくつか気になることがあったんですが……」私はメモに目を落とし、用意していた質問を読み上げた。「多くの人がUFOや心霊や超能力に興味を持ち、そういうものが実在すると信じている。オカルト研究家もそうした現象を積極的に取り上げてきた。その一方、ちゃんとした物的証拠のあるファフロッキーズは、これまでほとんど注目されなかった……これはいったいどういうことなんでしょう？」

「うんうん、それはいい質問ですね」大和田氏は細い目をさらに細め、楽しそうに何度もうなずいた。「そういうことを訊《たず》ねた人は、これまでいませんでしたよ」

「どう思われます？」

「うーん、まあ、いろいろな理由は挙げられるでしょうが……最も大きな理由は、人はみんな合理主義者だということでしょうね」

「合理主義者……ですか？」

私はとまどった。ＵＦＯや幽霊を信じることが合理的とは思えない。

「一般にはＵＦＯや幽霊を否定することが合理的と考えられています。しかし、ビリーバーの心理は違います。彼らから見れば、ＵＦＯも幽霊も合理的な存在なんです」

「というと？」

「たとえば誰かがＵＦＯを目撃したとしましょう。確かに変な物体が空を飛んでいたが、何かは分からない。人はその体験に驚き、合理的に解釈しようとします。『進歩した異星人が地球を訪れて偵察機を飛ばしている』という解釈が合理的なように思われるなら、人はそれを採用します。一方、否定派は『そんなのは見間違いに決まってる』と決めつけます。否定派にとっては、その解釈が合理的だからです」

元教師だけあって、大和田氏の口調はまるで生徒に対する講義のようだった。

「しかし、どちらの解釈も正しくありません。この時点で判明している事実はただひとつ、『目撃者は何か不思議な物体を見た』ということだけなのに、肯定派も否定派もそれを文字通りに受け取ろうとはしません。『不思議な物体を見た』というだけでは納得せず、乏しい証拠を元に、何とか解釈をこじつけようとするわけです」

「人は非合理なものを合理的に解釈したがる衝動がある、ということですか？」

「ええ。幽霊だって同じです。魂は死後も不滅だと信じたい人にとっては、死者の霊が現われるというのは合理的な考えです。一方、霊魂の存在を信じない人にとっては、妄想や幻覚だという解釈が合理的なんです。彼らは信念が先にあり、それに合わせて解釈を展開します。『幽霊はいるに違いない』『いや、幽霊なんているわけがない』……しかし、どちらのスタンスも間違いです。幽霊がいるかいないかは、信念ではなく証拠によって決定されなければならないはずなのに、肯定派も否定派もまともに証拠を検証しようとしない。『いる』『いない』という信念だけに基づいて論じてしまうんです。

テレビでよくやってる心霊写真の番組、あれなんかまさにそうですね。あんなのはカメラについて初歩の知識があれば、ひと目見て原因の分かるものばかりです。それなのに、ほとんどの人はろくに原因を推理しようともせず、変なものが写ったというだけで騒ぎ立てます。左右の脚が重なっている瞬間を撮影した写真を見て『脚が切れている』と騒ぐ。逆光によって生じたレンズ・ゴーストを『人魂《ひとだま》だ』と決めつける。壁の染みを見て『地縛霊だ』と怖がる……証拠を検証しようという姿勢を最初から放棄してるんですね。

もちろん、同じことは否定派についても言えます。UFOの存在を示す有力な目撃証言があっても、彼らはそれにまともに耳を傾けようとしません。『星と星との間は光の速さでも何百年もかかるほど離れているから、宇宙人がやって来れるはずがない』『だからUFOなんかあるわけがない』という明らかに間違った主張を、大学の先生が堂々と口にされるんですからね」

「間違ってるんですか?」

「百歩譲って、宇宙人が地球に来るのは不可能だとしましょう。しかし、それによって否定されるのは、『UFOは宇宙人の乗り物である』という仮説だけです。UFO現象そのものが否定されるわけではありません」

「ああ、なるほど……」

否定派の科学者も、結局のところ、「UFOは宇宙人の乗り物である」という仮説に毒されているわけだ。

「ファフロツキーズ——異常降下物現象はどうなります?」

「さあ、それが厄介でしてね」大和田氏はなぜか嬉しそうだった。「肯定派も否定派も、この現象には手を焼いています。UFOや幽霊と違って合理的な仮説が何ひとつ立てられないんですよ。宇宙人のしわざでないのは確かです。宇宙人がなぜ魚の雨を降らせたりしますか? 竜巻説でも説明しきれない。もちろん、幽霊のしわざにすることもできない。合理的に解釈したくても、どう解釈していいか分からない——そんな時、人はどうするでしょう?」

「どうするんですか?」

「無視するんです」

「無視?」

「そう、そんな現象など存在しないふりをするんです。興味を抱かないんです。興味がなければ、それについて悩むこともないわけですから。それがファフロツキーズがめったに話題になることがない理由だと、私は思いますね」

　確かに一理ある。私だって、自分が体験しなければ、空から魚や氷が降ってくる現象になど興味を抱かなかっただろう。

　さらにいくつか当たり障りのない質問をしたところで、私は本題を切り出した。

「長年研究されてきた大和田さんの立場として、超能力は存在すると思われますか?」

「はあ……」大和田氏はなぜか大きくため息をつき、困惑の笑みを浮かべた。「それは……とても微妙な質問ですねえ」

「微妙……ですか?」

「そう、イエスともノーとも即答しにくい――それにお答えするには、かなり長い回り道をすることになりますが、よろしいですか?」

「結構です。時間はたっぷりありますから」

「ではまず、ちょっと実験をしてみましょう」

大和田氏はポケットをごそごそと探ってタバコの箱を取り出し、一本を私に差し出した。

「よく調べてください。ごく普通のタバコですよね？」

私はそのタバコを手に取って調べたが、特に変わったところは見られなかった。

「じゃあ、よーく見ててください……」

彼はフィルターが自分の方を向くようにして、テーブルの上にタバコを置いた。右手の指を揃え、軽く包みこむような形でタバコの横に置く。タバコと手の平とは、少なくとも五センチ以上離れている。

「む……！」

大和田氏は神妙な顔つきで念をこめた。

私はショックを受けた。手を触れてもいないのに、タバコが手から反発するように転がり出したのだ！

三〇センチほど転がったところで、タバコは停止した。大和田氏は今度は左手をタバコの横に置いた。また「む……！」とつぶやくと、タバコはさっきとは反対方向に転がり出した。

兄はすぐにテーブルの下を覗《のぞ》きこんだ。私も覗いてみたが、大和田氏の膝《ひざ》が見えるだけで、怪しい仕掛けは見当たらない。目を凝らしたが、タバコを引っ張っている糸のようなものも見えなかった。吸い寄せられるのではなく手に反発しているのだから、磁石のはずもない。

「静電気かな……？」兄は自信なさそうにつぶやいた。「いや、違うな。こんな湿度の高い日には静電気は起こりにくい……」

　私は大和田氏の顔色をうかがった。彼はテーブルに軽く屈《かが》みこんだ姿勢で、上目遣いに謎をかけるような笑みを私に送っている。その手の間で、タバコは往復運動を続けている。ややうつむいているため、口許は見えない……。

　ようやく私は気がついた。

「息ですね？」

「その通り！」

　大和田氏は笑って顔を上げた。手の平を私たちに向け、トリックの解説をする。

「この手品のコツは、タバコに息を直接当てるんじゃなく、手の平に当ててバウンドさせることです。そうすると手から〝気〟が出て、タバコを押しているように見えます。実際は、気は気でも、〝空気〟なんですがね。練習なんて必要ありません。誰でもできますよ」

　私も試してみたが、実に簡単だということが分かった。唇はほんの一ミリほど開くだけでよく、うつむいていれば周囲の人からは開いているように見えない。唇の隙間から手の平に向かって軽く息を吹きかけると、タバコは転がる。タバコだけではなく、サインペン、空のアルミ缶、ピンポン玉など、軽くて断面の丸いものなら何でもできるという。宴会の隠し芸で使えそうだ。

「お分かりでしょうが、これは超能力の実験ではなく、人間の観察力を試す実験です。私はこれまで多くの人にやって見せましたが、あなたのようにすぐにトリックを見破った人は半数もいません。特に気とかPK（サイコキネシス）の存在を信じている人ほど成績が悪い。まあ、九割近くは騙《だま》されますね」

「そんなに!?」

「ええ。問題は超心理学者——超能力を研究している人たちの多くが、超能力の存在を信じているということです。たとえば……」

彼はパソコンを起動させ、ある映像を私たちに見せてくれた。二〇年ほど前のテレビ番組の一場面だ。有名な超能力者の宮時《みやじ》飛鳥《あすか》がPKのパフォーマンスを見せている。

宮時は短い金属棒を左手で持ち、顔の前で水平に支えていた。神妙な顔つきで棒を凝視しながら、右手の指でその上を軽く撫《な》でる。何度も撫でているうち、まっすぐだった金属棒はしだいに上に反り返ってゆく。ついには二〇度ほども曲がってしまった。

「分かりましたか？」

「いいえ」

「じゃあ、今度は五倍速で見てみましょう。早送りの方が分かりやすいですから。右手に気を取られないで。彼の左手に注目していてください」

大和田氏は同じ映像を早送りで再生した。今度は私にも見えた。

「回してますね……」

早送りしたことによって、宮時が左手の指で金属棒をゆっくり回転させていたことが分かった。つまり棒は最初から曲がっており、それをカメラから見て一直線に見えるような角度で持っていただけなのである。曲がった棒を回転させることで、超能力で棒を曲げているかのような錯覚を生じさせていたのだ。

実に単純なトリックだ。

「こんなものがテレビで堂々と放映されたんですか？」

何年もマスコミ関係の仕事をしてきて、メディアの嘘には慣れていた私にとっても、これほどあからさまな詐欺行為が茶の間に流れたとは、ちょっと信じ難いことだった。

「ええ、ゴールデンタイムの全国ネットでね」

「視聴者から抗議はなかったんですか？」

「抗議なんかしても無駄ですよ。この手の番組は他にいくらでもあります。もう亡くなりましたが、私の古い知り合いで、インチキなオカルト番組が放映されるたびにテレビ局に抗議の電話をかけていた男がおりました。しかし、まともに相手にされたことはありません。『あれはニュースではなくバラエティ番組ですから』と言われるんだそうです。どうやら、バラエティ番組と名乗ればどんな嘘をついてもいいというのが、テレビ局の方々の統一見解のようですね」

大和田氏の表情は終始にこやかだったが、口調には静かな憤りが感じられた。この人は怒るときでさえ微笑む人なんだな、と私は思った。

「まあ、テレビが嘘をつくのは当たり前ですから、そのことでとやかく言ってもしかたがありません。むしろ私が気になったのは、専門家――超心理学者やオカルト研究家の反応です。私は彼らにこの映像を見せました。いずれも宮時くんの超能力を本物だと判定した人たちです。彼らの見解を聞きたかったんです」

「どうでした？」

「驚きました。いや、あきれたというべきですかね」大和田氏はため息をついた。「彼らは少しも動じなかったんですよ」

大和田氏が驚き、あきれたのも無理はない。宮時の超能力を信じる者たちはみな、明白なトリックの証拠を突きつけられても、その信念が揺らぐことはなかったのだ。

超心理学者の源田畝彦《げんだうねひこ》は、「この時はたまたまテレビ局に頼まれてトリックを実演してみせただけでしょう」とすました顔で解説した。番組中でそんな解説はまったくなかったのにだ。源田はまた「私が宮時くんの超能力を調べた時には、トリックなど絶対ありませんでした」と断言した。それは単にトリックを見逃しただけとは考えられないのかと大和田氏は指摘したが、源田は自分の観察力に絶大な自信があるらしく、頑として騙された可能性を認めなかった。

工学博士でオカルト関係の著作もある案野証三郎《あんのしょうざぶろう》の反応は、さらに厄介だった。彼はトリックが使われていること自体を認めようとしなかったのだ。「確かにトリックのように見えますが、これだけでトリックと判断するのは早計ですね」と。どう見たってトリック以外の何物でもないではないかと大和田氏が指摘すると、案野は大真面目にこう反論した。

「あなたはご存知ないかもしれませんが、本物の超能力の中にはトリックのように見えるものもあるんです」

　有名な超常現象研究家・有森秀雄《ありもりひでお》の反応は、さらに驚くべきものだった。彼は昔から宮時がしばしばトリックを使うことを知っていたという。宮時がまだ中学生の頃、彼の自宅で行なった念写実験に立ち会ったのだが、その際、少年がインスタントカメラに細工をしていたのを見破ったのだ。しかし、有森は多数の著書の中で、その事件に触れたことは一度もない。なぜそんな重要なことを世間に明らかにしないのかと問われ、有森は「だって、名誉毀損《きそん》になりますからね」と笑って答えた。「それに宮時くんの超能力が本物なのは間違いないのだから、彼がたまにトリックを使っても、見て見ぬふりをしてあげるべきじゃないですか」と。

　一部のオカルト信者の反応は、もっとひどかった。彼らは不正を追及する大和田氏の態度の方を非難したのである！　名のある超能力者を不当に貶《おとし》めるとはけしからん、というのだ。中には、この映像を大和田氏が偽造したとか、彼が超常現象の隠蔽《いんぺい》を企《たくら》む世界的な陰謀に加担していると主張する者さえいたという。

　私はあきれ、憤りを覚えた。「ひどい話ですね！」

「そうなんです。名誉毀損うんぬんの話だって、単なる口実ですよ。本当のところは、彼らは否定的な証拠の存在を認めたくないんです。自分が見たものさえ信じようとしないし、ましてや本に書こうとはしません。ですから、こうした否定的情報の多くは握り潰《つぶ》されてしまうわけです」

大和田氏は源田畝彦の書いた超心理学の解説書を例に挙げる。その中では、ジュール・アイゼンバッドが行なったテッド・シリアスの念写実験が肯定的に評価されている。シリアスが念じるだけで、遠く離れた場所のイメージをフィルムに焼き付けることに成功したと——源田氏の本を読んだ読者は、シリアスの能力が本物だと信じてしまうだろう。しかし、シリアスが実験の間じゅう小さな紙の筒を手に持っていることや、カメラのシャッターを切る際、その筒をなぜか必ずレンズの前にかざすという事実に、まったく触れていないのはどういうことか。源田氏なら知っていて当然のことのはずなのに。

「確かに、その情報を知っているといないとでは、印象がかなり違ってきますね」

「無論、源田さんにも言い分はあります。『超常現象が実在することは確かなのだから、否定的な情報を広めることは人々を惑わすことになる』とおっしゃる。本人は自分が卑劣な行為をしているとは思っておられない。自分は誠実な人間であり、真実を究明するために努力していると信じておられるんです。しかし、たとえ超常現象が実在するとしても、自分に都合の悪い情報を隠して、疑わしい情報を信憑《しんぴょう》性があるかのように読者に伝えてよいというのは、驚くべき理屈ですよね。少なくとも学者の態度ではありません」

「でも、よく分かりませんね」兄が口をはさんだ。「その紙筒って明らかに怪しいじゃありませんか。どうして研究者は、彼が念写しようとする寸前にそれを取り上げて、中を調べようとしなかったんです？」

「さあ、それなんです。超心理学者はシリアスの持つ紙筒のことを問題にしたがらないんです。ある時、シリアスが筒に何かを入れるのを目撃した人がいて、筒の中をあらためさせてくれと要求しました。そのとたん、居合わせた数人の研究者がいっせいに『そんなことはするな！』と怒鳴って阻止したんだそうです。その間にシリアスは仕掛けをポケットに戻してしまい、身体検査も受けませんでした。そんなわけですから、結局、謎は解けずじまいです」

「それじゃ、超心理学者がトリックに加担してるんですか⁉」

「故意に加担しているわけではありませんよ。しかし、彼らは超能力者の言葉を盲信する傾向があります。超能力者の態度がどれほど怪しげでも、時にはトリックが露見しても、彼らは超能力者を擁護し続けるんです」

こんな例はいくらでもある、と大和田氏は言う。一九七〇年代のこと、超能力の存在を信じる工学博士が、マスコミで取り上げられて有名になった超能力少年のスプーン曲げを調べたことがある。その結果、いくつもの事実が明らかになった。少年が曲げられるのは安物の柔らかいスプーンだけで、強度の高い18―8ステンレスのスプーンは曲がらないこと。曲げる際には必ず観察者に背を向けなくてはならず、手許を見られていると能力を発揮できないこと。少年が超能力で切断したと主張するスプーンの断面を調べたところ、何度も繰り返し折り曲げて破断した跡があること……。

これらの証拠から導かれる結論は明白である。実際、その少年はのちに週刊誌の取材を受けた際、トリックを暴露された。にもかかわらず、その博士は日本超心理学会のシンポジウムでこう発表したのだ――「私は念力現象を決してインチキとは思っておりません……あの真剣にやっている子供が、インチキをやるわけがないと思います」

同じ頃、アメリカでは、デューク大学のエドワード・F・ケリーという研究者が批判を受けたことがある。彼が被験者にしていた超能力者が、実験の前にトランプ手品のパフォーマンスを見せていたというのだ。そんな疑わしい人物を被験者にしていいのかと糾弾されたケリーは、「問題の本質には関係ない」と突っぱねた。不正に対する予防措置は講じてあるから、と。

私は開いた口がふさがらなかった。自称超能力者が手品の名人であることが、問題の本質に関係ないとは！

「本当に不正はなかったんですか？」

「さあ、どうでしょう？」大和田氏は曖昧《あいまい》な笑みを浮かべた。「不正に対する対策は万全だというのは、超心理学者がよく言うことです。しかし、それは『プロジェクト・アルファ』によって反証されています」

プロジェクト・アルファ――それは源田氏のような肯定派が決して本に書くことのない事件で、事実上、超心理学の歴史から抹消されている。というのも、超心理学者にとって最大の恥辱とも言えるエピソードだからだ。

一九七九年、マグダネル・ダグラス航空機会社の会長ジェイムズ・マグダネルが五〇万ドルの寄付をして、セントルイスのワシントン大学にマグダネル超心理研究所を設立した。その目的は超能力の存在を実証することで、マスコミを通じて広く被験者を募集した。

超能力のトリックを暴くことに執念を燃やす奇術師のジェイムズ・ランディは、マグダネル研究所に手紙を送り、インチキな超能力者が使うテクニックについて警告したうえ、自分が監視役をやってもよいと申し入れた。だが、研究所側はそれを拒否した。奇術師なんかの力を借りなくても、自分たちには本物と偽物を見分ける能力はある、と。

その一方、ランディは大胆不敵な計画を進めていた。スティーブ・ショウとマイケル・エドワーズという二人の一〇代のアマチュア奇術師を、正体を隠してマグダネル研究所に送りこみ、研究者たちの観察力を試そうと考えたのだ。彼らはこの秘密計画を「プロジェクト・アルファ」というコードネームで呼んだ。マグダネル研究所には、我こそは超能力を持つと主張する者が三〇〇人以上も集まった。その中から審査をパスして被験者に選ばれたのは、ショウとエドワーズだけだった。

それから三年間、研究者たちは二人の能力をテストするため、多くの無理難題を課した。密閉されたガラスのドームの中の風車を回してみせろ。電気のヒューズをショートさせろ。絶対細工できないように工夫されたデジタル時計を狂わせてみろ。透明な箱の中に入ったクリップをからみ合わせてみろ……。

した。二人は多少てこずりながらも、トリックを駆使し、それらの課題のほとんどをクリヤーした。いずれも研究者の不注意につけこんだものだった。ドームの中の風車は、ドームと底板の間にこっそり丸めた銀紙を押しこんで隙間を作り、そこから息を吹きこんで回しただけだった。ヒューズはすでに切れていたものと事前にすり替えた。デジタル時計は自由に持ち歩いてよいと言われたので、昼食時にサンドイッチにはさんで電子レンジに入れ、狂わせることに成功した。箱の中のクリップは、箱を何度も揺すると簡単にからみ合った。彼らはまた、ビデオカメラを用いた念写実験にも成功した。ショウがビデオカメラの前で怪しい手振りをすると、画面が明るく輝いたり焦点がぼけたりしたのだ。実際には、ショウが手を伸ばし、カメラの側面のダイヤルを回しただけだった。

いくつかの実験では、ショウたちは故意にトリックの痕跡《こんせき》を残した。にもかかわらず、研究所長のピーター・フィリップスは、のちにランディに指摘されるまで、まったくそれに気がつかなかった。ランディは奇術師大会でプロジェクト・アルファの件を故意にリークすることまでしたが、それを耳にした研究者たちはジョークだと受け取った。二人は「トリックを使っているのか」と問われたら「そうだ、我々はジェイムズ・ランディによって送りこまれた」と即座に答えることにしていたが、三年間に及ぶ調査の間、誰も二人に対してその問いを発しようとしなかった。

ショウとエドワーズがついに真相を世間に公表すると、マグダネル研究所の権威は地に堕《お》ちた。狼狽《ろうばい》した超心理学者の一人は、どうしても二人の告白を信じようとしなかった。

彼は雑誌のインタビューに答え、二人が本当は超能力者なのに超能力者ではないと嘘をついているのだ、と発言したのである。

「そんなわけですから、超心理学者がいくら『私の観察眼は確かだ』と主張しても、信用すべきじゃありません。彼らの観察力は信念によって曇らされています。それに彼らは科学や心理学の専門家ではあっても、トリックの専門家じゃないんですから」

「だったら懐疑的な人間を実験に同席させるべきじゃないんですか?」と兄。「特に奇術師を。彼らこそトリックの専門家でしょう?」

「確かにそうなんですがね。先のマグダネル研究所の例もそうですが、多くの超心理学者は奇術師が実験に加わるのを嫌うんですよ」

「どうしてです?」

「ケリーはこう言っています。奇術師を同席させたうえで肯定的な結果が得られても、がちがちの懐疑主義者から、奇術師がトリックを見破れなかっただけではないかという批判が出るかもしれない。だから奇術師を同席させる必要はない……」

私は首をひねった。「よく分からない理屈ですけど……」

「私にだって分かりませんよ!」大和田氏は笑った。「まるで『どんな鍵《かぎ》でも腕のいい泥棒にかかれば開けられてしまうんだから、ドアに鍵を掛ける必要はない』と言ってるみたいですよね。こんなのは理屈にも何もなっていません! そもそもケリーは、奇術師が超能力者の不正を見破れない場合だけを前提に論じています。もし見破ったらどうなるのかということを、まったく考えていないんです」

「その可能性を考えられない、ということですか？」

「考えたくないんでしょうね。私が見るところ、ケリーは奇術師を避けたがる自分の心理が何に由来するか、気がついていません。論理的な根拠があると思いたがってるんです。実際には、彼らは恐れているんですよ。信じているものがインチキにすぎなかったらどうしようと……」

「それで奇術師を実験から遠ざけたがる……」

「そういうことです――まあ、超心理学者に限らず、信念を打ち砕かれるのを恐れるのは、万人の共通の心理なんですけどね……」

　そこで大和田氏は言葉を切り、ふと遠い目をした。

「……その心理は、私には痛いほどよく分かります。これまでの人生で、ずいぶんたくさんの信念を打ち砕かれてきましたからね……」

　彼の表情から、私はその話題に触れるべきではないなと感じた。

「つまり超心理学はまともな科学ではないと？」

「いや、そうではありません」彼は力強く否定した。「超心理学自体は立派な学問です。何か不思議な現象があるなら、それを調べてみるのが科学というものです。調べもせずに『そんなものはあるはずがない』と切って捨てるほうが、よほど非科学的な態度です。違いますか？」

「確かに」
「ですから私は、ラインの方法論は間違ってなかったと思うんです。超能力を科学として研究するということ自体はね」

近代超心理学の父、ジョゼフ・バンクス・ライン博士の名ぐらいは、私も知っている。以前から心霊術に興味のあったラインは、一九二〇年代からデューク大学の心理学科で、超能力の実験を重ねた。彼が一九三四年に発表した『Extra-Sensory Perception（超感覚的知覚）』という論文は、ESPという言葉を世間に広めた。

ラインの最大の功績は、共同研究者のカール・ゼナーとともに開発したゼナー・カード（いわゆるESPカード）である。星・十字・波・丸・四角の五種類の図柄のカードが各五枚、二五枚が一セットになっている。これを見えない状況で被験者に当てさせる。偶然なら確率は五分の一、二五枚のうち五枚前後しか当たらないが、透視能力やテレパシー能力を持つ者なら、期待値を大幅に上回る成績が得られるはずである。

無論、一回の実験では何も分からない。まったくの偶然でも、たまたま一〇枚以上的中してしまうこともあるからだ。しかし、たくさんの試行を重ね、常に高い成績をマークし続けることができるなら、その人間にはESPがあると判定してよいことになる。

ラインはすぐに何人もの高得点者を発見した。アダム・リンツマイヤーという学生は、六〇〇回に及ぶ実験で、期待値が五・〇のところを、平均九・九という成績を上げた。ヒューバート・ピアースという学生の成績は九・七だった。それらは最高記録というわけではない。別の研究者バーナード・リースの被験者であったミスSという女性は、一八・二三という驚異的な成績を残している。これらは偶然ではありえない数字だ。こうした実験結果は、超能力の存在を明白に証明するものと考えられた。

すぐに批判の声が上がった。ラインの実験には欠陥があるというのだ。たとえば実験中のピアースには監視がついておらず、自由に廊下に出て、カードのある部屋を覗き見ることが可能だった。被験者と同じ部屋にカードがある場合には、カードが光で透けて見えたり、カードの裏に傷がついていたり、被験者がカードの情報を得る手がかりがあった。超心理学者たちはこの批判を受け入れ、批判者を納得させるべく、実験条件を厳しくするようになった。

そのとたん、否定的な実験結果が続出した。ミスSは平均以上の成績を出せなくなった。その他の優秀な被験者たちも、成績が急に下降した。現在でもゼナー・カードはESPのテストに用いられているが、リンツマイヤーやピアースやミスSに匹敵する成績を上げる者は、一人も見つからないのである。

「監視を厳しくしたとたんに成績が落ちた……」私は考えこんだ。「ということはやはり、何らかの不正があった可能性が高いですね」

「そう、常識的に考えれば、そうとしか考えようがありません。しかし、超心理学者には常識は通用しません。今でもリンツマイヤーやピアースの能力を本物だったと信じている者が多いんです。しかし、ＥＳＰの実験を開始したばかりのラインの近くに、たまたま優秀な超能力者が何人もいたなんて偶然があるでしょうか？」

超心理学自体はまともな学問だが、問題は超心理学者の心理にある、と大和田氏は指摘する。彼らは実験が失敗したり、実験の内容に重大な疑惑が生じても、それを素直に認めようとしない傾向があるのだ。

たとえばゼナー・カードのテストで、被験者が期待値よりずっと低い成績を出したとしよう。すると超心理学者はこれを「サイ・ミッシング」と呼ぶ。被験者は実際にはＥＳＰがあり、無意識のうちに正解を避けようとして、かえって悪い成績が出たというのだ。

被験者がコールした記号が、正解ではないけれども、一つ前、あるいは一つ後のカードと一致していたとしよう。これは「ズレ効果」のせいにされる。ＥＳＰが時間的にずれて作用して、誤って前や後のカードを当ててしまったのだと。

それまで高い成績を上げていた被験者が、急に低い成績しか出せなくなるのは、「下降現象」と呼ばれる。超能力は急に減衰する性質があるというのだ。以前に出した好成績は偶然にすぎなかったのではないかとか、被験者が不正を行なうのをやめただけではないかという疑いを、超心理学者は抱かない。

優秀な成績を収めていた超能力者が、懐疑的な人間が実験に立ち会うと、急に能力を発揮できなくなる。これは「山羊―羊効果」と呼ばれる。山羊、つまり懐疑的な人間が近くにいると、その思念によって超能力が妨害されるというのだ。

トリックが困難な条件下で、スプーンが曲がる決定的瞬間をビデオで狙っていても、なかなか曲がらない。だが、ビデオが回っていないと簡単に曲がる。そのため、「超能力はカメラを避ける性質がある」と唱える研究者が大勢いる……。

「そんなバカな!」兄はあきれて声を上げた。「本当に超心理学者はそんなことを真面目に唱えてるんですか?」

「本当ですよ。お疑いなら、超心理学の入門書を読んでごらんなさい。サイ・ミッシングや山羊―羊効果のことが真剣に論じられていますから。言うまでもないことですが、これらの仮説はすべて、実験が失敗した際の言い訳として編み出されたものです。超心理学者たちがいかに実験結果をまともに受け取ろうとしないかという証明と言えるでしょう」

「でも、肯定的な実験結果が出たこともあるんでしょう?」と私。

「もちろんです。トリックが困難な条件で有意な結果が出たという論文はたくさんありますよ。しかし、科学のどんな分野でもそうですが、間違っていた報告はたくさんあるんです。古くは二〇世紀初頭のN線、一九六〇年代のポリウォーター、一九八〇年代の常温核融合……いずれもその存在を示す論文がたくさん発表されたけれど、結局はなかったと判明したんです」

「超能力もそれと同じだと?」

「ええ。肯定的な実験の多くは、何らかの問題点があったと指摘されています。問題がなかった場合も、追試を重ねると成功率が下がります。ガンツフェルト法がそうですね」

ガンツフェルトとはドイツ語で「均一」という意味で、視野を均一にすることからこう呼ばれる。被験者の両眼に半分に切ったピンポン玉を載せ、両耳にはヘッドホンを装着してホワイトノイズを流し、柔らかいクッションで身体をリラックスさせる。こうして外界からの刺激を遮断した状態で、頭の中に浮かんでくるイメージを答えるのだ。離れた部屋にはターゲットとなる絵が置かれている。被験者は後でターゲットを含む四枚の絵を見せられ、どれが最もイメージに近いかを答える。頭に浮かんだイメージがＥＳＰで得られたものなら、期待値（二五パーセント）を上回る確率で的中するはずである。

ガンツフェルト法は一九七〇年代に開発され、繰り返し実験が重ねられてきた。初期の実験の中には不正の可能性が指摘されたものもあったが、その後、懐疑派の科学者が参加した実験でも期待値を上回る有意な結果が出た。そのため、超心理学者の多くが、これをＥＳＰ研究の本命とみなすようになった。

ところが一九九〇年代に入ると成功例が激減し、すべてのデータを総合すると、的中率は偶然による期待値と大差ないレベルにまで落ちてしまった。そのため、初期の成功例も偶然によるものではなかったかと疑われている。

「ということは」私は結論を導いてこのインタビューを終わらせようとした。「大和田さんは超能力は存在しないと思っておられるんですね？」

「さて、それが……」大和田氏は困ったように苦笑した。「さっきも言いましたが、イエスともノーとも答えにくいんですよ。確かに私は、超心理学者が言うようなＥＳＰだのＰ

Kだのといったものは信じません。ただ、現象自体はあると思っています」

「えっ、どういうことです？」

「超能力はない。しかし、『超能力と呼ばれる現象』はある、ということです」

「よく分かりませんけど……」

大和田氏は「うーん」と少し悩んでから、思いきってこう言った。

「これからお話しすることですが、記事にはしないと約束していただけますか？　いえ、記事にしてもいいですが、私の名前は出さないでください。匿名のOということにしてください。よろしいですか？」

私は困惑しながらもうなずいた。「お約束します」

「では……ちょっと待っててください」

大和田氏は腰を上げ、奥の部屋に何かを取りに行った。私は根拠のない胸騒ぎのようなものを感じ、兄と顔を見合わせた。

「何だろう？」

「さあ……」

私と兄は正座して待った。まだ午後三時なのに、窓の外は夜のように暗かった。ますます激しさを増す豪雨が瓦《かわら》を叩いていた。まるであの夜のように……。

二分ほどして大和田氏は戻ってきた。菓子箱を大事そうに抱えている。かなり古いものらしく、紙が変色している。側面にはマジックで『例のスプーン』と書かれていた。

「これをお見せした人は、そう多くありません。みなさん、秘密を守ってくださっています」

そう言いながら大和田氏は蓋《ふた》を開けた。私たちは中を覗《のぞ》きこんだ。中にあったのは一本のスプーンだった——レストランでスープを飲むのに使うような丸いやつで、柄も太い。その首の部分がぐにゃりと九〇度ほど曲がっている。

「これは……？」

私が訊《たず》ねると、大和田氏は恥ずかしそうに笑った。

「私の手の中で曲がったんです——忘れもしない、一九七四年五月一五日にね」

14　第三の選択肢

一九七四年、有名な超能力者ユリ・ゲラーが来日した。彼は日本のテレビ番組に二度出演し、カメラの前でスプーンを曲げてみせるなど、いくつかのパフォーマンスを披露した。特に反響が大きかったのは三月七日にゴールデンタイムで放映された番組だった。ゲラーは視聴者に向かって、テレビを通してサイキックパワーを送り、故障した時計を動かしてみせると宣言した。実際、放送終了までに、「壊れていた時計が動き出した！」という驚きの電話が全国からテレビ局に殺到した。

二一世紀に生きる私たちから見ると、どうということのない素朴な内容の番組である。現代の奇術師ならゲラーよりずっとあざやかにスプーンを曲げてみせる。しかし、当時の大多数の日本人にとって、それが超能力との初遭遇であり、衝撃は大きかった。番組は三〇パーセント近い視聴率を記録し、全国に超能力ブームを巻き起こした。

特に大きな影響を受けたのは子供たちだった。当時は『ノストラダムスの大予言』が大ベストセラーで、『うしろの百太郎』などのオカルトマンガがヒットし、『UFOロボ』『UFO戦士』といったタイトルのアニメが放映されるなど、オカルトやUFOがブームであった。子供たちはスプーンを手にし、ゲラーの真似をしてさすりながら「曲がれ、曲がれ」と念じた。

そして実際、大勢の子供がスプーンを曲げることに成功した。正確な数は不明だが、日本全国で数百人、あるいは数千人いたかもしれない。彼らのうち何人かはマスコミに取り上げられ、評判になった。

大和田氏は当時まだ四〇代、小学校の教師をしており、超能力の存在を信じていた。教え子の一人のAという少年が、スプーン曲げができたのだ。少年が手にしたフォークを放り投げ、先端を自由自在に曲げたり、指で軽く撫《な》でただけでスプーンの柄を切断するのを目にした大和田氏は、おおいに興味をそそられた。ある本によれば、超能力の素質は誰でも潜在的に持っているという。それなら自分にもできるのではないか——そう考えて、彼は試してみることにした。

普通ならここで、曲がりやすい安物のスプーンを使うものである。しかし、大和田氏の思考は当時から少し偏屈だった。柔らかいスプーンはその気になれば子供の力でも曲げられるし、ましてや大人なら曲げるのは簡単だ。指に力が入ったり、何かにぶつけたりした拍子に、偶然に曲がってしまうことだってあるだろう。確かに超能力で曲げたと証明するには、人間の力では容易に曲げられないような硬いスプーンで実験する必要がある。

大和田氏はデパートでとびきり肉厚があって硬そうなスプーンを買ってくると、背広の内ポケットに入れて持ち歩いた。授業の合間、行き帰りのバスの中など、少しでも暇な時間があれば、背広の内側に手を入れてスプーンを握り締め、「曲がれ、曲がれ」と念じた。

休日には一時間近くもスプーンを握り続けたこともある。

実験を開始して一月半ほどたった五月一五日、それは起こった。夕食後に畳に寝転がってくつろいでいた彼の手の中で、不意にスプーンが曲がったのだ。

「曲がった瞬間は見ていませんでした」大和田氏は残念そうに言う。「テレビに気を取られてて、ふと気がつくと、いつの間にか曲がってたんです。無意識のうちに両手で曲げたわけじゃありません。確かに右手だけで握ってたんですから。だいたい、こんな硬いスプーン、無意識に曲げようったってできるわけがありませんよね」

大和田氏は興奮したが、冷静な分析を忘れてはいなかった。力が加わって偶然に曲がった可能性を、まず疑ったのだ。同じスプーンを買ってきて、同じ姿勢で寝転び、いろいろな角度や強さでスプーンを畳に押しつけてみた(畳がスプーンの跡だらけになり、奥さんに叱られたそうだ)。だが、硬いスプーンはちょっとやそっとで曲がるものではないことが判明した。

それでも彼は慎重だった。疑り深い人間は、曲がったスプーンを見せられても、「何か道具を使って曲げたのだろう」と難癖をつけてくるに違いない。トリックなどないことを証明するには、もう一度、大勢の人の目の前で曲げてみせるしかない。そのためには修業を重ね、もっと自由にスプーンを曲げられるようにならなければ。

そう考えた大和田氏は、また奥さんに眉《まゆ》をひそめられながらも、新しいスプーンを何ダースも買ってきて、スプーン曲げの練習に励んだ。一度曲がったということは、自分にも超能力がある証拠だ。超能力があるのなら、まだ何回だって曲げられるはずだ……。

だが、スプーンはそれ以来、一度も曲がらなかった。

およそ二年半、大和田氏は毎日のようにスプーンを手に念じ続けた。柔らかいスプーンに替えてみたり、瞑想《めいそう》や自己暗示など、効果のありそうな方法は片っ端から試してみた。しかし、どうしても五月一五日の現象を再現することはできなかった。奥さんに手伝ってもらって、ゼナー・カードによる透視実験をしてみたが、成績は期待値と大差なかった。予知夢のように思われる夢を記録し、予知能力の素質を調べたこともあったが、夢はどれも現実にはならなかった。

ついに大和田氏は、「自分には超能力などない」と確信するに至った。

だが、超能力がないなら、なぜスプーンは曲がったのだろう？

さらにショックだったのは、教え子だったA少年（その時には中学生になっていたのだが）が数年ぶりに訪ねてきて、「あれはインチキだったんです」と告白したことだった。彼は中学で非行に走りかけたのだが、思いやり深い教師に助けられて立ち直った。それがきっかけで、過去の自分が行なった欺瞞《ぎまん》を恥じ、小学校時代の恩師に赦《ゆる》しを乞《こ》いに来たのだ。少年は大和田氏の目の前で、フォークの先端をベルトのバックルにひっかけて曲げたり、あらかじめスプーンを曲げたり伸ばしたりして柄に小さな亀裂《きれつ》を入れておくテクニックを披露した。亀裂の入ったスプーンは、軽く力を加えただけで簡単に折れるのだ。

なぜそんなことをしたのか、と問われて、A少年は答えた。自分には確かに超能力があることを、みんなに信じて欲しかった。いくら一生懸命念じても、スプーンは思うように曲がらないことの方が多い。級友が期待して見ているのに曲げられなかったら、ホラ吹きだと罵《ののし》られるかもしれない。それが怖いから、ついつい卜リックを使うようになった。最初はびくびくしていたが、大人たちまで面白いように騙《だま》されたので、だんだん調子づき、罪悪感が麻痺《まひ》してきた。気がつくと、トリックばかり使うようになっていた。やがて「超能力少年」という評判が確立してしまうと、もう本当のことを言い出せなくなってしまった……。

「でも、信じてください」少年は真剣な表情で力説した。「最初は本当に曲がったんです。先生に見せたのはインチキですけど、家で練習してた時、最初の五本か六本は、確かに力をこめてないのに曲がったんです」

大和田氏はその言葉を信じた。疑う理由などなかった。彼自身、同じ体験をしているのだ――一度は確かに曲がったスプーンが、いくら念じても曲がらないという体験を。

スプーン曲げのトリックが露呈したのは、A少年の例だけではない。特に有名なのは、当時、マスコミに騒がれていたSという超能力少年のスキャンダルである。雑誌社がセッティングし、奇術研究家の立ち会いで行なわれた実験で、Sはトリックを使っていたのを見破られてしまったのだ。少年の父親が息子を問い詰めたところ、その前に別の週刊誌の取材の際にもトリックを用いていたことを認めた。Sの言い分によれば、疲れていたのでつい手でスプーンを曲げてしまったのだという。しかし、彼はあくまで自分の能力は本物だと主張し、その後も何度もマスコミに登場した。

その後、Sは二一歳の時に大麻取締法違反で逮捕、執行猶予期間中に窃盗《せっとう》と無免許運転で再逮捕され、投獄されている。

「Sくんがああなったのは、大人にも責任がありますよ」大和田氏は悲しそうに言う。「スプーンは曲がる時と曲がらない時があるんです。曲がらない時は何をやっても曲がらない。曲がらない時はそう言えばいいんです。でも、周囲の大人たちがそれを許さない。親だって、マスコミだって、スプーンを曲げる瞬間を見ようと、目を皿のようにして見守ってる。子供にしてみりゃ、大変なプレッシャーですよ。大人たちの期待に応《こた》えようと、手で曲げたくなるのも無理はありません。たとえトリックでも、スプーンが曲がりさえすれば大人たちは喜ぶ。誰も疑わないし、誰も叱らない。だから手で曲げるのが当然になってくる……」

私は見知らぬSという男に同情を覚えた。子供の頃からそんなことを続けていたら、倫理観など麻痺して当然だ。

「途中で引き返すことのできたAくんは、幸運と言えるんでしょうね」

「まったくです。もし彼があのままSくんと同じ道を進んでいたら――実際、そうなりかけたんですが――私の責任ですからね。やりきれなかったでしょうね」

イギリスでも同様の事件が起きている。一九七五年、バース大学で、スプーン曲げの能力を持つと主張する六人の子供を被験者にして、実験が行なわれた。子供たちは知らなかったが、部屋にはマジックミラーが取りつけられており、隣の部屋からビデオカメラが彼らの手許を隠し撮りしていたのである。その結果、六人のうち五人がトリックを使ってスプーンを曲げていたことが明らかになった。しかし、ビデオの映像を突きつけられたにもかかわらず、子供たちの中には、自分には超能力があると断固として言い張る者がいた。あの時は調子が悪いからトリックを使ったけれど、本当に曲がるんだ、と。

さらに大和田氏に疑惑を抱かせたのは、ブームの火付け役となったユリ・ゲラーのスキャンダルをいくつも耳にしたことだった。

ゲラーは一九七五年に再び来日し、テレビに出演している。番組の中では、女性タレントがバッグの中にしまっていた鍵《かぎ》を、ゲラーは手を触れずに曲げたことになっていた。実際には、その鍵はゲラーが「本番まで絶対に見ないように」と言い含め、彼女に渡したものだったのだ。また、ゲラーの「透視能力」を注意深く観察した奇術師は、彼が目隠しの下から覗《のぞ》いていたり、相手との会話によって正解のヒントをつかんでいるのを見破った。海外でも、ゲラーがトリックを使っていたのが発覚した。カメラのレンズの蓋《ふた》を閉めた状態で行なわれた念写実験の際、彼がこっそり手で蓋を開けているところが撮影されたのだ。

奇術師のジェイムズ・ランディは、超能力のように見えたゲラーのパフォーマンスを、すべて奇術で再現してみせた。とりわけ劇的なのは、時計を動かすパフォーマンスの再現だ。超能力者のふりをしてラジオに出演したランディは、ゲラーと同様、壊れた時計を持ってラジオの前に集まるよう聴取者に呼びかけ、サイキックパワーでそれを動かしてみせると宣言した。案の定、全国の聴取者から、「壊れた時計が動き出した！」という驚きの電話が殺到した。何のことはない、故障した時計のうちの何パーセントかは、手で温めたり振動を与えたりするだけで自然に動き出すものなのだ。仮に三〇〇〇万人の視聴者のうち〇・一パーセントの時計が動いたとしても、三万個の時計が動いたことになるわけだ。

そもそも、ゲラーは母国のイスラエルでは奇術師をしており、透視術も彼のレパートリーのひとつだった。彼がまだイスラエルにいた頃、イスラエルの奇術雑誌に、トリックでスプーンを曲げる方法を解説した記事が載っていたことも明らかになっている。プロの奇術師なら当然、奇術雑誌は欠かさず読んでいたはずだ。

無論、肯定派はあくまでゲラーを擁護した。「奇術で再現できるからといって、奇術だという証拠にはならない」と――だが、超常現象の存在を信じる大和田氏にとっても、その反論は根拠薄弱なように見えた。そもそも誰もがゲラーの超能力を本物だと信じたのは、「奇術ではこんなことは不可能だ」と信じたからではないのか？　その前提が崩れ去ったというのに、なお信じ続けるというのはどういうことなのか？

しかし、大和田氏はスプーン曲げという現象そのものを否定する気にはなれなかった。実際に自分で体験しているのだから、否定できるわけがない。たとえゲラーのスプーン曲げがトリックだとしても、なぜ自分や子供たちはスプーンを曲げられたのだろうか？　そこには何か未知の原理が作用しているのではないのか？

ますますこの問題にのめりこむようになった大和田氏は、仕事の合間に研究に没頭するようになった。もちろん教師の副業は禁じられているから、あくまで趣味の研究だった。やはり超能力に興味を持つ人々と知り合い、意見や情報を交換し、ガリ版刷りの情報紙を発行した。何人もの超能力少年、超能力少女に会い、スプーン曲げを観察したり、話を聞いたりした。

もっとも、本物のスプーン曲げを目にした機会は少ない。というのも、彼は必ず最初に、子供たちにこう言うからだ。

「曲がらなければ、無理しなくていいよ。私はどうしても見たいわけじゃないからね」

こう言ってやると、多くの子供は明らかにリラックスする。試してみても曲がらないと、けろっとして、「今日は無理みたい」と正直に言う。それでも何人かは、いいところを見せようと、懸命にスプーンをこすり続ける。よそ見しているふりをして横目で観察していると、少年がスプーンの柄をベルトにひっかけて曲げているのが見えたこともあった。大和田氏が優しい顔で「それはやめた方がいいよ」と注意すると、少年はしゅんとなった。

彼は子供たちに、どんな時にスプーンが曲がるのかを訊《たず》ねた。回答はばらばらだった。「リラックスしてるとよく曲がる。カメラの前だと緊張してダメ」とか「念じていなくても、ふっと曲がることがある」と答える子もいれば、「額に青筋立てるぐらい必死にならないと曲がらない」という子もいる。夜中はよく曲がるという子、暖かい日はよく曲がるという子、おまじないを唱えるという子、スプーンが曲がっている光景を強くイメージするという子、頭の中を空っぽにした方がいいという子……そこには法則性らしきものはまったく見当たらない。

一〇年以上も研究を続けた末、ついに大和田氏は確信するに至った――スプーンは子供たちの意志や心理状態とはまったく無関係に曲がるのだ、と。

彼はこの説を研究者仲間に聞かせたが、まったく同意は得られなかった。誰もが「何をバカなことを」と笑い、露骨な拒否反応を示すのだ。げんにスプーンは子供たちの手の中で曲がっているのだから、子供たちのサイキックパワーで曲がっているに決まっているじゃないか……。

大和田氏には、彼らが「スプーン曲げは超能力である」という根拠のない信念にとらわれているように感じられた。科学者が「超常現象など存在しない」というパラダイムにとらわれ、検証もせずに「インチキだ」と決めつけるのと同じように、肯定派は自分たちの信念を当然のものとして、検証しようとしていないのではないか？

そう考えた大和田氏は、超心理学の歴史を徹底的に洗い直してみることにした。そもそも、なぜ超能力というものが信じられるようになったのか。いつ頃、誰が、超能力という概念を唱えたのか……。

すぐに彼は、ほとんどの肯定派が見落としていた事実を発見した――超能力という概念には、論理的根拠がなかったという事実を。

超能力という概念が一般化したのは、きわめて新しい。どんなに遡《さかのぼ》っても、せいぜい一九世紀中頃なのだ。

無論、古い伝承には、不思議な力を発揮した人間の話がいろいろある。しかし、昔の人はそれを人間の持つ能力だとは思っていなかった。たとえば、モーセはナイル河を血に染め、紅海を二つに分けたが、それを「超能力」と呼ぶ者はいない。それは「奇跡」――神が人の祈りを聞き届けて起こす現象なのである。

日本語では「予言者」と訳される prophet は、本来、「預言者」のことである。「預言」とは神が人間に与えるメッセージであり、それを人に伝えるのが「預言者」なのだ。預言の中には予言的な内容が含まれることが多いので、西欧圏では長いこと、「預言」と「予言」を厳密に区別してこなかった。キリスト教徒にとって、未来を見通すことができるのは神だけであり、人間が自分の力で未来を見るというのは、異端の概念だったのだ。

占いも予知能力ではない。たとえば占星術は、神が定めた運命を星の配置から読み取ろうとする試みであり、占星術師自身に未来を知る力があるわけではない。有名なノストラダムスも、著書の序文の中で、自分の予言が占星術的な推論と神から授けられた霊感によるものだと強調しており、決して「私には予知能力がある」とは言っていない。そんなことを言っていたら、異端審問にかけられ、火あぶりにされていただろう。当時の常識からすれば、神の力を借りずに不思議なことを行なったなら、それは悪魔の力に違いないのだから。

イエスの場合、あまりにも多くの奇跡を行なったと伝えられているため、神の力ではなくイエス自身の力であるかのように思われたのだろう。しかし、人間に奇跡が起こせるはずがない。その矛盾を説明するために「イエスは神の子である」という概念が考案され、それがキリスト教の教義である三位一体説に発展したのだろう。

日本でも事情は似たようなものだ。「神通力」「虫の報《しら》せ」――これらの言葉は、当時の人々の信念を如実に物語っている。すなわち、透視や予知という現象は、「神」や「虫」といった目に見えない存在が教えてくれるのだ。予言を行なったり、奇怪な現象を起こす者は、「神憑《がか》り」や「狐憑《つ》き」と呼ばれる。ただの人間には超常現象を起こすことはできず、「神」や「狐」が憑依《ひょうい》することによって可能になるのだ。

中世の黒魔術、霊媒の交霊術、未開人の呪術《じゅじゅつ》などについては言うまでもない。それは儀式によって悪魔や霊や自然界の精霊の力を借りる行為なのだ。

人間自身の持つ不思議な力については、一九世紀以前から断片的な報告があるものの、ほとんど注目されることはなかった。それを初めて体系的に取り上げ、広く世間に知らしめたのは、ロンドン総合大学の医学教授で王立医学外科協会会長だったジョン・エリオットソンである。「高度の現象」の存在を固く信じるエリオットソンは、一八四三年から五六年まで『ゾイスト』という個人雑誌を一三巻発行、その中で人間の体内を流れる「動物磁気」の作用について論じるとともに、多くの超能力者の実例を紹介している。

ここで注目すべきなのは、エリオットソンがオカルティストではなく、唯物論者であり無神論者だったという事実である。

奇妙なことのように思えるかもしれないが、考えてみれば当然だ。霊や神の存在を信じる者には、「動物磁気」や「超能力」などという仮説を導入する必然性がないのだ。不思議な現象はすべて霊や神が起こすのだから。しかし、唯物論者であるエリオットソンは、超常現象を目にして、それを超自然的な原因抜きで説明する必要に迫られた。そこで苦しまぎれに、それが人間の持つ能力であるという説明をひねり出したのだ。

すなわち超能力という概念は、一九世紀の唯物論の台頭、科学的合理主義の風潮の中で生まれたものなのである。地質学、生物学、天文学の発展により、聖書の絶対性が大きく揺らいでいた時代だったからこそ、エリオットソンの説は注目を集めることができたのだ。エリオットソンが一世紀早く生まれていたら、彼の理論は世間に受け入れられなかっただろう。二世紀早かったら、火あぶりにされていただろう。

一八四八年、アメリカのニューヨーク州ハイズヴィルに住むフォックス姉妹の周辺で、何かを叩《たた》くような音が頻繁に響き、霊からのメッセージだと騒がれた。この事件がきっかけで、西欧では心霊主義運動が盛んになる。交霊会が流行し、本職の科学者や聖職者、政治家までもが交霊会に出席して、霊媒の起こす不思議な現象を熱心に報告するようになるのだ。のちにフォックス姉妹は、霊の立てた音と思われたものはすべて自分たちのトリックであったことを告白するが、人々はその告白を信じようとはしなかった。

暗がりの中で行なわれた当時の交霊会には、多くのトリックが横行していた。フローレンス・クック、エウサピア・パラディーノ、メリー・ロシナ・シャワーズ、ヘンリー・スレイドといった当時の有名な霊媒たちは、みんな一度はトリックの現場を取り押さえられたことがある。言うまでもないだろうが、そうしたスキャンダルが暴露された後も、信奉者たちは霊媒を擁護し続け、彼らの人気は衰えることはなかった――ゲラーと同じように。

エリオットソンの活動と心霊主義運動が結びつき、一八八二年、ロンドンで世界最初の学術的な超常現象研究団体SPR（心霊研究協会）が発足する。初期のメンバーの中には、のちに英国首相となるアーサー・バルフォア、ノーベル賞科学者であるJ・J・トムソンやレイリー卿《きょう》、物理学者ウィリアム・クルックス、作家のコナン・ドイル、数学者のチャールズ・ラトウィッジ・ドジソン（ルイス・キャロル）など、多くの著名人が名を連ねていた。

当初のSPRは六つの委員会に分かれており、その中のひとつに「思念伝達委員会」があった。SPRの初代幹事であったフレデリック・マイヤーズは、エリオットソンが注目した思念伝達現象に興味を示し、それを「テレパシー」と命名した。彼はテレパシー実験を何度も行ない、その実在を証明したと確信した。

当然のことながら、マイヤーズの実験をめぐってもスキャンダルが起きた。彼が実験対象にしたダグラス・ブラックバーンという男が、後になって、どんなトリックを使って研究者の目を欺いたかを発表したのである。そして、これも当然のことながら、肯定派はブラックバーンの言葉を信じようとはしなかった……。

そもそも、マイヤーズのスタンスはエリオットソンのそれとは正反対であった。唯物論に反発し、霊魂の実在を確信していたマイヤーズは、死後の生の問題を最重要と考えていた。それなのになぜテレパシーの研究をしたかというと、テレパシーの実在が証明されれば、唯物論に対する有力な反証になると考えたからだ。

後年のラインにしても同様である。キリスト教原理主義者の家に育ったラインは、終生、死後の生の問題に関心を抱き続けていた。にもかかわらず、なぜか霊について直接研究することを避け、ESPやPKの研究に没頭したのである。

ここに大和田氏が言うところの「奇妙なねじれ現象」がある。唯物論から生まれた超能力という概念が、いつの間にか反唯物論の根拠とされるようになってしまったのだ。これは論理的におかしい、と大和田氏は気づいた。あくまで霊の存在を信じ、反唯物論を主張するなら、ESPという仮説は必要ないはずではないか。

それどころか、ESPという概念は、霊の存在を危うくしかねない。ESPに限界がないとすると、霊の存在が証明できなくなってしまうのだ。いわゆる「超ESP仮説」である。

霊媒に憑依した霊が、故人しか知りえないような情報を語ったとしよう。ESPが存在しないなら、これは霊が実在する証拠とみなされるだろう。しかし、ESPが存在するなら、トランス状態に陥った霊媒が無意識にESPで知った事実を口にしているのではないか、という仮説を却下できなくなる。

霊を写真に撮ったらどうだろう？　いや、それも証明にはならない。いわゆる念写という現象が実在するなら、それが撮影者の念写ではないことをどうやって証明するのか？　霊が何かを動かしたり、物理的な痕跡《こんせき》を残したら？　いや、それでもだめだ。その現象が誰かの潜在的なPK能力のしわざではないと、どうして言えるのだろう。実際、超心理学者たちは、ポルターガイスト現象にRSPK（回帰性自然発生サイコキネシス）というもっともらしい名前をつけている。霊が家具を揺らしたりするなど、迷信にすぎない。そうした現象は、その家に住んでいる人間、特に思春期の少年少女が、無意識にPKで起こしている現象に違いない……。

そう、もともと唯物論から生まれた「超能力」という概念は、「霊の実在」という概念と矛盾する。にもかかわらず、マイヤーズやライン、それに続く研究者たちは、自らの首を絞めかねない超能力の研究に没頭してきたのである。

長い講義を聞かされ、私の頭は混乱してきた。

「じゃあ、大和田さんは霊の存在を信じておられるんですか？」

「いいえ、違います。私が言いたいのは、『霊の実在』という仮説と『超能力』という仮説、この二つしか選択肢がないなら、そのどちらか一方だけを選択すべきだということです。両方同時に選択する必然性がない。オッカムの剃刀《かみそり》というやつです」

オッカムの剃刀――それは一四世紀の神学者オッカムの提唱した定理で、「思考節約の原理」とも呼ばれる。厳密に論じると難しくなるのだが、要約すれば「必要もないのに仮説を増やしてはならない」といったところだろうか。

たとえばあなたが道端に落ちていた硬貨を拾ったとしよう。この幸運を「妖精《ようせい》が魔法でプレゼントしてくれたのだ」と説明することもできる。落とし主が現われるまで、その仮説は否定できない。しかし、「誰かが落としたのだ」という単純な仮説で説明がつく以上、「妖精仮説」は採用される必然性がないのである。

「それに、はたして選択肢は二つしかないんでしょうか？」

「と言うと？」

「霊という仮説も超能力という仮説も間違いではないか。もしかしたら、私たちがまだ気づいていない第三の選択肢があるんじゃないか——私はそう考えてるんですよ」


大和田氏が注目したのはポルターガイスト現象である。

他の多くの超常現象と同じく、ポルターガイストもまた、その大半がトリックやでっち上げであったことが判明している。一九八四年に起きたコロンバス事件では、少女が自分でテーブルランプをつかんで投げているところがテレビカメラで撮影されてしまった。一九七五年に起きたとされるアミティヴィル事件（『悪魔の棲《す》む家』という題で映画化された）については、最初から最後まで、すべて作家の創作にすぎなかった。

しかし、少数ではあるが、説明のつかない事例も存在する。

特に信憑性が高いのは、一九六七年夏から翌年一月にかけて、ドイツのローゼンハイムにあるアダム弁護士事務所を襲ったポルターガイストである。この事件は多くの目撃者がいるうえ、何人もの技術者や科学者、警官による調査によっても、まったく合理的な説明がなされなかったのだ。

最初に異常が起きたのは電話だった。通話中に奇妙な雑音が入ったり、回線が別々のはずの四台の電話機がいっせいに鳴り出したりした。電話会社の技師が数週間にわたって調査し、電話機を交換しても、異常はいっこうに収まらなかった。通話記録を見た所長のアダムは仰天した。誰も電話していないはずの時間帯に、事務所から膨大な回数の電話がかけられたことになっていたのだ。五週間で五〇〇回以上、多い時にはわずか一五分間に四六回もの通話記録があった。そのすべてが0119の時報にかけられたものだった。

一〇月下旬になると、蛍光灯が勝手にはずれて床に落下する事件が続発した。ヒューズも何度も飛んだ。やむなく蛍光灯をすべて電球に取り換えたところ、今度は電球が破裂しはじめた。ドイツ電力局の係官が調査に乗り出したが、事務所内の配線、電気器具、外部からの電力供給にも異常は見られなかった。にもかかわらず、電気系統に取り付けられた計測器は、原因不明の激しい電圧の変化を記録した。

一一月下旬から一二月中旬にかけて、いよいよ異常な事件が頻発し、これが超常現象であることが明らかになってきた。吊るされた電灯が激しく揺れ、壁にぶつかった。何人もの人間が見ている前で、壁にかかっていた絵がゆっくりと三二〇度回転した。重い金庫が動いた。事務員たちは手足に電気ショックのようなものを何度も感じた。マックス・プランク・プラズマ物理学研究所から二人の科学者がやって来て調査を行なったが、やはり現象のメカニズムを解明できず、すごすご退散した。

こうなると超心理学者の出番だ。一二月中頃、フライブルク超心理学研究所のハンス・ベンダー教授が乗りこんできた。彼はアンネマリー・シュナイダーという若い事務員に疑惑の目を向けた。現象は彼女が出勤して仕事を開始すると同時に起こり、彼女が休暇を取った日には起こらないからだ。また、アンネマリーが廊下を歩くと、なぜかその頭上の電灯が揺れるのも目撃された。身の回りに奇怪な現象が続発するので、彼女の精神は不安定になっていった。

ピークは一月一七日だった。いくつもの電球が破裂し、カレンダーが壁から落ち、机の引き出しが飛び出して中のものが床に散らばった。重いオークのキャビネットが三〇センチも動いた。警官が現場を調べに来たが、アンネマリーのいたずらだという可能性はあっさり否定された。キャビネットは一八〇キロもあって、とうてい女の手で動かせるものではなく、おまけにリノリウムの床には引きずった跡がなかったのだ——浮き上がって動いたとしか考えられなかった。

たまりかねた経営者によって、ついにアンネマリーは解雇された。同時に、事務所で起きていた怪事件はぴたりと終息した。

さて、超心理学者たちはこの事件をこう説明する。すべてはアンネマリーの潜在的なPK能力が起こしたものだ。彼女は事務所で働くのを嫌がっていた。それで彼女の潜在意識がＰＫを発動させ、業務を妨害しようとしたのだ……。

　もっともらしい説だが重大な点を見落としている、と大和田氏は指摘する。ベンダー教授がアンネマリーの能力をテストしたが、彼女はＰＫ能力をまったく発揮できなかったのだ。ＥＳＰのテストも受けたが、常人と大差ない成績だった。おまけに、ポルターガイスト現象が起きていたのは弁護士事務所にいた間だけで、それ以前も、それ以降も、彼女の周囲では奇怪な現象は何ひとつ起きたことはないのである。


「このことから言えるのは」と大和田氏。「アンネマリー・シュナイダーは超能力者ではなかったということです——私が超能力者ではなかったように」

「でも、彼女以外に容疑者はいないわけでしょう？」

「容疑者が他にいないから犯人だと言えますか？　ポルターガイストの原因がＰＫだなんて、まったくの机上の空論にすぎません。そもそも、重いキャビネットを動かせるようなＰＫ能力者など、これまで一人も発見されてはいないんですから。不可能なものに原因を求めるのは、明らかに間違ってますよね。密室殺人の現場に小さなナメクジがいたからといって、『ナメクジが巨大化して人を殺した』と結論するようなものじゃありませんか。

　私にはＰＫというものは信じられませんし、ましてやそれがポルターガイストの原因だとは思いません。何といっても、ＰＫが存在する証拠というのが、きわめて薄弱ですから」

「実験で証明されていないんですか？」

「肯定的な実験結果はいくつもありますよ。たとえばラインはサイコロを使った実験で有意な結果を得ています。ある目が出るよう強く念じながら振ると、その目が期待値よりいくらか多く出るというんです。シュミットは放射性物質の崩壊を利用した乱数発生器を用いた実験を行なっています。コックスは液体中で泡を発生させる装置を使いました」

「泡……ですか？」

「浮かび上がってくる泡を、PKでどちらかの側に偏らせるという実験です。これもいちおう、有意な結果が出てはいますけどね。ヤーンはおもちゃのカエルを使いました。ランダムに動き回るおもちゃのカエルに向かって『こっちに来い』と念じるんです。カエルが被験者に近づく回数が多ければ、PKありと判定されるわけです」

「素人考えですけど……」兄が不思議そうに言った。「どうしてそんなものを使うんですか？　サイコロとか乱数発生器とか泡とかおもちゃのカエルとか、いかにも統計による誤差が発生しそうな仕掛けばっかりじゃないですか。どうしてダイレクトにPKを測定できる装置を使わないんです？　たとえばガラスケースの中に風車のような装置を入れて、それをPKで回させて、トルクを測定すればいい。PKの存在が証明できて、なおかつその力が定量的に測定できる――どうして超心理学者はそうしないんです？」

「うん、いい質問です！」

大和田氏はまたも嬉《うれ》しそうにうなずいた。これまでよほど愚かな質問をする人間にばかり出会ってきたのだろう。

「確かにそんな実験も過去には行なわれたことがあるんです。でも、廃れてしまったんです」

「廃れた？」

「有意な結果が出なかったんです。有意な結果が出た実験は、サイコロや乱数発生器を使った実験――あなたのおっしゃるように、統計的誤差の生じる余地のある実験だけなんです。だから超心理学者は、そうした実験しかやらなくなったんです」

「それはつまり……」

私は絶句した。またしても人間心理の奇怪さ――自分の信念に有利な証拠だけを追い求め、不利な証拠を見ようとしない。

事実の裏づけがなければ、信念など意味がないというのに。


大和田氏はまた、ＰＫ以外の超能力についても懐疑的であった。多くの実験や統計によって否定されているからだ。

人間に未来を予知する能力があるなら、大災害の発生を事前に察知し、回避することができるはずだ。そう考えたロバート・ネルソンは、一九六八年、ニューヨークに中央予言登録所を開設、アメリカ全土からアマチュア予言者の予言を募集した。しかし、登録所に寄せられた五〇〇〇件以上の予知夢や予感のうち、的中したのはたった四九件で、的中率は一パーセント以下だった。これは偶然で説明のつく数字である。たとえ何件かが本物の予知だったとしても、他の九九パーセント以上の誤った予言と区別する方法がない以上、実用にはなりそうにない。

サイコメトリー――物品に触れただけでその来歴や持ち主に関する情報を透視できるという能力は、もし実在するなら、犯罪捜査に絶大な威力を発揮するはずである。実際、一九七〇年代、ロサンゼルス警察の協力を得て、超能力を持つと自称する一二人の被験者を対象に、実際の犯罪現場の遺留品を用いた透視実験が行なわれたことがある。結果はというと、被験者全員が惨憺《さんたん》たる成績で、「犯罪捜査の一助としての超能力者の有用性は立証されなかった」と結論されている。

ダウジング――振り子や棒の力を借りて、地中に埋まっている物体を探り当てることができるという能力についても、アメリカ、ニュージーランド、イタリア、ドイツなどで大規模な実験が行なわれ、いずれも否定的な結果が出ている。

にもかかわらず多くの人がＥＳＰの存在を信じてきたのは、マスコミによる隠蔽《いんぺい》工作の影響が大きいと、大和田氏は指摘する。テレビの超能力番組は、そうした超能力者の数多い失敗例を決して放映せず、たまたま的中した場面だけを放映する。時には制作スタッフぐるみで悪質なヤラセが行なわれることもある。明らかにはずれている透視結果をねじ曲げて「的中した」ことにしてしまったり、事前に超能力者に正解を洩《も》らしたりするのだ。

「ですから私は、超能力の存在はきわめて疑わしいと思います。たとえ存在するとしても、実験にかろうじてかかるかどうかという、きわめて微弱な力です。どう考えても、重いキャビネットを動かすなんて不可能なんです」

「では、どうしてアンネマリーの周囲で奇妙な現象が起きたんですか？」

「彼女は焦点になったんですよ」

「焦点？」

「超常現象はしばしば人間や場所を狙って起きます。氷は人間を狙って降ってくる。魚や種子は狭い場所に集中して、時には同じ場所に何度も降る。石つぶては、特定の家、特定の人間を狙って、何か月も、あるいは何年も降り続けます」

「場所や人間が焦点になる、ということですか？」

「ええ。アンネマリー・シュナイダーは明らかにポルターガイスト現象の中心でした。しかし、それは彼女が現象の原因であることを意味しません。彼女は——なぜか分かりませんが——現象の焦点になっただけなんです」

兄が「あっ」と声を上げた。

「じゃあ、スプーン曲げも⁉」

「そうです。私はスプーン曲げは超能力ではないと考えています。正しくは『スプーン曲がり』とでも呼ぶべきでしょうね。子供たちは能動的に現象を起こしているのではなく、現象の焦点になっているだけなんです。だから彼らは能力を制御できない——能力ではないのだから当たり前ですよね」

「でも、子供たちは自分に能力があると思ってるわけですよね？」

「ええ――スキナーの『ハトにおける迷信』という実験をご存知ですか？」

「いいえ」

「B・F・スキナーという心理学者が行なった実験です。ハトを鳥かごの中に入れ、一定間隔で自動的に餌の出てくる装置を使って餌を与えます。するとまもなく、ハトは奇妙な行動を示すようになります。たとえば、たまたまハトが左に頭を向けていた時に餌が出てきたとします。そうした偶然が何度か重なると、ハトは誤って『頭を左に向ければ餌が出てくる』と学習してしまう。それでますます同じ行動を繰り返す。するといずれ餌が出てくるものだから、ますます確信を深める……実際には、ハトの行動と餌が出てくる間隔には、何の関係もないんですけどね。スキナーはこれを『ハトにおける迷信』と呼んでいます」

「つまり、子供たちが念じようと念じまいと関係なくスプーンは曲がると……？」

「そういうことです。もっとも、現象は長続きしません。いずれ現象が去れば、スプーンは曲がらなくなります。超心理学で言うところの『下降現象』というやつです」

「でも、どうしてです？」私は食い下がった。「何の原因もなしにスプーンが曲がるはずはないでしょう？　何か原因があるはずじゃないですか」

大和田氏は穏やかな笑みで答えた。

「科学的なメカニズムとなると、私にも分かりません。しかし、似たような現象はそれ以前にも起きています。スプーン曲げより二〇年以上前にね」

「二〇年以上前……?」

「正確に言うと……」彼は指を折って数えた。「二七年前ですか」

私は暗算した。一九七四年の二七年前というと……。

「一九四七年!」兄の方が計算が早かった。「そうか、ケネス・アーノルド事件!」

「そうです」大和田氏はうなずいた。「アーノルドが円盤を見たと誤って報じられてから、円盤が出現するようになりました。ゲラーが奇術でスプーンを曲げて見せてから、日本中の子供たちがスプーンを曲げられるようになりました。UFO、幽霊、スプーン曲げ……どれも同じです。超常現象というのは、まず人間の信念が先行する。現象があるから信じるんじゃなく、みんなが信じるから現象が起きるんです。

面白いことに、スプーンが曲げられるという子供の中には、UFOを見た体験のある子が少なくないんです。海外でも、ドクターXやロナルド・ジョンソンのように、UFOを目撃した後で超能力が身についたとか、ポルターガイストが起きたと主張する人は何人もいます。これは偶然ではないのかもしれない。つまり、UFO現象とポルターガイスト、それにスプーン曲げは、何らかの関係があるかもしれないんです」

「同じ現象の別の側面、ということですか?」

「その可能性はありますね。証拠が少ないので、断定はできませんが」

私は意外な論理展開に呆然《ぼうぜん》となった。一見、大和田氏の説は奇抜ではあるが、筋が通っている。超能力が存在することを示し、兄の間違いを証明したかったのに、これでは兄の説を補強しているようなものだ。大和田氏の説によれば、私たちが「超能力」と呼んでいるものは、UFO現象やポルターガイスト現象の一部だというのだから。

「でも――でも、それはやっぱり一種の超能力と呼べるんじゃないんですか？」私は小さな可能性にすがりつこうとした。「人間の信念によって現象が起きるのなら……」

「さあ、どうでしょうねえ？」大和田氏は曖昧《あいまい》な笑みを浮かべた。「『能力』と呼ぶからには、何らかの力でなくてはならないわけでしょう？　しかし、私にはどうも、信念と現象がダイレクトに結びついているように思えないんですよ。ESPにせよPKにせよ、もし人間の意志の力で起きるものなら、意志の強さに比例して強くなるはずなのに、そうなっていないんですから」

「鍛えれば強くなるんじゃないんですか？」

「そんな証拠はどこにもありません。カルト教団はよく『修行を積めば超能力が身につく』などと宣伝していますが、あんなのは嘘です。それは超心理学者も認めています。人間の持つ才能は、どんなものであれ、練習すればするほど上達します。しかし、超能力だけは例外です。いくら練習しても上達しないし、一時的に好成績を収めても、じきに下降現象が訪れる――これは超能力が『能力』ではないという証拠でしょう」

「能力じゃないとしたら、いったい何なんです？」

「こう考えたらどうでしょうね。自動ドアに近づくと、センサーが反応してドアが開きます。でも、私たちの力によって動くのではないですよね。いくら全力で走ってきても、ドアの開く速度が速くなるわけじゃない。ドアを動かしているのは、あくまでモーターの力なんですから——分かります？」

「ええ、何となく……」

「私たちはただドアに向かって歩いているだけ。ドアを動かす装置はどこか別にある——そんな気がしてしょうがないんですよ、私にはね」

私の頭にあるイメージが浮かんだ。神の創造したとてつもなく巨大な機械。それは地球全土を覆い尽くしているが、空気のように目に見えず、触れることもできない。人間たちは透明な超巨大機械のはざまでアリのようにこそこそ生きているが、その存在に気づきもしない。しかし、ごくまれに、見えないセンサーにひっかかってしまう者がいる。すると機械は動き出し、「現象」を吐き出す。人間はそれを自分の能力だと思いこむ——スキナーのハトのように。

私の身に起きたのもそれなのだろうか。

雨はまだ降り続いていた。

私はこの人なら信頼できると考え、大和田氏にすべてを打ち明けた。空から落ちてきたボルトのこと。兄が撮影したＵＦＯのこと。そして兄の仮説……何もかも説明し、アドバイスを求めようと思ったのだ。

「確かによく写っていますね」彼は兄のビデオを見て、慎重にコメントした。「しかし、こう言うと失礼ですが――」

「分かってます」兄は機先を制して言った。「証拠にはなりません。この程度の映像なら、パソコンで簡単に作れますから」

「そうなんですよねえ！」大和田氏は首を振り、苦笑した。「二〇世紀なら、こういう映像は『決定的証拠』と呼ばれたんですがね。パソコンが発達したおかげで、映像なんてもんに証拠能力はなくなってしまいました。八王子の事件みたいにね」

八王子の事件というのは、その前年に起きてマスコミを騒がせた「バーチャル脅迫事件」のことである。自衛隊幹部の不正給与疑惑を追及していたライターの蟻川恭一郎《ありかわきょういちろう》は、売名のため、自分が自衛隊員から脅迫を受けているかのように装った。パソコンの知識のある蟻川は、黒ずくめの四人の男が自宅に乱入し、汚い言葉を吐いて乱暴狼藉《ろうぜき》を働く場面をCGで制作、隠しカメラで撮った映像と称してマスコミに発表した。七分間の動画映像は専門家の画像分析でも見分けがつかないほど精巧なものだったが、あまりにもドラマチックな内容がかえって疑惑を招いた。結局、「どの声もみんな聞き覚えがある」というアニメマニアの指摘により、男たちの声がアニメ声優の声をサンプリングしただけだというマヌケなミスが発覚し、彼は世間の非難と嘲笑《ちょうしょう》にさらされた。

「今や一般庶民でさえ、ちょっとパソコンの知識さえあれば、本物と見分けのつかないリアルな映像を自由自在に創作できる時代です。UFOだろうとネッシーだろうと思いのままでです。実際、すでにインターネットには偽情報があふれかえってますよ」

「知ってます」

私は言った。UFO関係のサイトを検索した際、その手のインチキ映像はうんざりするほど見た。「エリア51に隠されたUFOを隠し撮りした映像」だの、「異星人と握手するブッシュ」だの、「国際宇宙ステーションの近くでUFOがワープする瞬間」だの、「『E.T.』の撮影現場でスピルバーグに技術指導をしている本物のET」だの、「ビル・ゲイツがゴムのマスクを脱いでトカゲ型エイリアンとしての素顔を現わした場面」だのと称する代物だ。すぐにジョークと分かるものも多いが、あくまで本物だと言い張っているサイトもある。

「私たちは大変なパラダイムの転換を迫られていると言えるでしょうね。これからの時代、映像による証拠なんてものに、もう価値はなくなります。超常現象の報告を信じられるかどうかは、最終的には、報告者の人格が信頼できるかどうかにかかってくるんです」

大和田氏は私の渡したボルトをつまみ上げ、指でくるくる回して観察した。

「これもそうです。証拠能力という点から見ると、ゼロと言っていい。でも、私は信じますよ。あなたがたは嘘をつくような人に見えない。ホラを吹いて注目を集めたいなら、マスコミを利用するでしょう。私なんか騙《だま》したって、何のメリットもない――でしょう？」

「……はい」

私が恐縮して小さな声で言うと、彼は細い目をさらに細め、愉快そうに言った。

「面白いパラドックスじゃありませんか。コンピュータやインターネットが進歩したおかげで、人間同士の信頼というものが、かえって重視されるようになった。これからは機械を信用しない時代、心を大切にする時代になりますよ――いや、なるべきなんです」

「……なるといいですね」

そう答えながら、私は心に熱いものを感じていた。

私の体験を信じてくれたのは、葉月、兄に続いて、彼で三人目である。みんな物的証拠があるから信じたのではない（ボルトなど何の証拠にもならない！）。宗教的盲信から信じたのでもない。私という人間を信じてくれたのだ。私が彼らに体験を打ち明けたのも、彼らなら笑わずに信じてくれると信じたからだ。

確かに物的証拠は大事だ。しかし、それ以上に大切なのは、大和田氏の言うように、人間同士の信頼関係ではあるまいか。

「パラドックスといえば」大和田氏は兄に向き直った。「あなたの説だってそうですよね。最新の科学知識を駆使してたどりついた結論が、言ってみれば究極の反唯物論じゃありませんか。この世界のあらゆる物理的実在を否定しているわけですからね。違いますか？」

「その通りです」と兄。「こんなことを思いついたのは、僕が二一世紀の人間で、コンピュータや科学に詳しいからです。バーチャル・リアリティなんて概念を知らなかった一八世紀や一九世紀の人間には、決して思いつけなかったでしょう」

「でしょう？　私としては、その点が気にかかるんです」

「というと？」

「私には科学的なことはよく分かりませんが、確かにあなたの説は大変に魅力的だと思います。いちおう筋が通っているようには見える——しかし、エリオットソンやマイヤーズと同じ間違いをしている可能性がないと言えますか？」

「信念を事実に先行させているんじゃないかと？」

「そうです。あなたの説は、願望や信念からではなく、純粋に論理と証拠によって導かれたものであると断言できますか？」

兄はかなり長く考えこんでから、苦しそうに答えた。

「……断言できません」

「その答えが聞きたかったんです」

大和田氏は満足そうににっこり笑った。

「ほとんどの人は、自分の信念を補強する証拠だけを求め、否定的な証拠を探そうとしません。心理学者が言うところの確証バイアスというやつです。しかし、あなたがたは、自説の間違いが証明できるのではないかと考え、超能力について知ろうと、私を訪ねて来られた。私はその態度を評価したいんです。

その迷いを忘れてはいけませんよ。確信を抱くのがいちばん危ない。常に『自分は間違ってるんじゃないか』『論理ではなく盲信で動いてるんじゃないか』と問いかけることです。自分が間違っている可能性を探すこと。それが道を誤らないための唯一の方法です」

インタビューは雑談も交えて六時間にも及んだ。私たちはすっかり打ち解け、大和田氏に夕食までご馳走《ちそう》になってしまった。お茶漬けに自家製の漬物、焼いた川魚に鳥の臓物の煮付けという質素なものだったが、やけにおいしく感じられたのを覚えている。

大和田氏の家を辞去したのは七時過ぎだった。彼は大雨の中、わざわざレインコートを着て外に出て、私たちを見送ってくれた。

「いい人だったね？」

私が同意を求めると、ハンドルを握る兄はうなずいた。

「ああ、来て良かったよ。考えさせられたな。『自分は間違ってるんじゃないか』と問いかけること、か……いい言葉じゃないか」

「で、どうするの？」

「まだ僕の説が否定されたわけじゃない。でも、証明されたわけでもないからな。とりあえず否定的な証拠を探してみるよ」

「それがいいわね」

兄が理性を取り戻してくれたと思い、私はほっとしかけた。

「でも――」

「何？」

「あの人の話を聞いて、やっぱり何か大きなシステムが存在するように感じたな。僕の考える神と同じものかどうか分からないけど、物理法則を超越した大きな法則性が、目に見えないクモの巣みたいにこの世界を覆っている——そんな感じがした」

「…………」

私は撫《な》で下ろしかけた胸が再び重くなるのを感じた。反論できなかった。私もまったく同じ印象を受けたのだから……。

風はいくらか弱まっていたものの、雨足は依然として強かった。ワイパーがひっきりなしに動いてはいるが、大きな雨粒が次から次にフロントガラスにぶつかってくるため、扇形の視界から前が見えるのはほんの一瞬でしかない。すぐ前を黄色い宅配便のトラックがのろのろと走っており、兄の運転もそれに合わせて慎重になっていた。増水した川沿いの曲がりくねった道だ。こんな日に追い越しをかけるのは危険である。

私たちの会話は途切れた。沈黙がいっそう重く心臓にのしかかる。そう、私の不安は何ひとつ取り除かれてはいないのだ。この世界は非情なフェッセンデンの操るシミュレーション・ゲームにすぎず、私たちは面白半分に弄《もてあそ》ばれているのではないかという不安は……。

空は黒く、雲さえ見えない。私はそれを長く見上げていることができなかった。今にも黒い天幕がびりびりと破れ、その裂け目から巨大な顔が現われて、嘲《あざけ》り笑いながらこちらを見下ろすのではないかという妄想にとらわれたからだ。

嫌な天気だ——そう思ったとたん。

「ああ、嫌な天気だ……」

私の心を読んだかのように、兄が暗い声でつぶやいた。私はどきっとした。

「まるで――」

「言わないで！」

私が兄の方を向いてそう叫んだ瞬間――

ぼんっ！

頭上でドラムを強打するような音がして、天井がへこんだ。

「何だ!?」

兄が叫ぶ。その横顔の向こう、サイドウィンドウのすぐ外を、何か茶色っぽいものが転がり落ちるのが見えた。兄がブレーキをかけ、車は何メートルもスリップして止まった。

停車してから数秒間、私たちは何も言わなかった。天井を打つ雨の音と、ワイパーがせわしなく往復する音だけが、車内にむなしく響いていた。前方では、やはり異変に気がついたのか、宅配便のトラックも黄色いランプを点滅させて停車していた。

「……何だ、今のは？」

兄は上半身をひねって天井を見上げ、消えそうな声でささやいた。天井は内側に大きくたわんでいる。何キロもある物体が勢いよく激突したに違いなかった。

私は激しい不安に襲われ、呼吸が速くなった。落石でもあったのか？　いや、道路の右側は川、左側は民家と畑で、崩れてくるような崖《がけ》などない。それに、さっきサイドウィンドウの外を転がり落ちたあれは、一瞬だったが、人の形をしていたように見えた……。

私は後方に目を凝らした。滝のように流れる水に覆われたリアウィンドウのずっと向こう、暗いアスファルトの路上に、民家の窓から洩《も》れる明かりに照らされて、何か小さなものが横たわっているのが見えた。

私は恐ろしい予感にかられ、ダッシュボードから懐中電灯をひったくると、夢中で土砂降りの雨の中に飛び出した。たちまち服のまま風呂《ふろ》に飛びこんだようにびしょ濡《ぬ》れになる。肌に貼りつく濡れた布の嫌な感触にもかまわず、私は路上にあるものに駆け寄った。

その一メートル手前で、私は立ち止まった。

子供だった――二歳ぐらいの裸の男の子で、糸の切れたあやつり人形のようにぐったりとアスファルトに横たわり、雨に打たれている。南方系の顔立ちで、肌の色は濃く、生気の失われた黒い瞳《ひとみ》で空を見上げていた。落下した際に頭を強打したらしく、黒く長い髪の合間から流れ出した血が、急速に雨に洗い流されつつあった。

どこか遠くから子供の泣き声が聞こえた。私ははっとして懐中電灯を周囲に向けた。雨を貫いて伸びるビームが、様々なものを照らし出した。

川に面したガードレールには、別の裸の子供が洗濯物のようにひっかかっていた。近くの民家の屋根には子供が逆さまに突き刺さり、二本の足がにょっきりと空に向かって生えていた。近くの林の梢《こずえ》には、はっきりとは見定められないが、人のような形をしたものがぶら下がっていた。私が呆然《ぼうぜん》と立ちつくしている間にも、一人の子供がアスファルトに叩《たた》きつけられて跳ね返ったり、別の子供が増水した川に垂直に落下し、濁流に飲まれるのが見えた……。

空から子供が降ってきたのだ。

解説――〝神〟に挑む本格SF

大森　望

〈二〇一二年、神がついに人類の前にその存在を示した年、私の兄・和久良輔は失踪した。「サールの悪魔」という謎めいた言葉を残して。〉

この印象的な一節から幕を開ける本書『神は沈黙せず』は、〝神〟という巨大なテーマに正面から挑む野心的な本格SF長編である。

〈「もし本当に神が存在するとしたら」という仮定のもとに、従来のイメージに縛られることなく、「科学的にありえる神」を論理的に考察することに挑戦しました〉と、著者が高らかに宣言するとおり（http://homepage3.nifty.com/hirorin/messaagecm.htm 参照）、徹底して科学的に〝神〟を追いつめてゆく。

その意味では正統派ストロングスタイルのハードSFだが、本書を楽しむために科学知識やSFの素養はとくに必要ない。山本弘が操る〝神狩り〟の武器は、明晰《めいせき》すぎるほど明晰なロジックだけ。ごまかしもはったりもない。ものごとを論理的に考える人なら（無条件でなにかを信じ込むことが好きな人以外は）、積み重ねられたロジックが導き出す驚くべき結論に、めくるめく快感（いわゆるセンス・オブ・ワンダー）を味わえるはずだ。

一方、主人公＝探偵、神＝犯人と考えれば、スリリングな本格ミステリとして本書を読むこともできる。シャーロック・ホームズの持論――「まったくありえないことをすべて除外すると、あとに残ったものは、それがいかにありそうにないことでも真実に違いない」――を、世界の成り立ちそのものにまで適用したのがこの小説なのである。

冒頭の引用からもわかるとおり、本書は、世界が決定的に変わってしまったあとの二〇三三年四月現在から、語り手の和久優歌が過去の出来事（主として二〇〇八年～二〇一四年）を回想して書いたノンフィクションという体裁になっている。

幼少時に理不尽な災害で両親を失う悲劇を体験した優歌は、神に不信感を抱き、旧約聖書のヨブに共感を寄せている。大学卒業後につとめていた編集プロダクションを退社してフリーライターになった彼女の初仕事がＵＦＯカルトへの潜入取材だった。その際、優歌は一種の超常現象を体験。それをきっかけに宗教やオカルトに科学的興味を抱く。

一方、優歌の兄、良輔は、遺伝的アルゴリズムを用いた人工生命進化の研究者。だがある日、自分の目でＵＦＯを目撃し、ビデオに撮影したことで、科学者の立場から、納得できる仮説を求めてデータを集めはじめる……。

オカルティズムやニセ科学（『ゲーム脳の××』とか『水からの○○』とか）との関わりで言えば、兄妹はともにスケプティック（懐疑論者）に分類される。自分で超常現象を体験したとたん、スケプティックからビリーバーに転ぶというのはありがちなパターンだが、ふたりはもちろんその轍《てつ》を踏まない。科学的思考を放棄するのではなく、説明のつかない出来事を説明するための新たな科学的論理を模索する（ちなみに、やはりUFOアブダクションや臨死体験を題材に〝神〟にアプローチした瀬名秀明『BRAIN VALLEY』にも、同様の展開がある。ただし、結論はまったく違うので、興味があるかたはぜひご一読を）。

最終的に良輔が到達する〝単純で合理的な説明〟は、上巻であっさり明かされるように、そう意外なものではない。だが、「なーんだ」と思うのは早計。宇宙船やタイムマシンが〝発明〟される前の時代ならいざ知らず、現代SFのキモは、アイディアそのものよりも、その見せ方にある。どんなにすごいアイディアも、それを支えるディテールがなければ、ただの小咄《こばなし》、せいぜいよくできた冗談になってしまう。

小説や映画で使いつくされたシンプルなネタに説得力を持たせるため、山本弘は膨大な量の情報を投入する。UFO、超能力、心霊写真、幽霊……ありとあらゆる超常現象や疑似科学が俎上《そじょう》にのぼり、科学的論理の包丁で片っ端から千切りにされる。このあたりは、と学会会長であり科学エッセイストでもある山本弘の面目躍如。ときにユーモアを交えつつ、快刀乱麻の筆で古今東西の超常現象を鮮やかに腑《ふ》分《わ》けしてゆく。並みのオカルト本十冊分の情報量が詰め込まれているから、それだけでも元がとれるだろう。

ただし本書は、「超常現象などぜったいに存在しない」という硬直した態度はとらない（かつて大槻義彦教授にトンデモ本大賞特別賞が贈られた事実が示すように、非合理な否定論は無根拠な肯定論とたいして変わらない）。語り手の優歌が遭遇するのは異常落下現象――いわゆるファフロツキーズ（Fafrotskies＝fall from the skies の略）。映画「最後の戦い」で降る魚の雨や「マグノリア」のカエルの雨を思い出してもらえば話がはやいが、ＵＦＯや心霊現象と違って、ファフロツキーズにはなんの理屈もないので、論理の矛盾を指摘することもできない（だから一般には、珍しい自然現象と見なされているようだ）。

従来の科学で説明のつかない現象として本書に出てくるのは、いわゆる超常現象だけではない。現実の出来事と空想上の素材を自由自在に組み合わせてリアリティを出すのが本書の特徴だが、その典型的な例が、パイオニア減速問題とウェッブの網目問題。前者は、パイオニア10号をはじめ、太陽系外へと向から惑星探査機の速度がなぜか計算よりも遅くなっているという、現実の出来事。後者は、ジェイムズ・ウェッブ宇宙望遠鏡（ハッブル宇宙望遠鏡の後継として二〇一一年に打ち上げが予定されている）が撮影した写真に原因不明の斑点《はんてん》のようなものが写っているという（現時点では）架空の話。ウソみたいなホントの話と、ホントっぽいウソをとり混ぜ、それをおなじみの超常現象群と並列したうえで、すべてをいっぺんに説明する理屈として、良輔の仮説が颯爽《さっそう》と登場するからこそ、バカＳＦ的な大ネタが説得力を持つわけだ。

リアルな細部で大ウソを輝かせるこの手法は、現代ＳＦ最大最強の作家（と、山本弘も認める）グレッグ・イーガンの文系本格ＳＦ『宇宙消失』や『万物理論』とも通底する（イーガン流の人間原理を転倒させたのが『神は沈黙せず』だと言えなくもない）。しかし、超絶技巧の詐欺的ロジックで個人の話と世界の成り立ちの話を一瞬のうちに重ね合わせるイーガンと違って、山本弘のロジックは、現代SFになじみのない読者にもわかりやすい。

たとえば、最近のSFはよくわからないからめったに読まないという文芸評論家の北上次郎も、大森との対談書評で、本書についてこう語っている。

「これ、面白かった。俺、最近のSFが全然わかんなくて、大森くんがすすめるやつも何がいいのか全然わかんないんだけど、これは昔読んだSFなんですよ。（中略）表面の話の背後にものすごい世界観があるわけ。つまり宇宙か。「宇宙はこうだ！」っていうのがあって。（中略）だから昔はSFを読んでいつも感動してたんだけど、久々にそういう感動を思い出した」（『読むのが怖い！』ロッキング・オンより）

じっさい本書は、いまどきのSFとしてはオールド・ファッションドな部類に属する。膨大な蘊蓄《うんちく》を作中に盛り込み、物語の進行を止めてまで登場人物に議論させるスタイルは、『果しなき流れの果に』『継ぐのは誰か？』など、往年の小松左京名作群を思わせる。また、近未来描写に関しては、サイバーパンク以降はあまり流行《はや》らなくなった、時代背景をこまかに説明する古典的なスタイルを確信犯的に採用している。そのため、単行本刊行からの三年間で、近未来のリアリティ（実現可能性）は多少損なわれているが、著者はあらかじめ「これは未来予測小説ではない」と宣言しているくらいだから、もとよりそのリスクは覚悟の上だろう。的中しないことがわかっていても、作品の性質上、近未来の世界を細かくシミュレートする必要があったわけだ。

ジャンルSFのオーソドックスな様式に対する本書のこだわりは、おそらく著者自身のバックグラウンドと密接に関係している。と学会（トンデモ本を研究するグループ）会長としての山本弘しか知らずに本書をたまたま手にとった人は、ああ、なるほど、トンデモ本研究が高じてとうとうこんなＳＦを書くようになったのね――と思うかもしれないが、それは話が逆。山本弘は（アマチュア時代から数えれば）三〇年を超えるキャリアを誇るベテランＳＦ作家なのである。

一九五六年生まれの山本弘は、高校時代からＳＦに熱中し、卒業後、筒井康隆主宰のＳＦファングループ「ネオヌル」に参加。かんべむさし、堀晃、夢枕獏、高井信、牧野修など錚々《そうそう》たる顔ぶれが集う創作ＳＦ同人誌《ＮＵＬＬ》に一九七六年から短編を発表しはじめる（筒井康隆編のアンソロジー『ネオ・ヌルの時代』に再録）。七七年には、第一回奇想天外ＳＦ新人賞に応募した「スタンピード！」が（新井素子「あたしの中の……」などとともに）同賞佳作に選ばれ、翌七八年、この作品で商業誌デビューを飾る。

その後、安田均率いるゲーム・デザイナー集団グループＳＮＥに参加し、テーブルトークＲＰＧを小説化した『ソード・ワールド』シリーズや、『妖魔夜行』『百鬼夜翔』シリーズのメインライターとして活躍。一九八九年には、初の本格ＳＦ長編『時の果てのフェブラリー』を発表する。これは、ストルガツキー兄弟の名作『ストーカー』に触発された設定に一一歳の超能力美少女（メタ・チョムスキー文法による思考で直感的に真実を見抜くオムニパシー能力を持つ）を放り込み、（今で言う）萌《も》え＋ハードＳＦの融合を実現した意欲作だった。世が世ならここから本格ＳＦ作家歴がスタートするところだが、おりしも時は日本SF冬の時代。オリジナルの本格SFを出版できる状況ではなく、おたくネタ満載の《ギャラクシー・トリッパー美葉》シリーズや、自身がシナリオを担当したコンピュータRPG『サイバーナイト』の小説版など、主にライトノベルと呼ばれる分野で活動を続ける。そして一九九五年には、と学会編『トンデモ本の世界』が大ヒット。これがシリーズ化され、山本弘はSF作家としてよりも、と学会会長として有名になってゆく。

とはいえ、と学会の大本は、日本SF大会の企画として一九九二年に実施された日本トンデモ本大賞。SFファン仲間の遊びが出発点だし、そもそもオカルトや超常現象を疑ってかかる姿勢は、高校時代に読み漁《あさ》ったSFやSF作家のエッセイによって（つまりアイザック・アシモフやアーサー・C・クラークや小松左京によって）培われたものだろう。

したがって、ハードSF作家の立場と、と学会会長の立場は容易に両立する。そのなによりの証拠が本書『神は沈黙せず』。ふたつの立場を融合させ、長年のトンデモ本研究を通じて頭の中にストックされたデータベースを本格SFの枠組みの中でみごとに生かし切ったこの大作は、まさに山本弘の集大成だと言っていい。

本書のあと、著者は、SFガイドブック『トンデモ本？　違う、SFだ！』『同・RETURNS』、バカSFアンソロジー『火星ノンストップ』などを矢継ぎ早に刊行するかたわら、『審判の日』『まだ見ぬ冬の悲しみも』と、年間ベスト級のハイレベルな本格SF短編集を発表。『神は沈黙せず』がフロックではなかったことを証明した。また、最新の連作長編『アイの物語』は、本書の下巻で展開される〝中国語の部屋〟や〝記号着地問題〟

に関する議論をさらに発展させ、ＡＩというテーマに正面から挑んだロボットＳＦの傑作だ。名実ともに日本を代表する本格ＳＦ作家となった山本弘の代表作をじっくり楽しんでほしい。

本書は二〇〇三年十月、小社より刊行された単行本を分冊し、文庫化したものです。

本書はフィクションです。実在の人物・団体、事件とは一切関係ありません。また、作中の二〇〇三年以降の描写が、現実の時代の流れと合わなくなっている点がありますが、ご了承ください。

神《かみ》は沈《ちん》黙《もく》せず（上）

山《やま》本《もと》　弘《ひろし》

角川文庫　14481

平成十八年十一月二十五日　初版発行
平成十九年 七 月二十五日　五版発行

発行者―井上伸一郎
発行所―株式会社角川書店
東京都千代田区富士見二―十三―三
電話・編集（〇三）三二三八―八五〇六
〒一〇二―八〇七八
発売元―株式会社角川グループパブリッシング
東京都千代田区富士見二―十三―三
電話・営業（〇三）三二三八―八五二一
〒一〇二―八一七七
http://www.kadokawa.co.jp
印刷所―旭印刷　製本所―本間製本
装幀者―杉浦康平

や 40-1　ISBN4-04-460113-5　C0193

角川文庫発刊に際して

角川源義

第二次世界大戦の敗北は、軍事力の敗北であった以上に、私たちの若い文化力の敗退であった。私たちの文化が戦争に対して如何に無力であり、単なるあだ花に過ぎなかったかを、私たちは身を以て体験し痛感した。西洋近代文化の摂取にとって、明治以後八十年の歳月は決して短かすぎたとは言えない。にもかかわらず、近代文化の伝統を確立し、自由な批判と柔軟な良識に富む文化層として自らを形成することに私たちは失敗して来た。そしてこれは、各層への文化の普及滲透を任務とする出版人の責任でもあった。

一九四五年以来、私たちは再び振出しに戻り、第一歩から踏み出すことを余儀なくされた。これは大きな不幸ではあるが、反面、これまでの混沌・未熟・歪曲の中にあった我が国の文化に秩序と確たる基礎を齎らすためには絶好の機会でもある。角川書店は、このような祖国の文化的危機にあたり、微力をも顧みず再建の礎石たるべき抱負と決意とをもって出発したが、ここに創立以来の念願を果すべく角川文庫を発刊する。これまで刊行されたあらゆる全集叢書文庫類の長所と短所とを検討し、古今東西の不朽の典籍を、良心的編集のもとに、廉価に、そして書架にふさわしい美本として、多くのひとびとに提供しようとする。しかし私たちは徒らに百科全書的な知識のジレッタントを作ることを目的とせず、あくまで祖国の文化に秩序と再建への道を示し、この文庫を角川書店の栄ある事業として、今後永久に継続発展せしめ、学芸と教養との殿堂として大成せんことを期したい。多くの読書子の愛情ある忠言と支持とによって、この希望と抱負とを完遂せしめられんことを願う。

一九四九年五月三日